Best Time

白马时光

云拿月 著

我见银河

I Saw Galaxies in Your Eyes

百花文艺出版社
天津出版传媒集团

图书在版编目（CIP）数据

我见银河 / 云拿月著 . — 天津 : 百花文艺出版社，2020.5（2023.6 重印）
ISBN 978-7-5306-7892-3

Ⅰ . ①我… Ⅱ . ①云… Ⅲ . ①长篇小说－中国－当代 Ⅳ . ① I247.5

中国版本图书馆 CIP 数据核字（2020）第 071257 号

我见银河
WO JIAN YINHE
云拿月 著

选题策划：王　婷　　**封面设计：**小　贾
责任编辑：魏　青
出版发行：百花文艺出版社
地址：天津市和平区西康路 35 号　**邮编：**300051
电话传真：+86-22-23332651（发行部）
+86-22-23332656（总编室）
+86-22-23332478（邮购部）
网址：http://www.baihuawenyi.com
印刷：三河市金元印装有限公司
开本：680 毫米 ×970 毫米　1/16
字数：390 千字
印张：23
版次：2020 年 5 月第 1 版
印次：2023 年 6 月第 11 次印刷
定价：39.80 元

如有印装质量问题，请与三河市金元印装有限公司联系调换
地址：河北省廊坊市三河市杨庄镇杨庄村
电话：0316-3650243
邮编：065200

目　录

Contents

目　录
Contents

第一章

是谁写的情书

他身上搭的那件外套，一针一线皆是手工纹绣，点缀着衣服边缘，低调的鎏金线增添了颜色，又不会过重，很好地保留住整体的清淡感，奢靡和精简融合，衬托出一种别样的休闲素雅风。

和他这个人一样。

光线透过暗色窗帘映照入内，有几许午后的味道。闹铃声响，手机振得黄褐色木桌面微微颤动，床上浅眠的人伸手探过去，摸索几番，将那声儿息了。

一室安静。

从短暂的午休中苏醒，虞星面对着米白色天花板，眼睛半睁半合缓神。

一分钟后起来，思绪彻底清明。她端起桌上半杯凉白开喝下，嗓子凉凉润润舒服多了。入秋，最近空气很是干燥。

抓起眼镜，虞星进浴室洗了把脸，擦干湿答答的水珠，接着有条不紊做其他事。

放下齐刘海，吹干后整齐梳好，像厚重的门帘一样盖住饱满额头；戴上粗笨的黑框眼镜，挡住眼睛，泰山般压住鼻梁；中长发理顺，从脸庞两侧拢下来……

整张脸，哪怕露在外的只有三分之一依然白得过分，但那副老旧镜框还是成功喧宾夺主，抢去所有注意力，成了最有存在感的。

虞星盯着镜子里的自己瞧。

好不顺眼。

抬手“噼啪”在左右脸颊打了好几下，下手不轻，这才打起精神。

板起脸，虞星挤出一个合适的、一本正经又有几分木讷的表情，满意地走出浴室，整理床铺、穿上校服外套、拿起笔记本，一气呵成。

房间门一拉开，对面又是一扇门。这个小套间里的两个卧房，各自都配有浴室，公共区域里摆放一张小沙发和茶几，除了没有厨房——校餐厅管饭，学校为起居安全着想省了这一处。

也就是四九城下，放眼别的地方，没几个高中会有这样的配置。

虞星走出宿舍，门在身后关上，她站了站，深深吸了口气。

来这儿不到两个月，还是不怎么习惯。要不怎么说是寸金寸土，钱堆出来的地方，临天私立高中的空气，闻起来都和别处不大相同呢。

两点十五分上课，虞星从女生公寓步行到高二教学楼，3 班人到得稀稀拉拉。

还没到齐，很正常，这帮富家子弟每天要“忙”的事情数不胜数，读书只是令人提不起兴趣的事情之一。像学生公寓，不管男女宿舍，至少有一半长期空置，虞星住的两人间就只有她一人。另外那个人偶尔住校，同样时常晚归或不归。

把下午课上要用的东西备好，虞星找出笔和值日档案本。人陆续进教室，快到上课时间，她却准备出去。

斜后方伸来一条腿，踹了下她的课桌脚。

“喂——”

虞星扭头看去，压了压下巴，抿唇不作声。

“老师来之前做完，快点。”收起越界的腿，邱卉妮把练习册丢到她桌上，靠着椅背，扭头朝后问，“元晴，你用吗？”

“等等啊，我找找。”

邱卉妮懒洋洋嗯了一声，见虞星在看，拧眉瞪回去：“看什么，书呆子？”

“找到了。”后头递来同样的练习册，“喏。”

邱卉妮接下，扔给虞星：“赶紧的。”

食指轻推眼镜，虞星没吭声，从抽屉里找出一张纸，上面正反都写满内容，密密麻麻。把纸夹进邱卉妮的练习册，她侧身探过去一点，两本练习册一起放回邱卉妮桌上。

“上节课布置要做的部分都写在上面了，你自己抄一下。”她轻声细语，似乎不觉得被冒犯，也没有一点情绪波动，接着就起身，“我还要去值日。”

邱卉妮撇嘴，翻了个白眼：“让你抄个作业，事儿倒挺多。”

后座好友哎呀一声：“下回再让她抄呗，跟个㞞包生什么气。”

一时被叫书呆子，一时又被叫㞞包的虞星仿若未闻，微低着头，走出教室的背影看起来老实极了。

离开高二教学楼，远远将身旁的一切甩在脑后，走在爬满秋藤的廊下，虞星查阅手机信息。

未读里有一条小姨的例行关心：中午饭吃得怎么样？和同学相处得好不好？

黑框眼镜后的眸光刹那柔和。

虞星一字一字打下回复：吃得很饱！很喜欢今天餐厅的菜，我吃了两碗！

至于后一个问题……

大家都很好相处，刚刚还有同学非要借练习册给我学习，很开心，我在心里谢谢了她！

小姨怕是等在手机前，简直秒回：那就好，要好好照顾自己。

下一句不忘叮嘱：下次道谢要当面跟人家讲。

这个嘛……

虞星面不改色回道：好的。

她抬头瞥一眼，长廊尽头将到，来不及多聊，只好结束短暂话题：马上要上课，不说了小姨。今天也很想你！

收起手机，她加快步伐左拐右拐，穿过偌大操场，“漫漫征途”结束得不容易，终于到了校门口。

值日室和保安室一左一右，镇守闸门两侧，一个保障安全，一个管理纪律。

虞星一进去，樊湘湘在桌前抬头，就见她两边唇角向下撇了撇，不知是抿唇用力过度，还是别的原因。

虞星点了下头：“不好意思，来晚了。”

其实没有，比该到的时间提前三分钟。不过一起值日，人家来得早，说句客气话也没什么。但樊湘湘显然不想客气，收回眼神就不再看她，低头翻弄自己面前的值日档案本。

这一个多月里，但凡值日，她俩总是一起。往常樊湘湘没这么早来，今天倒稀罕。

其实说是值日，不过走走过场。要是在别的学校，还能抓个把迟到、早退、逃课的，但在临天能逮谁？

或者就说，她们敢逮谁？

这位的爸爸捐个图书室，那位的妈妈捐个艺术楼，那谁谁谁的爷爷老人家一高兴，体育操场上的跑道掀了盖、盖了掀、掀了再盖，盖完不满意干脆直接捐个校用体育馆……

在这样富家子弟遍地的地方，寻常规矩是行不通的。

连老师都不稀得来一个，随便挑两个学生应付，再没有比这更明显的过场了。

幸好值日只占第一节课的课前十分钟，打发过去就可以回教室。

虞星在凳上坐下，屋里两人各自占据一边。

晚上吃什么好呢？她脑袋里开始盘算些有的没的。

看下午的课表，今天的作业大概两节晚自习就能做完，剩下的时间干什么呢？

看书？唉，希望晚上餐厅的大厨煮菜别做得那么精致，太不饱肚了。

好像学校里有校内电影院来着？什么时候去看看好了……

“你在你们班过得怎么样？”冷不丁，樊湘湘忽然开口。

“啊？”虞星愣了一下，推推眼镜，抬头，“我吗？”

樊湘湘不悦：“这里除了你还有谁？”

“啊……我，挺好的，我们班……”

“上次我经过你们班，看到你在帮你们班的人抄作业？”樊湘湘打断她。

虞星顿了下，摇头：“不是。我是把答案写在纸上，让他们自己抄。”

“这有什么区别？”

“做完题再誊到纸上，只用写两遍。”虞星比了个“二”的手势，“帮他们抄，至少要五遍以上。”她一脸正色强调，“五遍。”

樊湘湘听得冒火，更多是被她气的：“抄什么抄？我就看不惯你这种胆小怕事的！他们是有钱，可又怎么样，特招生就要被欺负吗？”

“嗯……我觉得，安稳一点挺好。”

“安稳？尿就尿，说那么好听干什么。”樊湘湘嘲讽，“就是因为像你这样，特招生才会被人看不起，你能不能硬气一点？我凭自己本事被招进来的，哪点差？应该是我看不起这些不学无术的人才是！你呢？唯唯诺诺，像条哈巴狗一样，你自己不想好过能不能不要拖我后腿？！”

虞星“呃”了声：“哈巴狗有点过了吧……”

樊湘湘瞪她半晌，大概是觉得她没救了，狠狠扭头不再理她。

虞星看着樊湘湘的侧脸，想了想，还是没再开口。

时间在值日室里安静淌过，眼看差不多快到可以走的时候，闸门外响起车的鸣笛声。

一辆蓝色的骚包豪车开到闸门外，保安室那边有人出来看了看，当下就开了闸门。

大概是哪个学生来上课了。

虞星正想收回视线，扭头却见樊湘湘盯着那辆车直勾勾地看，接着突然抓起笔和值日档案本冲了出去。

她在车前长臂一伸，把车拦下。

虞星一愣。往常谁开车进来，保安和偶尔在的老师从来都不拦，放行就是，那道电闸门只拦校外人士。加之一般能自己开车的，都是满十八的高三学长、学姐。目前在校的三届，最惹不起的就是高三。不仅仅是对他们这种普通人而言，对其他临天学生来说也是一样的。

四九城里牛的姓氏很多，有几个恰好就在这届高三。

樊湘湘不是不知道这点。

这一出莫名其妙，虞星看着怕不好，起身快步到值日室门边，没迈出脚去。

电闸门才让道，那辆蓝色的车刚开进来就被突然冲出的樊湘湘拦下。

一个保安从保安室里探头："是本校的车，都是高三的。"

保安示意她放行的话，樊湘湘却似没听在耳里，走到驾驶室外，抬手敲车窗。

车窗降下三分之一，里面是一张清俊的脸，男生皱眉："有事？"

樊湘湘板着脸："同学，你迟到了，根据校规，你们班要扣分。你叫什么？姓名、班级我登记一下。"

她的表情，端的是一副"优良"做派，神圣不可侵犯。

驾驶座上的男生沉默了两秒，转头对副驾驶座上的人笑出声："你听到没，她说要扣我分？"

虞星再也站不下去，拔腿风一样冲到樊湘湘身边。

"你们……"

樊湘湘话没说完，虞星一把捂住她的嘴："不好意思学长，她是新来的！"

冷不防又冒出个人来，沈时遇手搭在方向盘上，打量她。声音倒是挺好听……

就是太土了，书呆子打扮，死气沉沉，刘海厚得像块铁，脸也看不清。

今天真是好日子，值日室的学生一个赛一个的奇葩。

没等沈时遇出声，车后座响起另一道带点轻微不耐的声音。

“……走不走？”

沈时遇闻声扭头。衣服搭在身上，半盖着脸睡觉的人没睁眼，眉头微微蹙起。随着他说话，衣服朝下滑落在脖颈前，露出那张脸。

眉眼俊朗，鼻梁线条高挺，凌厉细致，两片薄唇带着不悦的弧度。

他没睡熟，姿态慵懒，倦倦地靠着椅背，好似什么事都和他不相干，车里的，他懒得看，车外的，就更没兴趣探究。

他身上搭的那件外套，一针一线皆是手工刺绣，点缀着衣服边缘，低调的镏金线增添了颜色，又不会过重，很好地保留住整体的清淡感，奢靡和精简融合，衬托出一种别样的休闲素雅风。

和他这个人一样。

沈时遇知道他起床气严重，应声：“马上。”

车窗漆黑，驾驶座玻璃只降下一小半，虞星慌忙冲过来时，连朝挡风玻璃看都来不及，别说窥见后座，她连副驾驶的人长什么样都没看清。

但听见刚才那声，心道自己更不能松手了。

虞星越发捂紧樊湘湘的嘴，忙道：“学长你们进去吧！她新来的不懂，我等会儿跟她说！”努力挤出一个木讷憨厚又讨饶的笑，虞星死死捂着樊湘湘的嘴，不顾她挣扎，拿出吃奶的劲儿，搂住她的腰，拖着她往后退。

沈时遇没多纠缠升上车窗。副驾驶座的蒋之衍回头一看，后座的人已经睁开了眼。

见他看着窗外，蒋之衍顺口问：“看什么呢？”

盛亦的那双桃花眼和薄唇相得益彰，笑起来时尤其好看，只是当下轻微的倦意夹杂没睡够的烦躁，那张脸上神情恹恹。

“没什么。”他说。

戴眼镜的那个女生，捂着另一个女生的嘴，拖着她往后直冲。被拖的那个，一只鞋在地面卡卡蹭蹭，都快掉了。

目光从戴眼镜的女生胸牌上移开，“虞星”两个字在脑海浅浅划过，轻飘飘了无痕迹。

盛亦淡淡看向沈时遇："走吧。"

"你放手，干什么……放手！"樊湘湘用力一甩，挣开虞星。

见那辆车已经开进去，虞星便顺势松手。

在这只有她俩的值日室，樊湘湘怒火中烧："你拖什么拖？谁让你捂我嘴的？！"

虞星："保安说了，那是本校的车，车里是高三的学长。"

"高三又怎么样？"

"只要是本校的就可以放行。"

"根据校规，迟到早退者班级一律……"

"你知道的，"虞星一派平静地打断她，"那只是明面上的摆设，这里的规矩，大家心知肚明。"

樊湘湘不甘示弱地顶回去："什么规矩，什么心知肚明，你愿意向这种恶臭的潜规则低头，不代表我要跟你一样！"

虞星动了动唇，可看她一脸清高蔑然，忽地想到她冲出去前，那盯着车看，眼里古怪闪烁的神情，虞星又不想说话了。

会开车进学校的学生，基本只有高三的。这个地方最恣意、嚣张，最不能惹的，也是这些人。

樊湘湘会不知道吗？

平心而论她长得不错，家境不差，出了临天，也是殷实门户。她在家大概被父母好好娇养着，但也绝不会不懂人情世故。

这往外冲的举动，着实令人费解。

保安示意放行还非要拦学长的车，拖她进来，就那几步路，虞星差点被她的眼神射死。

虞星沉默了几秒："樊湘湘，我们来临天，是来学习的。"

樊湘湘皱眉："……用你说？"她还是有点没好气，"我麻烦你下次少管闲事，我的事不用你管，OK？你软骨头，没志气，㞞就㞞，别拉着我一起点头哈腰！"

"适当的低头不是点头哈腰。"虞星声音轻，语气半点不强势，但字字分明，有另一种坚持。

"我凭什么向这里的规矩低头？"

虞星从黑框眼镜下朝她看了一眼："因为我们来了这里。"

“……”樊湘湘一噎。

大概有几秒，樊湘湘回神，皱眉瞪虞星，扔下一句：“夏虫不可语冰，不用你管！”

她抓起东西，头也不回就走了。

夏虫不可语冰……

也对。

虞星将眼镜推正，因低头的动作，刘海垂得更低。她拿起笔和值日档案本，平静地迈步离开。

夏虫确实不可语冰，燕雀也不知鸿鹄之志。

只是谁又知道?

未见鸿鹄之前，燕雀说不定以为自己才是抱负远大的那个，胸前那一二点拙劣图谋，便已经是它全部的冲天志向。

虞星在3班，和樊湘湘不在一处，能碰面的机会不多，况且君子之交淡如水，她们之间的关系连“水”都不及。

值日室的那点小不愉快，隔天就被她抛到脑后。

安安稳稳，普通又平常的一天，转瞬就到下午。在下课铃的节奏中，老师走下讲台，班内气氛霎时松缓。

背脊不再绷紧，虞星动手整理桌面。

邱卉妮看着练习试卷上的错处，不满地招呼虞星：“这怎么还有错的呀？”

书本堆得整齐，虞星回头：“嗯？”

邱卉妮捏着一支笔，轻佻地点在卷面上，眉头轻锁：“你不是特招进来的嘛，读书不是特牛嘛，这也做错，你到底靠不靠谱？”

“哦，那个，我往纸上誊答案的时候，特意改错了几道的。”虞星轻声细语，平静道，“全对的话，老师可能要问的。”

邱卉妮微愠：“你的意思是我不配全对？”

虞星抿了下唇，仍旧好声好气：“不是，这样比较妥当，周全一点好。”

言毕像是和邱卉妮打招呼般点了点头，示意告别，起身走了。

时值傍晚，大家都用晚餐去了。

“你——”她走得快，邱卉妮没来得及叫住她。

后座的夏元晴“啧”了声：“又木又呆，土包子，还㞞，真不知道干吗把她分到我们班……”

邱卉妮没答声。

夏元晴忽而想起什么，戳了戳邱卉妮的背：“卉妮！”

“干吗？”

“蒋之衍他们今天来学校了！”

邱卉妮眼神先是一亮，想起前不久去高三教学楼那次，在7班门口等了半天，隔着窗看他们一帮人或倚桌沿站着或坐在桌上，说说笑笑，愣是没敢过去，邱卉妮脸色马上沉了下来。

“昨天不就来了。”她语气不好，却是气自己。

那天盛亦坐在位子上，笑眯眯弯着眼，单手夹着笔慢悠悠地转。十月上旬已经开始降温，他脱了外套，只穿一件中袖T恤，素白的T恤只在左胸口位置有一个小巧的图案。

蒋之衍那帮人围着他不知道在说什么，他就静静听着，另一手插在兜里，姿态散漫，悠闲得很，看着很是可亲……偏偏就是让人不敢靠近。

“你记得吗？”夏元晴没她想得那么多，提醒，“上次不是有谁，给蒋之衍写了情书？”

邱卉妮：“干吗，你要写情书？”

“写，而且要给那个谁写！”

邱卉妮从她眼里看出别样的内涵：“给谁……你是说，盛亦？”

“对。”夏元晴赶忙补充，“不过不是我，是——”她朝斜前方的位置看去，伸指虚点。

邱卉妮尚在反应，夏元晴窃笑：“你看她以后还有好日子过没！”

虞星吃完晚饭，从餐厅回到高二教学楼，却发现事情不太妙。

3班所在的那层楼拐角处围了一群人，对着墙上某处议论纷纷。

“天哪，谁啊……”

“还敢给盛亦写情书，胆子真大。”

“虞星？我怎么听着这么耳生，好像又有点印象……哦是不是那个，那个特招来的？”

“……”

目光齐聚到她身上时，虞星忍着没有往后退。

“噗——”

视线扫过她的胸牌，不知人群里哪个男生笑出声：“就她啊？长得挺丑，想得挺美！”

校规对有的人行不通，但虞星知道，自己是绝对不能违背的。从转来第一天，校服、胸牌，着装方面她一应按照要求，从头到脚挑不出一丝逾矩的地方。

虞星朝那面墙走去，他们很“贴心”地让出条道来。

近前一看，墙上贴着的那张粉色信纸里的内容，开头是这样的：

“盛亦学长，你好。我是高二3班的虞星，我很喜欢你！……”

虞星倒吸一口凉气。

谁这么狠毒？！

盛亦是什么人？

高三7班，盛学长。

这四九城里，数起了不得的姓氏，“盛”绝对名列前茅。是盛氏集团的“盛”，也是盛亦的“盛”。

作为盛家下一任接班人的盛亦，他的名字在临天私离高中，无人不知。要说这届高三为什么令人生畏，便是因着他和他身边人的存在，像跟盛亦走得近的那几个，出身同样不容小觑，有时旁观者开起玩笑来，三分真三分假，便喊他们“盛氏集团盛爷党”。

虞星听别的学生提过他们，只是本身这里的大多数人跟她就不是一个世界的，金字塔顶端中的那小部分，用脚指头想想也知道，和她的距离更是比光年还遥远。

齐刘海掩盖下，黑框眼镜后的眼睛死死瞪着那张纸，虞星希望是哪里看错了。可能她眼镜戴久了突然之间变成八百度近视了呢？

其实不是盛亦，是另一个叫盛卞的学长，又或者不是虞星，是别的什么虞目之类的人……

这张纸贴在那儿。别管到底是不是她写的，她的麻烦肯定是少不了了。

虞星身子僵硬地站在墙前。脑袋里千回百转，还没缓过来，教导处周主任的大嗓门响起：“挤在这里干什么？”

登时，虞星心里“咯噔”一下。

周主任算是临天“走过场”走得最认真的一位老师了，来得也太不巧。

她将将扭头，正好迎上周主任老虎等待捕食般的两道目光。

晚上第一节课，同一时刻，全校每个班喇叭都在响，高三 7 班也不例外。

“现在播送一则处分通知——”

沈时遇微微抬了抬头，下一秒，蒋之衍拧眉操作着手机里的游戏，分神伸腿从桌下踹他一脚。一听是什么处分，沈时遇兴致缺失，集中精神投入游戏中。

而盛亦低头看书，翻着书页，压根儿没抬头，仿佛前头出声的只是噪声生成器。

“……经教导处周主任发现，高二 3 班虞星同学，写给高三 7 班盛亦同学的情书，于晚自习前，被人扔在高二教学楼二楼拐角，而后被公然张贴在墙上……”

“嗯？”

沈时遇蓦地抬头：“给谁？盛亦？”

蒋之衍也听见了，朝盛亦看去。

班上其他好事者目光偷偷瞥来，虽然没敢多看，很快收回，但证明确实没听错。

“现在还有人敢给你写情书？”蒋之衍颇为诧异。

盛亦那副好皮囊，加上一双桃花眼总是笑眯眯的，看起来太有迷惑性，早先高一、高二时，学姐、学妹前赴后继，只是没等他怎么样，她们彼此之间先折腾得乌烟瘴气、死去活来。

后来就没谁敢明目张胆干这些事了。

“这是怎样一个愣头青？我都要感动了！”沈时遇伸手搭上盛亦的肩，“小学妹胆子可以呀。”

盛亦慢条斯理推开沈时遇的手，嘴角含笑：“你很羡慕？”

“没有没有，兄弟的桃花哪能觊觎！”沈时遇笑着，欠的不得了，“刚刚广播里处分听到了没？等会儿我们要不去看看写给你的情书？”

盛亦当然听到了。

虞星这个名字他有印象，但想起的，只有女生脸上那副木讷的黑框眼镜。

作为行为不端的处分，她被罚写检讨一千字，那封情书也将被贴在教导处楼外的告示栏一个星期，以示警告。

沈时遇饶有兴趣：“反正我们差不多要出去了，正好经过那……”

盛亦睇他两秒，薄唇轻启，笑眯眯地吐出一个字：“滚。”

没打算上晚课，在教室里待了一会儿打发时间，蒋之衍一行人从 7 班出来，下了高三教学楼。

蒋之衍和盛亦聊改装跑车的事，沈时遇偶尔接两句，其余人没怎么插话。

走过凉亭，沈时遇听着他们聊天，瞥见不远处，墙根前有个人影。

“咦？”沈时遇诧异，“那边是个人吗？”

蒋之衍闻声看去，皱了下眉：“好像是个女的。”顿了顿，“那是教导处吧？”

盛亦走在他们中间，目光淡淡，没说话。

教导处楼外，高高悬挂的橙黄灯下，一个女生在告示栏黑板前左看右看，鬼鬼祟祟。

看不清她的长相，只隐约看见她脸上戴了一副黑框眼镜。

虞星被周主任训了好一通，想说“那封情书不是我写的”，几次话到嘴边，硬生生憋了回去。

她当时人在餐厅吃饭呢，哪来得及搞事？不是她写的，却出现在那儿，还用说吗？

才来了不到两个月就被人整了，虞星在心里长叹一口气，深觉自己“不惹事”的原则贯彻到位，结果却不尽如人意。

全校通报丢人就算了，写一千字检讨也不是问题。可那该死的情书，却要在楼外告示栏里贴一个礼拜！

从教导处出来，虞星直发愁。带着愁绪，她老老实实把情书按周主任的要求贴在告示栏黑板里，双面胶还是由周主任提供。

贴完情书，把双面胶还回去时，周主任已经去楼上开会了。不用见到他黑如锅底的脸，也并没有让虞星的心情舒坦多少。

再次出了楼，经过告示栏前，她停下脚，抬头看向黑板。

将那封情书细读一遍，虞星皱起眉。

细读第二遍，嘴唇抿成了直线。

细读第三遍、第四遍……

虞星忍不住了，摸摸口袋，习惯随身装的笔在左侧。她近前一步，几乎快贴着墙面，提笔对情书进行修改。

一封表白的信，有两个错别字，用的英文里写错了一个半单词，还有三个地方的标点不对。

太看不过眼了。

虞星一边改一边暗想，这种水平的情书怎么可能是她写的呢？而且写了情书被人发现扔到拐角，再被贴上墙，这个逻辑周主任究竟为什么会觉得合理……

想到周主任，虞星怕被人发现，在橙黄灯下小心翼翼地左右看了看，赶紧改完，她揣好笔，快步朝教学楼走。

没走几步，地上黑影长长，虞星一顿，抬头就见迎面走来一群男生。她匆忙一瞥，没敢看脸，迅速低头，加快脚步。

晚自习不在教室，大剌剌走在学校里，这做派，大概率是高三的。

若不是怕看起来像一块蹦着走的木板，虞星感觉自己还能再提速，顺便去参加竞走。

朝这群疑似学长的男生侧边走时，走在最前那排里，有个人看着她咦了一声："虞星？她就是……"

那一刻，虞星真想把胸牌上的字抠掉漆。这黑天也看得见字儿，学长眼神真好！

更可怕的，是学长好像想叫住她。

虞星干脆心一横，放弃竞走，拔腿就跑——

什么？学长叫她？风太大没听见！

啊？跑那么快干什么？急着回教室，学习在召唤，她要赶回去接受知识的熏陶！

虞星一溜烟，朝着高二教学楼飞奔。

沈时遇吓一跳，一头雾水："她跑得也太快了……"刚要叫住她，还没出声人就没影了。嘴上不忘调侃："给你写情书的这小学妹眼光虽然有待商榷，运动水平还不错嘛！"

"你知道她为什么跑那么快？"盛亦微微转头，不答反问。

沈时遇慢半拍："嗯？"

盛亦冲他晏晏一笑："因为你长得比较丑。"

沈时遇："……"

蒋之衍闷笑出声，瞥他一眼，迈步跟上加快步伐的盛亦。

沈时遇心里不服。他丑？暗恋他的学妹不要太多！他要是算丑，临天百分之九十八的男生都得羞愤自投勤学湖！

沈时遇跟上两人，要讨个说法："不是……"话刚出口，就已行至教导处楼外。

告示栏的黑板上贴着东西。

"那是什么？"沈时遇来了劲，刚才盛亦的小迷妹在这儿捣鼓半天，两步迈过去一探究竟。

蒋之衍也跟着踱步过去。一帮人像闲逛般怡然自得地去取车，自然是不赶时间的。见他俩都在那看，盛亦百无聊赖，慢悠悠走过去。

后边跟着的男生们，和沈时遇、蒋之衍两人不同，下意识跟他保持着些许距离。

又找到新的乐子，还是和盛亦有关，沈时遇已经乐了。

盛亦刚近前，他就掐起嗓子，矫揉造作地念起来："亲爱的盛亦学长，你好！我是高二3班爱慕你许久的虞星学妹，我很喜欢你！从第一眼看到你开始，我就深深地爱上了你，你英俊帅气的面容，深深地映进了我的脑海中。"

到这里停了一瞬，沈时遇接着添油加醋："你知道吗？我每天都在想你。啊，学长，你就是我的天堂、我的梦！念你、爱你、念你……"

盛亦淡定地听沈时遇对着纸上的内容好一通自由发挥及二次创作，弯眸浅笑："眼睛不好用的话，可以抠下来换玻璃的。"

沈时遇急刹车打住，讪笑："我不是觉得她写得不够生动，帮忙润色一下嘛！"

纸上有几处涂改痕迹，蒋之衍插话："这情书字没几个，错的地方不少。"

沈时遇仔细看了看："好像是。啧，水平不行啊。"

"她刚才在这儿鬼鬼祟祟，该不会就是在改错的地方？"

"在纸上就着错改？以我们大少爷的身份地位，还不够她换张纸重抄一遍吗？太不上心了……"

他们你一句我一句，倒一本正经讨论起来了。而盛亦明明是"当事人"，却仿佛是局外看客一样，他轻轻挑眉："聊完了吗？用不用搭个帐篷在这儿过夜？没聊够我就先走了。"

"哎……聊完了，聊完了！"

沈时遇和蒋之衍忙敛了神色，不再瞎闹。

一行人继续往停车场走。沈时遇暗暗打量盛亦的神色，他是真的不在乎，连蒋之衍都会跟着调侃聊两句，盛亦却全然没有兴趣。也不是第一天认识他，早就知道他的性子不是吗？

盛亦哪会对这些有兴趣。看着像是他们三个里最好相处的，实际上，盛亦才是那个最孤高、轻狂、目空一切的人。和以往那些使出浑身解数的女孩一样，这个叫虞星的学妹，不过是注定要失败的其中一个。

沈时遇耸了耸肩，不再去想。

虞星气喘吁吁地从教导处跑回来，一进教室，迎头就被调侃："哟，这不是我们班的大红人虞星吗？"

不到三十人的教室里，低笑声漫开。

早有心理准备，她低着头走向座位。

后座挤了两个男生，一块玩电子产品，瞥见她回来，随口讽刺：

"我说你平时不声不响的，没看出来，竟然还胸怀大志啊？"

"老话不是说了，人穷志不短，穷，不就得挑最好的下手。"

"……"

邱卉妮见她闷葫芦一样不作声，伸腿踹她的桌脚："跟你说话呢！"

虞星愣愣转过头来："啊？"

邱卉妮不耐烦："啊什么啊。"

夏元晴戏谑："你给盛亦学长写情书的事全校都知道了，你打算怎么办？"她状似关心，实则眉眼都是笑，"你说你，也不跟我们说一声，大家都是同班同学，你写完我们帮你把把关也好不是？"

虞星不说话。把关？算了吧。她不傻。这一出，整她的横竖不外乎 3 班这些人。这临天，轻视她、看不起她的，从这里由近到远开始算，这些富家同窗不就是想在她这个"外来人"身上找点乐子？

后座两个男生其中一个插话："可拉倒吧！就她这样的，倒贴老子都不要，还追盛亦？想吃天鹅肉想疯了！"

另一个笑了一声："对啊，丑人嘛就少作怪，越作越惹人嫌不知道？"

邱卉妮和夏元晴一边说他们："干吗讲话那么难听，人家是女孩子哎。"一边嘴角翘起，笑得停不下来。

在他们的嘲弄声中，虞星坐正，默默翻开书。

杂音过耳，全不留痕。

没关系。看不上对方这件事，大家彼此彼此。

3 班众人谓我多不堪，我谓你们全是 24K 大傻子。

从“情书”一事发生开始，虞星在校内走动时，必定会惹来探究的目光。不得已，她只能把胸牌摘下，只在早上晨读、班会等班导在的场合戴，过后就取了放进外套口袋。

好不好过都过了。

周末有一天休息，好不容易盼来，虞星早早就回了家，整个白天都待在家里，陪特意调休的小姨。

傍晚，太阳朝地平线落，看时间差不多，小姨虞宛贞提醒她：“你不是要去给秋秋过生日吗？该出门咯。”

虞星抬头应了一句，洗干净下午用过的两个马克杯，在铁架上摆正，回房换衣服。

苏秋生日并不在今天，是特意等到她休假回家才请客庆祝的。

虞星换了件长袖T恤，外边套上一件浅色外套，足够保暖，下边就懒得换了，临天的校服裙是褐色的，款式和平时穿的裙子差不多。

她在学校一丝不苟地按校规穿校服，穿久了就觉得裙子还挺方便的，主要是耐穿。

虞宛贞嫌她穿得素：“怎么不挑亮一点的衣服？”

虞星笑笑：“这样舒服。”

见她没戴那副丑眼镜，虞宛贞稍微满意了些：“就是嘛，你也不是多深的近视，老戴眼镜干什么。我给你买个小巧的你又不要，非喜欢那个……”

虞宛贞端详她几秒，拉她坐下：“你坐着，我给你把头发编一下。”

“小姨，我——”

“别动。”

虞星哪里拗得过。虞宛贞摁着她，将她又厚又长的齐眉刘海分开，多的部分压进侧边的头发里，由高到低，三股编成一股，编出一道花辫。

她头发不算太长，过肩些许，另一侧垂下来，微微盖住脸颊，却不会挡脸。

虞星一开始想拒绝，见虞宛贞难得开心，后来就坐着不动任由她摆布。

为了像沙砾掉入沙漠、水珠滴入海洋那般，平静地在临天过好接下去的两年，这一个多月来，她都在习惯粗糙的自己。

今天去给苏秋过生日，她本想简单收拾一下就好，但看小姨这么高兴，霎时觉得别的都不重要了。

虞宛贞忙活一小会儿，见虞星近来不见天日的整张脸完全露了出来，满意道：“可以了。好了，去玩儿吧，注意安全。”

虞星抱了抱小姨，揣着刚拿到的零花钱，这才出门。

苏秋先去跟同学会合，虞星到约定好见面的地方找他们。

一见面苏秋就抱上来，虞星闻着她身上好闻的淡香，还没说话，苏秋就先往她脖子处蹭了一下。

“阿虞，你好香哦。”

“痒。”虞星笑着缩了缩脖子，“哪有。”

苏秋从小就比她活泼一点，不算特别奔放，人很温柔。

松开她，苏秋介绍身后的朋友：“这几个你认识。”

不是第一次见，虞星和他们互相打了声招呼。

“这两个你没见过，这学期刚来我们班的。”苏秋指了指两个生面孔，互相给他们介绍名字，“……这是虞星。”

虞星略略颔首：“你们好。”

两个初次见她的男生突然都变得腼腆起来。其中一个还好，眼里闪过一丝不易察觉的赧意，尚算镇定。

另一个就严重了。视线和不经意看他的虞星正对上，好好一个白净斯文的男生，脸霎时以肉眼可见的速度变红，舌头也打结。

“你……你……你好！”

面前的女生白得像牛奶罐子里泡出的，一张瓜子脸，小嘴嫣红，鼻梁挺翘又精致，尤其那双眼睛，像什么……像黑曜石，对，水灵灵泛着光，熠熠生辉，璀璨如星。

她看过来那下，眼波盈盈，莫名就让人呼吸一紧，有些慌乱。

今天陪苏秋庆祝生日，来的一路上就知道还要接一个苏秋别校的朋友。

两个没见过她的男生看其他人提到她时十分高兴，不免问了一句。当时苏秋在便利店买东西，他们等在门口。

和苏秋最熟的男生说：“苏秋朋友长得……咳，蛮好看的。”

另外的女生也说：“而且人很好，很可爱。”

当时以为就是个好看点的女孩子，苏秋不也是他们年级里最好看的几个之一吗？相处多了就习惯了。

现在想来，那句“长得蛮好看”里夹杂的轻咳，不是心虚，应该是害羞才对！

被动触发结巴技能的男生，一边唾弃自己表现不好，一边忍不住偷瞄那张脸，紧张得手心都出汗了。

这哪只是蛮好看的？

这也太漂亮了吧！

一个简单的生日聚会，新认识的两个男生几乎全程在暗暗盯着虞星。

虞星倒没察觉别的，和苏秋许久不见，上周她回家，苏秋补课去了，一来一去错开，没能见成，自然有很多话要说。

几个女生聊得火热，苏秋作为寿星公，也没忽视男生们，从下午到晚上，一群人玩得极愉快。两个“新人”面上不露，默默见缝插针，待虞星极为绅士。

那小心翼翼腼腆的样子，也是有几分可爱。

晚饭后的场地是一家静吧。

比平常的KTV、酒吧安静，气氛更好，可以坐着聊天、谈心、玩游戏，还有驻场歌手现场表演。

苏秋一行人坐下，各自点了饮料，从摇筛盅的游戏开始，玩遍了目前学生聚会中流行的游戏。直至驻场歌手结束半场工作，正中小台子上的立麦空在那儿，他们又互相撺掇对方上去唱歌。

虞星含着吸管轻吮，杯子里是鲜榨果汁，多加了几块冰，这个季节她还是喜欢喝冷的。

不防他们几人说着，话题抛过来。

“虞星，你要不要上去唱歌？”

佳柔刚推拒，见势忙祸水东引：“对啊虞星，你去唱！”

虞星不由得失笑：“干吗甩锅给我？”

佳柔边讨饶边起哄：“我唱的真的不好听！你唱一个，唱一个！”

“我唱的也不怎么样……”

“没关系，去嘛！”

“可是……”

本想拒绝，苏秋忽地靠过来：“就唱一首，唱我们去KTV经常一起唱的那个。”

给她的礼物早就让小姨在她生日当天送了，虞星当然想她开心，她都发话了，眼下也不愿扫大家的兴，只得被赶鸭子上架。

好在店里人不多，她们来得算早，加上角落卡座，只有两三桌人。

虞星向苏秋的撒娇束手就擒："就一首喔。"

苏秋甜甜冲她比了个"OK"。

上台后，负责音响的店员帮忙选取伴奏，将话筒递给她。虞星坐上高木凳，周身暗淡，台上唯一的一束光，照在她身上。

她和苏秋都喜欢这首老歌，几十年前红遍大江南北，原唱歌星感染力惊人，一副好嗓子，甜而不腻。一时间伴奏声起，曲调婉转悠扬，除了苏秋，别桌客人也朝她看。

虞星自觉声音不甜，奈何曲子甜，唱着唱着，也禁不住跟着笑起来。

…………

"哎哟，有美女！"

静吧角落卡座，眼尖的男生最先瞧见台上，一开口，其余人纷纷抬眸探询："哪儿？"

"那儿——"

坐在高木凳上的女生眉眼如画，音响里甜丝丝的声音和台上的打光，简直像是在为她营造气氛。尤其是那眼睛，真好看啊。

一帮少年看直了眼。

怎么这么白呢，白得感觉用指尖在她脸上戳一下都会红，这个画面，甚至连想想都让人有负罪感。其中刚剃完短寸的一个男生，魔怔地摸了摸自己的圆脑袋："你们觉得我上去当话筒能行吗……"

一帮男生边看边议论。

"肯定不是我们学校的。"

"废话，要是我们学校的早见过了。"

"附近六中、七中也没看过这号人啊？"

"可能不是我们那片学区的……"

说着，座中一部手机举起，对准台上拍了张照片。

"你干吗？"

被问的男生往微信好友群里发："今天怀哥不是没来吗？给他看看！"

这几个都是德川中学高三的学生，德川中学和公立六中、七中等好几个学校在一个学区。

男生把照片往群里一发，不到半分钟，立刻炸出几个今晚不在场的损友。

这谁?

谁?

谁啊

…………

秦怀最后出现，问：这是谁?

男生说：不认识，在静吧这儿碰见的。

一群男生都拿起手机加入群聊，惯常一起玩的这帮人不分在不在，你一句我一句聊得热切：

比校花好看。

同意。

她声音好甜，我宣布老子脱单了。

脱个屁，还不快上去要联系方式，你们几个屃包!

早知道有美女我今天就出去了。

秦怀插话进来，明显不满：不知道你们跟我说个毛线?

静吧在场这几个男生还没来得及回复，有人有发现：她穿的裙子，是不是临天的校服?

看见这句，群里三秒没人说话，都在点开照片研究。褐色的裙子在灯光下稍微有点色差，双色花纹细细缀在裙边，最底下镶边是黑金色。

好像真的是!

哇，你眼神真好。

不对吧，临天的……

同样是私立高中，德川虽然比临天整体差了不少，但不妨碍他们对临天有所了解。裙子确实像临天的校服裙，但临天的女生，怎么说？私下里的穿着打扮，都要比同龄的普通女生珠光宝气得多。

——对，珠光宝气，就这么夸张。

而这个女生看起来很朴素，气质不太像。

他们正忙着研究那到底是不是临天的校服裙，秦怀回了一句：临天的?

接着就再没吭声。

等结束讨论，唱歌的声音早停了大半天。

台上的人回了座位，卡座的男生们往那边瞄。

“去不去？”

“你去？”

“我要到号码就归我。”

“滚，你是不是兄弟？”

“要不咱俩一……我？”

没等他们决定，就见那桌人相继起身，几个女生挽着手，男生跟在身后，一齐离座出去，就这么走了。

“真可惜！”

“你早不去。”

“你不是一样……”

男生们你说我我说你，最后纷纷叹气。

㞞是都挺㞞。不过心里也隐隐觉得……那么漂亮，他们希望不大。

唯一一个不㞞的，大概就是秦怀。

在四九城一众私立高中里，德川比不得领头的临天，但不代表人比不上。凭家世、出身，秦怀在德川可以横行无忌，放到临天同样也可以。

——毕竟在被他爷爷扔到德川“受苦”之前，秦怀没少跟蒋之衍等人一起鬼混。

作为盛氏集团盛爷党编外人员，秦怀立刻把照片发给了“对”的人。

但“对”的人似乎不这么认为。

盛亦收到消息的时候，顿了一秒。

先是一张图片，然后是秦怀的语音：“这是你们学校的？认不认识，介绍给我。”

他连图都没点开：“这种事你该找沈时遇。”

秦怀：“好吧，忘了你性冷淡。”

盛亦笑眯眯：“听说你最近买了新车？”

秦怀立刻讨饶：“我说错了，不是性冷淡是眼光高，眼光高！哥我错了，你千万别跟我爷爷说！”

盛亦懒得再回他，刚要放下手机，就见群组里有新消息。

秦怀把图片发到他们几个人的小群里，问了蒋之衍和沈时遇同样的问题。

盛亦不小心点进群，便随手点开图。照片拍摄角度偏侧，女生的侧脸线条像勾勒得恰到好处的画，额头、眉骨、鼻梁、唇瓣、下颌，弧度精巧得刚刚好，多一分太过，少一分太缺，绝妙得像被命运之神温柔轻吻过。而那浓密长睫，随着视线下瞥，忍不住让人对那目光最后的着落之处生出羡慕。

盛亦一时多看了两眼，图里的人确实很漂亮。

但仅仅只是两眼。

下一秒，他就退出群聊界面，对秦怀几人的聊天内容丝毫不感兴趣。

陪苏秋庆祝完生日，好心情余韵悠长，返校后虞星过得很愉快。

周围嘲弄戏谑的目光，不怀好意的调侃，所有刻薄的对待，于她而言都只是羽毛轻轻抚过。她心里有数，否则当初为什么决定来这里？

临天的师资力量十分强大。在这里任教的老师，满一年薪资双倍，满两年可翻三倍，达到三年，学校提供代步车，持续五年，该年除双份年终奖外还送三居室公寓一套。

不仅每年寒暑有公费出国游，加班一天按一周工资计算，所有补贴都高于一般水准三倍以上……

依靠学生背景，临天开出优渥的条件，拥有了和别处差距更明显的精英资源。作为临天首次破例收取的特招生，靠的是实力也是运气，虞星早就做好了心理准备。得到就要付出，向现实环境低头就是她付出的代价。

心宽体不胖，那些目光过了头两天就再无杀伤力。其间碰见樊湘湘一次，虞星直接忽略了她整个人以及她写在脸上的鄙视。

或许是因为心情好，这周过得格外快。

周六下午，例行每日一抄。虞星往纸上誊作业答案，一边写一边期待，小姨说休息日带她和詹叔叔一起吃饭。反正不管干什么，能和小姨待在一起，她的心情总是好的。

铃声一响，虞星不等邱卉妮开口，将誊着答案的纸夹进书里递给她，脚步莫名轻松。

“她怎么那么高兴？”

邱卉妮看着桌上的书，一头雾水，挤对她的话都还没来得及说。

夏元晴撇嘴，不以为意：“谁知道。可能赶着去餐厅吃饭吧。”

休息日当天，虞星一早到家。不到十点，离午饭时间尚早。虞星窝在沙发上，吃着水果和虞宛贞谈心。

聊多了，免不了说起即将要见的人。

“——小姨，你喜欢他吗？”

虞宛贞在她靠过来的脑袋上轻轻一戳：“小姑娘家，净惦记这些。”

“喜不喜欢嘛？”

“你这么在意这个问题，看样子你很喜欢詹叔叔？”

“我喜不喜欢不重要。”虞星倚进那馨香的怀抱，“只要你喜欢他，我就喜欢他。”她说得认真，语气中带着一丝对肯定答案的期望。

“吃个饭而已，怎么操心起这些来了？等以后有什么再说好不好。”虞宛贞没回答，拍拍虞星的背，“去换衣服，小姨给你编头发，收拾完差不多该出门了。”

“又要给我编头发？”没能得到答案，虞星一边往房间走，一边嘀嘀咕咕道。

虞宛贞在她背后提醒：“把你那副丑眼镜给我摘了！”顿了顿，没忍住吐槽，“刘海跟铁门帘似的，不编你编谁……”

虞星动作很快，主要是没怎么打扮，只换了件外套，里面的卫衣也没换，下半身还是校服裙加打底裤袜。临出房门，想起那衣服里装了些零散东西，又折返回床边掏兜。

钥匙、零钱，软的硬的什么都有。虞星没细看，一股脑全塞进身上的外套口袋里。

第二章

小兔子遇到大灰狼

男生饶有兴趣地笑起来，凉凉嗓音中带着些许少年的沙哑：“你让我亲一口，我帮你把场子找回来，怎么样？”

收拾停当出门，在去饭店的路上，得知詹叙铭曾提过要亲自来接，但被小姨婉拒，虞星内心对他的印象又好了几分。

虞宛贞今年虽说三十有八，可天生丽质，模样看起来只有三十左右，让人觉着很是年轻。长相、气质、身材，各方面都是极好的，尤其是性格也好。

在虞星心中，世界上没有比她更好的人，面上不显，实际暗中对她身边的追求者多有观察。

以往不是没有出现过条件好的男人，但久了，总察觉出不尽如人意之处。

虞星知道自己贪心。她既希望不会委屈小姨，又希望小姨能发自内心感到幸福。于是一边心有挂碍，一边却也不愿小姨真的在这件事上将就。

虞星对詹叙铭印象不错，他比虞宛贞长几岁，是某公司的高管，曾有过一段婚姻，六年前结束得干净利落，无子无女。许是因为保养得当，不像四十，看起来只有三十六七，眉眼和年轻时大概没太大差别，有几分英俊，稳重成熟，正当壮年。

虞宛贞和他在一场音乐会上相识。从表露好感开始接触到认真追求，他前前后后坚持了差不多有三年。

两人的关系一直不温不火，哪怕虞宛贞慢热，他也从没有过一丝埋怨与不忿。

一路上，虞星和虞宛贞小声说话，内心暗暗打起自己的小算盘。

抵达饭店门口，早到的詹叙铭特意下来接。对待虞宛贞，他向来主动又殷勤。爱屋及乌，他看虞星的眼神格外慈祥。

“小星看着又长高了。”

虞星先礼貌地道了声好，挽着虞宛贞的胳膊，很有小女儿的娇憨：“詹叔叔看着也特别精神，我刚刚还以为是哪个大帅哥站在这儿呢！”

詹叙铭乐得发笑，到虞宛贞这儿，声音和面容都柔了几分：“饿不饿？”

虞宛贞温声说：“还好。”

三人上楼进包厢，詹叙铭对虞星在新学校的生活很是关切，言谈间问了几句，作为长辈，给了一些学习上的建议。

虞星故做天真状，“专心”往嘴里塞东西，实则竖起耳朵听他俩说话，一秒内容都不错过。

小姨为她付出的够多了。

虞星垂下眼睫，铁叉叉起的水果许是还没到它最好的时令，沙沙的甜里，带着一丝丝酸。

不到三十分钟，菜还没上齐，她已经放下餐具。

虞星抬起头甜甜一笑：“小姨，詹叔叔，我吃饱了。”

“饱啦？”

“这就吃饱了？”

两个大人异口同声，一齐看过来。

“要不要再点些什么？水果，还是甜点？”詹叙铭想叫服务生，被虞星劝住。

虞星强调一遍：“我真的吃饱了。”冲虞宛贞撒娇，“小姨，我难得休息回家，和朋友约好下午去玩，我可不可以……嗯？”

虞宛贞哭笑不得，嗔她：“原来是为了玩啊？我说你怎么吃得这么急。”

虞星明媚一笑，模样纯良可爱：“小姨——”

詹叙铭不语，只看着她们笑，气氛温馨得倒真像一家人。

虞宛贞无奈放行：“去吧，要注意安全，早点回家！”

虞星点头如啄米，迭声保证，也不忘对詹叙铭道谢：“谢谢詹叔叔，这里的东西真的很好吃！”

对坐的两人含笑未语，就见虞星急忙跑出去，没两秒又推门探头。

“詹叔叔！我今天不能在家陪小姨了，她下午一个人，拜托你替我陪她哦。下次我做独门秘制的荷包蛋给你吃！”说着再次关门，脚步声渐远。

虞宛贞叹气：“这孩子……”感慨她玩心太盛。

呼——

离开饭店两条街，虞星放慢疾走的速度，松了口气。刚吃饱饭就走这么快，她还真怕肚子疼。

虞星掏出手机，琢磨给自己安排点活动。苏秋去参加补习班，她不在，虞星自然也不会找她的那些朋友。没了苏秋这个纽带，她和其他人相处多少有点尴尬。

但在临天关系处得好的同学，一个都没有。

至于以前学校的……

旧人旧事，不提也罢。

联系列表里就这么些人，除了苏秋，还真没一个能约出来的。

虞星认了，决定一人独行。想起之前一直很想去的一家别具风格的书店，用地图导航确定位置，打车过去。

书店位置在闹市，离得不远就是一个商圈，街边店铺装潢精致，生意不错。

她待到快四点，然后退了临时阅读卡出来。接着又逛到一家粉色调的电玩城门前，里面多是中学生、大学生，一眼看去全是年轻人。

午饭吃得太急，消化完了，虞星到店门旁卖小吃的窗口要了一串热狗和一杯冰饮，进去闲逛。夹娃娃机前挤着一对对小情侣，篮球机也满员，一群精通跳舞机的男女用熟练的动作吸引了许多目光。赛车、射击、时下流行的口红机……

很热闹。

她一样都没玩，手上的那串热狗太烫，转了一圈，才吃一半。

经过拳击机前时见围着一群男生，虞星贴着侧边走，小心避让。谁知那群人玩得兴起没注意她，吵吵闹闹互相推搡，一个男生作势挥拳，一用力，手肘正好碰到虞星脸上。

她张嘴正要咬热狗，脸颊被胳膊肘狠狠一撞，咬破了自己的嘴角。

痛，痛得眼泪花都出来了。

虞星踉跄了一下站稳。又痛又庆幸。还好是横着吃，竹签没朝着自己，否则……

“哟，撞到了？不好意思啊，美女！”

随着男生转头，那群男生都看了过来。

虞星循着那流气的声音看过去，那群男生吊儿郎当，没几个正经的。“肇事”的更是，撞破她的嘴角，道歉不像道歉，嬉皮笑脸的。

“美女没事吧？嘴都破了，用不用……”

一群人打量她的目光令人十分反感。虞星听得烦，不想跟这种人纠缠，就当吃了个闷亏，闷声飞快摇头，迈步就走。

“美女——”

“走那么快干……”

身后仍有几道声音传来，虞星步子加快，更是不停。离开电玩城，将还剩小半杯的饮料和只剩一口的热狗，全都扔进垃圾桶，虞星没心情再吃。嘴角沁了一点点血，舔了舔，疼，带着腥甜味。

所幸不是什么大伤口，过两天应该就会自己结痂。

虞星在附近的几个店转了转，心情慢慢好转。她对这边不是很熟，一条街一条街转来拐去，自己也不晓得到了哪个地方。

看时间已经五点多了。这边不是很好打车，虞星见地图上显示可以穿过巷子，到街道那一边更热闹的地方，方便等到车，于是记下路线，将手机揣进兜里，往巷子里走。

导航没问题，虞星的记性同样没问题，在商铺高楼后的巷子里转了几分钟，见墙上贴了个出口标志牌，心里一喜，朝着出口走去。

按标志牌指的方向一拐——

虞星心里咯噔一下。

巷子口聚着一群男生，正围着一个男的。

男生们朝她看过来，离得不远，几个男生看着她交头接耳。虞星认出他们，是在电玩城里遇到的那群人，胳膊肘撞破她嘴角的那个就在其中。

几乎是大脑下意识做的决定，虞星转身往回走。

她不想知道他们在干什么、欺负谁，或者敲诈谁，只是本能地对危险产生警觉。

只盼是自己想多了，自我保护意识过重。

虞星一边沿路返回一边在心里念叨。可惜，几秒后，身后响起脚步声，明显有人跟上来。她深吸一口气，加快脚步，拐了个弯，然后忙撒腿跑起来。

虞星讨厌他们在电玩城里时看她的流气目光，可在这小巷子里，她撞破他们干坏事，而他们又跟了上来……

他们想干什么？她不知道，但她知道她应该跑。

听着身后的声音，虞星急忙狂奔，越是心急越出错，左拐右拐，突然找不到出去的路。心急如焚地边跑边找路，在经过一道院墙时，她一顿，急刹停下，没再往拐弯处跑。

只用了一秒，立时有了决定。

虞星目测好院墙高度，往后退出一段距离，一阵助跑后“噌”地上墙，动作敏捷地翻过墙去。往下跳时略微着急，落地有些不稳，虞星摔坐在地上。她手掌撑地，背靠着墙，听墙外跑过的脚步声，紧张到屏息。

待那声音渐渐远去，总算是松了一口气。

松懈下来才察觉尾巴骨有点疼，虞星还没站起来，忽地发现廊下站了个人，登时吓一跳，动作僵住。

这是一个庭院，地处闹市，装修风格却极具韵味。院子里，流溪、花叶、山石，都只有简单的一小些，含蓄地装点着四处。

像茶馆、棋室或者别人家的小院子，却又都不太像。

而廊檐下，吓到虞星的那个男生，大约和她年纪相仿，穿一身休闲装，身姿高挺。他两手插兜，懒散地倚靠着墙边木柱，薄唇和英挺的鼻梁弧度衬得那张俊脸多了几分清逸与冷情。

他在廊下似笑非笑，盯着虞星看。

仓皇之间闯进了别人的地盘，虽然还不知道这是哪儿，但虞星已经意识到，当下需要的是先道歉。

“对不起，我……”她试图站起，却见廊下的男生突然朝她走来，说到一半的话停住。她不由得往后挪了挪，背越发贴紧墙。

男生停在她面前，高瘦挺拔，居高临下睨着她。虞星被他身影罩住，一时有些紧张。

“临天的？”

见他看着她的裙子挑了挑眉，虞星愣了下。他认得？莫非也是临天的？

虞星对这张脸没印象——临天人不多是相对于一般高中而言，实际上整个学校加起来学生也不少了，她连高二 3 班的人都还没认全，更别提其他。

虞星正想说点什么卖卖校友情，道个歉讨个饶，再找门出去。谁知他突然蹲下，与她平视，神色捉摸不透。

他的视线在她脸上慢慢扫过，虞星被他直勾勾打量，大气不敢出。那教人发紧的目光，在她嘴角弄破的地方稍稍停顿，最后看向她的眼睛。

男生饶有兴趣地笑起来，凉凉嗓音中带着些许少年的沙哑："你给我亲一口，我帮你把场子找回来，怎么样？"

……亲……亲一口？！脑袋里警铃大作，虞星背靠着墙，只恨后面没有空间，不能再往后仰。

这人明明长着一张这么好看的脸，桃花运泛滥几个字就差写在脸上了，他想亲谁不容易？何必呢！

虞星瞥他一眼，半秒就移开，干笑敷衍："对不起啊我有喜欢的人了……"边说大脑边飞速运转，电光石火间灵光一闪——

既然认得临天的校服裙，那他要么是临天的，要么是对临天有所了解的！

"临……临天私离高中最厉害的那个你知道吧？"虞星急中生智，"……我们盛亦学长又帅又有气质，我喜欢他很久很久了！"

对，就拿这尊活阎王当借口！情书都给他"写"了，此时不用更待何时！

虞星找准方向，扯开虎皮做大旗，怕他不信，越发声情并茂："我对我们盛亦学长一见钟情，除了他我眼里没有别人，不管他喜不喜欢我，我都绝对不可能亲别的男生！我要为他生，为他死，为他上天入地一辈子！"

"感人至深"的一番话说完，最后一个字结束，余音落地有声。

男生没有说话，眯了眯眼。

虞星还想接着再掰扯两句，感谢他的"好意"但找场子什么的真的不用，然后赶紧有多快走多快。

谁知没等她开口——

"是吗？"

男生忽地舔唇一笑，那双桃花眼分外勾人："巧了，我就是盛亦。"

"……"

啊？虞星霎时失语，呆愣地瞪着大眼睛，傻在当场。

什么？

他说什么？

盛亦？盛亦？盛亦？

他是盛亦？！

——他是盛亦！！！

虞星傻了，虎皮不仅没能扯起来，还当场破了个窟窿。她愣愣看着盛亦那张俊脸上玩味的笑，不知该作何反应。

僵滞间，里头出来一个人，走到廊下："阿亦？"

院中墙根下的两人闻声，盛亦回头，而后站了起来。虞星仍在地上坐着，还处在惊诧中，瞪着眼睛看过去。

一个年轻男人端着茶盘，盘上托着两个茶杯和一壶茶，正站在先前盛亦站过的地方。

"你在那……"说着注意到虞星，他稍稍一顿，"……她是？"

虞星当即一骨碌站起来，边拍自己衣摆和裙摆上的土，边说："不好意思先生，我刚刚有点事，出于情急翻墙进来，对不起对不起！"

她鞠了两下躬，问："请问哪里可以出去？门在那边吗？"

见男人空出一只手，指了指身后，虞星迭声道谢，连忙从盛亦身边逃离。她头也不回，沿着走廊朝门口小跑，很快没了影。

廊檐下端着茶盘的周瀚渊虽倍感莫名，但见她跑得快，便懒得再追究。只是这小院子的围墙要重新修缮一下，该加高些了。

看向还站在院里的盛亦，周瀚渊问："你跟她聊什么呢？"

刚才见他在和那个翻墙进来的陌生女孩说话，这倒新奇，不像他的性子。

盛亦笑容淡淡："没什么。"正欲迈步，余光瞥见地上似乎有个反光的东西。

他停住，过去俯身拾起。拿在手里看清楚后，盛亦一顿。是枚胸牌，他再熟悉不过，制式分明是临天的。

而胸牌上的姓名——虞星。

临天满校师生，他不可能全都认得，这个却巧了，他还真的记得。

校值日室前她拖着同伴往回走，匆匆一瞥，留下丁点印象，后来给他写情书被全校通报批评，又在教导处外修改情书错别字被他们逮了个正着。

只是……

盛亦想到刚才那张脸，与在临天校内看见的模样，天差地别。

记忆里那个"虞星"脸上最有存在感的是那副土到掉渣的黑框眼镜，刘海厚重如铁，大半张脸被遮得严严实实，畏畏缩缩地习惯低着头，除了嘴，就只有下巴没挡，鼻子被眼镜压着，脸颊两边全被头发拢住。

她翻墙进来时动作利落的样子，实在不像是那个“虞星”会做的事。

周瀚渊见盛亦站着不动，出声提醒：“阿亦？沈时遇和秦怀他们在路上了，等会儿就到。”

盛亦回过神：“……知道了。”

还没迈步，忽地想起什么。秦怀？

只两秒，过人的记忆力给出结果。

刚才那张脸和在临天校内见到的那木讷土气的模样大相径庭，倒是和秦怀给他发过的照片有七八分相像。但和图像略有出入的，是她比照片里更漂亮，生动的面庞，五官美得充满灵气，鲜活又抢眼。

秦怀要找的人，原来就是她？

盛亦原本只是因为她突然翻墙进来，一时兴起，尤其她发现他在廊下后，那张过分美丽的脸蛋上交织着诧异、无措与仓皇，水汪汪的眼里闪过受惊的神色，宛如掉进陷阱里的漂亮小鹿见着猎人时的模样，于是他闲着无聊便逗弄了她几句。

她后面的反应让他觉得好玩，但也没有多往心里去，只是觉得还挺机灵，所以她兔子一样逃跑时，他没有多加阻拦。

打发时间而已，没那个必要。

然而现下，捏着这枚胸牌，他忽然开始觉得有趣。

盛亦微勾嘴角，将胸牌揣进口袋，走到周瀚渊身边。

两人一同往廊下另一侧的茶室走。

见他似乎心情不错，周瀚渊不解：“你笑什么？”

盛亦摇了摇头，弯着一双桃花眼并未多言。

没什么，只是发现了一点好玩的事而已。

周瀚渊开这家茶馆，全凭兴趣，并不靠它正经维生。毕竟出身摆在那儿，周家什么样的根基？那是四九城里数得上名号的人家，周瀚渊虽然志不在家业，可也是正经公子哥，指缝里漏一点下来，都够那些想抱他大腿的莺男鹂女吃一辈子了。

闲来无事弄个茶馆，选址在闹市中的弯曲小巷里，颇有点“大隐隐于市”的意思。

盛亦不爱喝茶，找他是为改车之事来的。别看他现在一本正经地研究起了茶道，年少轻狂的时候，周瀚渊也是赛车场上的一员猛将，改装车这方面他是行家，认识很多专业的团队和牛人。但周瀚渊哪敢轻易答应盛亦，说来说去都不肯点头。

一是盛亦那辆车已经可以了，完全没必要再折腾。二则，他车库里不是没有别的选择，他半年前买回来的那辆，经英国专业公司和汽车厂商联合改造，光是造价就七百多万。三是最主要的，周瀚渊知道盛老爷子并不喜欢盛亦赛车，他若是在赛道上出了什么事，这个责任谁都担不起。

聊了半天，好不容易坚持住了立场，周瀚渊求饶："你就放过我吧。我要是帮你的忙，你爷爷非得找我麻烦不可。"

盛亦面色略微不豫，脸上没了笑意，却也没有执意勉强，沉默地端起茶。

不多时，外头传来脚步声。

"应该是他们到了。"周瀚渊起身外出相迎。

过了会儿，领着沈时遇、蒋之衍和秦怀三人进来。

落座寒暄，周瀚渊给他们各倒了一杯茶。

得知盛亦为车的事情不爽，沈时遇和蒋之衍也没去触他霉头，唯独秦怀不怕死地招惹他。一会儿大聊特聊自己新弄来的车，一会儿又说新请到的团队多牛，改装完的车性能多好多好……其实秦怀不像盛亦，他对赛车兴趣平平，买赛车、改装拉力车不过是为了过过瘾，很少上赛道。说这些，纯属气盛亦。

蒋之衍一向作壁上观，沈时遇更开心，又有好戏看，又不用自己亲自作死，乐得看热闹。

出乎意料的是盛亦并没反应，静静听秦怀嘚瑟了半天，淡定得很。

秦怀一边说一边瞄他的表情，见他这样，越说越觉得没意思。

等他自讨没趣地停了，盛亦这才慢悠悠地扯了个无关话题："你之前找的那个女生，找到了吗？"

一提这个秦怀就难受："嗐，没呢。"他看向沈时遇，数落道，"你说你，临天就那么点大，找了这么久还没找到我老婆，兄弟要你有什么用？"

"你自己没什么用怪我？"沈时遇不甘示弱，两人你一句我一句开始拌嘴。

临天就那么大点，谁说不是呢？

盛亦最初是打算告诉秦怀的，不过秦怀刚才冲他又是显摆新车，又是显摆改装团队，如此志得意满，想必情场略微失意应该也不算什么。

唇边噙着轻浅笑意，盛亦优哉游哉地端起茶杯喝茶。

返校回到临天，虞星原本有些忐忑，后来转念一想，自己在学校这副模样，跟正常时候完全是两种风格，谁能认出来？

况且满校这么些人，盛亦哪有那么容易知道她是谁？何必紧张！

将心安稳放回肚子里，虞星又发现自己的胸牌不见了，找遍口袋都没有，公寓里也不见踪影。无奈之下，只得找老师，跟校方再要一个。

除了这个小插曲，别的都还好。虞星照常学习照常上课，没两天，就把盛亦的事忘得差不多。

午后的太阳正好，给早寒增添了不少暖意，破天荒竟然有人找她。

平时几乎不和她说话的同班同学过来，敲敲她桌子，传话：“门口有人找。”

虞星从书中抬头，略感诧异，下一秒习惯性低头：“哦，谢谢。”

到门外一看，是个陌生的学姐。

学姐表情严肃，打量她：“虞星？”

虞星不明所以，点了点头。

学姐大概是什么部门的负责人，开门见山通知：“下午最后一节课结束以后，去把逸教楼几间休息室打扫干净，我来通知你，别忘了。”

虞星一愣：“逸……逸教楼……”

“对，打扫工具和该干什么，详细的，你去了会有人跟你说。”

不是，这关她什么事，怎么突然找上门？

逸教楼这名字听起来端庄，实际里面的教室和房间，都是给学生会各个部门及社团办公、开会的地方。顶层空置的几间，被高三占去改成了休息室，不过平时好像没什么人用。

虞星觉得莫名：“学姐，我没去过逸教楼，也没打扫过，怎么……”

“没去过就不知道在哪儿？”

“位置我知道——”

学姐皱了下眉：“校体委安排的值日任务，我只是学生会负责来通知的，这算在你值勤分里，你自己处理。”

学姐酷得很，不欲多言，说完就走，片刻不多留。虞星动了动唇，没出声，望着她的背影站了几秒，一肚子疑问没搞明白。

平时都是在校门口值日室里走走过场，或者去扫扫凉亭什么的，值日被安排去打扫逸教楼还是第一次。而且值日的事都是各班分配，怎么学生会的还跑来了？

回到座位，邱卉妮斜眼睨她，语气微妙：“高三的找你干什么？”

虞星自己都一头雾水，摇了摇头，也不管邱卉妮对这个答案满不满意，低头继续看书。

晚餐时间受到挤压，下了课，虞星只能先去逸教楼。到那儿一看，发现不只她一个人，还有另一个学生和她一起被安排清理休息室。

谁都没跟谁说话，对方大概是懒得跟不认识的人闲聊，而虞星一心想着快点忙完快点去吃饭，各自拿起工具忙活，两下里倒十分合拍。

虞星推着吸尘器将休息室走了一遍，在机器的嗡嗡声中，忽然想起来——休息室不是没什么人用吗?

然而桌上的书、茶几上的零食还有柜子里瓶身写满英文的不知名饮料，看起来明明是有人在使用的样子。

吸净灰尘，虞星拔了电线插头，拧干湿抹布擦桌子。

一直没说话的另一人突然出声："小心一点。"

"啊？"她一愣。

作为临时"同事"，那人好心提醒："擦完桌，桌上的东西原样摆设，位置不要动。不然要扣分。"

"……哦。"虞星点了点头，没忍住问，"这里……不是没人用吗，怎么还有这么多东西？"

那位"同事"朝她看了一眼，似乎对她信息滞后有些诧异："高三 7 班占了休息室，他们来了自然就有人用啊。"

虞星闻声一顿。

高三 7 班?

那不就是盛亦他们班?

这么一说再明白不过。谁敢跟他们抢休息室啊? 哪怕他们时来时不来，不常在学校，地方被他们占了，人不在别人也不敢乱用。

突然和盛亦扯上关系，虞星忽然觉得这里到处都是盛亦的味道，浑身不自在。

虽然她也不是很清楚盛亦身上是什么味道，那天在院子里，他蹲在面前，离得近，她闻到点清清淡淡的香味，不晓得是不是他一贯的……

啊呸!

虞星忙回神，谁管他香味不香味的，现在只有一个重点——赶紧走。

一时间，虞星拿出了十倍速度，像拧上发条，马达加快，动作细致又迅速，看得那位“同事”一愣一愣的。

她的心情别人是不会了解的。当着盛亦的面拿盛亦的名字来挡枪做借口，还被当场拆穿，心里能不敏感就怪了。

虞星擦完桌子擦茶几，擦完茶几，又去擦门框。

把新换的一盆水端到门边，虞星正要蹲下拧抹布，忽地瞥见一群人朝这里走来。

这回认识了。

三个人里稍微高出一些的那个，正是盛亦，那张脸她再不会记错。

电光石火间，身体自动反应，虞星噌的一下蹲下，低着头，假装全神贯注拧抹布。

盛亦三人经过她身边，没有多看她一眼，说笑着径自进去。

她暗暗松了口气，拿着拧干的抹布站起来。

入内没几步的盛亦忽然停住。

虞星一抬眸，见他停下，还没反应过来，下一秒他就折返行至她面前。

那张带着笑的脸看起来十分无害，不知道的怕是会以为他是个多么好相处的翩翩少年。虞星却只觉得他的笑怎么看怎么让人背后发毛。

步入休息室的两个男生发现他的举动，诧异：“阿亦？”

虞星僵滞着，吓得一动不敢动。听闻他有几个关系不错的朋友，她分不清谁是谁，反正出声的不是蒋什么衍的，就是沈什么的。

此刻自顾不暇，没心情管那么多。

他可能只是来让我把门框擦得干净一点……

垂死挣扎的最后一个念头，在盛亦开口之后化为泡沫。

“你是不是掉了什么东西？”

虞星垂头，手里抓紧抹布，用力摇头，不敢出声。

盛亦眼里笑意更炽：“没有？”

他从口袋里拿出一枚反光的东西，递到她眼前。

“虞星”两个字，清清楚楚写在胸牌上。

虞星脑袋里“嗡”的一下，仿佛有什么东西断线。

胸牌，她弄丢的胸牌！什么时候掉的？在哪儿掉的？为什么会在盛亦手里？

他又往前递了一点，虞星喉咙一紧，手抖着接过来。

盛亦似是笑了下，她没敢看他的表情。

只听到他压低的声音，兴味十足。

“……下次翻墙的时候，千万小心一点。”

盛亦为什么认得她？

不应该。

他到底是怎么认出她的，虞星想来想去都想不明白。

她忘了自己是怎么从逸教楼出来的，只记得休息室里频频投来的打量，让她极其不适。

别说盛亦的朋友意外，让临天的其他人看到盛亦和她说话，怕是也会大吃一惊。

接连烦闷好几天，好死不死，去上个卫生间，虞星又赶巧碰上邱卉妮和夏元晴谈“心事”。

夏元晴似是在开解：“没事，下回再去也一样的，总会有机会的，最近他们来学校的次数频繁多了……”

邱卉妮不知在烦什么，语气焦躁：“来了又怎么样，还不是不敢过去。”

“那你不要想那么多嘛！胆子大一点……或者我们想想办法，找个合适的场合、合适的机会？”

“能有什么办法？”

“哎呀……”

虞星不想这个时候从隔间里出去，一是邱卉妮和夏元晴的脸看着就烦，能不看就不看。再者，她不合时宜地出现，她们说不定要把气撒在她身上。

默默等着她们聊完，忽听夏元晴说：“别想那么多，总会有机会和盛亦学长搭上话的……”

虞星登时一个激灵。

盛亦？

又是这个名字。她觉得自己像被诅咒，到哪儿都逃不开。心念一动，结合她们话里的信息，虞星微微瞪眼。

邱卉妮对盛亦……

这下好了。

待外头的聊天声渐远，好半晌，虞星才推门出去。

头越发疼了，脑袋里一团乱。

邱卉妮看她这么不顺眼，要是让邱卉妮知道盛亦和她说话，她怕是更没好日子过了。

该来的躲不掉，等又一次被安排打扫逸教楼，虞星才知道，上一次原来只是开始，不是结束。

一次可以说是巧合，两次呢？

再傻她也懂了，这莫名其妙的值日任务，八成和盛亦脱不了关系。带着一颗惴惴不安的心前往逸教楼，这回休息室里只有盛亦一个人。虞星小心翼翼进门，盛亦坐在沙发上看书，像没听见她进门般，没有抬眸看她一眼。

和上次不同，这次没有“同事”能协调合作，虞星看着偌大的休息室，心里苦恼。她一个人得弄到什么时候？累也要累个半死。

盛亦不说话，虞星自然不会先开口，像是真的只是来搞卫生的，拿起工具一声不吭地默默干活。给吸尘器插上电，“嗡嗡”声吵得耳朵疼，虞星却觉得这声音还不错，至少能让她感觉有点什么陪着她。不知有没有十分钟，吸尘器吸完整个休息室的地面，插头一拔，立时恢复死寂。

虞星正准备去端盆水来，沙发上的盛亦忽然放下书。

她一愣，下意识就想走。还没迈步，盛亦在她之前悠悠开口：“……小学妹，你没有什么话想和我说吗？”

虞星转身，背贴着桌沿，精神高度紧张。说什么？又不熟有什么好说的。

她犹豫着：“学长……”

盛亦靠在沙发角落，好整以暇地看着她。明明她站他坐，她偏偏有一种自己正被“俯视”的感觉。

他一个眼神淡淡扫来，不得不承认，这份气势，比别人强得不是一星半点。

出身和环境造就的眼界与底气，远非旁人能及。

盛亦还在等她的下文，虞星却欲哭无泪。他要她说什么？

“学长我说什么……我……你要是有事就尽管吩咐……”别拐弯抹角的行不行。

盛亦睨她数秒：“听说，你之前给我写了情书？”

虞星怔了下，想到全校通报的事，僵硬点头：“……是。但是，其实……”

盛亦不听多余的解释：“那天翻墙进院子里，你话里话外提着我的名字说了那么多，结果根本不认识我是谁。”

虞星哑然，脑海飞速运转，思考该怎么搪塞。

不行啊。

说明白情书不是她写的，那不就坐实了她拿他当挡箭牌吗？没给他写过情书，也根本不认得他，一到遇事的时候却满口“我们盛亦学长”，这不是找死吗？

神色好在被头发及镜框挡住，否则她暴露得更明显。

“是这样的学长，我……”虞星尽力挣扎，“我那天有事太着急，整个人脑子是乱的……乱的你知道吧，不清醒……就是吓到了，很……很蒙，一下子没认出你……”

她咽了咽口水。

盛亦看着她不说话。

两人默然对视——隔着她那副蠢笨的镜框。

盛亦温柔一笑：“你猜，我信不信？”

虞星：“……”

她正欲再编，盛亦换了个姿势，倚靠着沙发，姿态愈发懒散。

那好看的眉头轻蹙，他眯着眼：“学妹的风格跨度还真大，是有什么独特的打扮理念吗？几次见到你，好像都不太一样。”

说到脸上来了。

虞星绷着背，心里想的是怎么打扮关你什么事，嘴上却不敢这么说。

“这个是因为，因为我……”

“嗯？”盛亦等着她往下说。

“……因为，因为我小时候特别笨！”虞星面容一肃，很快，语调变得诚恳又悲情，“其实学长，实不相瞒，我小时候智商特别低，总是被人欺负，我小姨拉扯我长大很不容易，那时候她担心我嫁不出去，看我们隔壁大伯家的儿子也挺笨的，就让我和他定了娃娃亲……”

盛亦听得还挺认真，鼓励性追问：“然后呢？”

虞星硬着头皮继续：“然后慢慢大了吧……我没那么笨了，那个大伯家的儿子还是挺笨的，他们就咬死了娃娃亲不肯松口。然后，然后他们家又发现我长得还能看，这不是知道我要来临天读书吗？怕我惹是生非不安分，回去看不上他们儿子，就不准我打扮得太花枝招展……”

盛亦似乎听进去了，若有所思地点了点头，“原来是这样。”他很是温和地看向她，“编了这么多累不累？要不要坐下再想想？”

“不累不累，我站着编就……”虞星连连摆手，说到一半反应过来，话音顿住，笑僵在脸上。

盛亦像在逗弄小动物，那双含着笑意的眼睛洞若观火，带着一丝丝寒意。

“看来学妹你说的话，一个字都不能信。”

“我……”

不用照镜子，虞星也知道自己现在的表情有多难看。提心吊胆地等了一会儿，不见盛亦发作，他安闲地端起玻璃方杯喝水。

虞星不懂他葫芦里到底卖的什么药，站得有些累了，就见他放下杯子，立时神经一紧。

盛亦看向她，话锋一转，突然翻篇：“学生会正好缺人，打扫休息室的任务就交给你了，每个礼拜至少清理两次。另外，你给我写情书的事让我很困扰，现在全校师生都知道你对我有非分之想，平白无故被牵扯进无关的事里……”

虞星悬着一颗心。

他挑眉：“这样吧，你下次来打扫的时候，麻烦带上给我的情书。先前那封我也没收到，我总不能被你白白连累对不对？”

情……情书？

虞星傻了，给他写情书？！

她连忙回神，试图争取：“可是学长，这样……”

盛亦决定的事哪还有别人置喙的余地，他看也不看她，悠然起身：“我还有事，休息室就交给你了。”走了两步，他停下，回过头来，那双桃花眼好看得过分，笑意中带着一点天生的冷感。

“忘了说，我要求很高的。希望学妹能够发自肺腑地用心创作。我等着看。”

“情书”应该怎么写？还是写给临天最不能惹的那个人。

虞星十分苦恼。拿不准盛亦的意思，他是通过这种方式警告她，让她死了这条心，还是说他真的想听她“发自肺腑”地对他进行赞美？

也不是没有可能的。难道是因为那天院子里的事，让一向万众瞩目的盛亦觉得自己在她这里落了面子，自尊心受挫，所以想把颜面找回来？

虞星暗暗猜测着想到的几种可能，不敢确定哪一种更稳妥。不是她闲得慌，实在是盛亦话都说到那个份儿上，由不得她不上心。

关系到创作走向，虞星认真思考了整整两天，到去逸教楼的前一天，还没理出头绪。紧要关头，一边发着愁，一边不经意间瞥见斜后桌的邱卉妮。

虞星一愣，霎时醍醐灌顶。

邱卉妮的存在点醒了她。这么个眼高于顶的千金小姐，平时飞扬跋扈，面对盛亦，却只能苦着一颗心痴恋，无从靠近……连这些白富美千金大小姐都爱而不得，她怎么能土包子想吃天鹅肉！

盛亦肯定也是这么想的。

很快厘清思路，虞星列出几个重点。

首先，夸他，使劲地夸，夸得天上有地下无。

其次，要剖白“心意”，这样的人物她怎么能不动心？没有想法是对他的不尊重，要有，而且必须要有深刻的想法。最好安排一下，讲述自己是如何从一进临天就被他迷了心窍。

再次，好好解释一下那天没有认出他的缘故。私人原因一笔带过，主要原因归为暗恋对象突然出现在眼前，太过刺激，兴奋得大脑混乱。

更没有不愿意让他亲，纯粹是满嘴胡言再加上觉得自己配不上！不能……

虞星停了停，对着草稿纸上写的那句“不能玷污他冰清玉洁的……”思忖了几秒，默默地将“冰清玉洁的……”几个字划掉，余下前半截。

——“不能玷污他！”

接下去就是重中之重，前面几点加起来的篇幅都不如最后这一项多。

后半段要反省自己、检讨自己、对自己的痴心妄想做出严厉批评。她这样的人哪有资格觊觎他？要向他表达歉意，悔恨之情要感人至深，不深不足以展现她自我审视的痛！

到时候是不是还可以在纸上滴几滴水，营造一种她写到涕零的视觉印象……

虞星琢磨着，恰值下课铃响，她收好草稿纸，决定晚上回公寓好好发挥，务必写它个三五千字！

第二天，虞星带着好不容易完成的大作，前往逸教楼。

到的时候盛亦不在，虞星还以为他不来了，正想等走的时候再把情书夹进桌上的哪本书里，打扫到一半，盛亦来了。

虞星没跟他打招呼，本着能少说一句是一句的原则，她将注意力集中在手头的活上。

其实没什么好清理的，休息室除了他们高三 7 班的人没别人用。他们来也是在不想上自习之类的课时，过来坐一会儿，不会真的待多久。

一个礼拜打扫一次足够，现下休息室里就干净得很，虞星擦着锃光发亮的桌子，只觉得比自己的脸都干净。

沉默着打扫完，前后不过十分钟左右，走之前，虞星小心地把“情书”放到盛亦面前的茶几上。

“学长，已经打扫完了，我先走了。”

他似应非应地嗯了声。手里拿的书和上次不一样，封皮是英文，内里也都是英文。

虞星巴不得他注意力全在书上，最好从此沉迷文学，彻底将她忘个精光。当即，脚下抹油，头也不回。

出了休息室，还没到楼梯口，迎面走来两个人。

沈时遇和蒋之衍。

虞星私下里打听过，弄清了盛亦身边最好的这些朋友姓甚名谁。

沈时遇瞧见她面露诧异：“哎，她……”

虞星不给枝节横生的机会，足底生风，走得飞快。

教室里没见盛亦，听其他几个说他去休息室了，沈时遇和蒋之衍只得找来。

开了瓶饮料，另一瓶扔给蒋之衍，沈时遇往沙发上一坐，问对面的盛亦：“你最近怎么老往这儿跑？”

盛亦淡淡道：“哪里不都一样。”

可以前没见你这么常来？不仅沈时遇觉得怪，连蒋之衍都感觉反常。

沈时遇想起刚才碰见的人：“对了，那个谁，刚刚出去的那个女生我碰见好几次了，她是不是给你写情书的那个学妹？”

在教导处外见的那一面，虽然天色昏暗，但沈时遇看清了她的样子，再碰见多少还是有些印象。只不过这几回在逸教楼见她都没戴胸牌，有点不敢确定。

盛亦语气平平：“问我？想知道你自己问她。”

“她来干吗？打扫卫生？怎么总是她，以前不是每个班轮换吗？”

“……嗯。”盛亦看着他的书，随意发出个音节，根本没答沈时遇的问题，态度敷衍至极。

蒋之衍在旁瞧着，品了品，总觉得这事儿有点微妙，又说不上来。

沈时遇好奇心更盛，还待再问，手机响了。

他点开，看完消息啧了声。

蒋之衍："谁？"

"童又靖回来了，让我去接她。"

蒋之衍唇边扬起一抹笑，带着点看好戏的意味："去啊。"

"烦死了，一天到晚什么事都要找我。没了我，她好像连路都快不会走了！"沈时遇皱着眉，一边骂一边给她回消息。

蒋之衍斜靠着沙发，笑得玩味："那还不是你自己惯的。"

"我能怎么办，小时候她就天天跟着我，我不理她，她就跟我爷爷告状。"沈时遇无奈，"我能怎么办？"

盛亦缓缓抬起头，十分贴心地给出建议："那你还不快滚？"

沈时遇："……"

顾不上跟他俩斗嘴，手机那边消息不断，沈时遇嘴上不耐烦，行动却很迅速。

"算了，我先去接她，晚点一起吃饭。电话联系。"

盛亦和蒋之衍都懒懒应了声。

过了一周，又到该去逸教楼打扫卫生的时候，等来等去始终没等到学生会来传话，通知她不用再去，虞星心里那点侥幸碎了一地。

见盛亦又坐在那儿看英文书，虞星忍不住边擦桌子边腹诽。真是闲得慌，非要到这儿来看，不上课就回家啊！一个豪门富N代，离开学校去干点刺激的事不好吗？

她的心里话盛亦听不见，她也不敢往外说，动作迅速地忙完，一看时间，比上一回还快，只用了八分钟。

"学长，我……"

"打扫完了？"

虞星没说完，盛亦从书中抬眸，瞥她。

她点点头。

盛亦微抬下巴，示意茶几上的书："你写的东西我看完了，拿回去照批语修改。"

虞星一愣："啊？"

"夹在最上面那本书里。"

盛亦轻飘飘三言两语，让虞星愣得连话都不会说。

批了？他批了？！他闲不闲啊！

当是检查作业呢！

“哦，对了。”

本已低头继续看书的盛亦似是想到什么，抬眸，好似没看见她此刻神情，带着笑问：“纸上的那几点痕迹，是你写的时候流的鼻涕吗？”

虞星：“……”

好气，好想杀掉他。

拿着盛亦批复过的情书，虞星心情沉重地走在去餐厅的路上。

他到底什么毛病？哪有人看完情书还给人家写批注的啊？

以往去餐厅吃饭是她除上课以外，在临天最重要的大事，今天拜盛亦所赐，胃口缺失。走到一半经过一座凉亭，虞星见没人，干脆坐下拆开看信。

厚厚几张信纸，一笔一画全是她手写的，写得她手腕都酸了，虞星对着工整的字迹默默自我夸赞了两句，飞快翻到最后一张。

定睛一看，她先是一愣，而后腾的一下站起来，当场就想把信纸撕烂隔空塞进他嘴里。

虞星气得握拳！

那行批注只有六个字——

“废话太多，重写。”

第三章

他——临天私中学长盛亦

盛亦眉眼微弯，笑说："其实不要紧。"

她不解："什么……？"

"你不用太在意我的清白，玷污一下没关系。"

从上学开始，虞星在学业方面就从来没让虞宛贞操过心。她一直以优异的成绩领先其他人，班级第一、学校第一、学区第一再到跻身全市前几，年级越高，她的成绩越是稳定。

千想万想都没想到，她还会有为写"作文"发愁的一天。

较上劲来，虞星不服。她挽起袖子挑灯夜战，引经据典，洋洋洒洒写了一篇五百字韵味十足的情书。

字数精简了很多，内容全是干货，就不信这样盛亦还不满意。再次前往逸教楼，少了前几次的忐忑，多了一种莫名其妙"挑战"的心态。虞星自己都没发现，她的思路已经跑偏，全然被盛亦带进沟里去了。

等这第二封的"批语"下来，虞星又是一通咬牙切齿。

比上次还少了两个字：

——"矫情，重写。"

杀他一百八十遍！

虞星三两下把信纸撕了稀巴烂，等冷静下来后，开始纠结。

继续写？不写？写还是不写？

考虑到最后，到底还是认了㞞。

虞星把第三封“情书”交到盛亦手中时，他正好有空：“等等。”

把人叫住，示意她站着别走。坐在休息室沙发上，盛亦当场把信拆开，垂眸默读。

虞星不自在地紧了紧喉咙。

这也太尴尬了，就好像在看一出十分羞耻的戏，主演正是自己。

盛亦看着看着，忽然抬眸，视线在她脸上停了停。

她这副打扮，能看清镜框下露在外的那一小块脸颊实属不易。

他捏着信纸，轻轻挑眉：“你脸红了？”

虞星一顿，感觉一股热意从脖子蒸腾而上，下意识往后退了一步，嘴硬：“……没有！”

这些天她都写了什么东西。

你的眼睛是我见过最美的星辰……

如果没有来到这里，不会遇见。不会遇见学长，就不会有苦，可也不会有甜……

我在想，可能你就是我的命中注定……

心悦君兮君不知，有些心事，不敢让你知，却又想你知……

太羞耻了，太羞耻了！

她发誓她这辈子都没有说过这么恶心的话，被盛亦逼得一次性说了个够。

她能不脸红吗？

盛亦对她的嘴硬不置可否，垂下眼继续默读。

良久，他悠悠抬眸，似是有些疑惑：“你今天这一封，走的是诙谐路线？”

虞星从自我谴责的羞耻中回神：“啊？”

他凝视着某一行，读出来：“世界上最遥远的距离，是我和你，是从高二 3 班到高三 7 班的距离……”

盛亦看向虞星：“高二、高三两栋楼，我记得步行不过几分钟。”

“……”

“你们班到我们班很远吗？”

“……”

和他讨论这封出自她手写给他的情书，虞星既羞耻又觉得怪异，大脑没跟上，一个字都说不出。

盛亦蹙了下眉：“还有这个。”

虞星有点不好的预感，下一秒就听他念出来——

“一个盛，一个亦，我的男神叫盛亦……”

空气安静了几秒。

盛亦看着声色喑哑的虞星，唇角微抿，薄唇略带嫌弃地吐出几个字：“你好土。”

虞星：“……”

杀了他吧！

求求老天，快来人杀了他！

被当面处以极刑的虞星僵硬站着，内心疯狂咆哮。

还不是他？她写什么都不满意，写多了嫌累赘，感情丰富一点嫌矫情做作，她除了探索各种风格还能怎么办？！

虞星心里苦，脸上也苦，实在没办法，开口求饶：“学长，我真的不行，这已经是我的极限了，再写下去你看了会更难受，不如就到这里……”

盛亦不咸不淡地打断：“前次考试你好像在高二排前三。成绩不错，写东西就只有这个水平？”

这能一样吗？虞星想反驳，没开口。

又听他说：“你若是实在不想写也没关系。”

她猛地抬头，一下子来了希望：“学……”

盛亦没给她说话的机会，莞尔一笑：“我原本以为学妹你对我心怀爱慕，看来是我想多了。既然这样我也不好自作多情……”

你还知道？虞星一边暗啐，一边做默认状。

她还没高兴几秒，忽听盛亦下一句：“一直没告诉你，我有个朋友在找你。”

虞星微愣：“什么？”

找她？他的朋友？

盛亦轻轻颔首：“不知道是在哪儿碰见，刚好你在台上唱歌，他拍了张照片。你还挺爱穿校服裙？他看裙子认出是临天的校服，特地来找我询问。”

他说着，带笑的眸子凝住她。

脑海里飞快回忆他说的场景，虞星小心试探：“他……找我干什么？”

盛亦反问：“你说呢？”他眼里闪过一丝光，“他对你一见钟情。”

他咬重最后四个字，生怕她听不清。

盛亦忽地话锋一转：“我这个朋友虽然花心，但人还不错。原本我误以为学妹对我有意思，一直没告诉他，现在看来我应该抽空跟他说一声。既然学妹对我只是一场乌龙，我怎么能耽误学妹的大好姻缘？”

看她一眼，他慢条斯理地保证：“你放心，我朋友长得好看，为人热情，他喜欢你，自然会对你十分上心，到时候天天来找你，肯定不会有一丝怠慢，也省得他缠着沈时遇帮他满临天找人，若是学妹能够……”

他自顾自说起来，虞星听不下去，慌忙叫停：“学长！”

盛亦慢悠悠一个眼神扫来：“嗯？”

最近一次唱歌是给苏秋庆祝生日那天，她穿的确实也是校服裙，盛亦说的不像假的。

虞星更乱了，一个还没摆平又来一个？现在就已经够她头疼了，要真像盛亦说的，他的什么朋友天天来临天找她释放热情……

比起被追，那还不如她来主动“追求”别人！

虞星忙不迭阻止：“学长，你千万不能跟你朋友说！”

盛亦一脸“我需要理由”的表情：“为什么？”

“因为，因为我，我……”她眼睛一闭，咬牙豁出去，“因为我喜欢学长你！”

他挑眉：“哦？”

虞星点头：“对，我喜欢学长——”

她隔着眼镜向盛亦投去眼神，一脸坚定地剖白心意：“不是乌龙，没有误会，事实就是你看到的这样！我刚来临天，不知道大家都不敢给学长你写情书，我不知天高地厚地写了一封，但不知道被谁贴到了楼道拐角……那天全校通报批评的广播，学长你也听到了对吧？！”

“后来不小心翻墙进了学长你的地盘，我当时太高兴，加上学长你又说……说那什么，我一紧张一激动，才会满口胡言乱语。其实我第一眼就认出来了，学长你不知道，那天晚上我在被窝里开心得一宿没睡着……”越说越真，虞星自己都快信了。

盛亦歪头，晏晏一笑：“不是乌龙？”

“不是！”

“你喜欢我？”

“……喜欢！”

“那你情书为什么写得这么不走心？”

虞星眼神飘忽：“这不是想借机多和学长你接触接触……”

盛亦玩味地看向她站的位置：“离那么远和我接触？”

她干笑：“我这种俗人，哪能靠那么近，那不是玷污学长你……”

沉默两秒，盛亦眉眼微弯，笑说：“其实不要紧。”

她不解：“什么……”

“你不用太在意我的清白，玷污一下没关系。”

虞星心中默道：“这就不了吧。”

感觉话题越来越难聊了，再往下不知道还会说出什么。今天这一出，盛亦分明是在耍她玩。她也看出来了，盛亦把她折腾来折腾去，无非是把她当成可以逗弄的小动物，拿她找乐子。

可她除了配合，又能怎么样？虞星又煎熬又紧张，不得不打起十二分精神面对。

好在不算过火，盛亦见好就收，表情微敛，将纸对折，两指夹着。

“拿回去，再给你一次机会。”

虞星愣愣没动。

他蹙眉：“要我送过去？”

虞星赶紧快步到他面前。她伸手去拿信纸，盛亦指间微微用力夹住，她没扯动，停了停。

视线和他对上。他坐着，她和他离得这么近，眼睛与眼睛之间距离不到一米。离得这般近才看得清，他那双退去多余笑意的浅色眸子，深处一片淡漠。

这刹那，盛亦凝着她的脸，忽地说：“你这副眼镜真丑。”

虞星闻到不知名的香味，似乎是从他身上传来的，不浓郁，很细微的丝缕，断断续续，清淡，平和，像初冬时节掺了花气的香雪。

他一点也不避讳，直勾勾地看着她。那视线锐利、灼热，自己的一切好像都无所遁形。很奇怪地，耳根泛起一点点热意，虞星抿了抿唇没说话，用力扯过信纸，往后退了两步。

拿人取乐逗弄，玩玩就算，凡事都得有个限度。

这个限度盛亦心里清楚。

休息室那天，虞星识相地低头放下身段，人话鬼话说了一通，良好态度总算换得盛亦“高抬贵手”。情书还在写着，但盛亦不再给她批复，更不再当面念出来，让她倍感羞耻，窘态尽显。盛亦去休息室的次数慢慢减少，时在时不在，虞星去四次有三次都碰不到他。

很正常。

她只是个小人物，他一个高高在上的大少爷什么没见过，一时兴起拿来取乐，等那股新鲜劲儿过了，哪还会在她身上浪费精力？或许哪天他找到新的乐子，或许哪天他忙着忙着忘了她这个人，到时休息室也不必再去，这些乱七八糟的事也能停下。

怀揣着希望等待曙光降临，虞星每周去休息室打扫三次，每次花几分钟快速整理一遍，走之前都会在盛亦的书里留下一封信。

不想管它叫情书，虞星催眠自己，是信，是信！

把盛亦当成一个暂时的笔友——不过是她一个人写给他，他从来不回的那种。这样想，心里就舒服多了。

虞星无比盼望结束的那天快点到来，一边等着，在信的内容质量上，不由得有所懈怠。第一封洋洋洒洒写了几千字，第二封引经据典，第三封……以前那些好歹都是下了功夫。不知从哪回起变了。并非她故意偷懒，实在是没时间。那次正巧赶上老师布置的作业太多，她又要赶功课，又要复习准备考试，实在不得空，只得从网上东拼西凑摘抄了几段十分腻味的情书内容，凑成一封。

一开始提心吊胆，结果盛亦完全没反应。于是下一回，她继续依葫芦画瓢，用经典外国情诗凑数，差点拼成一封好句好段摘抄。后来某次往书里夹信，发现前一封根本没动。想想也是，兴趣过了谁还管她写什么？估计他看都没看。

虞星胆子大起来，就此放开手脚。

有时间就敷衍一下，抽空写个两百字应付过去，内容来来回回就那么几句话，翻来覆去地提；没时间就随便写几句话，写一句空三行，要是觉得看着太空旷，就在上面画点小兔子、小鸡，也画猪和小狗，鸭子嘴巴扁她画不好，直接剥夺它出场资格。

有一次顺手画了个心，她看了几秒，怎么看怎么碍眼，当即涂了几笔。

…………

一周又一周，再一次去逸教楼交差回来，虞星步子轻快，满心都是为希望即将到来而生出的喜悦。

进教室前却被人拦下。

她一愣。邱卉妮和几个女生面带不爽，明显来势汹汹。

虞星被堵在墙角。

邱卉妮瞪着她，质问："你去逸教楼多少次了？"

来了！该来的逃不掉，一直担心的事情终于发生。

这个问题她哪知道，谁去打扫卫生还数数？虞星低下头，小声说："每周去打扫卫生两到三次……"

"打扫卫生？打扫的是逸教楼顶层？"

她点了下头。

邱卉妮气得不轻："我今天才知道，你到逸教楼去的居然是高三的休息室！"

又不是她想去的，虞星抿唇不语。

邱卉妮身后的一个女生抱着手臂，嘲讽："给盛亦学长写情书还不够，癞蛤蟆想吃天鹅肉想疯了？哪儿都赶着往上凑，这么能钻营，看来还真是小看你了。"

虞星头垂得更低："是高三的学姐让我去的……"

夏元晴哟了声，阴阳怪气的："不说全校，光是高二就有多少人，怎么不找别人偏偏找你？"

越说气氛越不对劲，邱卉妮的表情难看得像是要吃人。

不行，再这样下去，万一邱卉妮气过头，嫉妒冲昏头脑，动手打她怎么办？她肯定不会乖乖挨打，还了手以后日子难过是一回事，现下她们好几个人在面前，她以一敌多，打不赢怎么办？

虞星赶紧动脑想办法。

邱卉妮见她不说话，更生气，伸手在她肩上推了一下："说话啊，哑巴了？！"

虞星被推得往后一步，脚跟撞上墙，倒是不疼。

霎时间，她想到法子，踉跄站稳后，垂下头开始小声啜泣。

邱卉妮不耐烦："你哭个屁啊？"

虞星带着哭腔开口："盛亦学长……"

听见这个名字，邱卉妮一顿："盛亦学长怎么？"

她哽咽道："是盛亦学长让我去打扫休息室的。"

邱卉妮脸色一变。

虞星立刻又道："上次那封情书的事……盛亦学长听到广播很不高兴，让学生会的学姐安排我去打扫休息室，学长他警告我……还说让我照镜子，别自己丢人还影响别人……”

邱卉妮半信半疑：“真是这样？”

当然是假的！以盛亦的性格，哪会管那么多，况且一封情书而已，能影响到他？开玩笑。虞星经过这几次接触对他有所了解，邱卉妮她们不一样，怕是正经连话都没和盛亦说过，对他的认知基本全靠传闻。

只要她情绪到位一点，演得认真一点，骗骗这些情商低的大小姐绰绰有余。

不是她想骗人，可她要是不骗她们，她就有可能被这些人欺负，那还不如骗好了！

虞星的声音听起来更难过了：“休息室那么大，只有我一个人打扫……没有人帮我，明明很干净也一定要我去做卫生……”

她委屈地哭诉：“那封情书不是我写的，真的不是我写的……我没有给盛亦学长写过情书……”

见虞星难过的样子不像假的，哭得着实伤心，邱卉妮等人差不多已经信了。

换别人她们或许还会疑心另有原因，但这个虞星土包子一个，谁会看上她？盛亦学长又不是疯了。

得到想要的答案，邱卉妮哪管虞星死活：“不是你写的会是谁写的？你跟我哭有什么用，你自己做的事自己知道！”

懒得跟她废话，邱卉妮招呼其他人，当即走人。

待邱卉妮几人身影渐远，光打雷不下雨的虞星这才停了表演，默默叹了口气。

干号了半天，累死她了。

从那天被邱卉妮带人堵在角落以后，虞星听到一些议论声，不外乎说她写情书骚扰盛亦学长，得罪了他，被学长罚去打扫休息室之类的。以及盛亦是如何嫌弃她恶心到自己，警告她不要心存妄想。这些议论从高二 3 班所在楼层开始蔓延到全年级，好事者编出了各种各样的版本。

绘声绘色，仿佛他们当时就在现场，亲眼所见。

虞星随他们传，他们越是认为她被盛亦整了，见她可怜又丢人，就越不会再找她麻烦。

虽然烦了点儿，日子却在慢慢回到原本的轨道上。

没几天，值日任务照例提前两天安排下来，虞星由去校门口值日轮换至清扫停车场。

这个停车场指的是校内停车场，她和樊湘湘又被分到一组。

许久没见，这段时间虞星听说了一些关于樊湘湘的消息。樊湘湘在班上过得不太好，虽然都是特招生，两个人的处境还是有所不同。

除了被邱卉妮等人薅羊毛抄作业以外，其他时候3班的人一般不理虞星，视她为空气。

樊湘湘和班上同学的关系则要紧张得多。有钱学生有自己的圈子，他们不带她，她也十分瞧不起他们，“清高”二字写在脸上。

不管是谁，一旦有任何违纪现象，她都要据理力争，原本临天的学生迟到早退是常事，她好几次在班上公开提出质疑，一度让老师在台上非常尴尬。

高三学生不少会开车来学校，有一次樊湘湘不知怎么，在停车场外差点被一个学长开车撞上。别的高二学生遇到这种情况，没受伤一般听学长道个歉就作罢，而她却十分强硬地追究学长差点害她崴脚的责任。

听说那个学长之后经常来高二找她，一周好几次，前几天还来了。

到值日当天，虞星吃过晚饭赶往停车场，樊湘湘姗姗来迟，过了几分钟才出现。

虞星点头无声向她打招呼，樊湘湘没什么表情，象征性点了下脑袋，眼里闪过一丝难以形容的神色。

秋冬天，天黑得早，停车场的路灯在蓝黑色天幕下亮起。

各扫各的，虞星没打算和樊湘湘闲聊，但她突然搭话：“你最近经常被叫去逸教楼打扫卫生？”

虞星抬眸，稍作停顿，点了点头：“嗯。”

……怎么都聊这个。

樊湘湘默了默：“休息室，我听说只有高三的在用？”

虞星：“好像是。”

“你有碰上高三的人吗？”

虞星看她一眼，垂眸：“还好，偶尔。”

她们身处一辆又一辆豪车之间，风吹起地上的灰尘，天黑漆漆的，一不小心就容易迷了眼。

樊湘湘状似不经意开口：“你下回要是一个人忙不过来的话，可以找我啊，我帮你一起打扫。”

虞星抿了下唇："这个是学生会的学姐负责安排。"

"学姐让你去，只让你弄干净，又不会天天跟着监督你干活。"

"嗯……"

"两个人不比一个人快？再说我们又不是第一次一起值日。"

虞星干脆不说话了。

樊湘湘等半天没等到答复，停下："我跟你说话呢？"

虞星无奈，含糊道："再说吧，我决定不了。"

她闷头扫地，樊湘湘站着看她几秒，忽地冷笑："我看不是决定不了，是不想答应吧？"

闻言，虞星蹙了蹙眉。

樊湘湘接着讽刺："你要是真那么一心向学，还会给学长写情书？现在不知抱上谁的大腿，混进逸教楼去。高三的休息室别人都不敢进，你去了又去……我真是小瞧你了。"

虞星有点不爽："你说话注意点。"

"注意什么？我说错了？"樊湘湘嗤笑，"我看你有那个时间不如照照镜子好了！"

虞星深呼吸，将那股火气压下去，镜框后的眼里慢慢浮起冰霜。

她站直身，反问："那你呢？我进高三的休息室与你何干，你这么愤愤不平又是为什么？"

樊湘湘："我……"

"无论迟到早退，学生的车都可以进校内，但你就是要去拦高三学长的车。

"停车场这种没有人会来闲逛的地方，经过也会自觉避让车道，你偏偏在停车场外'差点'被学长开车撞到。

"平时在路上见到连招呼都不跟我打，知道我被学生会安排打扫高三休息室，却突然好心要帮我的忙，我不答应，你就立刻变了嘴脸，对我尖酸又刻薄。"

一条条细数，虞星平静的声音在夜风里，渐渐带上嘲弄。

"——该照镜子的，我看是你吧？"

樊湘湘脸色一变："你！胡说八道，你自己……"

斜后方右边是一辆蓝色的豪车，左边是一辆白色的，虞星站在两个车头前方居中位置，干脆一次性把话跟樊湘湘说明白。

“你看不上同是特招生的我，看不上你周围的同学，也看不上临天的这些人。你是不是觉得只有你是聪明人，别人都是傻子？”

虞星语气凉寒：“你这么想拿别人当跳板，有没有问过别人凭什么要让你踩？”

樊湘湘胸口起伏，过了会儿，气息平定，嗤笑出声。

四下无人，都是车，她索性也摊牌。

“是又怎么样？我读书好，从初中开始就没有掉下过全市前三，不管学什么我都领悟得又快又好，我力争上游有什么错？我原本以为只要我做得够好就行了，可来了临天之后才发现，这里有这么好的老师，这么好的环境，普通学生根本想都不要想的东西，却给这些含着金汤匙出生的蛀虫服务！

“凭什么这些脑袋空空，肤浅至极，只会无所事事花钱攀比的蛀虫，却可以有这么好的条件，过上普通人奋斗一百年也得不到的生活？他们凭什么？！”

樊湘湘下巴微昂，略微凶狠的眼里，写满不服气。

“我比他们差在哪儿？我比他们强得多，那些每天只知道打扮得花枝招展的女生，连个作业都写不好，除了命好，哪点比我强？

“我明明比她们强一百倍，撇开出身，她们连给我提鞋都不配！”

看着一心要和别人一较高下的樊湘湘，虞星有半晌无语，没几秒，没忍住笑了。

樊湘湘怒目：“你笑什么？”

虞星毫不留情：“我笑你自视甚高，笑你自大不自知。”

“你……”

“你看到他们不上课，就以为人家真的不学无术？出了学校回家，他们有多少安排你知道？学多国外语，学社交礼仪，上品鉴课，学国标，学骑马射箭，学金融……你说的成绩，不过是学校安排的课程，但这从来不是他们奋斗的全部。”

虞星突然觉得樊湘湘很天真，各种意义上的。

“你觉得自己成绩好是特别了不起的一件事，可对于这些人来说，不过是人家人生中的一点小事。他们是命好，你也说了，人家命好，临天的资源让你大开眼界，你在意得要死，到人家眼里根本不值一提。你，还有我，我们表面上是读书比他们强，除此之外呢？他们比我们强的地方，我们根本看不到！

“你凭什么看不起这些人？”

富家子弟里，肯定有无能的人，但一棒子打死，认为所有含金汤匙出生的人都无能，这是彻彻底底的偏见。就像虞星，她认为 3 班的人蠢，是不认同他们的价值观，不认同他们肤浅、以貌取人这一点，但并非觉得他们能力不如自己。

清高可以，拎不清自己的分量，一味抬高自己贬低别人，这就很可怕了。

“——到底是你真的比所有人都强，还是你自己嫉妒心作祟，臆想人人都不如你？”

虞星的话让樊湘湘一愣。

“我言尽于此，听不听随你。”虞星不想再跟她多言，末了深深睇她一眼，“你想拿谁当跳板是你的事，别把主意打到我身上，兔子急了也会咬人的。”

言毕，虞星拿起自己的打扫工具，潇洒走人。

手机铃声在安静的车内响起，盛亦慢悠悠接听。

那端沈时遇问：“在哪儿？我们过来了。”

盛亦声音懒散：“车上。”

“停车场？”

“嗯。”

“今天开的是蓝色那辆吧？”

“嗯。”

沈时遇：“好，马上来。”

那边挂断。

盛亦收起手机，默默看向车窗外。

方才在车头前不远处吵架的两个人，一前一后都已经不见踪影。

他原本在车后座打盹儿等沈时遇几人过来，刚眯了会儿，不想却听见说话声，其中一个声音有几分熟悉。睁眼一看，认出来，那道不陌生的身影正是虞星。

车窗开了一道缝透气，刚才她们的说话声一字不落地全都传进来，整个过程，他听得一清二楚。

此时看着窗外空无一人的地方，盛亦眯了眯眼。

前阵子他一时兴起，逗了虞星几回，过后便渐渐抛到脑后。

他对虞星的印象好坏参半。她成绩相当不错，脑子绝对不笨，也知道那张漂亮脸蛋在临天可能会惹麻烦，故意把自己打扮得土气，确实机灵。

却有点自视过高。

临天是什么地方？富家子弟云集，这些人什么没见过，她避之不及地把脸蛋藏起来，生怕别人会打她的主意，未免有点好笑。虽然她可能是对的。毕竟连秦怀都一眼为她那张脸倾倒，隔三岔五还要提两句，念念不忘。

但盛亦目下无尘惯了，他也是临天的一员，虞星防备的姿态同样是对他的挑衅，不免对此有点嗤之以鼻。

今天碰巧听见她们这一番谈话，倒真让他有些意外。

和他想的不一样。

本以为虞星清高、自以为是，却不想比起同龄人，她不仅聪明，也是真的通透。

别人的长处短处看在眼里，自己的优势劣势更是心知肚明。懂得审时度势，肯低头，敢于承认他人的优秀，也不是全然没有脾气的面团，如何进退，想来自有一番取舍。

缓缓收回视线，盛亦不再看，合眼往后一靠。他勾起唇角，笑意似有若无。

天气尚不算太冷，体育课在室外操场进行，再过一阵就要换到室内体育馆去。

全班三十几人简单跑了两圈，男生组织去打球，女生则在球场附近不远的空地铺上软垫，做仰卧起坐。虽说老师嘱咐每人都得做到足够数量才算达标，但真的实际操作起来，互相给对方压腿计数的女生们都在放水。

别人两两合作，唯独虞星自成一组。

省了清净也好。一个、两个、三个……老老实实按规矩做足了数，她自行坐到一旁休息。

不多会儿体育老师回来，问一声，都说做完，软垫上坐在一块说话的大小姐们无不殷切盼着他快点放行。体育老师懒得讨没趣，一分钟也不多拖，拍拍手立刻宣布解散。

老师一走，一群女生雀跃起身，过会儿你看看我，我看看你。软垫是男生从器材室搬来的，眼下他们人都在球场上挥洒汗水。

邱卉妮眉头一挑，冲虞星发话："你，把垫子搬回器材室去！"

虞星正走神。她天生白，还好这些天降温，运动服都是长袖长裤，换作夏天蚊子一多，腿上被咬，那红点别提多明显。

忽然被邱卉妮颐指气使地命令，抬头见她们都看着自己，愣完后，惯常一声不吭。既然邱卉妮出头把活儿丢给虞星，3班女生正中下怀，便三三两两说着话走开。

虞星坐着没动。

有时候也会觉得烦。要她抄作业，吃力不讨好的事扔给她来做，一桩桩、一件件虽然都是小事，可正因为事情小，如针尖似的插在日常间隙中，永远没个完。

不是没想过撕破脸皮，但最后，理智总会战胜情绪。

压下那股烦躁的郁结之气，虞星起身，慢悠悠去搬垫子。

地面刮起凉风。

将厚重的垫子前后对折，虞星刚叠好一个，忽听一阵骚动。

抬眸一看，邱卉妮和她身边几个女生挤在一块，隐隐有些激动，篮球场上的身影也都停下。

微妙的气氛，随着走进篮球场的一群人，无声蔓延开。男生们穿着便服，高瘦挺拔，多多少少都带着点清冷傲气。

高三7班盛爷党。

家世显赫，横行无忌，嚣张又肆意，放眼临天无人敢惹。

习惯了这种注视，走在最前的沈时遇冲球场上的人微微挑眉："高二的？"

玩着手机的蒋之衍略抬了抬眸，因是随大部队来打球，视线从屏幕上朝球场扫了一眼，很快又低头继续玩自己的游戏。而走在他俩之间的盛亦，稍落后半步，一手插兜，另一手托着篮球，五指纤而有劲，指节分明，他姿态散漫又随意，指尖漫不经心地顶着球旋了两圈。

虞星先是一愣，看清来人，尤其是瞥见盛亦，莫名心虚，飞快低下头。

篮球场上的男生回过神，声音磕磕巴巴："我们是，是高二的……你们……你们要用球场的话我们这就让……"

沈时遇无所谓："我们就随便打一会儿。"

高二3班的男生哪敢和他们一块，连声推拒，直说自己换到旁边更远的场地就行。

那边的说话声传入耳中，虞星的动作越发加快，只想赶紧收拾好软垫，赶紧拖着走。

没等她拖起垫子往器材室赶，身前的光忽然被遮住，霎时间，阴影罩下来。

一道身影停在她面前，四周的空气一秒静止。

许许多多视线朝她看过来，虞星僵着身子不敢抬头。

带笑的熟悉声音在头顶响起："学妹是太久没见，看到我高兴傻了？"

仿佛听到自己脖颈咯吱咯吱的声音，虞星艰难抬头："学长……"

盛亦视线扫过她身边一堆软垫，眉头微挑："你在收拾这些东西？"

虞星僵硬点了点头。

“搬去器材室？”

“……嗯。”

他默了默，三秒没说话。

虞星正处于目光炼狱之中，来自各方的眼神带着不同含义，快要将她扎成筛子，尤其是邱卉妮。刚才虞星慌乱间瞥见她们一群人往这边看，满脸惊讶又不可置信，邱卉妮的脸色更是青白交加，难看到了极点。

她出神间，盛亦平静地看向篮球场，打量着沈时遇面前那些男生。

“谁是高二3班的？”

男生们愣愣应声，纷纷小心翼翼地举了下手。

盛亦笑了下，须臾脸色一变，眼里闪过一丝冷厉：“卖力气的事让她一个人做，你们高二3班其他人全都死了？”

男生们吓得脸发白，不只他们，包括一直观望的女生们，表情也霎时变得难堪起来。先前见盛亦他们来了，一个个按捺着雀跃，想上前又不敢，到后来见盛亦走到虞星面前和她说话，一下子震惊得找不着方向。

此刻被盛亦凉飕飕的声音骇住，男生也罢女生也罢，全都慌了手脚。虞星更愣，她完全没想到盛亦会突然帮她……出头？

如果她没理解错的话，他这是在帮她出头对吧？

“刚……刚才忘了……”站最前的男生结结巴巴应了一句，“马上……马上就搬！”说着就将手里篮球一扔。

其他男生见状，都跟着他赶紧跑过来。一下涌来这么多人，虞星被挤得站起身，往旁边挪了挪。

抬头见盛亦看着自己，她忙不迭又低头。周围打量的目光还在，她很想把头发理一理，将脸挡得更严实些，众目睽睽之下不好动作，只得忍着。

“学妹看见我好像不是很高兴？”盛亦问。

虞星紧张到结舌：“没……没有，学长……我很高兴。”

“是吗？”盛亦似笑非笑地睨她，“可我怎么看学妹最近写的东西，一封比一封敷衍。你画那么多动物，是预备在纸上开农场吗？”

他竟然还在看信？

突然被当面拷问，虞星竭力压下心里的那丝慌乱：“我……我最近功课太忙，抽不出时间，所以就……”

盛亦倒没不悦，答得平和：“原来是这样。”

虞星抿紧唇。今天这一出，不知道什么时候才能结束。她已经不想去想之后的事了，现下快点抽身，就是她最大的期望。

却听盛亦道：“我还以为是我魅力不够，学妹这么快就已经对我没兴趣了。”

虞星低头藏住那一脸卡了鱼刺的表情：“呃——”

虽然说话声音不大，只有他俩听得到，但是他能不能不要这么……

他就是来要她死的！

虞星越发肯定。

他不是想让她从今以后被那些女生针对到死，就是想故意当场硌硬死她！

偏偏盛亦似是不自知，还要问：“学妹怎么不说话？”

虞星咽了下口水：“没有，学长你想多了……”瞥一眼，球场那边，沈时遇和蒋之衍都在看着这里，她不想去猜他们会想什么，借口提醒：“那个，学长你不是要打篮球吗？他们都在等你，你赶紧去吧！”

盛亦定定睨她两秒，忽地道：“学妹体育课似乎没什么事？那就麻烦你在场边给我加油好了。”

她一愣：“……啊？”

看着她愣怔的表情，盛亦微微倾身靠近，宛尔一笑，声音低得像在说悄悄话——

“学妹最近对我爱意有所减退，既然这样，我只能好好表现，努力挽回了，对不对？”

虞星整个人都是蒙的。

众目睽睽之下，她罚站似的，被命令站在场边看他们打篮球，盛亦还把外套扔给了她。

这季节的太阳并不毒辣，那短短二十几分钟，她却觉得头顶像是有什么东西在炙烤着，明晃晃聚焦在她身上，让人一阵眩晕。

球场上和盛亦一道的是高三的同学，诧异又好奇，球场外的人更是面色古怪。

只有盛亦，云淡风轻，怡然自在。

虞星记不清球局结束，下了场的盛亦过来说了些什么，满心只有“终于结束了”几个大字。直到他最后一句：“走吧，车在那边。”

她才惊觉回神。“……我？去哪儿？！”

盛亦眯了眯眼：“学妹没有在听我说话？我说，辛苦你帮我照看衣服，今天晚饭我请。”

辛苦？多辛苦？抱个衣服而已。虞星觉得他真的太客气，忙摆手：“不用了学长，我……”

话没说完，盛亦一个眼神扫来，含笑不语的样子能品出几分威胁味道。

虞星一时结巴，闭嘴不语。然后就见他招手，随意叫来一个高二3班的同学：“让你们班长给虞星请个假，就说她去高三社团帮忙了。”

被叫来的同班男生瞥了虞星一眼，也不知在怕什么，仓皇躲开她的眼神，点头如啄米。

于是就这样，她被盛亦从操场带走，本来好好上着体育课，还有一节自习下午的课程才结束，转眼之间人就在他车的副驾驶座上，准备去吃饭。

关门声响，盛亦上车，虞星莫名紧张，绷紧脊背。

他瞥了一眼：“安全带。”

虞星没动，咽了下口水，踌躇道：“学长，我晚上还要上课，我看我还是在学校吃吧？”

“你怕四个轮子跑不快？放心好了，把心安回肚子里。”

盛亦朝车窗外看，沈时遇去教室拿东西，还没来，蒋之衍在另一辆车上，都在等他。

虞星垂死挣扎：“真的不用这么客气，帮学长拿衣服只是一点微不足道的小……”

盛亦收回目光，注意力转回车里。虞星蓦地住口，往后缩了缩。

“最近听到一些流言，说你得罪我，又是被我羞辱又是被我警告，我还让你回去多照照镜子不要痴心妄想纠缠我。”盛亦挑眉，“我怎么不知道有这回事？”

虞星僵了一下：“可能是他们乱传的吧，有些人就是很喜欢编故事。”

沉默几秒，盛亦眼色复杂：“机灵是好事，耍小聪明就不一样了，两者之间的区别，学妹还是分清楚比较好。我这个人，最讨厌别人耍我。”

虞星欲哭无泪：“我没有耍你，真的不是这个意思……我只是……”

盛亦不出声。

她苦着脸：“学长你也知道，我一个普普通通的高二学生，突然频繁出入逸教楼休息室有多惹眼，我也没办法。”见他还是不吭声，但脸色有所缓和，虞星卖乖：

“而且，而且学长你这样的人，我哪能坏你名声？我这样，要是被别人误会学长你跟我……那不是……”

盛亦的重点有点偏：“你哪样？”

她顿了一下：“就我现在这样……”

他似是脾气极好地莞尔：“没关系，学妹你虽然‘这样’，但我知道你不是，别人怎么想不重要。”

咬重了“这样”两个字，含糊其词，又彼此心知肚明。虞星才不信他真的是因为她的长相而生出了什么心思，说到底不过还是逗乐子罢了。

她干笑：“我只是收拾和不收拾看起来差别有点大，其实很普通的，学长你这么优秀，身边比我好看比我强的肯定一大把，没必要跟我浪费时间……”

“好看的女人确实很多，可像学妹这样又能好看又能难看，可塑性这么强的，我还从来没遇见过。”盛亦温言笑道，“学妹不用太谦虚。”

她一时无话可说。这人，鬼话连篇，黑的都能说成白的。

见她不吭声了，他问：“学妹怎么不说话？”

虞星：“学长你要是喜欢丑的，我还认识更难看的……”

“倒也不必。像你这样，丑的时候难看得恰到好处，就很好。”

“……”

说话间，沈时遇似是来了。

盛亦又往车窗外看了一眼，而后提醒：“系上安全带。”作势就要开车。

虞星抱着最后一丝希望：“学长你朋友我都不认识，去了肯定很尴尬，我还是下车吧……”

“下车也行。”

她心里一喜，谁知手刚碰上车门开关，就听盛亦悠悠道：“今天的事应该很快就会传遍全校，我猜他们一定很好奇我们的关系。你说，我要是告诉他们我喜欢你，会怎么样？”

虞星顿时僵住。

盛亦弯唇：“你说我让人送花是一天送一次好呢，还是一天三次比较显得有诚意？”

“……”

他咬重字音：“到时候好让所有人都知道，我对学妹的心，日月可鉴。”

“……”

车内空气有片刻停滞。

下一秒，虞星飞快系好安全带，往后一靠。“我爱吃辣，谢谢学长！”

盛亦笑得温和无比，对她的识相满意极了。

这一顿饭其实没有想象中那么煎熬。盛亦的一帮朋友对她充满好奇，但都不敢多问，只有沈时遇和蒋之衍两个，明显和他感情不一般，犹豫半天开了口。

彼时虞星和盛亦面对面坐在包厢靠窗的位置，桌上一堆东西，全是他点的。一开始盛亦让她自己看菜单，不知是不是嫌她小心翼翼半天不说话，到后来他拿起菜单，一道一道问她吃不吃。

但凡她点头或是犹豫，便都让上菜，七八道菜以后，直逼得她将头摇得如同拨浪鼓。

虞星搞不懂他几个意思，恍惚之间觉得自己像某种小动物，而他正享受着尽情投喂的乐趣。

其他人围着台球桌打台球，没参与的在别处沙发上坐着玩手机。

虞星被盛亦盯着看，正别扭的时候，沈时遇和蒋之衍过来了。

“她是给你写情书的那个女生？”沈时遇眼睛看着虞星，话问的对象却是盛亦。

虞星一听只做老实状，低头吃东西，不语。

等了半天盛亦都不回答，沈时遇只好朝她发问：“一直去休息室打扫的也是你吧？”

这回对着自己问，逃不开，虞星默默点了点头。

沈时遇来了兴趣：“那回你在教导处外面，是不是改情书上的错字来着？你戴了胸牌，我刚要叫你，你就跑了。”

虞星不说话，不承认不否认，看着极腼腆似的。盛亦但笑不语，看她装模作样扮老实，别有趣味。若不是之前接触过几次，抓住她的小辫子，说不准也会被她这副又乖又安分的样子骗到。

难为沈时遇，只觉得这妹妹真难聊，问什么都不吭声。朝盛亦看去，他偏偏一点也没有要帮忙搭话做中间人的意思。

越发摸不着头脑。盛亦突然之间和这么一个土气又木讷的女生走近，光是和她说话就已经很不可思议，竟然还把她带出来吃饭？

沈时遇朝蒋之衍看去，彼此交换了一个眼神。

正欲再开口，被人打断——

“沈时遇你怎么那么八婆，人家跟你不熟，你别吓到小姑娘好不好？”说话的人端了杯果汁走近，虞星认得她，在停车场时，她和沈时遇上了一辆车。

高二10班的童又靖，全临天唯一一个和“盛爷党”关系亲近的女生，好像是沈时遇的发小。

虞星在高二的优秀学生墙上见过童又靖的照片，她刚转来半个月那会儿，就听说童又靖请假离校，应该是最近刚回来的。

这是她第一次见童又靖本人。

“来。”挤开沈时遇，童又靖把果汁放到虞星面前，“我让服务员现榨的，很好喝，你尝尝。”

虞星小声道：“谢谢。”

不知童又靖是怎么看待她以及她和盛亦的关系，总之虞星没有感受到恶意。放下果汁，童又靖立刻拽住沈时遇胳膊，顺手拍了拍蒋之衍。一边拉着沈时遇，一边不忘招呼蒋之衍：“走了，去那边沙发上坐，你们别打扰人家聊天……”

虞星看着他们吵吵闹闹离开，对上对面盛亦的视线，莫名有些尴尬。

盛亦却不觉得，把面前的一碟东西往她这边推了推：“多吃点。”

怎么看都还没从投喂的乐趣中走出来。虞星在心里默叹了一口气，认命般继续进食。

…………

和盛亦吃了那顿饭以后，虞星回到学校，感觉周围的气氛变得古怪起来。走到哪里都有人打量她，和从前那种直勾勾不以为然的打量态度不一样，每当她看回去，对方就会立刻低头或是别开脸，惶恐不及地避开与她的对视。

才第二天，她便已经有些心力交瘁。好不容易挨到中午放学，虞星盛好饭菜，刚端着餐盘坐下，一抬眸就发现，不远处的邱卉妮一桌人，正盯着这边虎视眈眈。

第四章

她——隐藏的美人

落水后惨白的脸色，衬得娇艳的五官更像画。
说不尽反差美。
——如此勾人的一张脸。

邱卉妮眼里复杂的情绪快要溢出眼眶，许是拿不准现在的情况，对虞星和盛亦的关系有所顾忌，所以按捺着没动。

等了一会儿，见她们只是看并未作为，虞星便懒得管那么多，执起筷子用餐。今天餐厅的主菜是川湘菜，虞星好吃辣，光是闻见香气就觉得加倍的饿。刚吃两口，面前多了一个人影。

清润的女声问："我可以坐这里吗？"

抬眸一看，童又靖端着餐盘，含笑站在桌前。虞星愣了愣，咽下米饭，点点头。

童又靖餐盘里东西不多，基本是清淡的食物，瞥一眼她的菜，微微挑眉："哇，你好能吃辣哦。"

盘里的分量比对面多了不少，虞星不好意思："我喜欢辣。"

童又靖笑笑，端起杯子喝了口果汁。"你一个人来吃饭？"

虞星点头："我每天都一个人。"

"不和朋友一起吗？"

"我在临天没什么朋友。"

童又靖一愣，有点抱歉："对不起啊。"

虞星吃下去一大口饭，咀嚼吞咽完，摇了摇头，根本没把这当回事儿。

朋友，是志同道合、对彼此有爱的人，随随便便凑在一起，那是聚众打发时间。

“你要不要尝尝这个？”童又靖把一碟小菜往她面前推了推。

虞星婉拒：“不了，谢谢。”

童又靖没有勉强，拿起自己的餐具进食。

两个人面对面，不说话，各自吃起了饭。童又靖休假有一段时间，这才刚回来没多久，课余闲话里关于她的内容立刻增加。

虞星或多或少听过一些。童家与沈家交好，两家向来走得近，童又靖和沈时遇从小一起长大，是青梅竹马的玩伴。因沈时遇的关系，她和蒋之衍、盛亦也算是多年玩伴，感情不错。

听说她高一那年，因为和当时高二的沈时遇等人走得近，被没搞清状况的人找过麻烦，闹得挺大。惹得沈时遇发飙，生事的一群男的女的，被他狠狠收拾了一通。

后来临天学生就都知道了，这位无论是自身的家世背景还是和“盛爷党”的交情，都非随便能惹的，之后就再没人去招惹她。

虞星觉得童又靖不像乱七八糟的小道消息里说得那么吓人，什么高傲不好相处，她没感觉到。可能是卖盛亦面子吧。反正这两次，童又靖对她的态度，让她觉得很舒服。这个人处事细心，也有礼貌，一举一动都很有气质，看起来是个外向的人，却不会让人觉得咋咋呼呼。

虞星暗暗多打量了几眼。童又靖长得漂亮，是透着生机的那种好看，许是受从小接受的教育影响，不说话时有几分优雅端庄，但动起来很有活力，明艳爽朗。虽说都是千金小姐，和3班的那些人相比，却要有含金量得多。

一直以来虞星在临天有所交集的对象，大多都是些肤浅、以外貌或家世看碟下菜的。童又靖这位真正的大小姐却没有像旁人一样，仅凭这些条件上来就对自己怀揣着莫名其妙的恶意，虞星已经很满足。细品下来，发现她待人接物，语气和态度都有特别拿捏，十分替别人考虑情绪，一时之间更添了几分好感。

是以，本应吃完午餐就走，听得童又靖问：“吃点甜点吗？我去拿。”

虞星略一思忖，犹豫着点了点头。

不远处那桌，邱卉妮几人不知吃完没吃完，看过来的次数越发频繁。见她和童又靖坐在一桌用餐，不知窃窃私语说了些什么，吃饭反倒变成额外目的，一顿饭时间，净顾着朝这边打量。虞星懒得理她们。还能说什么，不就是说她会钻营，到处抱大腿。眼睛长在她们身上，爱看就看吧。

不多时，童又靖端着托盘回来，盘上盛着两碟甜点，外加一杯饮品。

“我看你都没喝水，喝点这个润润嗓子吧。”童又靖给她端了甜点，又将玻璃杯放到她面前。

虞星道了句谢。

“我看你刚刚吃饭都是干吃。”童又靖一边理着面前的空碟一边说，“你吃得那么辣，什么都不喝不行的，不喝水下回可以喝点汤之类的，你不觉得辣吗？而且饭前喝点汤汤水水的东西，对胃不错，不容易吃撑。”

“……啊，好。”虞星点了点头。

她还没停：“我以前饭前也不喝汤，吃东西还特别快，后来胃就很不好，还是要多注意一些……”直至挖起一勺甜点，这才停下。

虞星不知该说什么，于是便沉默。童又靖瞥见她神色，一愣，后知后觉般尴尬道：“不好意思啊，我一说起话来就容易停不住。平时也没什么女生朋友和我聊天……”

虞星略感诧异：“没人和你聊天？”

童又靖轻扯嘴角，笑意很淡：“正常啊，聊得来本来就不容易，虽然这学校里多的是上赶着想和我聊的，可到底打什么鬼主意她们自己心里清楚，我才懒得搭理，浪费时间。”

一想便明白了，虞星默默吃了口点心，没接话。

童又靖也不介意她话少，这会儿凝眸打量起她来。嘴上不小心蹭到汁，虞星抿唇舔干净，就见童又靖忽然往前凑了凑：“你很白哎！”

虞星抬眸：“是吗？”

“是啊，你好白哦。”童又靖盯着她露出的下半张脸，细细地看，不时发现新惊喜，“咦，你下巴还蛮尖的……但是弧度又很圆润？唇形也好看！我看你鼻尖……很翘哎！好秀气……”

看着看着，视线停在那副黑框大眼镜上，刘海厚重如铁，两侧的头发更是麻袋一般裹住她的脸颊，童又靖不由得皱眉。

“眼镜框把鼻子都挡住了，鼻梁压得都看不到……你刘海撩起来肯定很好看！头发干吗这样挡……”越说越觉得可惜。

猝不及防听她提到这些，虞星回过神，忙低下头，轻咳一声：“我习惯了。”

“啊？这样啊……”

童又靖是真的觉得她皮肤好，又白又细腻，若是露出脸来，绝对比她现在这样子好看很多。但见虞星这般不自在，以为她是不习惯打理外表的性子，尊重她，便没再继续说。

吃完午饭，虞星和童又靖别过，回公寓休息了一会儿才去教室。半路上忽然收到陌生号码发来的消息。

放学来休息室。

只一眼，便知晓号码的主人是谁。

虞星再三犹豫，纠结好一会儿，最后还是没回，把手机往口袋一揣。

走到高二教学楼，拐道先去上洗手间。虞星刚推开隔间的门进去，隔壁就响起冲水的声音。

“我好了。”

“我也好了。”

“卉妮？”

“来了……”

几道冲水声和开门声差不多都是同时，接着便听到洗手台水流的动静，伴随着说话声。

“我们今天到底堵不堵那个虞星啊？”

“堵个屁啊，你不怕高三的找你麻烦？”

“嘁，我才不信她真的有那么大的面子能让 7 班的人给她出头。”

“可她上了盛亦学长的车是事实，万一呢？昨天搬垫子的事你没看到？”

“他只不过凶了一下而已嘛……”

这话一落地，便有人倒吸冷气。

“凶一下？你是忘了我们高一的时候，有个男生得罪盛亦是什么下场？退学！两个人开车在停车场碰上，盛亦直接把他逼停，猛踩油门连撞了七八下，当场把那人的车撞到报废！那个男生被盛亦从车里拖出来，掐着脖子摁在挡风玻璃上的时候，吓得都哭了！反正你不怕我怕！”

没想到上个厕所还能听到这样的八卦，隔间里的虞星默然。来临天之后，她只听说高三的那些人可怕，具体怎么个可怕法却不清楚，反正不能招惹就对了。

脑海里闪过那张笑眯眯的脸……盛亦竟然有这么可怕的一面？

外头的声音还在继续，旧事被提起，或许是想起盛亦的恐怖，气焰都不如先前嚣张。

外面那几个都是老熟人了，听两句就知道，又是邱卉妮那群人。

虞星好奇她们到底是堵她不堵？决定听她们拍板后再做应对之策。只听得她们争论了一会儿，有说堵，有说不堵，半天没个结果。

忽听有人开口："要不然还是再等等吧，先看看是什么情况，不急这一时半会儿。"

是夏元晴。虞星刚分辨出来，下一秒，邱卉妮不爽的声音掺杂着怒气响起："看情况看情况，现在这样说来说去还不是因为你？要不是你出那个馊主意，以她的名义给盛亦学长写什么情书，她怎么会跟盛亦学长攀扯上？"

"话不能这么说吧，当时你也觉得有意思啊……"夏元晴听起来有些委屈。

邱卉妮的语气丝毫不留情面："我说错了吗？如果不是那封情书让她被处分通告全校，盛亦哪会知道她是谁？！"

"拜托，我又不是……"

责怪与辩解还在继续，虞星在隔间里听得一愣，随即脸色沉下来。

原来是她们。她知道那封情书肯定出自想要整她的人之手，也猜过是 3 班这几个，只是没有确凿证据。如今听她们亲口说出，想必不会有假。

一股无名火涌上心头。虞星自认进了临天以后，一直老实安分，邱卉妮她们平时欺她笑她看不起她，她都忍了。结果这样忍气吞声，还换不来安宁！那封情书给她添了多少麻烦，惹出多少不必要的事？她都这样夹着尾巴做人了，她们竟然还不肯高抬贵手！

半晌，虞星压下火气，等外头声音渐远，拿出手机。

她给盛亦回复道：好的，我下了最后一节课就来。

虽然不回这条消息，她最后大概还是会去，但不一样的是态度。原本是被迫低头，不情不愿地去休息室，现在是主动接受。

邱卉妮不是想接近盛亦想疯了吗？不是嫉妒她和盛亦接触嫉妒得眼睛都要红了吗？

那就更要狠狠打邱卉妮的脸！

虞星愤愤地想——我就要和盛亦说话，就要和他吃饭，就要和他待在一起！

气死你！

傍晚，老师一走，虞星就往外冲。不是怕被邱卉妮带人堵住，而是单纯地急着赶去餐厅。照平常的量点了一份餐，打包外带，她一手拎着晚饭一手抱着几本书，往逸教楼赶去。

一见她这样进门，盛亦蹙起眉头："什么东西？"

脸上闪过尴尬，虞星左右手先后拎起："晚饭，作业。"

盛亦："……你出来野餐？"

虞星想把东西放到桌上，又不敢轻举妄动，只好站着解释："主要是我不知道学长你找我什么事，最近学习任务比较重，餐厅供餐又有规定时间，所以……"所以带上书，带上饭，做好两手准备。尤其是饭，早早打包好，不至于没的吃。

她倒是什么都不耽误。

盛亦示意对面："坐。"

虞星犹豫两秒，没扭捏，规矩地坐下。小心翼翼把打包的晚餐和带来的几本书轻轻放到茶几上，见他没有反对，她放松些许。视线瞥过茶几上的东西，盛亦没说话，注意力回到他手中的书本上。

虞星端正地坐着，比小学生听课还有模有样。半天不见盛亦有下一步动作。

虞星左右看看，眼睛在屋里找活干："学长，我需要先打扫一下卫生吗？"

盛亦淡淡道："不需要。"

"外面的墙壁呢，用不用擦一擦之类的？"

"不用。"

"那我要干什么？"

"你这么想干活？"

"……也不是。"

盛亦懒懒半合眼皮，不再搭理她。

虞星干坐着，沉默几秒，试探着问："那学长，可以先吃饭吗？"

盛亦和她对视，她一副小心谨慎的样子，他大发慈悲点了点头。虞星心里一喜。沙发离茶几有点距离，她干脆蹲到茶几前，拆开塑料袋系的结，把打包的菜一一摆好，饭放在正中间。左手摊开书，她蹲着吃饭，边吃边复习。

休息室里无比安静，虞星吃相斯文，进食时没有多余的声音，小口小口，要多秀气有多秀气。

盛亦原本在看书，见她吃得香，看着看着不禁注意力跑偏。

她准备的菜还不少，一份开胃凉菜，一份清炒蔬菜，一份小炒，一份油爆虾，虽然每样的分量都不多，但荤素搭配得当。她也不嫌麻烦，用圆盒盛了参鸡汤，甚至连饭后甜点也没忘。这么一边吃一边默背书上的重点知识，她还真会合理利用时间。

空气里都是她的饭菜味，若有似无。餐厅的东西有这么香，这么好吃？

他从没在学校吃过饭，第一次生出好奇。

虞星压根儿没注意到盛亦在看她，那时不时瞟来的眼神全落在她的脑袋上，如果头顶长了眼睛，她可能会发现。

因为边吃边看书，比平时慢一点，差不多半个小时，虞星才吃完饭，将餐盒收拾干净。

盛亦的声音这才慢悠悠响起："学妹吃得可饱？"

虞星用力点头，"饱了。"说着，将餐盒放进塑料袋，系上结，丢进垃圾桶装好。

她抽了张纸巾擦手，一抬头见盛亦直勾勾盯着自己："……学长？"

视线一移，停在她还没动的最后一个盒子上，盛亦微挑眉头："今天的甜点是水晶糕？"

虞星"嗯"了声，说："甜点每天轮换，一天西式一天中式，昨天的是蝴蝶酥。"舔舔唇，把透明的盒子挪到面前，她拆开盖，拈起一个送到嘴里。她脸小嘴小，两边头发又挡着颊侧，一块水晶糕，撑得脸颊略微鼓起来，像只偷食的仓鼠。

虞星不知他的打量，沉浸在食物的美味中，吃完糕，赞许地"嗯"了声："有桂花的香味，肯定放了桂花！不腻，很好吃。"

她停了停，想起盛亦叫她来休息室。"对了学长，你叫我来有什么事？"

"没什么要紧的事情。"

"嗯？"耳朵听着，手伸向盒子里的另一块糕。

"就是想让你陪我吃个饭。"

刚捏着糕点递到嘴边，虞星微张着嘴，愣住。

"……"

盛亦眯着眼笑："吃啊，你吃你的，不用管我。"

虞星的手在空中上下来回几秒，最后还是尴尬地放下水晶糕，捏住纸巾擦手。“我吃之前学长你怎么不说……”

他玩味道：“谁知道你会带饭来？你饿了要吃，我能拦着？”顿了顿，又加重语调补充，“只是没想到，学妹，你竟然只带了自己那份？”

——呃。虞星越发尴尬。

他这么说，显得她像是个自私的小气鬼：“餐……餐厅做的都是大锅饭，学长你应该吃不惯。”

“可我看你吃得很香。”

“我一向粗糙，胃也是，只要是人吃的我吃起来都香。真的，你别被表面现象骗了……”

盛亦含笑不语。

虞星被他看得不自在，只好转移话题：“学长你没吃东西，要不现在去吃饭？我看时间不早了。”

他欣然点头：“好啊，你也一起。”

“我已经吃过了……”

“你吃我看，我吃你看，难道不是很公平？”

虞星面露难色，纠结不已：“那，晚自习之前学长你能把我送回来吗？”

“可以。”

“就只吃饭，没有别的。”

盛亦眯了眯眼：“你还想要什么别的？”

“没有没有。”她赶紧摆手，“我只是怕耽误上课。”她指自己的书，“可以带书去吗？”

他微微有点不耐烦，但还是点头：“可以。”

虞星没再磨叽，点头答应：“好。”

盛亦本以为她还要继续问些有的没的，见她到这里就打住，不免有些意外。她今天态度格外配合，不像之前，一见到他神经高度紧张，从头到脚都透露着抵触。

虞星把书理好，抽纸巾擦茶几桌面。

盛亦歪靠在沙发上，斜斜打量：“你今天不害怕了？”

虞星动作一顿，低了低头。

盛亦笑道：“看来昨天吃得不错，好歹知道跟我吃饭毒不死。”

虞星沉默几秒，幽幽道："毒是毒不死，别的死法就未必了。"

"嗯？"

她飞快瞥他一眼："我不是那个意思。"

盛亦略微一顿，他不是不懂。这学校上下多少双眼睛，保不齐就有闲着无聊又喜欢折腾的。远的不说，就说童又靖入学那年，因为跟沈时遇走得近，又常跟他们一块，开学才两个月就被人找碴儿。当时追沈时遇追疯了的一个女的，带人把童又靖堵在体育馆的厕所里，泼了她一头的水。沈时遇过去的时候，童又靖头发全湿，湿答答往下淌，十一月的天，冻得脸都白了。

童又靖打小就没挨过欺负，尤其在沈时遇头上，向来是摁着他的脑袋嚣张。当时只把沈时遇气得发飙，带头的那个追求者，他以其人之道还治其人之身，泼了她一整桶水，从头淋到脚。给那个女生撑腰作势的男生，有一个算一个，脑袋全被摁进水池里，每人喝了几口抹布水，后来才消停。

眸光暗闪，盛亦反问："那你今天还来得这么殷勤？"

他料想她必定会乖乖出现，但未必会回短信，哪想不但回了，还是一副"积极配合"的语气。昨天上他的车，还是靠他威逼。这才多久？

虞星见他没生气，小声说："想我死的人现在且只能想着，那就让她们想去吧。谁还没点脾气了，就准她们想我死不准我想她们死？我有气死她们的机会，当然要抓紧，能多气一会儿就多气一会儿！"

盛亦慢慢品过来："合着，你是拿我当气人的工具了？"

虞星眼神闪烁："不能这么说吧，我不是把你当气人的工具……你也知道，不管你和谁说话，跟谁稍微亲近一点，那人总是要被嫉恨的。

"她们想整我害我，难道我不能有怨言吗？我又不是圣人。而且我也不傻。我本身老老实实，她们待我也没多好，眼下就不要提。恨都恨了，我何必做吃力不讨好的事情？躲着学长还没准坏了你心情，惹你不高兴。

"……只是觉得顺便能气她们，也算额外的好处。"

她先前低调，忍气吞声，邱卉妮她们放过她了吗？没有，甚至变本加厉地作践羞辱她，弄出情书的事来。现在她和盛亦扯上关系，她们更是恨她恨得要死，怎样都无济于事。就算她从现在开始躲着盛亦，她们也不会饶过她，她还要为此得罪盛亦，何苦来哉。

既然盛亦找她，那她就来。顺便还能气红邱卉妮的眼，多好。

当然，这一切都是建立在“和盛亦相处”不会比“被邱卉妮找碴儿”下场更惨的前提下。虽然她也不知道盛亦为什么找她。

只是发现她长得还不错，又这么有意思，这么值得逗弄吗？

盛亦半晌没说话。

她语气恨恨，话里话外明显已经有了针对的对象。看来不只是单纯感受到学校大环境下的舆论压力，而是已经和人产生纷争？

他许久没出声儿，虞星心里开始不安，怕惹他生气。本就是因为他才被逼到这个份儿上，邱卉妮还有不知道多少人背地里等着将她生吞，要是这一下就把盛亦得罪死了，她只能当场刨个坑把自己埋了。

忐忑地等了一会儿，却听盛亦说：“拿上你的书。”

虞星见他起身，愣愣抬头。

盛亦走出去几步，停下，回头：“要我背你？”

“……不用不用！”她立时回神，抓起书跟上去。

又一次，晚饭时坐着盛亦的车离开，晚课前被他送回来，虞星俨然成了各路八卦必聊对象。

隔天下午，虞星没再收到盛亦的短信让她去这儿去那儿，童又靖却特意来了几次。

之所以说是特意，是因为只要长了眼睛的人都看得出。

第一次来，把虞星叫出去，说是给她送书。

虞星一愣：“这个书是……”

“你别管，很好看的，借你看！”童又靖拍拍她的手，说，“慢慢看，不用急着还我。”虞星不明所以，被她拉着在门口说了好几分钟的话。

回座位时满教室的人眼神微妙。

下一个课间，童又靖又来了，找她借东西：“前天的数学测验卷可以借我看看吗？”

虞星想了下：“那个我夹在书里，带回公寓了……”

“那没事，你把生物卷借我也行。”虽然一头雾水，虞星还是回座位拿了给她。

童又靖拉着她，又不让走，聊了七八句有的没的才放她回去。

第三次，童又靖带了饮料：“刚才体育课我去便利店买水，给你带的！”

虞星拿着她塞过来的饮料，想问她究竟有什么事，哪想童又靖不跟她聊了，这回干脆利落，挥挥手扭头就走。

直到放学打扫卫生时，虞星才明白——

童又靖是来给她撑腰的。

自放学铃响，班上同学陆陆续续走人，劳动委员似是有话跟虞星说，却一直犹豫不敢上前。虞星看在眼里，还没等决定要不要主动过去，童又靖的身影再次出现在门口。

环顾3班教室，童又靖的视线先是扫过拿扫把的虞星，接着停在劳动委员身上。

见她来，虞星暂不去管欲言又止的劳动委员，朝她走。刚迈步，童又靖已经大步过来。

“你……”话没说完，虞星的胳膊就被拽住。

童又靖不言其他，拉着她走到教室后的黑板前，细细看值日安排表。飞快浏览一遍，扭头看向劳动委员：“你们班负责安排值日的是谁？”

只听得他小声吐出一个字：“我……”

童又靖挑眉：“你是劳动委员？”

他滞顿点头。

“今天只安排了虞星一个人值日，你们班其他人呢？”童又靖好整以暇地发问。

劳动委员一时结巴起来：“其他人……其他……”

听到这儿，虞星堪堪回过味儿：“童……”

手里的扫把忽地被夺去。

童又靖冷声质问：“值日表是你安排的还是老师安排的？”

个子不矮的男生将忐忑写在脸上，被问得说不出完整句子。

不说话就当他默认：“是你安排的，那你应该是觉得这样很对？一个人负责清理整个教室包括楼下花坛左侧的一片空地，你觉得没问题对吧？”

童又靖只问，根本不想听他回答：“反正我觉得不太OK。既然你觉得合理的话，这个工作就交给你来做吧，今天的值日你自己一个人搞定。等什么时候安排得没问题了，再找虞星。”将扫把往地上一推，“当”的一声着地。童又靖看都不看，拉起虞星就走。

没两步想起什么，停下：“差点忘了——”

她扭头看向脸色难看的3班劳动委员：“值日任务安排好，先来跟我说，听懂没？

还有你们班其他人，你转告一下，虞星的事，有什么问题，让她们统统来跟我聊。”

扔下傻站在原地的劳动委员，童又靖拉着同样处在愣怔中的虞星，扬长而去。

被童又靖一路拉到凉亭，虞星心情有些复杂：“你……”

童又靖往石凳上一坐，呼了口气：“没吓到你吧？”见她摇头，赶紧让她坐，“站着干吗？”

虞星慢慢坐下。

“你今天来我们班这么多趟，还有刚刚……”

“啊，其实。”童又靖笑了下，告诉她，“是盛亦啦。他让沈时遇找我，说叫我没事多看着你点。”

虞星一愣。

……盛亦？

童又靖说：“他那样说了，所以我就来你们班上看看。也还好他提了，不然我没找别人打听都不知道，你们班的人怎么那么坏？你被他们欺负应该说啊，你早点讲！那些人都是欺软怕硬，我有经验的……”

童又靖絮絮叨叨教育她。

虞星心里苦笑，她何尝不想跟别人说。只是早从来临天的第一天开始，现实就将她的幻想打碎。本以为土气的打扮可以让她避免从前那样因为外表惹来的麻烦，谁想到，即使只是一个安安分分读书的土包子，有的人也要搓圆揉扁踩两脚，好像不这样就显示不出自己有多高高在上。

童又靖有发小撑腰，再不济可以找家里人，她的家世背景，注定她不会被人一直欺负。哪怕没有沈时遇，到后面只要这些人知道她姓童，是根基深厚、是他们熟知的那个“童”，她的日子都会变得好过起来。

她不一样。她只有小姨，她不能让小姨担心，她也没有别的人可以给她撑腰。所以她要扮土气，扮老实，在3班忍气吞声，为了不成为众矢之的，拼命地躲开盛亦。

如果可以，谁不想肆无忌惮地做自己？

没想到的是盛亦会有如此举动。他是举手之劳，于她而言却是搬开了压在身上的大山。可能有一天，等盛亦不再关注她、记得她的时候，这座大山会重新压回来，现在害怕的人又会继续欺辱她，但在这期间，她终于可以好好喘息。无论如何还是要感谢童又靖。

和他。

接下来一周，虞星没有见过盛亦，童又靖倒是在不懈地履行他的嘱托，每天都会去3班好几趟，上午、下午、晚上，反正得空总要去找虞星说说话。

两个人出于不同的原因，在临天都没有朋友，童又靖压抑太久，私下活泼的一面，相处时便尽数展示给了虞星。有解围的情分在，虞星心怀感激，加上童又靖主动，彼此间的生分很快消融。

休息日，虞星被童又靖叫去逛街。她俩第一次一起出去玩儿，童又靖热情不容拒绝，掏腰包请虞星吃午饭，虞星只好抢着付了饭后的奶茶钱。

大半个白天，逛至下午三点，童又靖完全不尽兴。无奈虞星要回家陪小姨吃晚饭，草草结束。其实虞宛贞乐得虞星交朋友，早对她说了逛完街不回家直接返校也行，虞星舍不得一周见一次的机会。

她空手回来，虞宛贞不由诧异："什么都没买？"

"没买。"

"我不是给你钱了吗？"

"……嗯，没看到想买的。"虞星洗干净手，"刚好，小姨你下个礼拜不用给我生活费了。"除了偶尔买买水，在临天本身就没什么花钱的地方。

擦净手到客厅坐下，开了声音的手机响，微信提示有新消息。

童又靖问她：到家了吗？

备注打的是"童童"，互相加好友时，她缠着虞星，非要用这个替代全名，虞星只能随她。

当下便回复。

里特丝达：到了，你呢？

童童：我在路上。

里特丝达：那注意安全。

童童：好的！

正聊着，虞宛贞在厨房叫她："星星，晚上给你做糯米糕吃好不好？"

"好！"虞星扬声应道，往厨房里走去。

晚饭食材已经准备好，虞宛贞一走回头，见她在门边张望，失笑。

"你看什么？"

“小姨，你要做多少糯米糕？”

“怎么？”

虞星想起上回在休息室一个人吃独食，盛亦盯着她的水晶糕看了好久。

“要是做的多的话，我带一点去学校给同学吃。”

虞宛贞一听，笑了：“那我多做一点就是了嘛。”

“……等等，我先问问。”虞星叫住她，扭头往外跑。

到客厅拿起茶几上的手机，虞星斟酌着给童又靖发消息，她很快就回了。

里特丝达：你有盛亦学长的微信吗？我有他电话，不敢打，我想给他发个微信消息。

童童：有的，等一下下！

没几秒，童又靖把盛亦的微信名片推送给她。

虞星心怀忐忑，向盛亦发送好友申请。

半天未有回复。

等了几分钟，她时不时点开微信看一眼，到后来没办法，只好到厨房和虞宛贞说：“小姨你先多做一点，一份……不，两份，多两个人的份就行。”

虞宛贞说好。

她捧着没有动静的手机，再次踱步回客厅。快要不抱希望的时候，盛亦那边终于有回应。

好友申请通过。“one”——他的微信名。

虞星给他打上备注。

他开门见山：童又靖说你找我有事？

真到这会儿，虞星突然不好意思了。犹豫着开口：就是，学长你吃糯米糕吗？吃的话我做一点带去学校给你。

就当谢谢你。后面这句话虞星没好意思说。

过了十几秒，盛亦：你找我就为这？

她小心翼翼回：……嗯。

拿不准他的态度，虞星看他这言简意赅说话的风格，估摸大概率会被拒绝，不想，他却应了。

盛亦：带吧。

虞星手指在屏幕上摁得飞快：那要麻烦学长来一趟学校，我会在晚自习结束之前返校，大概八点多九点的样子，到时候在校门口见？

盛亦回了一个点，这是同意。

刚要退出对话界面，他又发来一句。

盛亦：你英文名叫小星星？

虞星一顿，反应过来，他指的是她的微信名字。

里特丝达，little-star。

小星星。

幼稚，土气，没有新意。

有点尴尬。

她回复道：随便取的。

盛亦没再发来消息。虞星退出和他的对话框，没忘童又靖，发消息问她晚上在不在学校。她回得很快，立刻发来“怎么了”三个字。

童又靖和盛亦那几个朋友都不像是休息日会在学校的人。

在不在是一回事，有没有想着她的心意又是另一回事。

里特丝达：我家里做了糯米糕，你在学校的话，我给你带一份。

童童：你晚上就回学校？

里特丝达：嗯。

童童：我都行啊，你带糯米糕，那我晚上回公寓住好了！

就这么说定。

虞星和童又靖继续聊了几句，约好时间，立刻放下手机奔向厨房。

“小姨！教我做糯米糕——”

一局桌球结束，盛亦瞥了眼时间，撂下球杆：“不玩了，你们继续。”

其余三人一脸诧异。见他穿起外套往外走，沈时遇将球杆粗的那端杵在地上：“这才几点你就走了？”

盛亦点点头，顺手抓起车钥匙。

“去哪儿？”

“有事。”

“哎……”

话没说完，他推门出去，已经不见人影。

蒋之衍皱眉："他去哪儿？"

"你问我？"沈时遇扔给他一个白眼，"没见我刚刚问他，你听他答了吗？"

对视一眼，两人便也放下球杆，去沙发上坐。

秦怀还站在桌边，刚刚那把没发挥好，眼见他俩这就坐下，一愣："不打了？"

"休息一下。"

无奈，秦怀只得把球杆放回原位。到沙发边，顺手从茶几上的果盘里抄起一个不知名水果。坐下跷起二郎腿，吃着果儿，顺嘴问："盛亦最近怎么这么不合群？"

蒋之衍反问："哪儿不合群？"

"叫他出来玩总不出来，推几次了？"

蒋之衍替他说话："那是在学校。"

秦怀嗤笑："跟我这儿装什么孙子，以前怎么没见他勤奋好学天天泡在临天？"

"他……"

"还别说。"沈时遇打断蒋之衍的话，眉头拧了起来，"盛亦这段时间确实挺不对劲。"

秦怀挑眉："是吧！"

蒋之衍扭头看身侧的人。

"你别看我。我说的不对？"沈时遇啧了声，"那谁，虞星！"

他一提，蒋之衍脸色变得微妙起来。盛亦和虞星这段时间走得确实有点近，但是……

"不能吧？"想到她那副打扮，蒋之衍接受不了，怎么想盛亦的品位也不可能这么差劲。说实话他其实根本想不起虞星长什么样子，因为他对她的脸，完全没有概念。

一个女生，刘海盖住半张脸，再往下是黑框眼镜，将鼻子压着挡着，瞧不全乎，脸颊又被两侧头发遮住，她整张脸只有鼻尖到下巴那一块是不被覆盖的。每回看见都替她难受，头发把眼镜片都盖住一半，她眼睛不被扎得疼吗？不知是不是每天出门都抹发胶，那头发也不乱，活像是在脑袋上戴了顶头盔。

如果哪天虞星趁人不备把盛亦杀了，让蒋之衍和沈时遇画她的通缉画像，他俩大概就能画出她四分之一张脸。

——最清楚的地方估计还是人中。

"虞星，谁啊？"状态外的秦怀好奇，"男的女的？"

“女的。”

“漂亮吗？”

“……”

“……”

沈时遇和蒋之衍双双沉默。

秦怀来了兴趣：“是不是有什么我不知道的事儿？”

你不知道的多了去了。沈时遇丢给他一个白眼，胳膊肘撞了撞蒋之衍：“我忘告诉你，前段时间，盛亦让我找童又靖。”

“嗯？”

“说，叫童又靖没事多照看虞星，别让她被人欺负。”

蒋之衍沉默好几秒：“……他真这么跟你说的？”

“不是原话，意思是这个意思。”

当时盛亦对他说——

“虞星有点麻烦，你让童又靖去看看。”

这不是怕她被欺负是什么？

蒋之衍和沈时遇一时都不知说什么好。

秦怀在一旁听得跃跃欲试：“盛亦跟你们说的这个人有情况？！好啊你们，这种事都不叫上我？下礼拜我来临天看看！”

蒋之衍还在思考盛亦到底怎么回事，一个眼神都没给，直接抬腿踹他一脚。

秦怀往旁边一闪及时躲开，笑嘻嘻：“就这么定了，下礼拜我来临天看热闹！”

八点三十五。虞星拎着从家里打包的糯米糕，在临天附近的路口下车。

校外一排便利店，只有一家还在开，她朝那边走，不时看看手机。

童又靖正准备动身。

虞星让她别急：我刚到，在等盛亦学长。你慢慢来。

人行道比地面高一阶，车灯晃过，分神间小心踩在边缘，虞星脚下一崴。下意识端住打包的点心，怕它摔得稀烂，代价便是直直跪在地上。

“嘶——”酸痛如电流，沿着膝盖蹿上来，疼得倒吸一口冷气。

虞星缓了半天，堪堪挣扎着站起来。膝盖处，黑色的厚打底裤袜破了一道，细细的，很小的口子，不去撑它应该不会裂得更大。虞星上下扯了扯，裂开的地方暂时看不出。步履不复先前自如，稍稍有些滞顿。到便利店一问，创可贴卖完了，店员等着下早班，她不好意思为一张创可贴让人家特意跑一趟仓库，摆摆手说没事。买了水和纸巾，在店门口坐下，简单将膝盖渗出的一点点血丝清理好。

虞星给童又靖发微信语音：“等会儿来的时候，可以顺路帮我带创可贴和喷雾吗？”

发出去不到十秒，童又靖着急回复：“怎么了？你哪里弄伤了？”

她说：“没什么，不小心摔了一跤，膝盖弄破一点点。”

童又靖一听不得了：“那赶紧去看一下！我马上过来陪你去医院！”

虞星说没事：“你帮我带创可贴和喷雾就行。”

“真的没事？”

“真的。”

“那我给你带！”

虞星道：“我在等盛亦学长，你快到了告诉我。”

夜色浓重，虞星坐在便利店外的长凳上，略微有些冷。童又靖已经出发，一边聊一边唠叨她不小心的事。

虞星无奈：“没仔细看，手里又拎着东西……”

聊了几分钟，接到盛亦的电话。她一直关注新消息，没收到他发的一个字，竟直接打来了。

虞星站起身：“……喂？我在便利店……我看到你了！”

不多言，收起手机，朝路边停着的那辆豪车走去。

盛亦车多，又是一辆没见过的。她走到副驾驶门边，车窗降下来。

虞星弯下腰，连塑料袋一块，端起盒子：“学长，这个……”

她本意是把东西从车窗递进去给他就功成身退，盛亦却道：“上车。”

当即愣了下。

“没听见？上车。”

话到嘴边又吞回喉咙，虞星拉开车门，坐进去。

盛亦：“安全带系上。”

虞星咽口水：“我和童又靖约好了，她已经在路上……”

他语气加重：“系上。”

虞星看他没什么耐心，不敢再说，乖乖把安全带系好。

下一秒，盛亦一脚油门，车飞快冲出去。

从没在市内坐过这么快的车。车窗开着些许，汹涌的风从外灌进来，虞星被吹得呼吸不畅。她不是很喜欢这种感觉。追求刺激的人或许觉得爽，她不一样，她惜命。紧紧抓住把手，虞星脸都白了。风吹在脸上疼，眼镜都快被吹歪，刘海乱飞戳得眼睛疼，她只能闭上眼。“学长……”微弱的声音在风里听不太清楚，虞星忍不住哀求：“学长！开……开慢一点……”

盛亦不知听没听到她的话，车拐过一个弯后，速度慢下来了也可能是风变小，总之好受一点。高度紧张又担惊受怕的十分钟过后，车停在河岸公园的那条路上。

不远处的大桥车水马龙，公园离得有些远，远远传来的跳舞乐声变得稀薄。他们似乎停在河堤窄处，细细听好像还能听到河潮拍岸。

车里安静，谁都没说话。盛亦将他那侧车窗又降下来一些，好似来吹风的。

就这么待了几分钟。

虞星的心跳平复下来，脸色有所缓和。

盛亦看她：“你很怕？”

虞星点了点头。

指尖在方向盘上轻点，盛亦说：“市内限速，这算慢的，开到赛车道或者山路上，那才真的刺激。”

她白着脸，少见地表态：“我不喜欢。”

盛亦似是勾了勾唇。不说别的，他道：“你说做了点心？”

“啊，对。”虞星拿起放在腿上的东西，塑料袋里有两个木质方盒，拿起一份开盖，端着递到他面前。

盛亦睨了几秒，伸手拿起一块。

不知道他会不会喜欢，有些紧张。他慢条斯理品尝，虞星偷偷扯了扯膝盖处的裤袜，不忘藏起破的洞。还是有点疼，一下一下像被针刺。

不去管腿的事，虞星直勾勾看着盛亦。他平静地吃下去，没什么表情。

她忍不住问：“好吃吗？”

他反问：“你做的？”

虞星点头。给盛亦和童又靖带的这两份，都是她亲手做的。送人，该拿出点诚意。

盛亦眉头轻挑，表情淡淡：“一般。”

说不上安慰还是打击，虞星默了默，端着木盒问：“要不要……再吃一块？”

“不了。”他摇头，显然没兴趣。

虞星“哦”了声，把盒子盖上，放回腿上。

听盛亦问：“你去哪儿？”

“学校，我和童又靖约好在校门口见。”

他略点头，发动引擎。

和来时不一样，回去的风温和得多。

虞星坐在副驾驶没说话。说是送点心给他尝尝，这一趟花在路上的时间远比吃糯米糕多，他们甚至也没说几句话。

大概他只是想兜兜风。

早在认识他之前就有所耳闻，说盛亦这个人，随性、恣意，淡漠、凉薄。什么笑眯眯温柔似风，像风摸不透抓不着是真的，其他都是假的。

虞星第一次有所体会。这一通看似突兀的举动在他身上，一点都不突兀。他随性惯了，谁也不放在眼里，没什么能束缚得了他，自然是想做什么就做什么。大概除了车，没有什么东西，能让他在意。

恍神间，盛亦问：“你很冷？”

虞星一愣：“啊？没有啊……”

他余光瞥过来：“我看你一直在扯裤子。”

刚刚下意识扯了几下裤袜，虞星不知道他瞧见，不好意思：“没有，我不冷。”手收回至腿上，再不往前伸。

快到临天时，盛亦接了个电话：“有事？”

“……嗯。”

漫长的沉默后，他说：“知道了。”

虞星没想打探他的私事，盛亦却看她一眼：“你的腿弄伤了？”

她微愣：“我……”

他说：“刚是童又靖的电话，她说你手机关机，让我告诉你她买好药，快到了。”

虞星拿出手机一看，果然黑屏：“手机没电了。”

盛亦蹙眉，追问：“你腿伤了？”

虞星抬眸，尴尬：“之前在学校前面摔了一跤。”

“膝盖？”

“嗯……裤袜破了一点。”

难怪她一直扯，盛亦稍稍沉默，说：“我开去药店。”

虞星忙说不用：“童童已经买了药，我去校门口等她就行！”她拼命推拒，坐直了身，生怕他转方向盘。

盛亦不置可否，忽地问：“走路也能摔？”

“呃。在看手机没注意，手里拿了东西……”虞星略感丢人，“就跪下去了。”

那两盒点心在她腿上静静放着。

盛亦一言不发，开至临天校外。

虞星道谢，解开安全带，车门却打不开，疑惑地转头：“学长？”

他皱着眉，指了指她腿上的东西。虞星有点意外，但还是立刻拿给他。

盛亦接过去打开，拿起一块糯米糕，表情不甚愉快地吃下去。

总觉得他吃得很痛苦，一点品尝食物的愉快都没有。

虞星其实对自己的手艺没什么信心。一时之间很想问他，这东西很难吃吗？可他在吃，问这个问题不就等于问他是不是有病？难吃还吃，找虐？

她不敢吭声。

偏偏是真的，他看起来一点都不像觉得好吃的样子。

盛亦很勉强地吃完，又拿起一块，半途动作一顿，还是放了回去。

“算了。”他盖上盒子，将木盒放到两座之间，“就放这儿吧。”

虞星：“……”

难吃就不要吃嘛，干吗呢！

忽地，一张薄薄的东西丢来，虞星慌忙接住。

定睛一看，是一张信用卡。

“自己去买药和裤子。”盛亦随意道，“没密码。”

“我有钱……”

他一个眼神横过来，虞星硬生生闭嘴。

周三下午，高一、高二停课，劳动体验日，除高三外各班都要进行大扫除。

虞星被安排去清扫勤学湖周围。

半路上童又靖给她发消息：我在这边找沈时遇拿东西，等会儿过去找你。

虞星说好。

到勤学湖一看，发现一同值日的是邱卉妮。

因是临时安排，虞星先上了趟洗手间，回教室时三分之二的人都已经分配好奔赴“岗位”了，所以当下也有点出乎意料。

没什么好说，虞星走到一旁，闷头扫落叶。

邱卉妮一肚子火，让她来扫这么个鬼地方，原本就不满意，搭档竟然还是虞星。换作以前，她肯定乐见。这个土包子㞞货好欺负得很，只管把扫把一丢，让虞星一个人干活就是。

但今时不同往日。虞星有了童又靖撑腰，和盛亦的关系奇奇怪怪，突然间动她不得。邱卉妮越看越气，虞星一声不吭，专注扫地，眼里像是没有她这个人。

装什么装？不过是找到靠山，了不起什么，贱骨头！

虞星才懒得管邱卉妮想什么，早点扫完早点完事，一会儿童又靖来找她，结束得早，她们还能去校外的几条街逛一逛。

她只当看不到邱卉妮投来的眼神。

沉默着扫完大半块空地，虞星停下喘气。回头一看，邱卉妮还在原处，扫着那么几片叶子磨洋工。

她累得半死，到底忍不住，小声道：“你扫快一点。”

邱卉妮不可置信地抬头，盯住虞星：“你叫我？”

虞星未言语，抿唇低下头。

邱卉妮那口堆积已久的怒气堵在心里，越发炽盛。

虞星算什么东西！没抱上大腿之前敢这样和她说话？！

气得不行，蓦地，看着虞星站的位置，邱卉妮忽然心念一动，当即抄起扫把，往虞星那边扫，一步一步快速靠近。

听见声音朝自己来，虞星下意识扭头，猝不及防被邱卉妮擦身一撞。

突然而来的力量将虞星推向湖里，落水间，脚踝处的裤袜被低矮的景观铁栅栏钩破。

邱卉妮站在岸上，“惊讶”掩嘴：“哎呀！我不是故意……”

“虞星！”恰在此时一声惊呼响起，不远处一个人影冲过来。

邱卉妮还没反应过来，拎着塑料袋的童又靖把手里东西一扔，飞快跑来，转眼，“咚”地跳进湖里。

…………

沈时遇听到童又靖跳湖的消息，当即扔下手头的东西赶到勤学湖。传话的人含含糊糊，他也顾不上去问说的是落水还是跳湖。秦怀正巧今天来临天找乐子，和他们在休息室待了半个小时，直呼无聊，见沈时遇冲得急，蒋之衍和盛亦也动身，自然一同跟着去。

勤学湖周围围了一群人，不敢靠得太近。见他们一行来了，自觉让开路。

沈时遇火急火燎，拧着眉扬声："童又靖？！"

"我在这儿——"

闻声看去，湖边地面上坐着两个浑身湿透的人，都裹着毯子。

见他急急走来，童又靖忙说："我没事。"

沈时遇冲到她面前，蹲下看了看，确认无碍才放心，又抱怨："没事你坐在地上干什么？"

"我手机不见了……"

"手机重要还是命重要？这么大的人长没长脑子？我看你就是欠教训。"

童又靖顾不上跟他吵架，喘了口气："还有虞星……"

沈时遇这才注意到和她裹着一张毯子、被她搂着的人是虞星，本是随意一瞥，不在意地正欲收回视线，恍惚之间却错愕一愣。那张脸上，厚重的齐刘海湿答答分开，常年不见天日的额头终于露出来。平时遮挡脸庞两侧的头发，此时撇到后边，贴着耳朵。

因为湿透，头发不再像头盔一般罩住整个脑袋。

童又靖好不容易把那口气喘匀，说："……她眼镜掉了。"

额头、眉毛、眼睛、鼻梁、嘴唇、脸颊……虞星的脸完完整整展露在空气中与在场众人的眼中。落水后惨白的脸色，衬得娇艳五官更像画。

说不尽反差美。

——如此勾人的一张脸。

第五章

横生枝节

“——星星，你和盛亦，是不是在谈恋爱？”

虞星不会游泳。落水之初着实慌张了好一会儿，还好很快有人下水救她。挣扎之中，又听见一道焦灼的声音指示：“别扑腾……放松……”

熟悉的声线，一听就是童又靖。知道她不会水的，童又靖是其一。忘了具体哪天，总之在闲谈时提过。童又靖说夏天一起去泳池，得知她不会，允诺了将来要亲自教她。

泡在水中心脏害怕得怦怦跳，被熟悉的声音安抚，身体里涌过一股暖流。

虞星努力放松，让自己被她带着浮起来，将安全交付给她。童又靖纤细的胳膊在这种时候格外有力，一路拉着她，游到岸边。

上了岸，两人双双疲惫地坐在地上，地面冷冰冰的，身上衣服全部湿透，水里的寒气这时候返上劲来，风一吹，让人冻得发抖。不小的动静引起附近其他学生的注意，人越来越多。

很快有人拿了大毯子过来。童又靖用毯子把俩人一裹，问她有没有事。

虞星后怕不已，哆哆嗦嗦，除了冷，一时没有更多想法。

直到被童又靖捧起脸，对上她直勾勾一瞬不移的目光，虞星才反应过来。

好像……和在家时，被小姨把头发全部扎起来的感觉，一模一样。视野开阔，面前没有任何阻挡物。厚重的齐刘海不再挡到眼正中，戳得眼睛不适，包起脸颊的头发，湿漉漉贴着耳朵，甚至更后。

眼镜也没了。

寒风吹过来，整张脸全部五官，全都感受到吹拂而来的凉意。

“你……”童又靖捧着她的脸半天没放，瞪着眼激动，“我就说你的五官很好看！真的很好看！星星，你长得这么漂亮……！”说着按捺不住，还捧着她的脸用力晃了晃。

之后耳边一直是惊喜的感叹声，“好看”两个字被童又靖翻来覆去地说。虞星不知该不该高兴。童又靖明显很喜欢她这样子，眼睛都亮了，可抬头瞥一眼四周，在场人不少，这么多双眼看着，书呆子怕是做不成了。

……也罢。她默默叹气。不想太引人注目，不过是因为吃过教训，毕竟不管旧伤疤重不重，终究还是有那么一点疼。可既然已经这样，那就这样吧。

童又靖说了一连串，太兴奋，不小心呛到。

虞星赶紧给她拍背：“别的事晚点再说，我们先起来吧。”

童又靖点着脑袋咳嗽，好不容易停下：“等等，我缓缓……”

还没等她们站起来，旁边学生让开道。

就听见沈时遇分明透着担忧的声音，喊童又靖。

童又靖深吸一口气，扬声应了。很快，沈时遇的身影冲到面前。

围观群众不算在内，从童又靖开始，沈时遇、蒋之衍，愣愣的眼神看了一遍又一遍。

虞星知道避不开打量，默不作声任他们看个高兴。唯有盛亦，视线和他对上，虞星不知道是不是自己多想，只觉得彼此眼里都有种说不出的东西。

她这个死书呆土包子其实长得还行。在临天这是个秘密，属于她自己，也唯有她和他才知晓。

现在不是了。

盛亦眼里的暗色微微闪过，一向笑眯眯的眼睛，这会儿是淡漠模样。只是不知为何，眉心下意识轻微地蹙了蹙。

蒋之衍的反应和沈时遇一样大。看清那张脸的刹那，一愣，满脸不可置信。

前几天他和沈时遇还在为盛亦的“品位”担忧，结果搞了半天……他看看盛亦再看看虞星，忽然之间不知道该说什么好。

啧，人生充满惊喜。

诧异了几秒的沈时遇很快回神，刚要说话，一道人影突然冲过来。

“哎呀！你是——”秦怀从蒋之衍背后蹿出来，冲到沈时遇旁边——虞星面前，不由分说地一把捉起她的手腕，两眼发光。

虞星正被蒋之衍打量得有点尴尬，此时看到他的那表情，翻译过来就一句话：“同学你谁？！”

猝不及防，面前多了个人。虞星吓了一跳，被陌生男生捉着手腕，惊惧交加，连忙用力挣。

他握得更用力：“你听我说——”

童又靖当即一把将他的手扯开：“秦怀你干什么？！”伸手将虞星掩到身后。

“不是，我那个……”秦怀看着这张找了许久的脸，不知从何说起。

“你哪个？”

“我，她……”秦怀结舌，一扭脸冲旁边发难，“沈时遇你说话啊！”

沈时遇：“？”

虞星被童又靖护在背后，微微皱眉。这个人是和沈时遇他们一起来的，听说话语气，八成是同一个圈子的朋友。

她记得盛亦和她说过，有一个朋友在找她，对她“一见钟情”。那时候半信半疑，眼下……

虞星垂下眼，抿了抿唇。

“先让她们把衣服换了。”盛亦忽地出声，打断他们多余的对话。

虞星抬眸，他站着，居高临下的视线不期然和她撞上。

停顿一秒，同时移开。

盛亦皱着眉说：“等你们说完，她们两个可以直接送医院了。”

沈时遇反应过来，搀着童又靖起身。秦怀想扶虞星，奈何童又靖先拉起她，虞星又一副低头逃避的态度，只好悻悻收回手。而始作俑者邱卉妮，在一旁已愣神多时。

推虞星下水是为泄愤，不想被童又靖撞了个正着，后者一句话不说就跳下湖去。见童又靖那么决绝果断地跳湖，邱卉妮后知后觉地意识到虞星可能不会游泳。

隐隐有一丝后怕。

但后怕的原因不是怕虞星出事，更多是因为，若是她不会游泳，自己推她下水这件事在童又靖那儿，严重性怕是更强了。

童又靖和沈时遇青梅竹马，沈时遇又是盛亦的好友，闹大了，不一定有好果子吃。

虞星被童又靖平安捞上来之后，邱卉妮松了一口气，好歹没有闹出严重到无法收拾的事情，谁承想，让她难受的事还在后面。

——虞星竟然不丑。

何止是不丑，明明就很美！论长相，邱卉妮觉得自己大小也是个美女，在临天排不上前几，也绝对是在最出挑的那一批里。她不止一次得意过自己的长相，可现在和看到的这张脸相比，和眼前这个虞星相比，相差不是一星半点。

邱卉妮的好看，是漂亮，很多人都说过。

虞星不一样。

虞星是美。

骨相皮相的优势她都兼具，五官标致且有韵味，是看到的第一眼就直击感官的美。

虞星长相带来的冲击，大过先前的害怕，邱卉妮愣在原地，半天回不了神。她愣着不出声，童又靖不是好欺负的性子，临走之前没忘记她。

“那个女生——”指着邱卉妮，对沈时遇道：“你让人把她带到学生会办公室去，就是她推虞星下水的。别让她溜了，晚点我再跟她算账！”

邱卉妮一听，脸色唰的白了，被这么多人看着，干咽口水，一句话都说不出。

回女生公寓换干净衣服，童又靖先一步整理好，来虞星公寓找她。

虞星也收拾得差不多了，吹干头发从卧室出来。

童又靖等她，在沙发上坐了一小会儿，起身相迎：“没事吧？有没有感冒？”

虞星摇头，“我还好，现在不冷，你呢？”

“我身体好着呢。”见她拿着梳子，童又靖挑眉，“你要梳头发？我来我来！”

生怕她再给自己弄出一个头盔，二话不说地摁着虞星坐好。

先帮她梳顺，童又靖问：“皮筋和夹子呢？”

虞星伸出手，掌上放着一根皮筋和两个黑色的发夹。

童又靖皱眉：“哪够啊。”

“我卧室的卫生间里有。”

“我去拿！”

小跑进她卧室，童又靖拿好足够数量出来。

“你头发这个长度可以绑起来，但是会有些碎发，刘海我帮你夹起来，两侧不够长绑不住的头发也夹起来……反正不要再挡脸了，挡脸多不好看……”童又靖碎碎念不停，虞星听得失笑，越熟话越多，拦都拦不住。

一通忙活，童又靖帮虞星弄了个简单的造型，其实称不上造型，主要是清爽，脸全露出来。她的脸型好看，鼻子挺而秀气，眉毛也好看，反正哪儿都好看。

童又靖欣赏一会儿，好奇：“你的眉毛修过吗？”

“没有。”她摇头，“一直这样。”

“那也太好了，这眉形真好看，我有的时候还会自己修一修呢。”

童又靖语气羡慕，正说着，虞星突然转过身。

“怎么了？”为方便端详，童又靖跪在她身侧，这倒方便了她。她不言语，倾身靠过来，张开手轻轻环住童又靖的腰。

童又靖一愣，手搭上她的背：“你怎么啦？”

“……谢谢。”怀中传来闷闷的声音，虞星跟她道谢。

“谢谢你救我。”

童又靖顿了顿，笑起来：“嗐，我会游泳啊，你掉水里我看到了能不救？”拍拍她的背，带着轻哄的语气迭声说，“没事没事，没事啊。”

虞星没有说话。在冰凉的水里无能为力，那时候真的慌乱到难以形容，很怕就那样沉下去，发生意外，再也上不了岸。童又靖跳下水，游过来抱住她的那一刻，她差点想哭。

这个人明明自己也是个瘦弱的女生，却还是用尽全力抱着她上岸，救她的时候连想都没想。从小陪着她一起长大的苏秋不在身边，在临天的每一天，虞星都觉得孤单。

虽然童又靖是因为盛亦的嘱托才开始和她接触，但后来的相处和陪伴，都不是假的。因为有童又靖，于是有人替她鸣不平，有人救她于危险中，有人指着欺负她的罪魁祸首说晚点算账。

一切都新奇而温暖。

默默地，虞星抱着童又靖的腰长叹。还有很久，但她已经开始期待她教她游泳的夏天。

一定会很棒，一定。

“……啊！”

怅然间，突然的惊呼吓了虞星一跳，她松开手，看向童又靖：“怎么了？”

童又靖恨恨地拍掌：“——我买的水扔在地上，忘记拿了！”

“……”虞星哭笑不得。

沈时遇一群人不方便进女生公寓，把人送到公寓门外，便先行到了逸教楼，在休息室里等。正好学生会办公室也在同一栋，待童又靖和虞星来了，处理那个被带过去的女生也方便。

自从见了虞星，秦怀就没平静下来：“就是她！她就是我要找的那个女生！你们记得吧？”

“你能不能换一句。”沈时遇抬手拧眉心，“进门到现在这句话你说了不下五十遍，有完没完。”

“啊！”秦怀一听就来气，“你还说，我让你找人，你找了多久没找到？就在眼皮子底下，她天天跟童又靖待在一块，这你都找不到，你还说你不是故意耍我？！”

沈时遇无奈：“她是最近才跟童又靖玩到一起去的，不信你问他们。而且我说了，她之前不长这样——”

“不长这样长哪样？”秦怀嗤笑，“就这一张脸，难不成还会变？”

蒋之衍没说话，但也替沈时遇冤。还真别说，她真能“变”。

长腿往茶几上一伸，秦怀靠着沙发耍横：“我老婆好不容易找到了，你介绍给我。”

“你自己不会追啊？！”沈时遇气得开骂。这孙子，还赖上他了？

“你没看到她刚才的样子，见了我拼命躲，话都说不上我怎么追？追什么追。”

“怪谁？你跟个色坯似的上去就摸人家手，换我早踹你下水里去了！”

秦怀就要他牵线搭桥：“她跟童又靖一起玩，你得给我搞定。”

“她跟童又靖玩你找童又靖去！”

“哼，你女人，跟你女人说一句不就行了，是不是兄弟？”

沈时遇脸色一变：“谁女人？少乱说。”

“你装什么纯情？”秦怀嘲笑，“你不喜欢她，你护得跟眼珠子似的？就差往被窝里摁了，少来这套。”

沈时遇不承认，抬腿踹他一脚：“滚，谁喜欢她？！”

秦怀懒得跟他掰扯："行行行，不喜欢不喜欢。"啧了声，回归正题，"虞星的事……"

沈时遇推开他搭过来的手："没门！"

他俩你一句我一句，骂骂咧咧，吵得忘我。蒋之衍越听越不妙。沈时遇是不是忘了点什么？

盛亦！盛亦啊！

虞星有事没事被叫来休息室，忘了？

盛亦把虞星带出去吃饭，不止一次，也忘了？

前段时间盛亦特地让他找童又靖照看虞星，都忘了？！

蒋之衍突然很想打开沈时遇的脑子看看里面装的是什么，到底是不是一团糨糊。

心下不安，蒋之衍看向对面沉默不语的人。盛亦仿佛置身事外，转着手里的定制打火机，似是没听到他们的争吵，散漫地把玩手里的小玩意儿。

"盛亦——"

怕什么来什么，秦怀猛地把话头对准盛亦："沈时遇死了也派不上用场！"

沈时遇啐道："你死了！我是你爹！"

秦怀不理他，对盛亦道："你和虞星有交情对吧？约她出来吃饭，帮兄弟个忙。我车库里的车你随便开，你要哪辆都借！"

"……"蒋之衍保持缄默。

何止是有交情，怕是交情不浅。他们三人都看着盛亦，尤其秦怀，眼神殷切。其实沈时遇以前不是没有给他介绍过女朋友，这次应该算个意外。

盛亦本身就随性，这点小事在他眼里根本无所谓，心情好，有那个情绪，想都不用想会答应。

秦怀只等他点头。没办法，一不小心吓到了人家女孩子，又有童又靖护着，追起来可能有点棘手。

几双眼睛一齐等着。

盛亦勾了勾唇角，眼神淡淡，笑意未及眼底，半晌，薄唇轻启，吐出两个字："不帮。"

邱卉妮被带到学生会，忐忑地等了许久，虞星一行人才来。

换好衣服的虞星被童又靖牵着手，后者略带冷意的眼神一进门就朝她射来，看得她不由得缩了缩脖子。童又靖摆明了没有轻拿轻放的意思。邱卉妮算是踢到铁板，在勤学湖边童又靖一说看住她不让她走，沈时遇立刻就安排了学生会的人来处理。

当下，学生会几个干部在旁记录，沈时遇一群人坐在沙发上旁观，被这么多人看着，她手心捏拳，紧张得出了一层汗。

“你推虞星下水，是我亲眼看到的。我是人证。”童又靖说，“勤学湖那一块有监控，学生会已经让人联系负责老师调监控，你要是不认，我们可以看监控对质。”

上来就开门见山，一句废话都不说，童又靖明显是被气到了。

虞星不会游泳！如果不是她及时赶到，虞星在水里胡乱扑腾，要是发生腿抽筋之类的意外，出了人命怎么办？都说又蠢又毒，这个邱卉妮两样占全。

邱卉妮面色微白：“我……我……”她结结巴巴狡辩，“我不是故意的……我只是……刚好走到她旁边，不小心碰到……”

“不是故意的？”童又靖冷笑，“她掉进水里的时候，你在岸边干什么？你在笑！你是不是当我没看到？”

脸上闪过一丝惊慌，邱卉妮瑟缩道：“我，我太慌张没反应过来……”

“到这种时候，你还是不承认你故意推我的是吗？”冷不丁，虞星开口。

视线集中到她身上，而她看着邱卉妮一人。

邱卉妮见着那张漂亮脸蛋，一顿，下一秒心里生出一股愤恨。不就是搭上了盛亦！不就是找到了靠山！嚣张什么！张狂什么！

嫉妒和怒火，一时间野草一般疯狂生长。她咬牙，脸颊泛起一股愠红，就是不承认：“我不是故意的！”

盛亦他们坐在沙发上看着这一切。朝那边瞥一眼，邱卉妮很快挤出委屈表情，眼神可怜巴巴中又带着小心翼翼。

“虞星，你不要这样……”

“我……我一直觉得你温和忠厚，一心读书……是，你现在交了新朋友，和以前不同了，最近这段时间我们班同学都不敢靠近你，做什么都要考虑你的心情——”说到这里，她偷偷瞄了瞄在场众人。

“但我不懂你为什么要这样？童又靖同学没看清楚，她以为我在笑，其实我只是看你不小心落水吓到了。她误会我可以理解，也可以解释。可是你为什么要这样咄咄逼人，为什么非要逼我承认是故意的呢？”

邱卉妮像是要哭了：“你就这么讨厌我吗？虞星，你难道不会觉得良心过……”

啪——！虞星突然上前，抬手扇了邱卉妮一个耳光。

满室死寂。

虞星面色平静："我问心无愧，良心很安。"

"你……！"邱卉妮捂住脸颊，瞪她，眼里闪过狠戾。当着这么多人，又几乎都是虞星阵营的，强忍着不敢还手。压下这口气，邱卉妮立刻重新挤出委屈表情，一条道走到黑，"虞星，你这……"

"这是我应该打的。"虞星打断她，"你很委屈？"

邱卉妮一愣。

虞星第一次这样看着她："我温不温和，忠不忠厚，那是我的事。我交什么新朋友，更与你无关。从我到临天开始，你和班上那些人是怎么欺负我的？嘲弄取笑我，让我抄作业，值日所有活都给我做……变着法子剥削我。你觉得这算不算霸凌？"

没想听她回答，虞星道："光凭这些，我还你一巴掌不算过分，更何况你今天拿我的命开玩笑。我不会游泳你知道吗？你不知道，也根本不在乎。我的命在你眼里无足轻重，可以随便拿来践踏。你就是这么想的，对吧？"

邱卉妮没见过她这副表情，愣愣地忘了说话。

虞星面色越发的冷："我之前忍气吞声是因为我想过安生日子，确实，也是因为我没有能力反抗。你觉得我现在狐假虎威也好，狗仗人势也好，都随你便，单冲你今天推我下水，有可能害我丧命，这一巴掌，就是你该得的！

"你凭什么觉得我会永远忍下去？你是不是以为我没有脾气？

"到了把我逼上绝路的时候，就算没有人给我主持公道，我也会跟你鱼死网破。

"我劝你，以后别再纠缠我。"

面前的虞星，哪里是那个好欺负的尿包，分明让人害怕。

邱卉妮被她骇人的语气吓得愣住。

沈时遇忽地开口，添一把火："那天体育课，你们一个班公用的垫子，一开始不都是虞星一个人在搬？你在那儿话里藏针，说什么玩意儿？"

"厉害，厉害。"童又靖憋了半天，忍不住鼓掌嘲讽，"有脸装可怜卖委屈？现在不是你带头欺负人的时候了？……省省吧你！"

沙发上几个人，看过来都带着蔑意。别人倒也罢，盛亦也坐在那儿，他淡漠的眼神，看她不带一丝温度，连嫌恶或是厌憎这样的情绪都没有，在他眼里，她只不过是无关紧要的脏东西。

邱卉妮的脸色蓦地白至无血色。别人什么都看得到，也看得清。狡辩不过是惺惺作态，掩耳盗铃。

突然之间，她觉得自己像个跳梁小丑，无所遁形。

来临天一趟，本想看盛亦的热闹，结果弄得自己心情不好。

开车回程路上，秦怀越想越烦躁。在学生会旁观了一场纠纷，有点出乎他的意料。他看上的是虞星的脸，本以为这是个柔柔弱弱的小姑娘，没想到她发起脾气来，还真有那么几分威慑力。

那个推人下水的作俑者在挨了巴掌之后不知是因为羞还是因为怒，掉下泪珠子。虞星不想和她过多纠缠，用一个耳光，抵消了从前的欺侮。今天被推落水一事也囊括其中，没有扇第二个耳光，只说让她当众道歉。

一切处理完毕的时候，童又靖却拒绝跟他们一起吃饭，拉着虞星先行一步。

秦怀没逮到机会跟虞星说话，同桌吃饭的愿望也泡汤。本就郁闷，临走之前，见盛亦对学生会的人吩咐："联系教导处，记个大过。再有下一次，让人把她从临天门口扔出去。"

他和沈时遇、蒋之衍，脸色登时变得微妙。难以言喻的心情一直持续到现在，秦怀握着方向盘，手下用力。

"别想了。"沈时遇本是送秦怀出来，秦怀邀他一起吃饭，想想没什么事就应了，打电话给另两个都说懒得动，待在临天不出来，于是便只他一个人在秦怀车上。

沈时遇知道秦怀在想什么，这件事情没办法。

在休息室里，盛亦可是亲口说了"不帮"，当时他们仨都愣了，他也是后知后觉才反应过来，盛亦之前和虞星好像有事……偏偏说完那两个字，盛亦又不肯再开尊口，一副散漫无所谓的样子，谁也猜不准他心里在想什么，叫人头疼。

沈时遇只能劝秦怀："不就是个女人，之前没找到她，你也没少块肉对不对？哥哥给你介绍，你想追什么样的都有！漂亮的、身材好的，你尽管挑！"

秦怀没说话，只沉着脸开车。

当天晚自习，邱卉妮在讲台上当着 3 班一众人的面，向虞星正式道歉。

成功震慑住在座所有人。

——手下留情。

所有人都知道，这次，虞星还是放了邱卉妮一马。若是她要做绝，以现在童又靖和她相亲相爱的样子，只要她开口，童又靖绝对会帮她把邱卉妮扔进勤学湖，一秒都不带犹豫。霎时之间，包括高二3班在内，整个高二年级的人，对虞星的态度变得微妙起来。

一方面是不敢招惹，另一方面，自然和她的相貌有关。

原本多么土气的一个人？眼镜、刘海、厚头发，全都弄开，其下竟然藏着一张十分好看的脸。

从虞星落水被捞起来开始，不到两个小时，消息传遍全年级。最初有人觉得是夸张，就算真的不同，大概也是因为土气的样子看多了，所以她收拾得稍微能看一点，大家就觉得漂亮——不少人是这种想法。

直到吃完晚饭的虞星和童又靖回来，进入高二教学楼后，一路上遇见她们的人，纷纷错愕呆怔。有些男生没听到八卦，在走廊碰见虞星，直勾勾看愣了眼，还以为是来了新同学，一拨又一拨到高二3班拼命打听。

整个年级，度过了一个十分热闹的晚上。

轻松之余，虞星陷入了新的烦恼。盛亦给的信用卡还在她这儿！

那天盛亦让她拿去买药和裤袜，大概是认为她给他送点心扭伤脚，所以他要承担部分责任，但虞星觉得算不到他头上。况且买药和裤袜的钱她有，哪里用得着这样。没有动他的卡，虞星放在公寓卧室的书桌里，这些天忘记还给他。

解决完邱卉妮的事情，当晚，才想起还有这一桩。

开着台灯，灯光不算太亮。一身睡衣的虞星坐在书桌前，找出盛亦的信用卡，看了看，给他发微信：学长，你明天有空吗？你的卡还在我这儿，我拿来还你。

盛亦回得不算慢：用过了？

她犹豫几秒，道：没呢。擦的药童童给我买了，破的裤袜我扔了，家里还有，不用买新的，等休息日我回去拿就行。

消息发出去，过了好几分钟，盛亦才回答。

是条语音。

虞星一顿，缓缓伸出手指，点开——

寂静夜下，他淡薄的嗓音，微微沉：“怎么，我的钱用着烫手？”

虞星听得哑言。说烫手不至于，用着不心安是真的。从小，小姨就教她，不该占的便宜不能占，花别人的钱怎么想都不太好。

想想给他回了一个不好意思的表情包，她不答，只说：明天下午放学，我来休息室把卡还你，麻烦学长跑一趟。

那边久久没有动静。虞星等了又等，消息石沉大海，盛亦再没回她。

第二天下午放学，虞星揣着卡去休息室。到了一看，空无一人，门也关着。她等了五分钟不见人影，给盛亦发消息也没有回复，犹豫再三，去了高三教学楼。

比起他们年级，高三的学长、学姐看起来有个性得多。突入陌生地方，虞星视线谨慎不敢乱瞟。一路上有人打量她，议论低语的声音也不少。

和7班的人扯上关系，果然想不被注意都难。

虞星再一次深刻意识到，在临天，盛亦他们的影响力是全面的，并非只有低年级学生怕他们。

找到高三7班，里面座位空了大半。

见她在门口张望，有男生似是认出她，看了一会儿上前："你来找……"

"我找盛亦学长。"虞星接话，小心问，"请问他在吗？"

一眼望过去，教室里并没有那几个认得的面孔。就听男生说："亦哥今天没来。你来迟了，衍哥他们刚走。"

"那……那他们什么时候回来？"

男生摇头："这个不清楚。"

问不出更多，虞星道谢离开。

走出高三教学楼，童又靖打来电话。

正中虞星下怀，她忙道："我找盛亦学长有事，昨天说好今天见的，现在找不到他人。童童你和沈学长他们在一块吗？"

"没呢。我今天没看见沈时遇那个狗东西。"童又靖说，"我找你吃饭啊！上个体育课回来你人都不见了。你在哪儿呢？"

两人说着话，约地方见面。

在高三楼下的凉亭碰头，童又靖勾起虞星的手臂，往餐厅去，不忘问："你找盛亦干吗？"

虞星简略把卡的事说了一遍。

童又靖一听，当即道："你这样还是还不回去的！以我对他的了解，他都那样说了，你还是去买吧，否则要没完没了的！"盛亦这个人，别看他笑眯眯的，其实脾气大得吓人。本来一件小事，若是非要跟他对着干，那他就一定要顺了心意才罢休。

虞星皱眉："真的吗，不买不行？"

童又靖劝她："放心用吧！他自己给你的，刷爆都没关系！"……

原本打算休息日去商场，苏秋先一步打电话来，约她周五放学一起吃饭。苏秋是艺术生，平时别人上晚自习的时候她都在上专业课。恰巧这周五晚上，她们的专业课老师有事，临时放假。

虞星和苏秋她们一周只能见一次，有时两人各自有别的安排，便只能再等下周。

许久没见，难得有机会，虞星一口应下。"你来找我的话，就约在我们学校附近最大的那个商场好了。"她说，"我正好要买点东西。"

苏秋没有异议。周五放学，虞星提前和童又靖说了声，一下课，收拾好东西，直奔校门而去。

苏秋来过一次，是在虞星刚入学的时候，送她到校门口，在出租车上草草看了一眼，没下车就走了。

这回算是第一次近距离接触临天。

没入校内，苏秋心里有分寸，知道校外人士不便进入，多的要求一个不提，就怕给虞星添麻烦。她们简单地在临天校外左右两侧的商铺里逛了逛，就到咖啡店门口，虞星请她喝东西。

逛了这么一圈，停下脚，苏秋感慨："你们学校真的不一样，连门口小店都这么高级。"

虞星笑笑不说话。高不高级，和她也没什么关系。瞥见旁边不远有家卖日式小点心的店，苏秋来了兴趣："阿虞你吃不吃那个？"

虞星正在饮品窗口用手机自主点单，闻声看过去："你想吃？"

苏秋点头。

"那我给你买，先等我这里点完……"

"我去。"苏秋摁住她，"你在这点喝的，我过去买。"说完，朝隔了两个门店的商铺跑去。

虞星站着，用手机下完单，店员将小票递给她，一接过，抬头见马路边走来一个熟悉的身影。

她愣了愣，拘谨地打招呼："……蒋学长。"

骚包的敞篷跑车停在路边，蒋之衍刚下车，打算过来喝杯咖啡，不想，在这儿碰上虞星。漂亮的脸蛋露出来，作为颜控，蒋之衍看她顺眼多了，点了下头："买咖啡？”

“呃，饮料。”虞星抿了抿唇，问，“学长，你今天有看到盛亦学长吗？”

蒋之衍眼里闪过一抹光：“没啊。怎么？”

“……没什么。”

“他今天没来。”蒋之衍说，“你找他有事？急的话我可以打电话问问。”

电话号码她不是没有。虞星连忙摆手：“不用不用，不麻烦了。”

他们正说着，苏秋捧着一盒章鱼小丸子回来：“阿虞！这个好贵哦，你知道吗，这个……”

到跟前才发现有别人在，苏秋一愣，没说完的话止住。

临天不愧是临天，学校周边的店，每一间都装修得格外好看，消费自然水涨船高。玻璃橱窗里那些漂亮的日式糕点，一份只有一点点，价格全都在三位数。虽然最便宜那一档是一开头的，但看到一百多元只有那么一小块点心，苏秋还是没舍得买。看半天什么都不买又不好意思，最后只好选了章鱼小丸子。别处可以买三四份的价格，这里只有四个。

苏秋不是花钱大手大脚的人，正想和虞星倾诉肉疼的感觉，见有陌生面孔，话题急刹车。

“他是？”苏秋小声问。

虞星默了默，说：“我们学校的学长。”

比起沈时遇，这位话不多，但脾气暴躁，同样不是什么善茬。刚来时听过八卦，蒋之衍之前谈过几个女朋友，新鲜劲没过还好，新鲜劲一过，立刻抛到脑后。忘了是几中的校花，说是和蒋之衍谈了两个月被甩，跑来临天求复合。就在校外的西餐厅，女生哭得稀里哗啦，眼睛都肿了，蒋之衍全程表情淡漠，像事不关己一样。等人哭完，他把埋单钱放在桌上，头也不回就走了。

甚至有更惨的，大雨里等他几个小时，淋到湿透也没等来他一眼。

苏秋性格好，温柔又单纯，虞星不是很想给他们互相介绍。她还在犹豫。

冷不丁，蒋之衍开口：“你朋友？”问的是虞星，眼睛却直勾勾盯着苏秋。

虞星点点头：“嗯。”

蒋之衍挑眉，等下文。

虞星不得不介绍：“……她叫苏秋。”

“你好……”苏秋被他看得有些尴尬，手里端着章鱼小丸子，顺手就往前递了递，“你，你吃吗？”

她长着一张漂亮的鹅蛋脸，线条圆润，柔媚得刚刚好。微卷的长发在脑后绑着，编成一道鱼骨辫，蓬松的辫子垂在右肩一侧，五官精巧玲珑，眼尾唇角带着一种可怜楚楚的味道，看人的时候更是。

视线在她脸上别有意味地盘桓一阵，蒋之衍眼里微闪，但还是摇了摇头。他从不吃这种街边的小玩意儿。

苏秋拘谨地收回手里的小吃，往虞星身后挪了点。

正好店员叫号，她们点的饮料制作完毕。

虞星立刻从窗口接过。

“我们先走了，学长再见！”她颔首告别，牵起苏秋的手快速离开。

蒋之衍稍站了站，看着那两道远去的背影。

虞星似乎在和身旁的女生说什么，她听着听着，回头看过来，和他四目相对，又瞬间触电般转回脑袋。

附近商圈最大的商场里，应有尽有。先陪虞星去买裤袜，又陪她挑了一条两百多的围巾，苏秋不是很明白。裤袜用的是她口中那位“盛学长”的卡买的，围巾用的却是她平时攒下的零用钱。

“他让你买裤袜，你之前也给他送了点心，扯平了不是吗？干吗又要买围巾？”

虞星说：“送点心是因为他帮了我。我不想欠他太多。”他帮她，她送他点心致谢。他非要承担她摔跤弄破裤袜的责任，可她受之有愧，那就只能回赠一点小心意。还不还得起是一回事，至少她还了。毫无心理负担地接受他给的好处，又是另一回事。

临天环境复杂，不比普通学校，苏秋想了想，除了叹气，没再多言。

待吃过晚饭，虞星送苏秋坐上回家的出租车，她则赶回临天上晚自习。

路上给盛亦发消息：学长，我用你的卡买了新的裤袜。不知道你什么时候有空来学校，我把卡给沈学长他们，让他们转交，到时候你记得收。

抵达临天校门时，收到盛亦的回复。看不出情绪，他说：哦。给吧。

不像生气的样子，虞星自觉已经照童又靖说的顺他心意，没有跟他唱反调，当下也不担心。卡，连同那条围巾一起，放在装围巾的盒子里，用漂亮的纸袋装着。

童又靖经常和沈时遇见面，虞星把纸袋交给她，拜托她转交。

拿了东西，童又靖当即跑了一趟高三，交给沈时遇。盛亦一整天没来，第一节晚课过后，沈时遇和蒋之衍离校，去找他。

在教室看书的童又靖先是收到沈时遇的微信消息，说：给了。

她没回。过了一个小时左右，沈时遇突然打来电话。

童又靖去洗手间接的。

一接通，就听那边沈时遇压着声音问："虞星怎么回事，又弄什么幺蛾子？盛亦打开盒子以后明显心情不好，脸色都变了！"

晚自习结束，虞星被童又靖拦下，得知盛亦因为她送的东西不高兴，当场发蒙："我没送什么呀，就是他的卡和一条围巾。"

"你确定？"童又靖狐疑，"会不会忘记什么？"

她百分之百确定："卡放在围巾上面，和小票一起，除此之外没别的东西。"

这么说来童又靖也搞不懂，想半天想不出所以然，干脆放弃："算了，盛亦有事没事就发脾气，我们早都习惯了。"

她安慰虞星："也不一定和你有关，可能盛亦打开盒子的时候，沈时遇或者蒋之衍正好和他说话，他们讲了什么不中听的自己也没意识到，就把锅甩到你头上。"

"会吗？"虞星犹疑。

"怎么不会。"童又靖捏捏她的手，"他俩不是人的时候多着呢！你别想了，实在不行这段时间躲着点盛亦。"

虞星无法，点点头说好。童又靖那样说了，虞星自然不会傻到主动去找盛亦，谁上赶着往枪口撞？除非吃饱撑的。却不想，只隔一天，她有意躲开的盛亦自己找上门来。

一条微信，在临近吃饭时间发来，言简意赅：来餐厅。

让虞星莫名其妙。

她本来就是要去的，吃饭乃人生大事，她每天到点一顿不落。盛亦不一样，她隐约记得他几乎从没在餐厅吃过饭。

心下不解，虞星到餐厅一看，盛亦一群人已经落座。

明摆着在等她，到这时候，虞星忽然很不想上前——他坐的位置也太正中了吧！这个人怎么这么喜欢出风头，哪里不选偏偏选在餐厅正中央！

不论年级，周围的人去取餐也好，取完餐回座也好，经过的、坐下的，全都在暗暗朝中央区看。

虞星进退维谷，很想转身走人当没来过，可惜盛亦一眼发现她，视线瞄靶似的，直直看来。她不得不挪动脚，朝那边走去。

才刚近前，盛亦那桌人看见她来，忽地全部起身，换到旁边间隔两桌的位置。

虞星顿在桌前：“他们……”别人倒也罢了，连沈时遇和蒋之衍也撤了。

盛亦淡定地示意对面座位：“坐。”

虞星在意换到其他位置的人：“他们不一起吗？”

“你跟他们很熟？”

“也没有……”

“那不得了，废话什么。”盛亦蹙眉，“坐下。”

虞星闭嘴，乖乖坐下。

还没酝酿好措辞，童又靖从门口进来。她们班上一节课在实验楼进行，和虞星一起吃午饭已经成为惯例，不用约。教学楼没看见人，便会自觉到餐厅来找，除非有事提前和对方打过招呼。发现虞星的身影，童又靖眼睛一亮，拔腿冲过来。

“本来打电话想问你坐哪儿，你没接，还好人不多……”

虞星眼里露出喜意，才欲张口，被打断。

盛亦指向不远处那桌：“你去那边。”

童又靖动作一顿：“啊？”

“沈时遇在那边。”盛亦说，“你和他们一起吃。”

“不是，这……”童又靖看看他，再看看虞星，忽觉莫名其妙。她每天都和虞星一起吃饭，凭什么他来了，今天就不让她俩坐一块？

虞星也开口：“学长。我和童童……”

见势不对，沈时遇已然冲过来，拽起童又靖就走。

“她是来找我的！你们聊你们聊！”童又靖被捂住嘴，沈时遇勾着她的脖子，一把将她的脑袋摁在怀里，拖着就走。

到那桌，又是一通吵吵闹闹。

虞星一时搞不懂盛亦想干什么，十分拘谨：“学长，你找我是有事要跟我说吗？”

“你希望我有什么事找你？”盛亦反问。

……我希望你什么事都没有，别找我。虞星敢想不敢说。

指尖点着桌面，盛亦道：“和信用卡一起送来的围巾，是你送我的？”

虞星点头：“啊，对。”

“裤袜花了六十？”

她愣了一下，说是。

“围巾呢？”

“不多……”她犹豫着说，“两百出头。”

盛亦含笑不语，看得她好不自在。

“学长……”虞星送的盒子里，放着叠好的围巾，吊牌她摘了，而他的信用卡和刷过的小票凭证一起，放在围巾上面。

只花了一份钱。

她用他的钱买完裤袜，又自己掏腰包赠还给他围巾。

盛亦笑着眯了眯眼：“这么算下来，我好像还占了学妹的便宜。”

虞星忙说：“没有没有，学长见外了！”

他似在听又似没有：“我想来想去，只好请学妹吃顿饭。”

“在这儿？”

“对。”盛亦冲她莞尔，仿若极温和，“学妹别嫌弃。刷我的学生卡，随便刷。”

虞星：“……”

这是什么骚操作？他应该知道的吧，肯定知道！临天的活人谁不知道？

学校餐厅免费！只要有学生卡都能用餐！她自己的卡也可以用而且根本没有限额！

刷他个头啊！！

“学妹想好吃什么了吗？”盛亦柔声发问。

虞星差点起一身鸡皮疙瘩，干笑：“我平常都是随便吃，供什么餐就吃什么。”

他点点头：“你是常客，肯定有经验。”说得好像这是什么了不得的地方，他微微一笑，毫不客气，“我的餐就麻烦你了。”

虞星认命起身。平时都是和童又靖一起手挽手取餐，现下童又靖被沈时遇拉住，同在一个餐厅偏偏分隔两桌，她一个人还要取两人份的食物。

忍不住地想叹气。

本着“学长优先”的原则，虞星先给盛亦取餐，之后才去拿自己那份。

端着荤素搭配的食物回到座位，却发现他没开吃。

虞星以为他在等自己，可她拿起餐具，对面的人还是一动不动：“学长？”

他盯着盘子里的牛肉：“这个肉看起来不错。”

“嗯。”她点头，“学长你尝尝。”

他猝不及防，忽地道："那就麻烦学妹帮我夹一下。"

虞星愣住，以为自己听错："啊？"

盛亦淡淡含笑："忘了告诉你，我手断了，不太方便吃饭。"

"……"什么时候断的？！

虞星看着他那双完好无事的手，不知该怎么办好。

"学妹不愿意？"盛亦问道，装模作样叹了口气，"都说残障人士备受歧视，我今天才算有所体会。没关系，学妹要是真的不愿意，我把脸埋进盘子里吃就是了。"

他笑得越温柔，虞星越慌张。

半晌，她硬着头皮伸出筷子，夹起他盘子里的牛肉块，缓慢朝他嘴边送去。

大庭广众，众目睽睽，周围都是人。

到底还是过不去心里那关，半道，虞星蓦地"哎哟"一声，手一松，筷子和牛肉都掉在盘子上。

她捂住手腕，皱眉叫疼："我好像手抽筋了！"

盛亦脸色微敛，睨她数秒，再次笑起来："是吗？我正好想起来，还有一只手没断。"

他用左手拿起筷子，朝她盘子里伸。

"既然这样我来喂学妹好了——"

虞星一惊，眼疾手快，伸出左手捉住他的手腕。"不用！"她呵呵笑，"手抽筋稍微没那么疼了……学长你提醒了我，我还有左手可以用！不如这样，我们各自用自己的左手喂自己，也好省了麻烦！"

安静间，视线相对，有片刻僵持。手掌之下，他皮肤微凉，心跳一下一下透过指腹传来。

虞星很紧张，说不清是怕他坚持，还是因为握着他的手腕。

盛亦没吭声，顺着她的意，默默收回手。虞星松开他手腕的同时，松了口气。

而后，她低下头，不说话，全程只闷头进食。

吃快点，顾不上对胃好不好的问题，她只想赶紧吃完赶紧回教室。

好不容易吃完主食，虞星不想浪费拿了的东西，正想喝水润润嗓子，再把糕点吃了。盛亦先她一步，从盘中捏起一块造型精致的点心，递到她面前。

"来，尝尝。"此时正是人多的时候，吃完饭的学生们纷纷起身离开，不少人看见这一幕。

诧异、惊讶以及像是见证什么了不得的事情，每一双眼睛里都写满八卦与暧昧。

虞星僵着身子，由耳根开始，慢慢涨红。“学长……”

盛亦像是没看到她为难的样子：“学妹还不张嘴？”

“学长你……”她苦着脸，“你别整我了。”

她算是品过味儿来了，盛亦就是故意的。

他在不爽。不爽她有意无意和他划清界限，所以偏要让人知道他们有多“熟”。从不踏足餐厅的人，故意兴师动众，带了这么多人一起来。

盛亦脸色毫无征兆一变，眼里暗色微沉：“不喜欢吗？”

仿佛没听到她的话，下一秒他像没事人一样，重新笑容满面，自顾自道：“不喜欢吃这个，不然我喂点别的？”

虞星越发头疼。

他是铁了心了。难怪要坐在这么显眼的位置，生怕别人看不到。也就餐厅里没有舞台，要有舞台，他估计恨不得拉着她坐在台中央吃给大家看！

“……”

“……”

相顾无言。

盛亦不说话，含笑睨着她。虞星骑虎难下，硬着头皮一点点凑近他的手指，张嘴去咬他递过来的糕点。

盛亦静静看着她小口小口地吃，笑意不改，一连喂她吃下三四块。

几分钟犹如一个世纪那么久，漫长得可怕。

艰难熬到被“大赦”的时候，吃完糕点，得知可以离开，虞星差点流下激动的泪水。

这一顿晚餐让她半天没缓过劲，回到教室，坐在位置上还呆怔了好一会儿。

小道消息估计已经传得满天飞。

旁的人倒也罢了。从沈时遇手里挣脱找来的童又靖，盯着她看了半天，欲言又止。

虞星受不住，主动开口：“你有什么话要说就说吧。”

童又靖犹豫着，眼睛里写满了求知欲和迷茫：“——星星，你和盛亦，是不是在谈恋爱？”

第六章

我想要甜的

“你知不知道，你现在这样，叫得了便宜还卖乖。”

连童又靖都发出这种疑问，其他人更不用想。虞星认真给她解释，但心里知道，猜测的人肯定更多。

这不算完。

从这一餐开始，一连两天，虞星都被盛亦叫去餐厅吃饭。同样的地点、同样的位置，虽然他没再要她夹菜，或是做出喂她吃东西这种过界的举动，但关于他俩的流言蜚语仍然抑制不住，如雨后春笋般飞快生长。

实在忍不住，又熬完一顿饭，虞星放下筷子，选择和盛亦开诚布公：“学长，我知道我可能惹你不高兴了……”

盛亦夹点心的动作稍顿，而后若无其事，莞尔一笑：“哦？你说说看。”

虞星半点都不跟他打马虎眼，态度十分诚恳：“那天我送围巾，真的是发自内心想谢谢你，如果有哪里让你觉得不开心，我很抱歉。真的。”诚挚的眼睛边说边望着他，就差把心剖出来。

盛亦默不作声和她对视数秒，忽地，把筷子一扔。不重，但发出的轻微声响却莫名骇人。“你知不知道，你现在这样，叫得了便宜还卖乖。”

“我没有……”

“你以为你现在能在这儿过上清静日子，是凭什么？”

虞星动了动唇，沉默。和刚入学相比，现在是真的过得轻松多了。没有人欺辱她，她可以像这里任何一个人一样，自在地享受正常的校园生活。

虞星心里明白。看起来凭借的是童又靖的面子，说到底，还是倚仗了他的威势。否则她一无所有，背景空空，那些势利的人为什么惧怕她、礼让她？

在别人看来，她早就被纳入盛亦的保护伞下，已然是他们交际圈里的一分子。

见虞星不说话，盛亦勾唇，弧度微微讽刺。她做的一桩桩一件件，看起来像是懂礼数知进退，实际上，不过是拼了命在和他撇清关系：“你这么不想欠人情……”

盛亦笑道：“我真要你还，你还得起吗？”

虞星脸色一白，抿紧唇。

他下巴微昂，半垂着眼，仿佛睥睨她：“划清界限，这四个字我没开口，永远轮不到你说——”

上午一趟，下午一趟，一天之内，盛亦让人送了两次东西。上午是喝的，下午是茶点，跑腿的是个不认识的学长，直接送到高二3班门口。

没多久，整层楼都知道盛亦送东西给她。高二3班的氛围自不用多说，一贯最张狂的邱卉妮和夏元晴多次打量，谁都没敢吭一声。唯有眼里隐约的艳羡和酸楚，清清楚楚，遮掩不住。

虞星根本高兴不起来，只觉得宛如烫手山芋，坐不住，到走廊角落给他打电话。一声声嘟音，越响她心里越没着落。

好不容易接了。

她深吸一口气：“学长，你送的下午茶……”

“怎么，想谢谢我？”盛亦调侃的声音中带着几分锐利，“你这次是又要做点心给我，还是又想送我别的？”

她结舌：“我，我不是……”

他笑了下，她忽然说不下去。

几秒静默对峙之后。

他不急不缓，淡淡道：“多余的人情饭我没兴趣吃。你要是想约我，我倒可以考虑一下。”

“……”虞星哑然。

她迟迟未做回应，盛亦等了几秒，没耐心："没别的事就挂了。"

"嗯……"

从喉咙里挤出一声，虞星刚把手机从耳边移开，下一秒，就听那边已经挂断。屏幕显示跳回主界面，虞星看了半天，忽然觉得自己真的错了。

盛亦是什么人。习惯了说一不二，从来要风得风，要雨得雨，没人敢忤逆他。她不过是一个随手拿来逗弄的小玩意儿，却始终不肯向他真正低头。心思细腻如盛亦，如何会感觉不到她那些客套礼貌的举动之下，潜藏的疏离与抗拒？

从餐厅吃饭到现下，这就是他逐渐开始发难的证明。

心里隐隐不安，虞星回到教室，看着放在一旁未动过的茶点，愣怔许久。

事情，似乎开始走偏了。

煎熬地度过几天，不好的预感，在休息日前一天彻底成真。

虞星对着手机，愣愣看了半天，脑子里一片空白。

盛亦给她发的消息，说：明天有个赛车博展会，你陪我一起出席。三点准时，司机会去接你。

"怎么了？"

辫子编得差不多，虞宛贞却发现虞星似乎不大开心，两眼直勾勾地走神："不是说要去玩吗，怎么板着个脸？"

虞星忙回神，垂眸："没有，我在想事情。"

今天休息日，虞星说和朋友约好要出门，少见地主动拜托虞宛贞帮她打扮。吃过午饭小憩一阵，虞宛贞连忙兴冲冲地拉她坐下。

见虞星不想多说，虞宛贞也没追问，将辫子编完，拉起她整体打量，露出满意笑颜。"这条冬裙你穿着好看。"夸奖的同时，下一句不忘补充，"等会儿记得加件外套，现在天气冷。"

虞星说："好。"

时间差不多，虞星拿上手机等随身物品，收拾妥当出门。

盛亦让她陪着去参加什么博展会，说会有人来接。她告知的地点在小区附近的一栋楼前，其间路程她打算自己走过去。

"……还有东西忘了吗？"冷不丁，身后传来虞宛贞疑惑的声音。

在门边发呆的虞星一激灵，回道："没有。"

长叹一声，迈出家门。

虞宛贞将家里简单打扫一遍，忽地听到开门声。手拿抹布，走出去一看，出门没多久的虞星回来了。

她怪道：“你怎么回来了？不是出去玩吗？”

“临时有事。”虞星眼神闪躲，“不去了。”

“是吗？”

“嗯。”点了下头，虞星没多说，回房间。

逃也似的进屋，关上房门，虞星往床上一坐，有点失力。

她走出小区，走到半路，忽然很不想去。路上车水马龙，行人来来去去，她就那么在原地站了几分钟，最后给盛亦发消息，告诉他自己不去了。

接着原路返回。

在这个熟悉的空间里，虞星抬脚踩在床沿上，烦躁地抱住腿，整个人坐在床上缩成一团。

事已至此，不得不考虑最坏的打算——转学。

想得够明白。

她和盛亦，与她和童又靖之间不同，后者是友情，不可能用一样的态度对待。

她一直分得很清楚。盛亦要她写情书，她心口不一地写，一旦他不再关注立刻应付了事；

他帮她解围，她转头就送自己亲手做的点心，有欠有还；

用了他的钱买裤袜，马上回赠围巾，不肯占他便宜；

…………

这些所有下意识保持距离的举动，都是在谨守最后的底线。

她始终记得，她和盛亦不是一个圈子的人。或许是这样才激起了盛亦的不悦和征服欲，以至于到现在这一步。

虞星知道，老老实实去赴约是最稳妥的，但她还是选择了回家。盛亦提出的要求，明显越界。她和他是什么关系？从这里开始，如果她低头，一旦今天去了，有过这一场约会，以后若是有更过分或更进一步的情况发生，她该怎么应对？

他的行为分明已经变味，她既然察觉，就不能再装傻。

盛亦喜欢她吗？并不。

所以，她不能陪盛亦玩这种游戏，没资格，也不敢。

最坏的打算就是转学了。

想到临天的师资力量，虞星心里有点可惜，却也无可奈何。烦闷地把裙子换下，换上居家服，霎时感觉舒服多了。虞星推门出去，虞宛贞洗好水果，正坐在沙发上冲果茶。

没来得及叫她，她就自己出来，虞宛贞见状一笑，招手："快来，喝点热的，外面冷不冷？"

虞星坐到虞宛贞身边，二话不说，一头扎进她怀里。

察觉她情绪不对，虞宛贞揽住她的背，轻问："怎么了乖乖，心情不好？"

她不说，闷闷不乐摇头。

"心情不好跟小姨讲。"虞宛贞的声音带着安抚魔力，以往这种时候，虞星总会向她倾吐一二。

这回却十分反常。她还是不吭声，只默默抱着虞宛贞。

见她这样，料想她一定烦闷至极，虞宛贞心里蓦地一软，揽着她不再问。

半晌，虞星自己抬起脑袋，没头没脑道："小姨，我一定会好好读书，等我工作了，赚很多很多钱，让你出去周游世界。"

虞宛贞一愣，轻笑："怎么突然说这个？"

"……你不是想周游世界吗？"

"你还记得啊？"

"嗯。"虞星点头。

很久以前一起看老照片的时候，虞宛贞曾翻着大学时的照片告诉她，少女时期的梦想是环游世界。

后来当然没能成真。

神采飞扬的女孩被现实绊住脚步，接下了突如其来的重担，撑起一个小家庭。

一晃就是十多年。

不过随口一提，没想到她竟然记住。虞宛贞十分窝心，轻拍她的背："周游世界什么的，早就无所谓了。只要星星每天都开开心心的，我就很高兴。"

嗅着熟悉的温柔馨香，虞星烦乱的心，不由得感受到丝丝宁静。

"小姨。"她靠在虞宛贞怀里，问，"你会不会觉得后悔？"

话音刚落，只觉抱着她的手臂一顿，而后微微用力，揽得更紧了些。

“别说胡话。人哪，反省可以，后悔是最没有意义、最不必要做的事情，知道吗？”虞宛贞说，“况且我的星星这么乖，我过得这么幸福，为什么要后悔？”

一点也没有觉得她这么大了，赖在大人怀里撒娇不合适。虞宛贞揽着虞星，轻轻亲了亲她的额头，温柔得自始至终。

“……小姨不后悔。”

当晚返校路上，虞星无措之下，给不在学校的童又靖发了条语音消息，找她商量办法。

一句话，道尽忐忑与无奈：“——童童，我好像惹麻烦了。”

童又靖气得不行。听虞星讲述完情况的当晚，差点没睡着。

周一到校和虞星碰头，狠狠将盛亦翻来覆去骂了十几遍：“我一直觉得他还不错，脾气虽然差点，好歹不像其他人吊儿郎当整天就知道泡妞，没想到他竟然欺负到你头上来了？气死我了，盛亦这个狗东西！和沈时遇、蒋之衍一样都不是人！”

她比虞星还气，直把虞星吓一跳，又是拍背又是安抚，哄她消气。这事儿她管定了。

盛亦就是盛亦，欺到她朋友头上来，这不是不给面子嘛。多好一个女孩，干什么净折腾人家？

童又靖护短的劲儿一起，不管不顾：“有我在呢，你别怕。不管他干什么，我肯定拦着。你记得，有情况立刻找我。我就不信了！”

虞星真的不想给童又靖添麻烦，可她是唯一一个能够帮自己分摊压力、给自己出出主意的人。什么都没说，也说不出来，默默把脑袋倚到童又靖肩上。

两个人静静地，感受着走廊外吹来的冷风。

童又靖计划得很清楚，盛亦若是故意表态对虞星不满，虞星的处境用不了多久就会反弹至最初。

早先虞星被排挤欺压的情况她还记得，连值日这点小事都得不到公平，更不用想每天要忍受多少冷嘲热讽。她说什么也不能让这种事再次发生。

和盛亦对着干，她反正不怕，夹在中间的人无论如何都不敢动她，谁愿意上来做两头为难的炮灰尽管来。

打定主意，她们忐忑地等。

一等几天，风平浪静。看见虞星，躲的人还是躲，议论的人还是议论，还是没人敢招惹她，并无两样。

转眼到周四，晚上和小姨通电话，心里不安的虞星犹豫要不要提转学的事。

“你记得一定要按时吃饭，好好穿衣服，你们校服要是薄，里面添几件，穿厚点，千万不要受凉，知道吗……”

虞宛贞在那端，絮絮叨叨地念叨，字里行间全是放心不下。

话几度到嘴边，虞星还是忍住没说，最后只道：“好的，小姨，我会照顾好自己，你也是。”

“你乖乖的我才安心，知道吗。”虞宛贞少见地叹了口气。

虞星敏感察觉不对：“小姨？你怎么了，不开心吗？”

“……没有。”那边顿了顿，忽地又打起精神，越发温柔，“我只是没休息好，你别多想。”

不待她多问，虞宛贞催她去休息：“时间不早，睡吧，明天还要早起读书。”

来不及说更多，相互道别。“小姨晚安。”

“晚安。”

通话结束。虞星盯着手机屏幕，决定等休息日回家，当面再跟小姨谈转学的事情。

眼见一周将尽，以为这周就要这样顺利过去。不想，午休在校外咖啡厅喝东西时，童又靖接到沈时遇的电话。

他提前打招呼：“晚上放学一起吃饭，记得叫上虞星。”

非常时期，童又靖不由得警惕：“干吗叫虞星？”

“你平时不是总和她一起吗？”沈时遇啧声，“吃个饭而已，大惊小怪什么。”

“还有谁啊？”

“能有谁，不就我们几个。”

“盛亦在吗？”

“废话。”

默了默，童又靖追问：“盛亦说什么了没？”

沈时遇语气不耐烦：“有完没完，说了就吃个饭……不说了，就这样！”

“怎么了？”虞星坐在她对面问。

“沈时遇让我叫你晚上一起吃饭。”童又靖皱眉，“要不，我跟他说不去？”

几天没见盛亦，虞星一直没有和他联系，短信、电话统统为零，谁都没有理谁。不用见他当然好，但逃避也不是办法。脖子上像悬着一把刀，要落不落，时时刻刻提心吊胆，让人难受极了。如果真要发生什么，光躲也没用。

虞星思忖良久："算了，去吧。"

"嗯？"

"该来的总会来。"她说。

知道有可能是鸿门宴，还是不得不赴，虞星的心情莫名有几分悲壮。

傍晚沈时遇开车到校门口来接，一路上她都在做心理准备，沈时遇和童又靖在车上斗嘴不停，她一句都没听进去。

踏进包厢那一刻，心悬到最高处，然而和盛亦一打照面，很神奇的，突然之间又安定下来。

总不会死。不死就还能过，还能过就没事。

虞星平复呼吸，镇定地跟在童又靖身后。童又靖怕她紧张，回头看了眼，拉着她的手微微用力，握紧些许。虞星轻轻摇头，示意自己没事。

包厢里不算热闹，但也并不清静，几天未见，盛亦还是那副样子。

他在沙发一角，姿态懒散，唇角仿佛弯着，仔细看去又是正常弧度。锋利如刀的五官线条，明明好看得极具攻击性，因为脸上永远带着的那股若有若无的笑，柔化几分，一不留神就会被迷惑。尤其那双桃花眼，四处招惹情意，可细究那眼底，从来都是冷清缥缈至极，淡漠又薄情。察觉到她的视线，两人四目相对，盛亦眼里没有半点多余情绪，不过几秒就平静移开。

虞星敛眸，抿了抿唇。

他们一到，包厢里的人就预备入席。

盛亦没有和她打招呼，没有主动和她说话，沈时遇和蒋之衍等人也没有提及这点，不知是忽略还是故意。

落座时才发现，多了个平时不常见的面孔。准确地说是虞星不常见，她本身就没和这群人一起吃过几次饭。

——秦怀也在。

虞星对他的印象只有那天落水上岸后，他突然冲到面前捉住自己手腕的唐突样。据说是早早就对她一见钟情。

童又靖同样诧异，不过她的关注点集中在盛亦身上，往常不是没有和秦怀一桌吃饭，便没放在心上。她拉着虞星坐下，两个人挨着。

一抬头却愣了。

“……你干吗？”

秦怀低咳了声：“我坐下啊。”

童又靖左手边是沈时遇，右手边是虞星，再过去一位就是秦怀。

不知什么时候挤过来的。

虞星没说话，只暗暗往童又靖那边靠，分寸控制得当，疏离感没有表现得太明显。

童又靖皱眉：“不是，你一个男的，坐到那边去，挨着人家女孩子干什么？”

“这满桌也都是男的……”

“蒋之衍你坐！”都是男的，好歹蒋之衍对虞星没有恶意，也没有别的念头。

“我？”突然被童又靖点名，蒋之衍愣了一下，立刻拒绝，“我坐这边。”说罢，拉开一张椅子坐下。

“你……”童又靖还欲再言，虞星怕闹得太尴尬，扯了扯她的袖子。

就这一秒工夫，沈时遇出手，不由分说摁着童又靖坐下：“行了行了，哪那么麻烦。”说着冲虞星一笑，“都是朋友，别介意。”抛给秦怀的眼神仿佛在说能不能收一收，过于明显了点。

“……”虞星默默坐好。

做的心理准备全是和盛亦有关，没想到，最后让她不自在的却是意料之外的秦怀。

虞星不知道该怎么形容自己的心情。

从上菜开始，秦怀就在旁边卖力献殷勤，又是拿餐具又是倒饮料，哪道菜她多夹两筷子，秦怀就不动声色默默把菜一次又一次转到她面前。

平心而论，如果是别的时候，换一种情况，他的举止算是挺有风度的，很能增加好感。奈何眼下，虞星根本没有这个心情。

敢情这顿鸿门宴，全是当月老红娘来的。

沈时遇是头一位助攻。托他的福，虞星和童又靖没能说上几句话，童又靖一找她，沈时遇立刻就缠住童又靖，缠得童又靖完全无暇顾及她。

秦怀趁空搭讪：“我叫秦怀。德川高中的。”

虞星点了下头，不吭声。

他也不介意，一个人继续往下说："我们上次见过。

"其实不是上次，更早之前就见过。

"那天我朋友他们在，我不在，如果在的话不至于拖这么久才认识。

"上回在临天是个意外，你不要往心里去……"

默默在心里叹了口气，虞星放下筷子，转头看向他。

秦怀像是受虐狂，她不搭理他还没事，她一看过去，他反而吓一跳，紧张不已："怎么，吃饱了？"

她摇头："休息一下。"

秦怀一愣，眼里藏不住高兴。进包厢这么久，这是她和他说的第一句话。

"哦，休息……好……好，休息，等会儿再吃。你喜欢吃哪个？这个？尝尝这个……我先帮你盛一点……"他殷勤十足地给她舀汤。

虞星下意识去看盛亦。

盛亦就坐在她对面，他正和身旁的蒋之衍说话，没有分给这边半点眼神，连余光也不曾扫及。

莫名觉得心里有点堵，那种感觉说不上来。虞星强迫自己不再看他，正好秦怀递来盛好的汤，她接过，低下头一勺一勺慢慢地喝。

秦怀直勾勾盯着她的侧脸看，视线太灼热，虞星不由得转头。眼神对上，三秒停顿，他脸一热慌忙移开。

虞星微微动唇，想想，最后还是什么都没说。

比起她的镇定，秦怀在心里暗啐自己㞞。可是……

哎哟，她也太好看了！一时间，那颗躁动的心无处安放，他只想抽根烟冷静冷静。

还没结束，虞星离席，去了趟洗手间。

从隔间出来，不期然在洗手台前碰上盛亦。脚下稍顿，她犹疑着走过去，打开水龙头。

安静中，只有哗哗的流水声在响。

"晚饭吃得开心？"盛亦冷不丁突然开口。

"……还行。"虞星盯着水流，不看他。

几秒后，旁边的龙头关上，率先没了水声。

“开心就好。”他说，“秦怀原本顾及着我，不得不按捺，现在知道我和你并没有关系，总算不用再瞻前顾后。我和他朋友一场，顺水推舟成全他，也算是尽了一份心意。”

虞星一僵，而后，用力关上水龙头。

盛亦直直站着，镜中映出他脸上淡漠的表情：“这周休息日，秦怀打算约你看电影、吃饭。”

“我不去——”

“去不去不是你说了算。”

虞星第一次瞪他：“学长现在是在威胁我吗？”

“随便你怎么认为。”他仍旧淡然，“不过我想你应该要知道，在临天，我不只是在学生中说了算。”

胸口剧烈起伏，虞星一时气得说不出话。

“既然你不愿意做我的女伴，那就去应付秦怀吧。”盛亦抽出纸巾，慢条斯理地擦拭手上的水迹，朝她睨来。

“祝你有个满意的约会，玩得愉快。”

和盛亦不欢而散，虞星头一次这么胆肥，单方面给他使脸色，回去路上怕童又靖担心，她只能强压下满腔怒火，面上不显，只说吃得过饱，想安静待一会儿。

洗手台前那番对话半个字都没提。

饭局结束刚到学校，虞星收到新的好友添加申请。

——秦怀。

没有同意也没有拒绝，心里烦躁，她放置不理。转学越发着紧，虞星一心盼着休息日快点来。

好不容易挨完周六最后一节课，眼见隔天就能回家，意料之外的，接到詹叙铭的电话。

“詹叔叔？”虞星略感诧异。

詹叙铭偶尔会在微信上关心她，但鲜少打电话。

詹叙铭试探地问：“你在学校呢？”

“嗯，明天就回家。怎么了？”

詹叙铭似是有些不好开口，虞星不催，耐着性子等。

半晌，他道："你小姨这两天心情不太好。"

一听到和虞宛贞有关，虞星立刻在意起来："小姨？小姨怎么了？"

"你别着急。"詹叙铭叹了声气，"她这两天有没有给你打电话？"

"前几天有。"

"她没和你说？"

虞星想起那天通话时，虞宛贞的声音听起来有些惆怅，轻轻皱眉："没有，她什么都没跟我说。"

詹叙铭告诉她："是这样，你小姨之前在外面做了点小投资，一些基金理财类的东西。前阵子她投的那家公司倒了……钱是小事，现在她因为这个挺自责的，我怕她想太多。星星你明天回家，好好开导开导她。"

虞星当即说好。

"嗯，我就是跟你说一声。她没告诉你估计怕你担心。但我想你也不是小孩子了……"

虞星道："我懂，詹叔叔你放心吧。"

和虞宛贞有关的事，詹叙铭总是不厌其烦："你小姨最疼你，没谁比你更能让她开心，你好好哄她。她要是气我告诉你，等她心情好了，让她尽管找我发脾气。"

"不会的，詹叔叔。"虞星宽慰道，"小姨会理解的。"

临天给特招生的助学奖金，存在虞星的存折里，虞宛贞交给她自己保管，从来没碰过。

从抽屉底层找出来，虞星翻开看了几眼，拿去客厅。二话不说，塞进虞宛贞手里。

"什么东……"虞宛贞猝不及防，看清后一愣，"你给我这个干吗？"

虞星说："小姨，这个钱你拿去做家用吧。我平时没有要花钱的地方，每个礼拜你都会给零用钱，我用不上。留着也是浪费。"

虞宛贞哪能要她的奖金，眉头一皱："这是给你留着上了大学以后用的，放好！"

虞星推回去："上大学以后的事以后再说。"

她这般坚持要自己收下存折，虞宛贞察觉不对，几秒工夫明白过来："谁跟你说了什么，是不是？"

虞星眼神闪躲，想了想，没有隐瞒："詹叔叔给我打了电话。"

“我就猜到，不是他就是你阮姨。”

“他也是怕你不开心嘛。”

虞宛贞佯怒：“你拿存折给我，我就开心了？拿回去！”

虞星倚过去撒娇：“小姨——”

嘴上不悦，手还是揽住她，虞宛贞拍拍她的背，叹了口气：“我没事儿。前两天是有点烦，过去就过去了。没了这笔钱我们又不是揭不开锅，你一个小孩家别跟着瞎担心。”

虞星抬头，盯着她看：“真的？”

“骗你干什么？”

“那你不要不开心。小姨不开心我就不开心。”

虞宛贞垂眸，虞星一双漂亮的眼睛可怜兮兮望过来，虞宛贞忍不住发笑，掐她的脸颊肉：“好好好，我都听你的！”

坐着陪虞宛贞说笑逗乐好一会儿，哄得她笑意连连，虞星这才放下心来。然而回到房间，天真烂漫样霎时一收，到底没有表现出来的那么轻松。是她大意粗心，不够仔细，没有考虑周全。小姨一个人撑起这个两人小家庭不容易，这么些年，虽然生活上不曾短缺，却也说不上多么富裕。

从小她就想，长大后一定要出人头地，让小姨过上富足无忧的生活。临天递来橄榄枝时，她便决心尽全力把握住这难得的资源，以便将来能够走得更高更远。

此刻，深觉自己想得不够，做得也不够。虞星快步到书桌前，翻出那份当初看了许多遍的特招生协议。

第八大项的第一小项写着：作为临天代表参与市级、省级、全国范围及以上层次比赛者，获得名次，除赛事原本奖励外，校方将额外颁发荣誉奖学金。

她的指腹在“奖学金”三个字上来回摩挲。

现在转学，只会给小姨增加麻烦。她不仅不能转学，还要好好地留在临天，能“挣”一份奖学金是一份。再次坚定决心，虞星拿起放在一旁的手机，点开微信消息，秦怀果然发了一大堆内容来。

她在接到詹叙铭那个电话之后，就通过了原本放置的好友申请。

今天是休息日，现在，秦怀在等她。

赴约的路上，虞星忍不住想，她这样到底算是识相还是不识相？

应该是不吧，毕竟她本可以直接找到盛亦，老老实实为自己的不识抬举认错低头，一切就能过去。她偏偏没有。盛亦逼她到这个份儿上，就是要她放弃抵抗，她却宁愿选择和秦怀约会，也不肯对他退让一步。

不知道他是否会更生气。

虞星不管，骨子里的倔劲上来，盛亦越是强硬，咄咄逼人，她越是不想遂他的意。

让人欺辱她，有童又靖在她不担心这种事发生；拿秦怀压迫她，那她干脆不抵抗就是了。

还能怎么着？

就是要跟你盛亦划清界限，就是不肯白白受你盛亦的好处，就是不把自己当你阵营里需要你庇护的人！

宁愿跟秦怀约会，也不要做你盛亦的女伴！

这么想，心里生出几分大无畏，倒也没那么难受了。

秦怀是自己开车来的，等在虞星家附近。虞星不想看电影，那种场合气氛太过暧昧，一时还接受不了，便改为去电玩城。说不紧张是假的，尤其感受到秦怀过度的热情，虞星多少还是有点不自在。背挺得直，肩膀绷得紧，总怕秦怀会有什么越界举动。

一直到下车都无法放松，秦怀从窗口接过饮料递给她，她下意识就往旁边躲。

一时间，两人都有点尴尬。

“……抱歉。”虞星不好意思，“我不太习惯跟不熟的人一起出来玩。”

秦怀赶紧表示不在意：“没事，我懂我懂，能理解。”

见他还算老实，虞星试探着打预防针：“我不太喜欢在不熟的时候和别人有肢体接触，会很别扭。我性格也比较慢热，你……”

秦怀立刻明白她的意思，保证道：“你别怕，我绝对不会做不该做的事！”

气氛稍稍缓和。

进了电玩城，秦怀一口气兑换了一大堆游戏币，问她要玩什么。虞星对游戏没太大兴趣，他便带她到夹娃娃的区域，一台机器一台机器玩过去。渐渐地，两个人能聊上几句。

玩了半圈，见有卖棉花糖的，秦怀执意要买。虞星不是很喜欢吃，推拒不过，只得跟着走过去。他要了最贵的那种，若非虞星拦着，怕是要来个“帝王”套餐，把所有花样全点一遍。

巨大的一朵棉花糖拿在手里，虞星吃了两口，糖丝总是沾到，不由得为难。甜腻腻的香味从嘴唇到鼻尖，全都是，她舔了舔舌头，伸手去抹。

余光一瞥，见秦怀拿着个手机，镜头冲她。一愣，她往旁边躲：“别拍！”

秦怀不好意思，咳了声：“就拍了一张。”下一秒，识相地收起手机，假装无事发生。

一切都没有问题。

饭前秦怀开车载虞星兜风，五点多，开到订好的餐厅吃晚餐。谁知落座没多久，前菜刚上，虞星对着盘子怔怔地呆了一会儿，毫无征兆突然就哭了。

秦怀吓得愣住，手忙脚乱地抽纸巾：“你怎么了？哭什么？别哭啊……怎么了？你说！有什么说出来……”

虞星也不想哭，谁想哭，她不得不哭。

单就下午的相处而言，秦怀这个人没有想象的那么糟糕，可她还是得为自己做点什么。

假装约会不是人干的事儿，况且谁也保证不了，秦怀的耐性有多大，万一约个几次会，他就按捺不住想要进一步发展，到时候该怎么办？

坐以待毙不是她的性格。在心里默默对秦怀道了声“对不起”，虞星稍加酝酿，非常顺利地就哭了出来。

“其实……”

“我……其实……”她的眼泪吧嗒吧嗒往下掉。

秦怀眼神一瞬不瞬地盯着她看，连连点头：“嗯，嗯，你说。”流下两行“痛苦”的泪，虞星哽咽道：“……我已经有喜欢的人了。”

“……啊？”秦怀大脑没转过弯来。

虞星泪眼婆娑，将他错愕的表情看进眼底：“我喜欢的人你认识。”

“你是说……”

她点了下头，吐出两个字：“盛亦。”

“……”秦怀当即就要跳脚站起来。

“你先听我说——”

他深吸一口气，稳住：“你说。”

“你知道为什么盛亦学长一开始没有介绍你和我认识吗？其实都是因为我。我对他一见钟情，但是他不喜欢我。”

虞星做作地摇了摇头，十分卖力。

秦怀完全被她牵着走，丝毫没有察觉自己被带进了沟里，换了好几个坐姿，眉头紧皱：“你对他……你……”

虞星点头：“他早就拒绝过我，是我一直纠缠他，他顾及着这个，所以才没有答应帮你牵线搭桥。”

不等他说话，她继续道：“我心里很难受。今天相处下来，我发现你是个不错的人。越是这样，你对我越好我就越难过，我真的不值得你用这么多心思，真的。”

秦怀犹疑着不知该说什么：“你……”

“我可能很长一段时间都没办法喜欢别人，我做不到，除了他我不想接受任何人。”

这才是重点。

“对不起。”

“我也不想这样……”

“真的很抱歉……”

虞星着重强调：“我没办法接受你的心意，我知道盛亦不会喜欢我，但我控制不了自己。我只喜欢盛亦！”后半句特意咬重。

这是演戏，当然是演戏，为了逼退秦怀，最好让他觉得追求一个喜欢自己兄弟的女生没意思，直接放弃。哪怕逼不退，也有幌子做借口，不用那么快跟他进一步发展。

盛亦有他的张良计，虞星也有她的过墙梯。只是明明是在演戏，虞星却越哭越凶，原本是挤眼泪，到后来不知怎的，积压在心里的情绪突然爆发，借此机会一起宣泄。那股委屈、难过，裹挟着心酸席卷而来。

她做错了什么呢？

她只是努力学习，为了将来有能力给唯一的亲人依靠，所以选择来到临天。她低调做人，老老实实，连脸都不露生怕招来一点麻烦，忍气吞声受尽排挤欺压。却还是被逼到这样的境地。

她确实不算什么，没有背景，没有权势，只是个普通小人物。可她也是小姨掌心里的宝贝。

虞星一边哭，一边在心里痛骂盛亦。

该死的东西，要不是他哪至于！

秦怀抽了许多纸巾，递给她，一时也顾不上别的："别哭了别哭了！我知道了，你说的我都听明白了……你先别哭行不？别哭了啊……"

好半晌，她情绪有所缓和，红着一双眼抽噎。

秦怀叹气："你真的喜欢盛亦？"

不想骗他，可是没有办法。虞星闭了闭眼，点头。

"盛亦没你想得那么简单。"他不免带上几分规劝。

虞星小声说："我知道，可是我……"眼睛霎时又涌出泪。

"好了好了。"秦怀让她打住，"感情这种事确实没道理可讲，不是你的错。"

虞星鼻尖红红，脸颊也红红，垂下带泪的长睫："秦怀，你别喜欢我了，不值得。"这句倒是认真的。

谁知秦怀却一脸苦笑："这我说了不算哪。你也知道，这种事没道理。"

她不说话，借低头掩下那股牙酸。

不至于，真的不至于。求求少年你收手吧！

良久无言，沉默弥漫在空气中。

秦怀放轻声音："这样行不行，我不逼你。我们可以先做朋友，说不定时间长了，你就喜欢我了呢？"

虞星敛色抬眸，犹疑："做朋友……"

"你别把我当洪水猛兽行不行？"他失笑，"好吧，我确实不是什么好人……可你都哭成这样了，我还能怎么，霸王硬上弓？那也太禽兽了吧？"

扯这样的借口，就是不希望这场约会之后，秦怀太急着想和她更进一步。

虞星没想和谁谈恋爱，能拖一天是一天。

暂且只能这样了。

她点点头，算是答应他。

秦怀讲了几个不好笑的笑话，两人跳过这个话题，动筷。

又一道菜上来。

虞星想到什么，忽地一停，看向他："还有一件事。"

秦怀生怕她再哭，紧张："什么？"

“今天我说的这些事，你能不能不要告诉别人，尤其是盛亦。”她说，“……如果闹大，我可能没办法在临天待下去了。”要是让盛亦知道她耍这么多花招，她彻底完蛋。

秦怀只以为她顾及脸面，不是什么大事，一口应下：“放心吧，我不会跟别人说的。你……算了，没什么。”

想说让她早点想开，趁早别对盛亦抱有感情，这是没结果的话，临了还是把话吞回去。

虞星终于能好好吃饭。面前的菜味道极佳，她却吃出疲倦的感觉。眼睛也疼，她是卖了力气哭的。

不由得叹气。

好端端的一个人，都快被逼成绿茶了。

生活不易，全怪盛亦！

“童又靖怎么还没回来？”

逸教楼休息室开着适宜暖风，沈时遇歪靠在沙发上，外套搭在一旁，长腿更是嚣张，直接伸到蒋之衍腿上。

几次都没能把他的腿推开，蒋之衍干脆随他去：“你发消息问问她呗。”

沈时遇依言，指尖在屏幕上飞快打字。

童又靖要出校门一趟，他顺便让她带晚饭回来，自己省事的同时还不忘另两个，一开口就是三份，兄弟情感天动地。

消息发出去没多久，收到回复。沈时遇一看，嘴角夸张地向下撇，随后就把手机往身旁一丢。玩着手游的蒋之衍余光瞥见，哼笑一声。不用想，这玩意儿八成是被童又靖骂了。

屋里的另两个都有事做，沈时遇无聊至极，话头对准对面独占一张沙发的盛亦。

“你看什么呢？”一天到晚哪有这么多书可看。

盛亦眉目低敛，没了难测的笑意，没了凉薄的冷淡，那张脸只在这种时候显得严肃些。

他眼睫稳稳，一颤不颤，对多余的人或事——比如沈时遇——一概置之不理。

沈时遇不怕死地在危险边缘起舞，叨叨不停：“你家书柜的书你不会都看过吧？

“说起来这么多年了，那些珍藏的孤本我还没见过，下回带我去看看。

“有没有不那么沉闷的，最好多点趣味性！

“你记不记得，那回我在你家……”

盛亦眼皮一掀，只有淡淡两个字：“闭嘴。”

仿佛就为等这一句，沈时遇比了个“OK”的手势，连连点头，不再聒噪。

蒋之衍对他自虐的行径报以轻嘲，谁知下一秒，沈时遇朝他靠过来。

“哎，你说秦怀和虞星进展得怎么样了？”

盛亦的手一顿，挤在一块的两人没注意。他若无其事，继续翻页。

本想踹开沈时遇，一听是八卦，蒋之衍来了兴趣：“不错吧好像。”

“我看也不错。他们一起吃过好几次饭了。”

“这礼拜是第二回？”

“好像是。”沈时遇吐槽，“我跟你说我让他带上我一块，他死活不肯，那狗东西真的有异性没人性。”

蒋之衍笑：“废话。谁带你这个电灯泡，两百五十万瓦，眼睛都闪瞎。”

说到这儿，沈时遇越发来劲：“不行，我得发个信息关心一下。”

“你这叫骚扰。”

“滚！我这是让他感受一下来自爸爸的爱！”

付诸行动之后，很快收到回复。沈时遇对着手机一脸别扭。

蒋之衍好奇：“说什么了？”

“这狗东西跟我装纯！”沈时遇愤愤道，“我问他进展到哪一步，你猜他回我什么？”

“什么？”

“他跟我说，让我放尊重一点，别这么流里流气？！”沈时遇咬牙叱骂，“这狗，跟我装纯情小处男！”

蒋之衍挑了挑眉，正要说话。盛亦蓦地抬眸：“……你们很吵，能不能闭嘴？”

他半掀的眼皮使神情看起来恹恹的，嘴角微微朝下，隐约带点躁意。

沈时遇和蒋之衍不由得噤声。互相对视一眼，彼此传达信号。

安静片刻，沈时遇和蒋之衍找借口起身：“你坐会儿，我们出去买包烟……童又靖来了让她等。”

那边，盛亦已经垂眸，像是听到又像是没有。

走出休息室，沈时遇勾着蒋之衍的肩，十分做作地拍胸脯："吓死人家了！"

"滚开啊傻子——"蒋之衍嫌恶地用肩别他，沈时遇反而勾得更紧。

"盛亦怎么了，今天火气这么大？"

闻言，蒋之衍皱眉，几秒没说话。而后忽地压低声音说："他昨天抽烟了。"

"啊？"

"昨晚我们出去那会儿，我开车他坐副驾，等红灯的时候他抽了半根。"

"你没问？"

"……没有。"

盛亦不爱抽烟，只有烦躁和心情不好的时候会抽，一般也只是抽两口或半根解压。

昨晚在路口停下等红灯，见他点烟，蒋之衍也惊讶。原本想问，但看他解压式地习惯性抽了几口，随后将剩下半根摁在车载烟灰缸里，那力道，又重又狠，话到嘴边最后还是咽了回去。

回完消息让沈时遇别说无聊的话，秦怀把手机往旁边一放："送你回去？"

"嗯。"副驾驶座上虞星点头，秦怀发动引擎。

那一回虞星在餐厅和他坦白过后，秦怀的心情微妙至今，自己都拿不准，说不介意这事儿吧，不完全是，就这样放弃吧，又有点想再坚持一下。

这当口沈时遇这些狗东西凑过来八卦，他哪会给他们好脸色。烦他们打听是一方面，另一方面，想到虞星那天哭成那个样子，他有一点点说不出的同情。好好一个花季少女，情窦初开，他虽然花心不是人，可拿这种纯纯的情意开玩笑，怎么想都不太好。况且她喜欢的还是盛亦，已经够惨了。

秦怀实属难得"正直"一回。

一路往临天开，开着开着，想到目前进展，他不免生出点惆怅。

没法不愁啊。接触这么几次，他和虞星之间一点暧昧气氛都没有。他甚至展现不了自己"多金"的优势。虞星说吃不惯贵的地方，从他第一次来临天找她起，她就坚持要去那些平价的连锁餐饮店。

饭桌上两个人面对面，虞星不像别的女孩子一样吃几口就说饱，每次一定吃到七分饱，绝不让自己饿肚子。

上回他实在很想"浪漫"一把，提出要去西餐厅吃牛排，环境幽雅的好地方，多适合培养感情？被虞星一口否决。

她说：“西餐很费时间，等会儿回学校我怕来不及，迟到会挨骂的。而且牛排吃不饱，我们吃点主食。”

——吃点主食。

秦怀到现在都能想起她说这句话时认真的样子，还严肃地皱了皱眉头。

要不要这么以食为天？！

他真的很想问。一瞬间，感觉自己和她仿佛就是一起搭伙吃个饭罢了。

除此之外还有更让他郁闷的。

吃饭前后步行的工夫，有时会碰见漂亮女生，男生嘛，他总会下意识多看两眼，但很快就会收回目光。

今天也碰见两个漂亮姑娘，他眼睛比脑子先动，反应过来怕她生气，想解释，谁知她一点都不介意，还问他：“刚刚那两个女孩子你看到了吗？”

他愣愣没开口，就听她说：“好漂亮哦，是我喜欢的长相。”

他以为她在欲擒故纵，立刻表态：“还行吧，就那样，我觉得很一般，没有你漂亮。”

不等他为自己机智的回答自喜，虞星回了他一个难以理解的眼神：“一般？明明很好看啊，我觉得超可爱。我喜欢笑起来好看的女生，温柔的也喜欢。刚才右边那个就很温柔……”

一番对谈下来，他脑袋有点蒙，开始有点不知身在何方。

他想来想去，终于得出结论。可能是因为心里有盛亦吧，所以虞星全然把他当成了兄弟……

或者姐妹。

握着方向盘，秦怀越想越觉得挫败。

虞星不知道他丰富的内心活动，只觉得当下这个状态非常好。她不想占秦怀便宜，从他第一次来临天找她吃饭开始，她就尽量都选价格平民的连锁小店。通常吃饭前后，她会主动买喝的东西，作为小小回赠。

秦怀神经大条，每次都会很开心地接受。

相处下来还算轻松。

头疼的地方她也有仔细应对。之前发现秦怀竟然将在电玩城拍她的那张照片用作了壁纸，后来她立刻就去找了盛亦的照片，设为壁纸和锁屏。

见面的时候“不经意”让秦怀看见，狠狠地在他的少男心上泼了一桶冷水。

半小时左右，车开到临天校门口。

虞星谢过秦怀，下车。

“你……”想说话没来得及开口，她已经朝路边跑去，只留给他用力挥手的背影。

半晌，秦怀告诉自己，算了，慢慢来。

虞星排着队，发消息问童又靖：童童，我在校门口买喝的，你要喝什么？

不多时，她回道：我在休息室，沈时遇他们三个也在，你多带几份。我老样子就可以，你给他们点招牌推荐。

视线在“他们三个”几字上稍作停留，虞星没回，默默收起手机。

拎着外带饮品去逸教楼，一进休息室，见童又靖和沈时遇在下五子棋。

“回来了？”

“吃得怎么样，吃了什么好吃的？”

一见虞星，沈时遇和童又靖双双追问。

“没什么。”虞星笑笑，将饮品放到茶几上，弯腰一一拿给各人。纸袋里的最后一杯是自己的，倒数第二杯给盛亦。

虞星没看他，将饮品放到他面前。

他的视线似乎在她脸上扫过，虞星听到他说：“我不喝苦的。”

一顿，懒得惹他，虞星仍旧不看他，将自己那杯拿过去，原本给他的换到自己面前。

“那学长喝我的吧。”防止他找碴儿，她一次性道：“我的是甜的，打包完没碰过，吸管也是干净的。”

“……”盛亦没说话。

童又靖撂下五子棋，从沈时遇那一侧，挤到外侧虞星这儿来，挨着她坐下。

“吃饭吃饱了吗？秦怀没欺负你吧？他要是欺负你，你就告诉我！”

原本十分防着秦怀招惹虞星，结果不知怎么的，就那回同桌吃了个饭，虞星突然告诉她，决定和秦怀见面，接触看看。

当下，童又靖对此十分关心。

沈时遇不爱听：“你挑唆什么，秦怀好好的，什么欺负不欺负。虞星你别听她的。”

“你肯定帮他说话咯。”

“我帮他说话怎么了……”

童又靖和他呛起来。

虞星不想聊这个，拉住童又靖，终止他们的斗嘴。小声地含糊道：“还行，挺好。”

童又靖懒得理会沈时遇，拉着虞星说悄悄话。

一旁的盛亦听着，心里蓦地不是滋味。

挺好？

最开始有多抵触秦怀，她好像都忘了，嘴上拒绝得那么凶，结果还不是去了？

他让她做女伴陪着参加车展，她死活不肯。现在让她和秦怀约会，她倒是去了一次又一次。忽觉一股说不出的烦躁，盛亦拿起面前的饮品，喝了两口。咽下去，嗓子里齁甜，嘴里却莫名浮起丁点苦味，不知从何处残留而来。

盛亦皱眉，不爽地放下杯子。难喝得要命。

太阳穴突突直跳，他忽然很想抽烟。

第七章

她喜欢我？

“虞星的事与你无关，你不要再管。”

“等等。”盛亦一顿，打断道，“你说，她喜欢我？”

德川十周年校庆即将到来，全校上下为此如火如荼开始准备。

原是不相干的事，如今和秦怀认识，虞星想不知道都难。得知消息即是收到他邀请的时候，不晓得该不该应允，她拿不定主意。

没让她纠结太久，童又靖第一时间赶来做说客：“去啊！很好玩的！我们一起去！”

虞星反问：“你去过？”

干笑掩饰尴尬，童又靖老实承认：“我没参加过他们学校校庆。”上一次是五周年，她那时还没上中学，“我去过他们学校，环境不错，比不上我们临天但也还行。”

不等虞星深度追问，她加大力度撺掇：“一起去嘛！德川的校庆安排我听说了，第一天是他们校内演出，第二天他们每个班都会安排娱乐项目，肯定很好玩！”

虞星倒不在意有趣无趣：“你会去？”

“嗯，我和沈时遇他们几个都去。”她说。凑热闹这事儿，哪少得了沈时遇这个货头子。

手臂被她挽着，虞星稍作思忖，放下了心底最后一丝犹豫，点头应下，童又靖立刻喜笑颜开。忽地想起什么，又道："对了，你那个朋友……苏秋，叫她一起来啊！"

虞星一顿："一起？"

"我听你说过那么多次，还没见过，很想认识一下。"童又靖说，"刚好这次德川校庆半开放，大家一起去玩，人多热闹！"

她缠人的功夫很是了得，没几分钟，虞星无奈一笑，只得当场给苏秋打电话。

课余时间，公立学校对电子产品管得比较严，苏秋大概是找了个隐蔽角落接电话，声音稍稍压低："喂？怎么了阿虞？"

虞星打开外放："秋秋，是这样。我跟你提过的那个，童又靖，你还记得吧？"

"啊，记得。"

"德川高中十周年校庆，朋友邀我们去玩，童又靖说想和你认识一下，问你有没有空一起去。"

苏秋愣了愣，"啊？"有点不好意思，"我……我吗……"

童又靖抱着虞星的胳膊，听得按捺不住，插嘴："苏秋！苏秋——"

"哎？"

"我是童又靖，你好！"

"你好……"苏秋轻咳了声，"不好意思，我有点紧张。"

"别紧张别紧张。星星经常跟我提起你，她说你特别温柔特别可爱，过几天我们一起去德川玩啊？"

"她也跟我提过你，她说你人非常好……"

她俩互夸，虞星像个站桩似的，被童又靖半抱半靠，便小声提醒："你再往前凑，脸就要进屏幕里去了。"

童又靖佯怒着打了她一下。然后继续和那端的苏秋热聊。

虞星拿着手机哭笑不得，这两个人好能说。

如果说她们三个女生能抵一千只鸭子，那么现在，童又靖和苏秋差不多就快赶上九百九十九只了！

"怎么样，你确定吗？"德川高中，高三 4 班里，坐在座位上的罗茉茉眉头紧皱，身边围了一群女生。

小蕊弄来照片，费了不少功夫。如果不是秦怀身边正好有个男生在追她，怕是没这么容易得手。

"她还在和朋友聊。"小蕊说。

谁不知道罗茉茉眼里只有秦怀。他一来德川，罗茉茉就对他有意思。最开始秦怀也跟她暧昧过一段时间，谁知很快没了兴趣，找了个外校的女孩。没处多久，又换了一个，然后就开始了万花丛中过，浪得没边的日子。

罗茉茉哪能不气，加之掺杂了不甘心，对秦怀越陷越深，一发不可收拾。

以前对秦怀身边那些女的，罗茉茉顶多只是有点看不顺眼，主要还是和秦怀本人较上了劲。在她看来，那些人根本不值一提，不过是玩物，没必要放在眼里。

这回却不同。

秦怀一天一天往临天跑，明显有问题。疑心之下让小蕊去向追她的男生那儿套话，一问不得了，秦怀这回像是玩真的，竟然连手机壁纸都换成了女生的照片。

小蕊撒娇卖萌，唬得那个男生晕头转向，趁秦怀打开手机的时候，在背后偷偷拍了张。照片到手，罗茉茉一见对方是个长得着实美的女生，嗓子眼直冒酸水。

看得火气上来刚要发作，身边围着的人忽然惊讶“咦”了一声：“我见过这个女的，她好像是三中的！”

罗茉茉正好气没处撒，立刻丢了个白眼过去：“你脑子进水了？说了是临天的，没长耳朵？”

染了一绺红发的跟班被凶得缩了缩脖子，磕巴道：“不……不是。我真的见过她，她可能以前是三中的……”

气头上的罗茉茉凶得吓人，红毛生怕触她霉头，灵机一动，连忙狗腿道：“我问问我朋友，她是三中的，她知道！”说罢，拿出手机打电话。

电话里打过招呼，很快转至微信，红毛把照片发过去，没多久，得到答复。“是她！真的是她，我确定没认错！我朋友以前给我看过别人偷拍她的照片，我去三中的时候也见过她。就是她，她以前在三中就是狐狸精，名声很差，专门抢别人男朋友，特别恶心！”

罗茉茉眼睛一亮。

红毛殷勤地将手机递过去：“茉姐你看——”

罗茉茉接过一看，对话框里聊天记录一句一句，赫然在目。

“哇，你怎么有她照片？在哪儿看到她的啊？”

“是她，就是我跟你说过的那个人。”

“我们都好久没她消息了。”

“我那时候不是跟你说了吗？我们学校校花的男朋友，又帅又有钱，她就故意去勾引人家。”

“那个女生对她很好，很照顾她，结果她连脸都不要了，做这种事。”

“特别恶心，那时候高一吧，反正在我们学校闹得挺大，很多人都知道。”

“最恶心的是什么你知道吗？最恶心的，是她后来还跟没事人一样照常上学，没有半点廉耻心。还跟别人吵架，说什么凭什么要转学什么的。”

“不过后来过了一个学期，她可能没脸待下去，高二，就这个学期开学，我们就没有看到她了。她好像转去了一个很厉害的学校。”

见罗茉茉看得认真，小蕊在旁道：“既然是转过去的，那就跟临天的不一样，没什么惹不得。而且她以前在三中名声这么差，八成不是什么好人，秦怀肯定被她骗了。我问了张皓，他说秦怀约了这个女的，校庆的时候她估计会来。”

罗茉茉转头看向她，眼色微沉。

放学去打扫休息室。

——这条二十分钟前发出的消息，收到回复。

她说：放学有约，没空。

简短六个字，毫不避讳拿秦怀做挡箭牌。又不能问是真的有约还是借口，牵线搭桥的是他，强行要她和秦怀约会的是他，最该开心的不应该也是他吗？哪来的立场干涉？

盛亦在篮球场边，对着手机眉头紧蹙，外套撂在一旁座椅上，看手机的同时拿起的水，握在掌中，此刻突然一点都没有解渴的欲望。

场上众人等他许久，催促：“盛亦？”

心里烦乱，盛亦将矿泉水和手机一同扔在衣服上。球被远远丢过来，他转身接住，立即进入状态。几个人霎时围上来，盛亦眼里闪过戾色，雷电般迅速运球走位，将围堵的对方球员甩开。

转瞬到达栏下，他高高跃起，掌中之球用力扣进篮筐。

咚——

篮板和篮筐震得重重发颤作响。

德川校庆为期两天，头天是他们兴趣不大的校内汇报演出，第二天上午苏秋没空，午后才能赶来，是以，虞星一行人第二天下午才去。

不得不说活动弄得很有气氛，进入校门，从操场开始就已装点一番，用童又靖的话来说，俨然成了一个简易的小型游乐园。

秦怀早早候着，一碰面挨个打过招呼，和狗嘴里吐不出象牙的沈时遇互呛几句，眼神停在虞星身上。

沈时遇看不惯他这副假纯情的样子："别笑得这么作呕。"

一脚过去，两人又打起来。

必定是要尽地主之谊的，秦怀带他们从第二楼开始逛，对几个女生殷勤客气："晚上我请吃饭，你们想吃什么尽管挑，玩累了就说一声。"

虞星含笑不语，秦怀走在她旁边，一眼瞥见，几次吃饭的记忆浮现，霎时想起被她支配的恐惧，连忙小声道："……别说吃主食！"

苏秋和他们不熟，挽着虞星的胳膊，又被童又靖挽着胳膊，恰恰好夹在中间，只听不说话。童又靖和秦怀早就熟得不能再熟，才不跟他客气："放心好了，绝对不替你的钱包心疼。"

秦怀哼地一笑："没事，随你吃，不够我找沈时遇报销。"

"凭什么？"沈时遇一听，满头问号。

一时间，你一句我一句，气氛活跃起来，十分热闹。

蒋之衍没怎么说话，这是他第二次见虞星的朋友——这个叫苏秋的女生。在这气氛大好的谈天中，他笑着旁听，眼神暗暗朝她看了许多次。

很短暂的一下又一下，像羽毛扫过去，马上就收回。他也不知道自己在看什么，她明明很安静，温和浅淡得快要没有存在感，却总是吸引着他的视线。而同样安静的盛亦陷入了自己的情绪里。他两手插兜，面色平平，冷淡中带点恹气，眼神直勾勾看向前方，一旁的说笑声过耳，似乎又没有。

谁都不懂他的烦躁，连他自己也不懂。

不想看，但秦怀和虞星两人总是闯进他眼角的余光里。他们每说一个字，他眼前睫线就震颤一下。盛亦觉得烦。听得烦，看得更烦。就有那么多悄悄话说不完？秦怀讲的东西就有那么好笑？

不自觉，眉头皱起一个仿若解不开的弧度。

…………

逛了大半个小时，沈时遇对这些大多是女生玩的东西兴趣不大，散漫迈着步子："没意思。我想打球，你们体育馆开没？"

闻言，众人停下脚步。蒋之衍无所谓，不发表意见，只淡淡扫苏秋一眼。她在帮虞星理鬓发，动作温柔细致。他不着痕迹地，缓慢收回那羽毛一样的目光。

“体育馆没关。”秦怀看看虞星，犹豫，“不然你们去吧，沈时遇你不是认路吗，这会儿体育馆应该有人，你们跟我们学校的打，不够我再叫几个人。”

沈时遇并不很在意，但免不了想损他，正要开口，被抢了先。

“一起去。”盛亦忽地发话。

秦怀：“我这……”

“少废话。”盛亦的语气不知怎么听起来有点不耐烦，“叫你走就走。”

蒋之衍忙上前拉秦怀：“走吧，让她们几个女生自己玩。”

“就走了你们？”童又靖一愣。

沈时遇潇洒极了：“你来过吗不是，带她俩玩，这些什么抓娃娃捞鱼我们没兴趣。玩累了来体育馆找我们。”

想骂他，又觉得也对，三个女生还能说点私人话题。

童又靖放行：“行吧。”

秦怀想和虞星说什么，被蒋之衍一把拽走，差点踉跄绊倒。

苏秋看得失笑，虞星也跟着乐，下一秒余光瞥见盛亦冷淡的侧脸，蓦地微顿，笑意敛了敛。

和男生分开，她们仨不仅没有意兴阑珊，反而玩得更加起劲。男生在时嫌无聊的项目，她们全都体验了个遍。套圈、捏泥人、猜谜……玩到“鬼屋”门口，虞星叫停。

这间教室是活动室，面积是普通教室的两倍，负责“鬼屋”组的学生们申请到这间屋子的使用权，在布置上花了很多工夫，从细节就可见一斑。

“这个我不敢。”虞星说，“我真的不行。”

童又靖很想尝试：“玩嘛，玩一下！”

“我……”

不等虞星开口，苏秋先道：“我陪你玩，阿虞真的玩不了这个。”

彼此对视，虞星眸光微暗。

苏秋拉住童又靖：“别难为她了，我跟你做伴一样的。”

童又靖本想三个人一起，但见她俩表情有几分少见的严肃：“你真的会怕这个？”虞星点头，她便抱歉道：“对不起啊星星我不晓得，我以为……那你在这儿等我们，我们马上出来！”

虞星说没事，让她们玩得开心。

稍微排了一会儿队，轮到童又靖和苏秋，她俩进去前不忘冲虞星挥手。

因需要充分利用有限空间，“鬼屋”通道不免狭窄，里面有设置的小机关，还有扮作各种生物吓人的学生，走出来也要花上些许时间。

虞星原本在鬼屋入口——教室门前等，没多久别人来排队，不好挡住有兴趣的学生观望，她往旁边站了站。

一分钟、两分钟……几分钟过去，虞星靠着走廊栏杆发呆，思绪飘远。回过神来刚想挪动挪动，才迈步，一转身，后面突然有人撞上来。

“啊……”丁零当啷一阵响，虞星回头，就见一个身材娇小的女生蹲在地上捡着满地东西。

“……抱歉。”她蹙了蹙眉，赶紧蹲下帮忙。

白色塑料筐里和地面散落的都是道具，大概是为这个校庆互动准备的。

虞星边捡边问：“你没事吧？”

“没事没事！”表情慌张的女生连连摆手，红着脸突然开口，“不好意思，那个……”

“嗯？”

女生脸色不佳：“我肚子有点疼，快要忍不住了，你能不能帮我把这些东西送到器材室？”

虞星一愣，“啊？”

像是怕她拒绝，女生眼里瞬间涌出眼泪：“真的不好意思，我……我真的肚子疼，赶得着急才撞到你。如果我不搬过去，等下要被学姐骂……”

虞星默了默，虽觉突兀又莫名，但见她红着眼哭了，一时心软：“好吧。但是我是外校的，器材室在哪儿？”

女生一手搭在小腹上，面露痛苦，边说边站起身：“你到勤育楼后面，最后那栋棕色的楼，一层走廊正中那间，门是黄色的！一定一定要送过去！”说了声“我忍不住了”，女生捂着肚子飞快跑走。

“哎——”话没来得及说完，已经没了人影，虞星只好抱起白色塑料筐。

好在东西虽满却并不重，她照那个女生说的下楼，德川校园里各栋楼前都立有木质指路牌，没绕远路就找到勤育楼。

虞星往勤育楼后走，走过两三栋建筑，隐约觉得奇怪。怎么越走越冷清？脚下步子迟疑，忽地瞥见前面就是棕色的楼。

她小心走到廊前，没听见什么响动。器材室在这儿？

一路上两手抱着塑料筐不得空，没顾上给童又靖和苏秋留信，这会儿她腾出一只手，单手抱筐，拿手机给童又靖发微信。

消息发不出去，没信号了。虞星皱眉，想打道回府，可看过去，走廊正中，确实有间门是黄色的。门就在眼前，她想了想，小心翼翼地走过去："有人吗？"

四下很静，没有别的人。

或许是她太过敏感。不知怎的，觉察出点古怪意味，虞星决定速战速决，早走早了事，到黄色的门前，轻轻推开，里面黑漆漆一片。

没有人在，但这里看起来也不像是器材室，空气里一股灰尘味道。虞星在门口迟迟没有入内，伸手往墙上摸，想看看会不会有电灯开关。忽然听到身后有动静——

还没回头，一股大力突然从后推了她一把，虞星惊呼，抱着塑料筐朝前摔。

哐当一阵响，连人带筐里的杂物狠狠摔在地上。光线在身后消失，门"咚"地关上，外面有上锁的声音。

虞星顾不上吃痛："谁？！开门——"

门锁声响完，接着一阵轻微的脚步声，渐渐远去。她摸索着朝门的方向扑，用力砸，外头安静，没有一丝声响。

屋子里漆黑，伸手不见五指，墙上没有窗。心开始急速跳动，虞星摸出口袋里的手机，摁亮一看，信号处于消失状态。背靠着门坐在地上，她深深吸气，打开手机的电筒功能。

"不怕，不怕，没事……"她默默念叨，自我安慰。

"别去想，别想……"

"没事的没事……"呼吸却一下比一下深重。

唯一的一束光在她手里，光线不够，除了光源落点最亮，其余之处，就像朦朦胧胧罩上了一层纱网。空气中的灰尘带着一股老旧的木朽味，一下一下侵袭她的嗅觉，不停刺激着脑海深处。全身都紧张起来，每个毛孔，灵敏度翻了百倍，汗毛根根竖起。

不安全，哪里都不安全。

虞星有点晕，头昏脑涨，开始胸闷。一手撑地，一手握着当手电筒用的手机，她不停挪动位置，缩到最角落，再换一处，不停地寻找安全感。黑暗和光交织在一起，像一个巨大的箱笼朝她吞噬而来，而她身处其中，被紧紧锁着，无处可逃。

出了一点薄汗，盛亦中场下去休息，喝完水才发现手机不在口袋里，皱眉一想记起，下车时被自己落在车上："我去车里拿东西。"

对同样下场喝水的蒋之衍说了一句，盛亦穿起外套朝外走。

很快到校内停车场，上车一看，手机果然在。摁亮屏幕，有一些消息和电话，都不甚重要，他懒得回，便暂时不管，将手机装进口袋。没心思欣赏德川中规中矩的校园风景，盛亦沿来路返回。穿过途中一栋教学楼，将要转过拐角，不远处小跑着经过两个女生，说着话，没注意到拐角的他。

"茉姐去体育馆了，赶紧过去跟她说一声！"

"那个女的被关在那儿没事儿吧？"

"有什么事，谁让她不长眼跟茉姐抢秦怀，给她点小教训长长记性……"

三句话，盛亦听得脚下一顿。秦怀？

再联系那几个不妙的字眼，他微微蹙眉。

或许是自己过于敏感，盛亦继续迈步。然而没走两下，心情微妙得实在说不清，他又停下。拿出手机，点开虞星的号码，没有拨出去，转而打给童又靖。

一接通，佯装不在意地问："你们到哪儿了？"

童又靖的声音听起来略微急躁："什么事？打完了吗？你们先等下，我们在找虞星，她不知道哪儿去了……"

他面色一紧："虞星不见了？"

"啊。我和苏秋进鬼屋，出来就找不到她人了。问外面排队的，只有一个说看见她端着东西走了，电话也打不通！"

盛亦抿唇："你先找，我问问秦怀。"不多言，挂断电话，带着一丝丝希望拨虞星的号码，果真不通。

盛亦沿着刚才那两个女生跑来的方向去找，打了三个电话才联系上秦怀。

"虞星不见了，叫人帮忙找一下。"

"什么？"那端秦怀一愣，慌忙说好。

忽地想到那俩女生的对话，盛亦连忙问："……你们学校有没有什么比较偏僻隐蔽的地方？"

"呃……有一栋！从勤育楼过去，那后面几栋楼背后有一栋空置的……棕色的！怎么了，虞星是被……”不给他多问的时间，盛亦没听完，飞快挂了电话。

照秦怀说的，绕过几栋楼，热闹声渐远，周围十分安静。盛亦想看看手机地图，却发现到这里竟然没了信号。眉头紧皱，察觉到问题，盛亦继续往前，不多时，果真找到一栋棕色的楼。

“虞星！”

“虞星？”

“虞星——”

连喊几声无人应答，盛亦跑进走廊，一间间屋找过去，直至正中黄色门框，门面淡黄的那间，推门的同时发现上了锁。

门关得死紧。

“虞星？你在不在？！”里头没有回应。

盛亦看向廊下另一侧，正想继续去找余下房间，听见里面有细微的响动。

他用力敲门：“虞星？！”

再侧耳细听，里面静谧无声，刚刚那瞬似是他的错觉。犹豫一秒，盛亦稍稍后退，长腿狠狠踹门。一下一下，门阵阵作响，很快，门框被踢坏，门“砰”的一下开了。

灰尘味有点儿重，盛亦近前，视线搜寻，见墙角有个蜷缩歪倒的身影。

是虞星。

手机在她脚边，抱着自己的腿，脸埋在手臂间，电筒的光在地上汇成线，破开一道昏暗，此刻和门外倾泻而入的光亮在空气里汇成一团。

“虞星？！”盛亦冲到她面前，两手握住她的肩，要她抬起头来。

她却像是没听到他的声音，感知不到门已打开，也感知不到光线，更加用力地抱紧了自己。盛亦感觉到她在发抖，很小声很小声地念着什么。

他一顿，凑得更近，成了一个半抱着她的姿势。

“不……不……”在这个木朽味浓重的空间里，她的声音细微，丝丝如气，滞顿，病态。

“我乖乖……”

“不要……关……”

而后，盛亦听到她叫“小姨”，反反复复地念这两个字。

他捏着她肩膀，用力：“虞星？虞星！”

强行扬起她的脸，发现她紧紧闭着眼睛，去翻她的眼皮，只能看到翻白的眼珠。这阵颤抖也不对劲，不像纯粹的发抖，像是带着几分惊厥在抽搐。

盛亦心里一凛，立刻抱起她，顺手抓起她的手机，冲出去。一路跑，一路听到她瑟瑟的胡话，夹在耳旁的风里，一声一声，刺得他心口疼。

得知虞星出事，众人没了玩乐的兴致，尤以两个女生最为忧心。

联系上盛亦时他已经在去医院的路上，秦怀等人陆续开车过去。

“盛亦没送虞星去我们学校校医室？”

“没有。”沈时遇握着方向盘道，“情况好像有点麻烦，盛亦没多说。”

童又靖的心高悬不下：“开快点！”急得直跺脚，不停催促，“快一点，快一点！”

苏秋也脸色微微发白，垂着头，搭在腿上的手攥成了拳。

知道她们此刻心情焦急，沈时遇没说什么，默默踩下油门。用最快的速度赶到医院，只见到盛亦，虞星则在临时病房里。

“什么情况？”一群人围住盛亦。

童又靖往他身后探：“虞星人呢？”

“在里面。”盛亦拦住要冲进去的两个女生，“医生给她打了针，现在还没醒。”摇摇头，示意她们不要进去打搅。

童又靖脸色惶惶：“怎么会这样？发生什么事了？”难过又自责，“早知道我就不去鬼屋……”

盛亦打断：“不是你们的问题。”说着，看向秦怀。

秦怀一愣。

“查一下今天的监控。”盛亦不说废话，直接道，“虞星被关在你说的那栋棕色楼里，门是黄色的那间，我去的时候门上有锁。”

沈时遇和蒋之衍一听，面色俱是一凛。

“她没事吧？”秦怀着急问。

“医生说没什么大事。屋子里太黑，空气不流通，她应该只是被吓晕了。”

“那……”

盛亦不欲跟他多说，眸色幽幽暗下来：“人是你叫去的，在你们德川出了这种事，我希望你能给我们一个交代。”

眼里闪过一丝难堪，秦怀板起脸：“我知道了，我现在就让人调监控。”

盛亦忽地叫："童又靖。"

"啊？"

"你跟秦怀一起回德川。"

童又靖不明："我？可是虞星——"

盛亦道："你跟他去德川把人找出来。要是找到人，秦怀有什么不方便处置的，就是我们自己动手。"

童又靖听明白他的意思，不再推托："好，我去。"

秦怀有点不高兴："你们还信不过我？有什么方不方便的，盛亦，你这话说的没意思！"

"有意思没意思，现在也不是你躺在里面。"盛亦凉凉地扫他一眼。

"你——"

"好了好了，人一个女生还躺在里面，都是为了她好，吵什么。"沈时遇赶紧拦下，"我跟你一起回去。"勾上秦怀的肩，安慰地拍了拍。

医院不需要这么多人，病房现在不让进，在这也帮不上忙。

蒋之衍开口："我跟他们一起，有什么事打我电话。"说着看向苏秋，"你……"

"她留下。"盛亦忽地道。

苏秋和蒋之衍都愣住。

蒋之衍顿了顿，不解："她留下？"

苏秋慌张地看向盛亦，说实话，她真的有点怕他。

"虞星醒了她好陪着。"盛亦说，"我不方便。"淡淡睇她一眼，"我没记错，你跟她应该很熟？"

苏秋点头："嗯，我们从小一起长大……"

懒得多说，盛亦拍板："就这样，你留下。蒋之衍你跟他们去。"

童又靖叮嘱苏秋，等虞星醒了一定要给她打电话，苏秋连声说好。

其余几人暂时离开，病房外重新安静下来。

苏秋局促地站在长椅旁，看一眼门边站着的盛亦，莫名紧张。

盛亦眯了眯眼，示意："坐。"

她没吭声，小心翼翼地坐下。

"刚才我说的话，你应该知道哪些是假的。"盛亦道。

苏秋抬头，慌张道："什……什么？"

“她不是因为屋子太黑晕过去，我找到她的时候，她蜷在墙角抽搐。”盛亦盯着她道，“所以，你能告诉我原因吗？”

“这个……我……”

苏秋眼神闪躲，结巴起来，手指绞在一起。

盛亦耐心不多，皱眉：“你刚刚也看到了，我们没谁会害她。现在她躺在里面还没醒，我只想知道问题的严重性。”顿了一下，他补充，“严重程度，将决定我们该怎么处置今天这件事的始作俑者。”

苏秋一愣。他表情不似作伪，说得认真，那张略显戾气的脸上，冷淡中带着严肃。

“可是……这件事……”苏秋犹豫，“我不知道能不能说……”

“苏同学。”盛亦居高临下，声音威严，隐约透出几分诚恳，“我向你保证，我一定会替虞星出这口气。”

沉默长达半分钟。

苏秋考虑许久，终于深吸一口气，轻轻出声：“好吧。”

苏秋的妈妈阮雅青和虞星的小姨虞宛贞，是闺中密友。苏秋和虞星同岁，虞星小的时候她也小，很多事情都是在成长过程中，从大人那儿东拼西凑听来的。

虞星生父不详，母亲生她的时候就去世了。虞家二老皆是刻板守旧的老教师，四十高龄先后产下两女。大女儿未婚生育，他们恨她辱没家门，从她坚持要生下孩子开始，就不肯再跟她来往。

后来她在产台上大出血，吊着一口气，守在医院的虞宛贞打电话回家，求他们见姐姐最后一面，也被他们一口拒绝。

原本虞星的外公、外婆想把她送去孤儿院，虞宛贞不顾他们反对，执意要抚养虞星。狠狠挨了一顿打，虞家二老拗不过，孤儿院一事只得作罢。留下是留下了，虞星的情况却不怎么好。

那时候虞宛贞刚毕业一年，在做文员，虞家二老不肯照顾她，虞宛贞只好自己出钱请人带孩子，下班再接她回家。在家里，外公、外婆从来不搭理虞星，哪怕听到她在哭也充耳不闻，任由她把嗓子哭哑。为此虞宛贞和他们说过很多次，每回都以争吵告终。

时间一久，到了虞家二老觉得虞宛贞该结婚成家的时候，于是开始安排相亲。虞宛贞放不下虞星，一直拖，能推的就推，偶尔相看的几个，即使男方对她满意，男方的家庭也因为她带着一个外甥女的关系，颇有微词，最后均以失败告终。

芥蒂加深，虞家二老对虞星意见更大，直接到了厌恶写在脸上的程度。

有回虞宛贞临时加班，虞星睡午觉睡到傍晚，到饭点，虞家二老自顾自吃了晚饭就下楼去散步，根本不管她。

小孩子贪觉，虞星睡到哭醒，家里空无一人。等虞宛贞回家，就见她坐在客厅地上，吃了一包桌上拆开却已经泛了潮的饼干，满地都是饼干屑。

当晚虞星就犯了急性肠胃炎，送去医院。

虞宛贞又和虞家二老吵得不可开交，一方面天天被催促相亲烦不胜烦，一方面也是因为二老的态度，虞宛贞心一横，带着虞星搬出去。

从此姨甥俩在外租房度日。

周末不上幼儿园，虞宛贞要工作抽不开身，就找人照顾虞星。

那年头在小城市，都是些闲下来上了年纪的妇女会接这种活，通常也是在自己家“工作”。那一阵她们不是很稳定，照顾虞星的阿姨换了一个又一个。

好不容易找到一个能长期照看虞星的阿婆，虽然有点聒噪，市井气重，偶尔待人显得刻薄，看她对小孩子还是不错的，虞宛贞便没有多想。要忙时，就会把虞星送去阿婆家，忙完再接回去。

起初还好，过了半年左右，虞星晚上睡觉总是哭醒，次数频繁，也不爱说话了，总是很沉默，一个人待在角落，玩一样东西，一玩就是一整天。

虞宛贞以为她在幼儿园被欺负，询问老师之后发现没有，但她的精气神一天比一天糟糕，带去医院检查，始终查不出问题。

直至某天加班，一开始定的是通宵，虞宛贞傍晚把虞星送到阿婆家，说隔天来接。到了单位，临时有同事愿意调班，虞宛贞便原路返回，想着不是很远，就没给阿婆打电话。

到阿婆家，敲门却没人开，心里正奇怪，接着听到里面传来细微的哭声。

连喊几声虞星的名字，没有应答，但哭声越来越明显。情急之下，虞宛贞拿起门口的小板凳砸开木门，冲了进去。

昏暗的屋子里，没有一个人，循着哭声找到柜子前。

柜子外挂了把锁，所幸锁没扣上。

在柜子里找到被关着的虞星，虞宛贞当时就快崩溃了。那么小一个孩子，泪流满面，脸上眼泪鼻涕糊了一脸，穿着她买的漂亮衣服，戴的袖套是她一针一线亲手缝的，她舍不得磕着碰着一点，却被人关在这种地方。

阿婆不知如何将虞星训得这般害怕。

就连看见开门的是小姨，也不敢动，只僵硬地缩在里面，一边哭一边说："我乖乖……小姨我乖乖……我不吃饭……小姨你带我回家……"

虞宛贞心疼地抱着虞星，气得直流泪。

当天，苏秋的父母就被虞宛贞电话叫去。苏秋听她妈妈说，那是他们第一次见虞宛贞失态，一向温柔优雅的女人，像个泼妇一样掀了那帮妇女的麻将桌，揪着阿婆的头发，按在地上狠狠地打。

边打边哭，边哭边骂。

虞宛贞花了好长时间，从虞星嘴里哄问出细节。

那个阿婆一开始对她确实还行，渐渐就怠慢起来，不按时喂饭是常事，每次都在虞宛贞要来之前，才肯动弹，喂她吃东西。平时动辄非打即骂，饿了要打，哭了也要打，耽误她们打麻将更要打。

吃饭时如果虞星弄翻饭碗，或者将米粒掉在地上，阿婆就不让她吃，把她关进柜子里罚她反省。不止柜子，阿婆的房间里有个旧式大箱笼，用来装衣物的，里面东西清空，放了个小枕头进去，有时候也把她关在箱笼里。

虞星不敢告状，因为阿婆跟她说，她是拖油瓶，因为她，小姨才会被家里赶出来，如果她和小姨告状，就没有人再照顾她，小姨就不能工作，她们会饿死，上街要饭，万一小姨生气了就会把她扔掉不要她……

年幼的小孩没有分辨能力，在打骂和恐吓之下，受尽折磨。

虞宛贞听得心裂成一片一片，只恨没有将那个老太婆千刀万剐，再不肯随意把她交给陌生人照看。

阮雅青夫妇心疼好友，辗转找家里的远亲帮着照看了一段时间，几个月后工作调动，来了这四九城，立刻又托人给虞宛贞找了份新工作。

新的单位十分人性化，没那么严格，虞星不上学的时候，虞宛贞可以把她带到工作单位去，她们姨甥俩便也搬来了四九城。

从前那些阴影，此后才慢慢翻篇。

…………

"她后来能正常睡觉了，但是……"

苏秋脸色晦暗："可能是留下阴影吧，以前我们去游乐园玩鬼屋的时候，她也有过这种情况，贞姨当时吓坏了。”

“去看过心理医生，医生说她有心理创伤，建议不要接触这些东西。”

“贞姨跟她说了，她自己也会尽可能避开那种昏暗封闭的空间，鬼屋之类的再没有玩过……”

太阳穴突突地跳，盛亦许久没说话。脖颈像被无形的绳索勒紧，呼吸艰难，喉咙干得发紧，身体里血脉喷张，火烧一样滚烫。

良久，他合了合眼，沉沉道：“我知道了。”

入目是雪白的天花板，虞星睁开眼后，大脑滞顿数秒才运转起来。窗开着，空气流通，却仍然有一股明显的药水味。她刚一动想起来，那边沙发上坐着的人，放下书起身。

“醒了？”熟悉的身影走近，停在床边。

虞星看去，一愣：“盛……”

盛亦倒了杯水，递给她：“喝一点。”

虞星缓慢接过纸杯，打量四周：“我怎么……”

“你被关在德川废弃的器材室里，我找到你的时候你昏过去了。”

“昏过去？”记忆有些延迟，虞星愣愣回想。

“嗯。”盛亦没多说，换话题，“人已经找到了，我们会处理。等你做完检查，报告出来，没事就可以走。”

虞星想问，盛亦不让她开口：“具体的童又靖会告诉你，先休息，现在别管别的。”

他将她身前的白色被子往上扯了扯，虞星昂头看着他，有点无措。好久没有和他正常说过话，自从他逼她和秦怀约会以后，他们之间的交流几乎为零，面对面的时候，谁都不愿意搭理对方。

虞星觉得盛亦是厌恶她的，至少现在应该是。不识抬举地和他划清界限，不识好歹地拒绝做他的女伴，又宁可选择和秦怀约会，梗着脖子固执到底。

他应该很是不悦。

然而面前这个盛亦，平静得有些温和，实在不正常。

她眼直勾勾傻子般盯着他看，盛亦睨回去：“看什么？”

慌忙移开视线，她不说话，只摇头。

盛亦下一句忽然道：“出院以后，秦怀再来找你，你不用去。”

虞星一愣，难得缓和的面色略微僵硬：“为什么？”

“不为什么。”他还是那般决定一切的语气。

虞星心里不痛快，忍了又忍，还是没憋住：“……你这样有意思吗？”

盛亦眯眼：“我怎么？”

“逼我和秦怀出去的是你，现在让我不要见他的也是你。你想我见我就要见，不想我见我就不能见。你难道真的不觉得过分吗？”

她声音不重，字字句句却不让分毫。

盛亦面色沉下来。

虞星闭了闭眼，掺杂无奈的那种疲惫感又来了。

这些事情，就好比今天这桩，至少和他有一半干系。

“别人的意愿根本不重要对不对？从头到尾你没有问过我，想不想，愿不愿意？”虞星苦笑，“哦，不对，你知道我不愿意和秦怀约会，还是逼我去做。那我现在照你说的做了，我们相处得挺好，你又不满意吗？”

突然不想和他说话，虞星指门：“你出去吧，我想自己待一会儿。”

盛亦站着不动：“药费是我付的。”

对视一秒，虞星掀被，作势就要下地穿鞋：“那我走，药费……”

“虞星。”他语气突然正经，“我说认真的。”

虞星坐在床边，停住。

“之前的事情……”停了停，盛亦皱着眉，终究没往下说。

他道：“我只问你。你想继续和秦怀接触吗？你自己做决定。”

虞星抬眸：“我自己做决定？”

盛亦知道她有怨气，有委屈，甚至不在意她话里轻微的嘲讽。他十分认真，眉眼之间不带分毫玩笑之色：“你想和他约会，就继续。不想，就拒绝。”

喉咙上下滑动，莫名干涩，不知名的紧张，令他微微咬紧牙。

半晌，他缓声说：“……这次，我尊重你的意见。”

沉默无声蔓延，病房里静悄悄地没有声响。轻柔的空调风缓慢浸入空气中。

虞星望着盛亦，一时愣了。

器材室事件，一干参与人等，全都被揪出来。

虞星是从童又靖那儿知道的，始作俑者是个叫罗茉茉的女生，其他帮手都是平日跟着她一起鬼混的不良少女。

“我不认识这个人。”初听闻这个名字，虞星不由得皱眉，脑海里过滤一遍，确认自己和对方素未谋面。

童又靖告诉她：“你当然不认识了，她估计也跟你不熟，针对你纯粹是因为秦怀！”

罗茉茉追惨了秦怀，却一直未能得手，自尊心大为受挫，越发放不开。撞到虞星的女生是跟她混的，她们早有准备。

虞星一行人一进德川就被盯上，等沈时遇几个和她们分开，按捺至她落单，立刻抱了塑料筐撞上来。废弃器材室附近也早有人守着，只等她来。靠近那儿信号突然消失，是因为她们在棕色的那栋楼放了防考试作弊用的信号屏蔽器。

可谓煞费苦心。

这件事是如何处置的，童又靖起初不肯告诉虞星，耐不住她纠缠，最后才吐露——

罗茉茉得知虞星被人救走，一开始慌张了一会儿，左等右等始终没人来找她，就把心揣回肚子里，只以为自己隐藏得好，没被发现。

其实童又靖等人早就根据监控锁定了她们，原本第一时间就要把人逮来好好教训，突然接到盛亦的电话，临时换了种方法。他们没有让任何人出面，罗茉茉便以为自己未露痕迹，放松警惕，无事人一般，权当什么都没发生。当晚，有个外号彪哥的混混和她关系不错，说有活动约她出去潇洒，她想也没想，带着一帮女的去了。

到地方一看，哪是潇洒，直接被开车带到个偏僻的地方，一群人还没反应过来就被关进了小屋子里。意识到事情不对，罗茉茉先是试图和彪哥打感情牌，感情牌不成转脸威胁，直把彪哥逗得发笑，轻轻三下巴掌拍在她细嫩的脸颊上，说：“你的把柄我手里可不少，你该不是忘了？”而后不再理会她们说的任何话，径直出了屋子。

摸不着头脑间，听得屋门关上，接着，四面都亮起刺眼强光，一霎如白昼般，亮得人头脑发昏。一群人尖叫着闭眼捂脸。

无死角的强光照射，一开就不停。彪哥的人不打她们不骂她们，只一点，不让她们睡觉。

外头监控器前随时有人盯着，发现谁睡着，立刻有人进来弄醒。

这些女生跟着罗茉茉野惯了，夜不归宿，几天不回家是常事，家里大人都不怎么管。

二十四个小时之后，她们一个接一个开始崩溃。困到极致不能睡，强光不停歇地照射，眼里全是血丝，眼睛疼得不行。黑眼圈浓重，眼泪无知觉地淌下来，眼泡浮肿得可怕。一个个妆都花了，眼泪将眼线晕染，流在脸上全是一道道的黑色，唇上口红也干掉，硬得唇纹清晰可见。

想要睡，不能睡，头发散乱，精神恍惚得快要抓狂。

哭声开始之后，无意识的眼泪正式成为宣泄痛苦的途径，她们受不住，挨个砸门，又是哭又是求。平时捧罗茉茉捧得最起劲的几个，哭得最凶，一边号啕一边喊："让我出去，我给她道歉，我给她道歉！我错了！"

童又靖在传来的监控视频里，看到了她们的惨状，一言未发，生不出半点同情。

多行不义必自毙，欺人者人恒欺之。

虞星听得一愣一愣的："是盛亦安排的？"

问到这个童又靖却不答，闪躲避开话题："哎呀好饿，我们去吃饭……"

"是他安排的吧？"她追问。

"你看那边那朵云，形状是不是有点奇怪？"

"童童！"

"……"

不管她怎么问，童又靖就是顾左右而言他，一会儿说天，一会儿说地。

开玩笑。那群人从黑屋里出来的时候，模样像快要死了一样。这种折磨看似简单，其实十分残忍，是对意志和精神的摧毁，简直令人生不如死。

盛亦怕虞星觉得残忍，特意叮嘱过，让他们不要把事儿跟她说，只要告诉她罗茉茉被德川开除，以后不会再出现就行。要是让盛亦知道她原原本本告诉了虞星，自己还不得被他扒皮！还敢告诉她这都是盛亦一手安排的？为小命着想，童又靖在最后关头闭紧了嘴。

不想虞星再追问，岔开话题问："对了，你和秦怀怎么了，他这几天都没来找你啊？"

问到这个，虞星默了默："没什么，就是……我实在对他没感觉，不想再浪费时间了。"

那天在病房里，盛亦说尊重她的意见，让她自己决定。她心里是有气的，先前那么多事情摆在那儿，她怎么可能不气。可再气，也不至于拿自己和秦怀两个人的感情开玩笑。

她是真的没有感觉。

应付秦怀，不过是和盛亦针锋相对之下不得已的选择。盛亦愿意给她选择权，她当然想放过自己也放过秦怀。

盛亦的瞳孔很好看，但总是浓郁深沉得让人不敢窥探至底，她从没有那样和他对视过。

虞星不懂他。不懂他为什么突然高抬贵手，不懂他眼神里的沉默和紧张。

所幸在她说了不想继续应付秦怀玩恋爱游戏之后，盛亦真的就出面找了秦怀。秦怀心里或许也有愧疚，对这件事，意料之外地并没有太大反应，选择放弃纠缠她。

思及此，虞星眼神沉了沉，不由得被童又靖牵着走："不说这个，我们去吃饭吧。"

童又靖见她忘记罗茉茉的事，心里大喜，拉着她加快脚步。

…………

"我有事找你。"盛亦看到这条秦怀一个小时前发来的消息时，他已经等不及打来电话。

"你在哪儿？我有事要跟你谈谈，关于虞星的。"

闻言皱眉，盛亦道："我说过了，你们不合适，她不喜欢你，你不要再纠缠她。"

"不是这个！"秦怀道，"不是我跟虞星，是你和虞星的事！"

盛亦听得一顿，稍作思考，仍道："虞星的事与你无关，你不要再管。"

他正欲挂断电话，那端秦怀突然就生气了。"盛亦你还是不是男人？你既然让我不要纠缠她，那你倒是干点该干的！又不喜欢她又要管她的事，你这是什么意思？虞星那么喜欢你，你这样给她希望又不……"

"等等。"盛亦一顿，打断道，"你说，她喜欢我？"

第八章

校庆余波

虞星点开——盛亦独家最全个人资料简版 .doc

盛亦首场赛车比赛至今全经历 .doc

钢琴、三门外语相关（除英语）.doc

盛亦成长照片合集 .pdf

……

秦怀从这件事里抽身的姿态，沉默而干脆，风度翩然。时隔几天突然收到他的“最后总结”，虞星不免意外——

让你被关这件事都是我的责任，我真的很对不住。

这段时间相处下来，我能感觉出你始终对我不来电，勉强确实没意思，现在这样也好。

希望以后我们还能做朋友，你千万别觉得尴尬，就把我当童又靖他们一样对待就行。

如果将来遇到什么事情或者问题，你可以尽管找我，不要觉得为难不好意思。我能帮上忙的，随时帮。

看他发的微信消息，字里行间透着满满的歉意，虞星心里有些怅然和过意不去。

她在德川被整进医院一事，秦怀心里芥蒂很深，尽管众人多番劝说，他仍然当成是自己的责任。毕竟罗茉茉是因为他才会被嫉妒冲昏头脑，他很过意不去。抛开别的不说，这份责任感还是令人很感动的。

虞星宽慰：发生的事情不要往心里去，我知道不是你的问题。

第二条回应：大家都是朋友。

算是接受了他的好意。这般表态后，那边秦怀又发来几句，都是不重要的闲谈，但语气看起来总算轻松了许多。

虞星收起手机，往教学楼走，没几秒，口袋里无声振动。拿出来一看，是盛亦的电话。

她犹豫着按下接听："……喂？"

"在哪儿？"

"教学楼附近。"

"快到了？"

"啊。"

"往凉亭看。"

恰好途径凉亭旁的小路，离得不远，虞星闻言，抬眸看去。里头有个人，不是盛亦又是谁。

"过来聊聊。"他说，接着挂断。

稍稍犹豫，虞星沿着小径缓步过去。

没靠近前就望见盛亦懒散地坐在长凳上，半倚着柱子，半倚着凳后的栏杆，手里翻来覆去地转着手机玩。

虞星走到台阶前犹疑停下，他含笑，挑眉："上来啊，怕我吃了你？"

不由得生出警惕，她迈步上去，隔着圆桌，站到他对面。

盛亦好半天不说话，就只是含笑优哉游哉地打量她。

虞星忍不住问："你要跟我聊什么？"

他似是极意外，"诧异"地挑起眉头："你现在已经连学长都不叫了？"

虞星一顿，略垂了垂眸："……学长，你要聊什么？"

他不答，而是说："离上课还早，又不赶时间，你急什么。"大有要跟她长谈的架势。

虞星觑他，暗暗腹诽，没那么快上课就要跟你在这儿浪费时间？嘴上却不言语。

盛亦含笑盯着她看了一会儿，道："秦怀找我，和我说了点事情。"

虞星一愣，生出不好的预感："他……他说什么？"

"你觉得会是什么？"

不待她答，盛亦直接爆破："听说学妹你对我一见钟情，爱得深沉，除了我再也接受不了别人，是这样的吗？"

“……”好啊，秦怀！刚夸他有责任感，转手就把她卖了。

不是说好不告诉盛亦？

男人的嘴，骗人的鬼！

见人说人话，见盛亦说鬼话，这件事虞星早有经验。她眼都没眨，立刻做出反应：“其实这个事情……”

盛亦这次不给她机会，截断：“不要解释。一则你对我爱得深沉；二则你拿我当挡箭牌。两个选择你自己选一个。”

不知怎的，经过那天病房的事，他破天荒说要给她选择权，之后真的尊重了她的意愿。那以后，她心里就好像没那么抗拒和害怕他。

胆子又肥了的虞星，不仅放开收敛已久的羽翼，甚至在狡辩的边缘大鹏展翅。

“这两样我都没有，真的。学长你要信我。”

“没有的话你为什么用我的照片做手机壁纸？”

“辟邪……”脱口而出两个字，看到他危险的眼神，她一秒改口，“……那是不可能的。主要是想方便时刻看到学长的脸，提醒自己要对学长心怀敬畏。”

盛亦笑道：“我信。”

虞星眼一亮。

他扔出后半句：“——我就是傻瓜。”

虞星：“……”

这句单独听还是很美妙的。

秦怀来找他，一番谈话下来，全是在说他如何不对，什么不喜欢虞星就不应该管她的事，不应该干涉她和谁约会，不和谁约会，还说他明确拒绝过人家女生，就不要做这些让人心怀希望又失望的举动，害得人家女生在天堂地狱来来回回……

就秦怀这个智商，盛亦应付他绰绰有余，没花多久，就从他口中把所有事情都套出来，让他彻彻底底将底兜了个一干二净。

听完前后，盛亦实在不知道该说虞星什么，是说她不怕死好，还是说她艺高人胆大？

换成别人，三番五次拿他开涮当挡箭牌，早就死了不知道多少遍。

也就她。

也就现在的她。

哪怕是再早一些时候，他还拿她当猫当鼠逗着玩的时候，知道她在背地里来这么一出，她肯定也是要在他手里被逗弄得死去活来，脱掉半层皮的。

不想承认，但现在确实不同。

他不想再打断她的脊梁骨，逼她跪地伏求。看她黯然、委屈、逼不得已温顺，也都没了意思。想她站着，想她挺直背脊不屈不挠，跟他你来我往，你追我逃，想她生动、鲜活、有趣，眼睛也是发亮的。

就像眼前这样。

盛亦唇角弧度加深："学妹，你拿我当挡箭牌挡桃花，是不是该向我表示感谢？"

"……"虞星完全不可置信。这桃花哪里来的啊，跟他没关系吗？如果不是他，她哪会硬着头皮去应付秦怀？！

嗬，呸——厚颜无耻！

在心里啐了一口，虞星还没说话。盛亦又道："这样吧，你请我吃饭好了，地点你定，我不挑。"

你不挑，你有什么脸挑！虞星强忍翻白眼的冲动，深吸一口气："学长，我觉得不妥。"

"为什么不妥？"

她不说话。

"你不愿意？"

虞星抿唇，不言语，默认了。

盛亦笑意稍敛，直勾勾盯住她。

又来了，又像当初那样。他要别人觉得他们很熟，她不愿意，他要她当他的女伴，她也不愿意。后来发生了什么，不必多说。

才刚结束，和秦怀的事情才刚刚结束而已。

虞星忽然觉得这可能是个死循环，只要面对他，她仍然有不愿意的时候，他们就一定会遇上这种情况。他生气，而她因为惹怒他，陷入各种尴尬为难的局面。有点累，虞星甚至想闭上眼，静等他那把刀落到头上。

良久，凉风吹散沉默。

盛亦开口，却是说："那好吧，你不愿意就算了。"

虞星一愣，抬眸。他脸色如常，并未有生气的痕迹，仍然带着笑。

她小心翼翼出声："算了，意思是……"

"算了就是算了。"盛亦挑眉，"怎么，你觉得遗憾，改变主意又想请我吃饭？"

她咽口水："……没有。"

有一丁点失落，但也还好。

盛亦在心里笑叹，悠然起身："不想就算了。你不愿意，我不逼你。强迫别人请我吃饭，就算吃了也吃不香对不对。"

虞星不防他突然有这么高的觉悟，跟不上反应。

他已经迈下台阶，回头看她："你不是要回去上课，傻站着干什么，还不走？"

虞星这才回神，迈步跟上。

盛亦接上前面的话头，又悠悠道："你现在不想和我吃饭没关系。"他笑了一下，侧眸，那双桃花眼很认真地凝视她一瞬，"总有一天你会愿意的。"只一秒，若无其事地收回，他手插兜，步子悠哉，朝高三教学楼那边去。抬起一只手随意在空中摆了摆，没回头看她，就这样走了。

虞星在原地望着他背影，站了几秒。

那双桀骜勾人的桃花眼在脑海一闪而过，脸莫名一热，瞬间回过神来，冲他的背影一瞪，像是着急掩饰，她慌忙转身快步离开。

谁愿意和他吃饭。呸，臭不要脸！

…………

凉亭一见，弄得虞星十分不自在。盛亦这傻狗，一口一个学妹，叫得腻味又瘆人。那张嘴，也仍旧那般颠倒黑白，死的说成活的，明明是他让她为难，倒成了她拿他当挡箭牌，她欠他的了。感觉像是回到两人最初相处的状态，但这都不是问题，让她难受的，是他竟然好像转了性。拒绝他的时候，虞星本以为他会生气，谁想，他居然平平淡淡，毫不在意就让它过去。

你不愿意，我不逼你。

这句话从他口中听到，着实令她惊讶又意外。没有谁不希望自己的情绪被人小心呵护，轻拿轻放，只是当对象是盛亦时……

那原本已经降至零点的期待，突然达成，就好像傻狗变成了正常人，这一切多了种难以言喻的感觉。

虞星一路胡思乱想回到教室，和盛亦在凉亭说话的场景大概被一些人看到，周围又多了些八卦声，她懒得理会。因盛亦提起才想到还有用他照片做壁纸和屏保这件事，她回到座位立刻拿出手机，打算把他换下。随便挑了几张看得过去的可爱图片，不多思考，干脆利落地换掉。

……却有点不太适应。

那张脸初初看着别扭，久了，她居然觉得还行。换完图片以后看手机，锁屏，壁纸，怎么看怎么别扭。

虞星愣了愣，一个凛神，赶紧甩掉这种想法，生怕自己一个没忍住再把盛亦的照片换回来，连忙摁下待机键，熄屏。

刚要装进口袋，屏幕突的一下又自己亮了。

好巧不巧，跳出微信新消息提醒。虞星点开，是秦怀。

一看，整个人都愣了。

他发来了一堆文件——

盛亦个人资料简版 .doc

盛亦讨厌的东西 & 爱好 .doc

盛亦首场赛车比赛至今全经历 .doc

盛亦私人收藏全览 .doc

赛车相关 .doc

钢琴相关 .doc

三门外语相关（除英语）.doc

…………

“……”呼吸滞住，太阳穴疯狂跳动。虞星差点以为自己点开了盛亦百科全书网页跳转链接。粗略一扫，从后面的各种“相关”，她已经大概了解了盛亦的多项特长。

在一堆文件之后，秦怀终于发来一条人话，但并不中听：我也不知道该不该鼓励你，只是既然你喜欢的话，那就试试吧。盛亦的资料，基本全部在这，你好好看看说不定会有用。

没等她回复，秦怀又道：哦，对了，差点忘了这个——

几秒之后，对话框多出一份新的文件。

盛亦成长照片合集 .pdf

虞星：“……”

太热心了，大哥。

没必要，真的没必要。

忍耐很久，没让自己去点秦怀发来的那些文件。但结果心里关卡最后还是没守住，一时被好奇魔鬼给攻破，虞星终于在文件失效前将其全部下载到本地——全部。

没有真的一字一句行行不落地看完，她告诉自己，只是随便看一看，看一眼得了，所以粗略地浏览了一遍，很快收手。盛亦会的东西真的多，光外语就好几门，虞星想起他在休息室时看的那些书，难怪多是原版而非译本。赛车他还拿过奖，按理说他年龄没多大，够资格参加比赛也才一两年，可见这一项的确是他心头好。

虞星不想过多了解。不是没坐过他的车，他踩油门时那种镇定自若、胸有成竹的样子，仅仅只是在市区，就已经让她这个不爱追求刺激的老实人吓得抓紧把手。于是想都没想，她直接跳过比赛记录后的赛车相关文件，根本不点开。全部看完，隐约觉得哪里不对。虞星挨个点开又翻了一遍。

噢，是这个——她对着他的个人资料稍愣。

所有内容里，关于他的家人，就只提及了他的爷爷和姑姑，父母却一字未说。盛家的当家人是他爷爷盛书渊，集团如今的主事人则是他亲姑姑盛岚。

他爸妈呢？虞星生出疑问。

在微信对话框里打下一行字，本想问问秦怀，稍一犹豫，还是一个字一个字删除。

算了。

这种私事还是不要随便打听为好。秦怀给的资料里既然没有，想必一定是有什么不能明说的症结在。她主动凑上去问，十分不妥。

默叹一声刚要收起手机，说曹操曹操到。才想起秦怀，他就来了，巧得很，就在这一秒给她发消息——

怎么样，和盛亦进展如何？

……能怎么样？这才三天不到啊大哥，能怎么样！

虞星无言以对。

莫不是他把那些资料当成内功心法，看完就能打通任督二脉，凭借这速成的本领，盛亦这个麻烦人物在不到三天的时间内就可以被她一举拿下？

太瞧得起她了。

槽点多到无从下口，虞星一时半会儿不知道该怎么说。

只见热心月老秦怀又道：你要是为难不方便的话，我帮你。

我找个机会约他出来吃饭，我再借口有事先走，让你们单独聊？

不吃饭也行，不然去游乐场吧，那种地方更有气氛。

他竟然开始筹谋起来？！虞星很想问他，游乐场确实有气氛，但他一个男的，约盛亦去游乐场，是真不怕盛亦多想？就盛亦那个脾气，平时肯搭理人都算不错，听到这种邀请不把秦怀脑袋捶爆才怪。

连忙叫停，虞星道：不用，真的不用。你忙你的，不要在意我。

秦怀不放心：你可以吗？

“……”无言的同时，虞星心里越发生出歉意。从最开始他们就没把实话跟秦怀说，盛亦拿秦怀当刺激她的工具，她拿秦怀当跟盛亦较劲的筹码，这话要怎么告诉他？总不能对他说：跟你约会这件事，从头到尾都是我和盛亦两个人的拉锯战。

——多伤人。

而她情急之下说的那些谎话，秦怀不仅当真，如今还这样为她出谋划策，她实在不想伤他的心。虞星只好将错就错：我没事，可以，真的。

秦怀立即给予她爱的鼓励：那你加油拿下盛亦，等你好消息！

“……”自作孽不可活，虞星硬着头皮接受他的祝福：好的。我一定加油。

…………

晚课前，虞星吃过饭在教室看了会儿书，见时间还早，起身去校门外咖啡店买喝的。路上给童又靖发语音，问她：“我去买饮料，你想喝什么，给你带。”

童又靖说不用，她便道好，作罢。

出了校门朝侧边走，快到咖啡店门口，一辆车开到路边停下，正好闯入视线，虞星不由得看过去，多瞧了两眼。

一瞧有点微怔。车是敞篷款，副驾驶座上坐的女生再脸熟不过，可以说是她来临天后的第一个“熟人”——樊湘湘。

开车的男生似乎也是临天的，大概是高三级的学长。不知怎么形容，就是有种气质，一看过去，就知道这个人有钱。具体点形容……大概是那种会在每个周末开车到各大艺术院校门口，载上漂亮“女友”扬长而去的类型。学长不丑，相貌中上，长得挺斯文，甚至有点小帅。十八九岁的年纪，能开得起价格不菲的车，左手手腕上是奢侈手链，右手则是名牌手表，正是当下那些年轻拜金女孩追捧的对象。

樊湘湘在副驾驶座上，学长倾身过去，亲昵地搂了搂她的腰，和她说了点什么。她笑着，嗔对方一眼，佯怒在他身上打了一下，而后便款款下车。

同样是朝咖啡店走来，直至快要近前，樊湘湘才发现虞星。莫名地，她脸色微微一变。

在咖啡店门口不期而遇，虞星想在窗口买饮料，并没打算入内。谁知樊湘湘的目标也是窗口。许久未见，有点尴尬，虞星放慢脚步让她："你先吧。"

樊湘湘看她三秒，没说话，走到窗口点了两杯喝的，点完退到一边。虞星接着上前，只是樊湘湘不知搞什么，在侧边一直盯着她看，目光毫不避讳。她飞快点完一单，往另一侧站。

两个等候的人都很文明地没有挡住正中的路，但谁都没有理谁，各据一边。

暂时没有其他点单的客人，窗口里店员没在，都去忙活。

虞星正希望时间过快点，好从这无聊的尴尬中脱身，冷不丁，听见樊湘湘开口："你最近过得很不错？"

虞星瞥她一眼，没多看就移开眼："还行。"

本以为这样回答没什么问题，算不上热情，却也没有不礼貌地忽视她。

哪想，她笑了一下："你别看不起我，大家彼此彼此，半斤八两。"

啊？虞星一愣。谁，她？她又怎么看不起樊湘湘了？

"不过你确实比我本事，是我小看你了。"樊湘湘环抱双臂，幽幽道，"能同时游走在盛亦和德川的秦怀之间，两个不好惹的男人都被你治得服服帖帖，你倒是真有手段。"

她的语气既有轻蔑，又有一种说不出来的……佩服？

"不是……"虞星是真的愣了，这人在说什么啊？

"你用不着解释那么多。"樊湘湘扭头朝她看来，勾唇一笑，"你知道吧，我最烦的就是你这样，明明吊着两个男的，还装出一副正经纯良的样子，大大方方我还更看得起你。"

根本就没给虞星说话的机会，主要是虞星也被说蒙了。

樊湘湘自顾自道："能搞定秦怀和盛亦，本事归本事，但你也没什么好了不起的。说到底，你和我还不是一样？都是巴着这些人，看人脸色过活。"

恰在此时，樊湘湘的两杯饮料做好，店员出现在窗口，叫号。樊湘湘脸色一敛，上前一步，接过递出来的纸袋，转身就走。只留给虞星一个高傲不屑一顾的背影。

虞星莫名其妙，回头看了她好久，直至那辆车开走，仍有些反应不过来。

无言至极。樊湘湘什么时候变成这样的？

绝了。

童又靖几天没来学校，原因无他，她和沈时遇吵了架。虞星对他们吵架这件事不疑惑，疑惑的是出现在面前的这个人——盛亦，又是盛亦。

他站在路边，等候已久，还心情颇为不错地抬手和她打招呼。

虞星一顿，忍住想往后退的脚，盯住他。这条是从高二教学楼通往餐厅必经的路，好好走到半道，突然被截下，措手不及。

“……学长你在这儿干什么？”

“等你。”

“等我干吗？”

“一起吃饭。”

虞星深吸一口气：“我没约你吃饭。”

“我知道。”盛亦温和一笑，“童又靖没来，她和沈时遇吵架了。”

虞星咬重字音：“这我知道。”

“你每天都和童又靖一起吃饭，她没来，我想你一定很寂寞很孤单，所以，我特意赶来陪你。”盛亦挑眉，“怎么样，感动吗？”

感动倒没有，就是有点不敢动。

虞星道：“学长，我一个人吃没问题，认识童童之前我每天都自己吃饭。”

盛亦淡定把皮球踢回去：“但你和童又靖一起这么久，已经习惯了两个人，突然之间再重新一个人，肯定不适应。”

“我适应。”

“你不。”

“……”

“身为爱护学妹的好学长，我绝不会再让你过那种悲惨的日子，你放心好了。”

虞星垂死挣扎：“我觉得一个人吃饭挺好……”

“不，很悲惨。”

“……”虞星无话可说，还想再反抗一下，忽地，盛亦敛了玩笑神色，表情变得稍稍正经了些。

“你就当是童又靖嘱托我照顾你。吃个饭而已，不会要你命的。”不待她多言，他转身朝前，“走吧。”

上一回和他在餐厅一起吃饭，虞星只有一个感受：想死。

这一回，虽然还没开始，但莫名地，好像没了那种肩上压着重担、头顶悬着宝剑的紧迫感，或许是态度不同。

哪怕只是一点细微差异，呈现出的就是天壤之别。更何况……

他的态度，改变不止些微，而是很多。

虞星一时摸不着头脑，忽然搞不懂他到底想做什么。跟在盛亦身后步入餐厅，虞星和他之间隔开些许距离，进门时收获不少注目，但这回盛亦好像真的改邪归正，没有一头扎到正中央，上来就挑最显眼的位置坐下，而是在角落选了一个不那么惹人注意的座位。

他自己不坐，让虞星坐下："吃什么？"

虞星愣愣抬头，见他一副要去取餐的架势，受宠若惊："学长你，你去拿？"

他点了下头，语气平常："吃什么？"

紧紧喉咙，虞星几秒没说话，直至久未等到答案的他疑惑看来，虞星连忙说了几样菜名。

恍然做梦一般，感觉十分不真实。

盛亦去前面取了两份餐回来，给她的那份，每一样菜都是她点的。

他看起来很正常。

虞星却不由得紧张起来，小心翼翼提筷，吃得也小心。

瞧见她这般举止，他忽然问："你没胃口？"

"啊？"虞星一愣，摇头，"没……不是，有胃口。"

"那你不吃？"

"在吃……"在他的注视下，虞星赶忙低下头，快速进食。

"吃慢点。"他又说，"没人跟你抢。"

"……"咋样都不满意呗，虞星一顿，偷偷瞪他一眼。

吃着吃着，虞星发现对面的盛亦频频盯着她面前的东西看，脑中警铃大作。上次他神经病似的要她喂，后来强行喂她吃糕点，这些都还历历在目。

他不会又要来一遍?

"虞星——"盛亦叫她。

虞星脑子一抽，脱口而出："学长你不会又要喂吧？"

盛亦顿了一下，饶有兴趣："你想喂我？"

"没有！"

"那你问这个干吗？"

还不是因为你的眼神里写满了危险，虞星没敢说。

刚这么想，就听盛亦开口：“学妹，你面前那块排骨，长得不错。”

虞星：“……”

“可以麻烦你夹到我碗里吗？”他笑眯眯，带点引诱的声线，换作别人，估计当场就缴械投降。

可惜她免疫力强，坚定不为所动：“……不可以，你自己夹。”

他不动，而是说：“你有没觉得我的哪道菜不错的，作为交换，我夹给你啊。”

虞星一激灵，立刻否决：“没有！”——不用客气，您自己吃。

虽然比起互相喂到对方嘴里，夹到各自的碗里稍微正常了那么一些……但也只是一些。

还是很奇怪，好吧！

“你不要这么紧张。”盛亦不生气，一边温和地笑，一边跟她讲道理，“我是怕你一个人孤单特意来陪你吃饭的，目的就是为了替你排解寂寞，对不对。你和童又靖吃饭的时候，难道不会互相给对方夹点菜？没什么好大惊小怪。”

“……等一下学长。”虞星不得不提醒他，“童童是女的，你是男的。”

盛亦笑意更甚：“性别这种小事不值一提，不要在意。”

虞星：“……”

说归说，盛亦话里的玩笑意味明显比认真成分多，见虞星言语中满是抗拒，玩笑开完，他也没有强迫她真的把菜夹到他碗里，或是自顾自地将自己的菜夹给她。

虞星虽然觉得这人太能作妖了，心里却没生出真正的讨厌。

比起以前，好像强了不少——最起码像个人。

两人继续吃饭，一时安静下来。对面的盛亦老老实实用餐，隐隐约约……似有若无……

看起来竟然有那么点“乖巧”。

冒出这个想法，下一秒虞星立即一惊，深觉自己可能是疯了，赶紧将这个念头赶出脑海。

盛亦不知道她的内心活动，安静地进食，姿态优雅，一举一动细看下来，和别人很有几分不同。

虞星心里乱糟糟的，吃到后头，捏着筷子微微用力。

挣扎，犹豫，纠结。

半晌，她突然夹起一块排骨飞快放到他面前，然后飞快收回手。

一切都发生在瞬间。

盛亦愣了愣。

虞星低下头闷声吃东西，坚决不去看他的表情，假装对面的排骨不存在。

盛亦没有出声，唇角却忍不住勾起。桃花眼微弯，眼里映出的笑意，这回是切切实实，真的存在。

她埋头苦吃，活像把脑袋藏进沙子里的鸵鸟。头顶上仿佛写着一行大字——“只要我速度够快并且躲得及时就没人能看到那块排骨是我夹的！”

怕她恼羞成怒，忍住不笑出声。盛亦默默夹起面前的排骨，轻轻品尝。

细嚼慢咽，唇齿留香。

人有的时候，就是不能太心软。虞星此时深刻体会到了这句话的意思。

因为一瞬恍惚而被可怕的念头攻破心防，她抽风之下给盛亦夹了一块排骨，从那开始，他就一发不可收拾，每天到饭点必定出现，雷打不动地拦住她。

头两天还等候在她去餐厅的半道上，后来变本加厉，干脆在高二教学楼下等。

躲不了，避不开。考虑到这段时间他吃饭都只是吃饭，规规矩矩没有过分的举动，比起之前花样百出，算是好很多。虞星怕躲得太急，难得变成正常人的盛亦重新“变态”下去，无奈之下，只好半推半就接受这个饭友。

况且，童又靖和沈时遇之间的问题还没解决。他俩闹得实在凶，这次的矛盾不是玩笑，一时半会儿怕是好转不了。

童又靖已经好多天没来学校了。不上课对于他们这种出身的人来说问题不大，十七八个家庭教师随时恭候，想学什么都是一句话的事情，分分钟上门授课。

虞星比较在意她的状态。

“昨天童童打电话跟我聊天，我问她她不肯说，她和沈时遇……现在到底怎么回事？”

借着吃饭的时间，她向盛亦打听。当然不能白白浪费这个机会，好不容易有能用得上盛亦的地方，自然得薅薅他的羊毛。

“就那样。”盛亦说，“你没发现沈时遇也很久没来？”

虞星道：“发现了。”眉头不由得一皱，“那个女生……”

“你是说那个叫黎安璐的？”

她嗯了声，点头。童又靖和沈时遇两人青梅竹马从小一起长大，打也打过，闹也闹过，平时对外，沈时遇一向把童又靖圈在自己的势力范围之内，护犊子得很。

如今，童又靖躲着不见沈时遇，沈时遇也不肯搭理她，少见地陷入僵局。

事情的起因说来也简单。

前阵子，沈时遇不知打哪经过，救了一个正被人围着欺凌的六中女生。这个叫黎安璐的女孩子生得楚楚可怜，说话温言细语，一副柔柔弱弱的样子，十分能激起别人的保护欲。

普通的见义勇为救完人也就罢了，沈时遇这遭却不然，临走前意外又不意外地被黎安璐叫住。她小心翼翼鼓起勇气，红着脸向沈时遇要联系方式。

沈时遇这傻狗，不知哪根筋没搭对，心一软，把联系方式给了她。

再后来，黎安璐要感谢沈时遇，找了他好几次，赶上某次沈时遇闲着无聊，蒋之衍没空理他，童又靖又被家里的事情绊住脚，便应了邀。

黎安璐十分淳朴地请沈时遇到小馆里吃馄饨。天天都是山珍海味的公子哥，甚少去这种街边巷里的苍蝇小馆，沈时遇一时觉得新鲜，吃完馄饨又跟她去了小吃街。

那之后他们见了两次，都是黎安璐约他。好巧不巧，吃着小馆子的时候赶上童又靖打来电话。

本想把黎安璐先送回家，结果一看她细眉微蹙，明明柔弱但善解人意让他有事就去不用顾及自己的样子，沈时遇脑袋一热，竟然把她也带去。

童又靖找他吃饭，从两人变成三人，那顿饭不知是如何进行的，反正没吃完，童又靖就和沈时遇吵了一架，甩手走人。

这还没完。

因不愉快的一餐，两人互相生起对方的闷气。

童又靖甚至跑去酒吧买醉。她没叫上虞星，说来可惜，否则当时怎么也有个帮着劝的人，虞星还是在事后才晓得具体经过。其中过程没人知道，只知道最后沈时遇去酒吧接她，童又靖一腔无名火对准他，来势汹汹，沈时遇脾气也上来，口不择言一条条细数她的不该。

最要紧约莫是那句——“你到底有完没完？黎安璐还一直劝我不要跟你吵架，觉得自己添了麻烦很不好意思，你就不能像人家一样成熟一点？！”

争吵到这里戛然而止，彻底结束。

童又靖没再和他说一个字，扭头就走。沈时遇铁青着脸拉她，她一个回身，猛地一脚踹在沈时遇身上，猝不及防。

不待捂着肚子吃痛的沈时遇反应过来，童又靖拦下出租车，扬长而去。

事情经过，大约就是这样。

“学长……”虞星突然好奇他的看法，“你对这件事怎么看？”

“不怎么看。”盛亦兴致索然，“不过蒋之衍倒是有说，沈时遇可能是吃馄饨吃坏了脑子。”

形容得精准又毒辣，蒋之衍的嘴还真厉害。虞星暗暗低咳，没说话。

盛亦又道：“这俩人的问题，就在于沈时遇什么时候反应过来，他想清楚了，一切自然迎刃而解。”

虞星执筷的手一顿：“学长，你看得出来？”

“我好歹比你认识他们早这么多年。”盛亦淡淡一笑，“再者，只要有眼睛都能看出来。只不过有的事情……”他凝着她，眸色加重，“当局者迷，旁观者清。”

虞星没注意他的神色，陷入了自己的思绪，一时间忽然没胃口了。是啊，谁都看得出来，童又靖喜欢沈时遇。偏偏身处其中的两个人，浑浑噩噩，不清不楚。

“……所以我说，谈恋爱这件事根本没必要。”良久，她忽然道。

盛亦眉头一挑，眯了眯眼，若无其事地问：“你不想恋爱？”

“不想。”她答得斩钉截铁，一秒都没犹豫。

盛亦定定看她几秒，问：“为什么？”

“不为什么。”虞星端起水杯喝了一口，拿起筷子，慢条斯理夹菜。她的视线像落在盘中又似没有，眼皮半合下来，“……爱情不爱情的，无聊至极。”自言自语像是说给自己听，声音极轻，带着一丝冷冰冰的抗拒。

放心不下童又靖，虞星每天都会和她联系，休息日回家也不例外。

例行关心完将近两个礼拜没来学校的童又靖，听她精神还不错，虞星稍稍心安。叮嘱一番，忽听外面传来开门的响动，她暂时放下手机，起身出去。

虞宛贞拎着几个包进门，趿拉着棉拖的虞星迎上去：“小姨！”

“吃饭了没？”

“吃过了！”

虞宛贞一边关门一边道：“我不是说了没那么快回来，让你别这么早回家……”

“哎呀，学校公寓无聊，在外面也无聊。”虞星给自己的恋家找理由。

虞宛贞笑着摇头，放下东西，去洗手："袋子里有你喜欢吃的糕点。"

虞星一听，立刻在茶几前蹲下，拆解打包袋。

姨甥俩隔着距离对话，问了几句，都是家常。

不多时，卫生间水流声停了，虞宛贞的脚步声朝客厅来："对了——"语气却忽然变得犹豫。

她停顿不言，虞星怪道："什么？"

虞宛贞行至茶几前站定，默了默，开口："这次我回去，有点事要处理，就去了以前旧房子那儿……"

虞星"嗯"了声，拍拍沙发让她过来坐。虞宛贞走过去坐下，看着吃得高兴的虞星，轻声道："是你外公、外婆以前的房子。"

虞星微顿，有一瞬不自在，不过没往心里去。很小的时候，虞宛贞就带着她从外公、外婆家搬出来，她对那儿没多少记忆，甚至对外公、外婆的印象也是模糊不清。没有感情，说恨也谈不上，早都是过眼云烟，久远得快要想不起来。

真要说在意，或许就是一点点怨吧。

但这份怨不是为自己。

虞星怨的是那两位老人家太过狠心，狠心地不留一丝余地。当年他们一前一后相隔半年去世，临终前托远亲料理丧事，留下话，不准不肖女来堂前吊唁。

于是，一个生她的母亲，一个养她的小姨，都没能见到虞家二老最后一面。

虞星怎么能不怨？因为她，母亲和小姨留下巨大遗憾，并且永远无法弥补。吃着糕点，她尽量随意："那房子不是很老了吗，周围的人应该都搬了吧。"

"搬得差不多了。"虞宛贞说，"也有没搬的。"

虞星没说话。

虞宛贞眉头拧起，看着她，良久道："我这次去，旁边没搬的老邻居见我回去，来跟我说，有人到老家找我们。"

"找我们？谁啊？外公、外婆不是没有近亲了吗？"

"……说是打听你妈妈的事。"

一顿，虞星咀嚼的动作停住，想要若无其事接上，却不太成功。嘴里黏糯香甜的糕点，突然吃得她好费力，她只能一下一下，用力地嚼。

许久才咽下。

蓦地，虞星站起来，迈步往房间走："小姨我饿了，你煮点东西给我吃吧，好了叫我。”

虞宛贞叫她：“星星！”

她停下不动，背对着沙发方向。

“你……”

“管他是谁来找，别理不行吗？”虞星转过身，脸色肃白，“我们早就没有亲戚了。”

“可是你……”

“我不想知道。”她咬着牙咽了下口水，“这么多年不来往的亲戚，理他干吗呢，我一点都不关心。小姨，我们不要理好不好，就当不知道。”

虞宛贞喉咙一涩，心里微微发酸。虞家到他们这一支，早就没有血缘关系近的亲戚。当年帮着操持过虞家二老身后事的远亲，这些年也四散各处，压根儿就不来往了，走在大街上碰见，只怕谁都认不出谁。

会有谁突然找到多年前的老宅去，寻一个十几年前就去世的人？

还会有谁呢？或许，就只有那个在多年以前，令虞家大女儿虞宛纯心甘情愿生下虞星，甚至在手术台上付出生命也在所不惜的人吧。

虞星的态度再明显不过，就算清楚她在逃避，虞宛贞也无法再去逼她，狠不下心，没有理由，更不想那么做。

如今社会一直有各种论调，有人认为父母不健全的家庭会对孩子的成长带来痛苦，有人则认为这一点的负面影响其实很小。而在虞宛贞看来，谁说都不算，孩子觉得有影响就有，孩子觉得痛苦就是痛苦，只有当事人说的才算。

既然虞星对此这般抗拒，那她就绝不强迫。

这个话题到此打住，她们没有谈下去。虞宛贞岔开话题：“我去给你煮东西吃，你回房间休息，好了我叫你。”说着进了厨房。

进了卧室，虞星在床沿边坐下，有点出神。尽管避开了不想聊的话题，心情仍旧没有变好，思绪飘得很远，空荡荡无着落。

那个找来的，有可能是她的父亲吗？

这个词对她而言太过陌生，一时让她恍惚不已。她不期盼亲情，她已经有了小姨填补这个空缺。又或者说，对于父亲、母亲的念想和期待，早就在这么多年里一点一点被磨损殆尽，不剩分毫。

视线扫及书桌上放的相框，虞星停顿住，定定看了很久。框里是她和小姨的合照，那是八岁还是九岁那年，小姨带她假期出游时拍的照片。

她站在花坛边沿，和小姨差不多高，比了一个“V”字手势，抿着嘴笑，眼睛黑黝黝的。而小姨搂着她的肩，歪头朝向她，笑得温柔又甜蜜。像这样的照片有很多张，十几年来留下的厚厚几本相册，记载了无数美好瞬间。从她在襁褓之中到牙牙学语、蹒跚学步，从她开始上学到独当一面、一点点变成小大人。所有的一切，小姨都参与其中，见证了她前半段人生最基础的过程。这期间，无论是她作为婴幼儿需要的呵护，还是青涩时期需要的陪伴和关心，小姨都给足了。

喜悦、痛苦、期待、迷茫、欢欣、无助……在所有本该由父母陪伴的时候，牵着她的手一起走过的人，都是小姨。

不仅是父亲，就连母亲，对虞星来说也是陌生的。

虞星并非没有见过虞宛纯。

在小姨虞宛贞的旧相册里，有虞星的生母虞宛纯曾经的照片。虞星的这张脸和生母有三四分相像，剩下的便应该是另一个人的影子。虞星只将自己和小姨的照片放进相框，摆在桌上，放在房间里显眼的地方。她知道虞宛纯长什么样，知道那是她的生母，但很遗憾，她真的对虞宛纯没有感情。

很小的时候苏秋问过她这个话题。

那时是夏天，两个半大孩子窝在苏秋的房间，边吃零食边说悄悄话。

苏秋问她：“如果，你亲眼见到你妈妈，你会跟她说什么？”

当时枕着苏秋的小枕头，虞星考虑了一会儿，然而毫无头绪。问什么？没什么想问的。虞宛纯喜欢什么、讨厌什么，甚至于她的父亲是谁，她竟然都没有一丝想要了解的欲望。

那一瞬间，她也觉得自己可能有点凉薄。

见她答不出来，久未等到答案的苏秋只好跳过这个话题。她们继续闲聊、玩闹，最后一起在床边的地上睡着。

睡到日薄西山，虞星醒来，身边是仍在熟睡的苏秋，她们盖着同一条薄毯子。

正在落山中的太阳光照窗，她眯着眼，半迷瞪半清醒，甚至还清楚地看到了自己面颊皮肤上细细的泛着金光的小绒毛。

那一瞬间，忽然就想。

如果亲眼见到活着的虞宛纯，她会问她——

你为什么要生下我？

返校第二天，虞星从盛亦那儿得知，沈时遇还是先低了头，这几天都在想方设法地哄童又靖。

虞星自然高兴："他们之间应该没事了吧？"

盛亦没打包票，但说："应该是了。"

为此，当天的饭吃得格外愉快，虞星甚至十分大方地把自己的点心分给了盛亦。

不想才过一天，白天在排满的课程中过完，晚上虞星就接到没来学校的童又靖的电话。

"喂？"

"……喂？"

"童童？！"那边好几秒没有声音，只有窸窸窣窣的动静以及风声。

虞星皱眉："童童？你怎么了？"

安静中，她听到那边深深吸气，再就是压抑着的细微哽咽。

"你哭了？"虞星听出不对，眉头皱得更紧。

良久，那边传来带着哭腔的熟悉声音："星星……"

"怎么了？你在哪儿啊？"

呜咽，除了呜咽还是呜咽。童又靖不说话，压抑的哭声忍不住，渐渐变大。虞星一直追问，怕她有什么意外，说话声不敢停。

"你怎么了？"

"别哭了你跟我说……"

"你在哪儿？"

"童童？"

童又靖哭了一会儿，吸了吸鼻子，问："星星，你能不能来陪我？"

"好。"没有二话，虞星一口应下，怕她改变主意，立刻问，"你在哪儿？"

听童又靖道出地址，一刻不耽误，虞星立刻赶过去。

鲜少在晚上离开公寓，一般回了宿舍，虞星就不会再出去，这是头一次大晚上离开学校。没有办法，不能不去，童又靖那么乐观开朗的一个人，哭成那样，说什么她都放心不下。

出了校门，虞星拦到车，向司机报出目的地，向来求稳不求快的她这回提醒了司机两次，催促他开快点。

二十多分钟后，在一座商厦附近找到童又靖。她坐在路边的花坛前，一双眼哭得通红，长发在脑后绑成一个松散的丸子形状，鬓发和零散发丝被风吹乱，那红红鼻尖红红脸颊，还有抱着膝盖的模样，看着十分可怜。

虞星快步过去，童又靖抬头见是她，登时眼泪就又落了下来。一句话不说，童又靖哭着起身朝虞星走来，虞星张开手臂，将她抱了个满怀。

脸贴着虞星的肩膀，童又靖哭得凶，号啕声止不住，听得人心里一阵一阵难受。不住地拍她的背，虞星不说话，任她哭，任她发泄。

好半晌童又靖终于停止哭声，安静掉眼泪。

虞星用纸巾给她擦干净脸颊，柔声哄："不哭了啊，脸红成这样，明天眼睛肿了就不好看啦。"温柔的语气让童又靖眼眶又是一湿，说不出话。

等她稳定下来，虞星问："怎么了？发生什么事了，你告诉我。"

不待明天，童又靖的眼睛已经肿了，眼皮垂下来，像两个鼓鼓的小包："黎安璐……"

"嗯？"听到这个名字，虞星蹙了蹙眉，很快敛色，"她怎么了？"

"——她被人打了。"

虞星还未反应过来。

"在回家路上突然被不认识的人围住。"童又靖道，"沈时遇今天来找我，他问是不是我做的。"眼眶未能拦住，滚烫的泪流下来，淌过她哭红的明艳脸颊，在下巴处掉落，坠入地面，飞快消失不见。

第九章

坐看风雨，心念某人

不等盛亦说话，蒋之衍语气愤愤，带点恨铁不成钢的意味。

“——她到底知不知道你在追她？”

盛亦不在学校的时候不少，并非每天都能和虞星完成“饭友”之间的友好会面。只是，才两天没来，虞星竟主动“送”上门，着实让他有些意外。

是午休时间，刚到临天，盛亦才出停车场，就在校内小径边碰见虞星。她静静站在路边树下，一见他来，眼睛立时一亮。

行至她面前，盛亦还没说话，她抬手打招呼，呵呵一笑：“好巧啊学长，在这儿遇见你！”

“……”盛亦挑眉，不发表言论。

停车场外，是挺巧。明明有备而来，非要装作偶遇，盛亦不拆穿她：“是啊，好巧。学妹你也来停车？”

虞星假装没听到他的揶揄：“学长你去教学楼吗？刚好我们顺路，一起走？”

盛亦淡淡点头，睨她一眼，等着看她搞什么幺蛾子。

虞星少见地，主动和他套近乎：“学长你两天没来学校了哈？”

盛亦淡定接招：“对。”

“这几天饭吃得不错？”

“还行。”

“很辛苦吧，我看你脸色有些憔悴，学长千万注意身体。”

盛亦盯着她笑：“学妹突然这么关心我，我真是受宠若惊。”

虞星跟他打马虎眼：“应该的，应该。”话锋突然一转，“学长你渴不渴，我请你去咖啡店喝点东西？”

盛亦垂眸打量她，那几秒停顿让她莫名有些紧张。虞星正欲说什么，他倏尔恢复笑意满面的模样，欣然应允：“好啊。”

两人“虚假”地维持着言语上的你来我往，很快到了校外咖啡厅。

各点一杯饮品，别的没要，心思都不在吃喝上。开头仍先是一段没有营养的小寒暄。

“学长你明天想吃什么？”

“我无所谓。”

“你好像还蛮喜欢喝茶？”

“还行。”

“我看餐厅有时候会做茶类点心，明天要是有我给你拿一份尝尝……”

盛亦浅浅酌了一口咖啡，懒得再浪费时间，率先切入重点：“你有什么话想说就说吧，继续扯下去天该黑了。再吃你一顿晚饭，我挺不好意思。”

虞星暗咳，斟酌道：“那个吧……”

他不言，给她酝酿时间。

理好措辞，虞星终于开口：“学长，你们这周末是不是会去芙兰朵山庄会所玩？”

“嗯？”盛亦觑她一眼，“你想去？”

她干笑：“也不是，人多热闹嘛，学长你要是无聊的话我可以帮忙凑数。”

“你请我喝咖啡就为这个？想我带上你？”

“我就随便问问……”

盛亦端起咖啡，似是若有所思，颔了颔首，道：“也不是不可以。吃人嘴短，咖啡都喝了，拒绝显得我太小气。”

虞星眼一亮，停了会儿又小心翼翼道：“那个……”

“说。”

“既然学长你答应了，不如让沈时遇学长带黎安璐一起去呗。”

她不敢看盛亦的眼睛，极力说得随意，然而再怎么假装，这个节骨眼上提到这两个名字，小心思瞬间暴露。

盛亦这下是真的凝眸打量她。

怪不得。突然跑来找他，又是说这说那套近乎，又是请他喝东西。果然是打着鬼主意来的。

虞星心虚地咽了下口水，解释说：“就我一个女孩子，有点寂寞，你们都是男孩子，多个女生我们可以一起做伴。”

他眼含微光，悠悠道：“找个女生找童又靖不是更好，反正你们天天跟连体婴一样。”

“童童最近心情不好，蒋之衍邀她，她说不去了。”

她如此一说，盛亦立刻就清楚了。本就是蒋之衍他们要玩，才说去芙兰朵山庄会所聚会，出于朋友感情加上或许也想让闹别扭的两人有缓和的机会，蒋之衍便去邀了许久没在临天现身的童又靖，想必童又靖已经一口回绝。这一来就说得通了。难怪他还没开口，虞星就知道山庄会所这事，八成是从童又靖那知道的。

“沈时遇和童又靖的事，你好端端去掺和做什么？”盛亦扫她一眼，直接道破，并不是很赞成，“他们的事他们自己都说不清，你搅和进去，若是有什么不当，将来他们怕是要回过头来怪你。”

和聪明人说话，根本用不着费那么多功夫。虞星没想瞒他，只是一时不晓得如何开口，才兜兜转转绕这么多弯子。尤其这是她第一次主动请求盛亦聚会带上自己……强行要求跟着人家出去玩，怎么想都厚脸皮，难免有点赧然。

但到底还是开了口，又是“巧遇”又是借口喝咖啡，不容易。想到那天童又靖哭花脸的样子，虞星抿了抿唇。

“我没想搅和。”微微垂眸，她声音小了点，“我就想看看那个黎安璐到底是何方神圣……”

盛亦沉默数秒，忽地问：“我要是让沈时遇把人带去，你怎么谢我？”

“啊？”虞星愣愣抬眸，“我……我……”别开眼，她小声嘀咕，“我都请你喝咖啡了……”

盛亦发笑：“你请我喝咖啡是让我带你去玩。我让沈时遇带上你想见的人，那是另一回事。”

“那学长你想？”虞星干脆让他自己说。

他倒没有提过分的要求，略想了想：“你请我吃饭。”在虞星开口之前，补充，“学校餐厅不算。”

虞星："……哦。"本来还想省点钱呢，去餐厅拿学生卡刷，吃到他吐都行。

要求不苛刻，算是很温和。

虞星答应下来："那，学长你想吃什么，你自己挑？"

"我都行，只要不是馄饨就可以。"

她没反应过来。盛亦颇有兴趣地开玩笑："沈时遇一顿馄饨吃坏了脑子，有他在前，我不得不小心点。"

原来是说这个梗。虞星没接话，撇了撇嘴。沈时遇？呵，大傻子。

盛亦聊到这儿，许是心情好，闲情满满地多说了两句："沈时遇习惯了顺风顺水，关键时候容易拎不清，犯迷糊。"

虞星抬眸看向他。

"纯朴脱俗和费尽心机，往往一线之隔。"盛亦眉眼淡淡，"他要是时时刻刻都知道多用脑子，不至于总是有这么多事。"

听这话，他对黎安璐的看法倒是有些……

虞星沉了沉眸，"学长，你觉得那个女生——"

"我没见过，并不清楚。"盛亦说着，轻笑，"但是怎么说呢，好歹也经历过学妹你要跟我划清界限的时候。真的不想纠缠还是欲拒还迎，这点我还是分得清。"

冷不防听他提到这个，虞星略微尴尬，脸上闪过一丝不自然。当初避他如瘟神，那会儿怎么也没想到，如今他们竟然能和平相处。

盛亦看她这表情反而来劲，故意拿她开玩笑："对吧？学妹你多干脆，不像那些人又是小馆子又是小吃街，学妹你送完那难吃的点心就立刻躲得远远的，一看就知道没有别的意思。"

"……等下。"

"嗯？"

虞星皱眉，瞪住他："难吃的点心？"

"怎么？"

好歹是自己的作品，她有点在意："我做得很难吃吗？"

"你想听真话？"压根儿没待她反应，盛亦点头，"——巨难吃。"

"……"虞星咬牙。你妹，吐出来啊。

盛亦笑得更开心："不要在意这些，重点是我在夸你。"

"我也请秦怀学长吃过小馆子啊。"虞星暗暗翻白眼，"学长还是把夸奖收回去吧。”

盛亦面色一顿。

她没察觉到他的脸色，喝了口咖啡说：“黎安璐带沈时遇吃小馆子也好，去小吃街也好，这些都不是问题。她如果没有不怀好意，她喂沈学长吃大便都行。”

她认真道：“问题的关键，是黎安璐到底存的是什么心思。她单纯只是想接近沈时遇，对沈时遇有意思，这些我管不着。可她出现才多久，沈时遇和童童就成了现在这样，谁能不在意？”

盛亦半晌没说话，定定看着她，突然道：“我现在很好奇。”

“嗯？”

“你当我的面叫我学长，我不在的时候……你是不是也一口一个‘盛学长吃大便’？”

虞星无奈：“学长，你听重点。”

盛亦不答，往后一靠，懒散地倚住椅背，眼皮半耷下来，状若不经意般抛出问题：“你什么时候和秦怀吃过小馆子？”

觑他一眼，虞星答：“就之前他经常来临天的那段时间。”

已经过去好一段日子了，虞星早就不生盛亦的气了，这也不是什么不能提的事。

她答得坦然，盛亦的眉头却几不可察地跳了跳：“小馆子？秦怀肯去？”

虞星怪道：“为什么不肯去？虽然我对他不来电，但秦怀学长人还是不错的，我请他吃那些东西，他完全没有不高兴。”

“哦，什么馆子？”

“就是商场里的连锁餐饮。”

“比如？”

“嗯？”她想了想，“很多。”

盛亦默了默。虞星觉得他对这件事过于好奇了，微微蹙眉，正欲开口。

盛亦先道：“那这样，我也不挑，你请他吃什么，我们就去吃什么。”

“啊？”虞星一愣，“可是……我们吃了很多家……”

“沈时遇现在心情指不定好或者坏，我让他带上黎安璐得费不少功夫。”盛亦一派让人明知他在坑你但你偏偏拒绝不了的表情，唇角轻勾，“我比较大方，你就分期吧，从现在开始到聚会结束之后，你可以一次一次请，不着急。”

“……”虞星无话可说。

哪怕稍微像个人了，这张气死人的嘴也没变。

傻狗学长。

和虞星分开，回高三教学楼的路上，盛亦接到蒋之衍的电话："你不是来学校吗？人呢？"

盛亦一手插兜，边走，边淡淡道："快到了，别叨叨。"

"快到哪儿了？你不是早出发了，怎么还在路上？"那端蒋之衍话不少，"不对啊，听动静不像在开车？"

盛亦懒得和他说，正欲挂电话，又听下一句。

"你不是说周末聚会要叫虞星一起，说了吗，她去吗？"

盛亦顿了顿，道："去。"

蒋之衍追问："你电话找她还是当面说的？啧，我看你真是找罪受，天天凑到她面前，上赶着吃垃圾学生餐，这都多久了？"

不等盛亦说话，蒋之衍语气愤愤，带点恨铁不成钢的意味。

"——她到底知不知道你在追她？"

覃山一带高档会所遍布，最早地皮规划出来就被某大集团买下，以高端消费区域为定位进行开发，如今很是成功。芙兰朵山庄会所在覃山西南位置，大半个山头，休闲庄园、高尔夫球场、马场等均覆盖在内，是本城休假的一个好去处。

蒋之衍包下的 A1 座庄园是简约英式风，在旧审美上稍加过滤，少了几分冗重繁杂的华丽，较为现代化。

先头几个小时，一帮人在马场各处撒野放开筋骨过了过瘾，临近中午，聚到主栋一楼的偏厅里打牌。

盛亦不爱这个，照旧最先离场，本就上桌得晚，没打几把便兴趣寥寥地起身，将位置让给别人。

走了一个，心情不太明媚的沈时遇也借口下桌，不过和出厅门的盛亦不同，他直奔沙发，没二话，将自己整个摔进去。蒋之衍往沙发上瞥去一眼，淡淡勾唇，耐心地扔牌，直至出尽手里最后一张，起身到沈时遇身旁坐下。

他脸色沉重，眼里露出几分阴霾。

蒋之衍抬手搭他的肩："丧着个脸干什么，我陪你去马场上跑两圈？"

"不想去。"沈时遇冷脸拒绝。

挑了挑眉，蒋之衍明知他在愁什么，不说破。却见沈时遇抿抿唇，开口：“虞星怎么来了？”

“盛亦叫来的呗。”蒋之衍从茶几果盘里拈起一块切好的水果，送进口中，而后道，“你是没看到盛亦最近献殷勤献得有多吓人。我都跟他们说，以后要是找不到盛亦，等午餐、晚餐的时间去餐厅，绝对能看到他。”

说着，蒋之衍摇头笑叹：“反正只要他来了临天，就一定会往虞星身边凑。”

沈时遇皱了下眉：“盛亦这是？”

“泡妞呗。他这睿智操作跟个哈皮一样。”蒋之衍嗤声嘲笑。

沈时遇没说话。

“他看上虞星我一点都不奇怪。只不过我估计虞星根本没看出来，怕不是只当盛亦在逗她玩。”蒋之衍歪着嘴笑，带点调侃，“要不怎么说处男就是处男，牛气如盛亦，头次上阵追女生也跟个小学生似的。”

沈时遇没发表意见，默了默，稍稍别开眼，佯装不经意地问：“她一个人来？怎么没叫朋友。”

蒋之衍睇他，想笑又忍着，故意道：“哪个朋友？”

“你又不是没见过，之前那个苏什么的。”

“那肯定虞星没叫就没来，干吗，人家朋友你管那么多？”他装傻，蒋之衍就跟着他装傻。

沈时遇果然脸色不好。

适度调侃过，蒋之衍不逗他：“行行行，真受不了你这便秘脸的样。”他略正经了点，说，“我叫了童又靖，她没空。”

眼神一黯，下一秒却别过头，沈时遇假装无所谓：“她能有什么事……不来就算了，谁求她来。”

蒋之衍在心内默默摇头。明明就想她来，装什么装。这俩人闹别扭，跟盛亦追虞星一样，都像小学生，菜鸡互啄。不由得劝道：“你好好说话跟她道个歉不就没事了。”

“我道歉？”沈时遇扭头，“我道歉有用吗？开始我不是一直低头，谁没完没了？还有黎安璐的事——”说到这顿了一下，眼色一沉，不再继续。“算了。”沈时遇话锋一转，“她爱怎么样就怎么样。”

蒋之衍一时无言。黎安璐的事，说实话他觉得有点巧。童又靖虽然脾气上来不管不顾，但未必找人堵截黎安璐的事就和她有关。

倒是沈时遇，在气头上，非把事情弄得这么绝。在他看来，童又靖是他们多年好友，不管怎么说都是自己人，他心里自然是向着她的。

蒋之衍朝门的方向看了一眼，想到今天一起来的、正在外面厅里的黎安璐，眸色沉了沉。

虞星在餐厅冲饮品，见盛亦出来，微微诧异："你怎么出来了，不玩了？"

"他们打牌，我没什么兴趣。一会儿就吃饭，我上楼休息一下。"盛亦盯着她手里的杯子，"喝的什么？"

"热可可。"

"这么香？学妹真是厉害。"

"……这是用厨房里现成的可可粉泡的。"

盛亦铁了心要"闭眼"夸她："那也是学妹手艺好，别人泡的不一定有这么香。"

"……"虞星无语。什么手艺，往杯子里倒热水的手艺？

自从答应请他吃饭以后，他越发和蔼可亲了起来。虞星不懂，明明是一对一交换，而且还是不等价的——他带她来这种高级山庄，她请他吃小馆子，他用得着这么开心吗？

见盛亦一直盯着看，虞星捧着杯子，怪道："学长你不是要回房间休息吗？"垂眸瞥见杯子里的可可，白色热气飘上来又香又甜。她后知后觉，"你想喝？"

盛亦恬不知耻地开口："想啊，你分我一口？"

"……"本来想给他冲一杯，一听，虞星立即侧过身，护食地捧紧手里的可可，防贼一样斜眼看他，"学长，自重。"

盛亦强忍笑意，禁不住她那副小表情太有趣，唇边不知不觉还是泛起一点涟漪。正欲继续逗她，余光瞥见落地门外走进来的身影，神色一敛，说道："我上去了。"

虞星也看见从外走进来的黎安璐。看见盛亦，黎安璐纯真无邪的脸上闪过一丝怯意。

和他玩笑的轻松神色收起，虞星点了点头，没说话。盛亦一眼也没多看黎安璐，径自转身上楼。

厅里安静，虞星靠着吧台，自顾自喝热可可。

黎安璐轻轻近前，那股惹人怜的感觉仿佛天生自带，在她眉眼间散不开。

她笑得温柔，主动示好："先前打招呼的时候没好多说，你叫虞星？你，你喜欢玩什么？我们可以一起。"

虞星仿佛没听到，喝着可可，压根儿不看她。

黎安璐脸上闪过一丝尴尬，又道："我……我切点水果，你要不要？你喜欢吃什么？"

虞星瞥她，淡淡道："不用了。"

眼神微闪，黎安璐锲而不舍："后面有个室内游泳池，开了暖气，水温也适合，你想去游泳吗？不然，傍晚的时候我们一起去游泳吧？"

虞星笑了下，挑眉："你没看到我不想搭理你吗？"

黎安璐一愣，似是有些惊讶与无措："我……"

将手里的杯子往吧台上一放，虞星走到她面前，离得很近。黎安璐显露出害怕之色，想往后退，但并未动。

虞星眼神不善地睨她："童又靖是我的好朋友。"

"童又靖……"黎安璐眼神飘忽，被吓住似的，不敢看她。

"你知道我今天为什么会来？因为我很好奇，童童脾气不错的一个人，怎么会跟你吃了顿饭就气到摔筷子走人。"虞星说，"我想见见你，所以沈学长才叫你来的。"这话说得有点难听，且一点都没有把黎安璐放在眼里。

黎安璐身子僵硬："我……我真的没有做什么，我也不知道童又靖为什么生气……"

虞星盯着她看了一会儿，忽地说："你看得出来吧？她喜欢沈时遇。"

"我不知道……"

"少跟我来这套！"虞星打断她。

黎安璐眼里浮起白雾，咬了咬嘴唇："所以……就因为她喜欢沈时遇，我就不能靠近沈时遇，连一起吃饭都不行吗……"

"你能不能靠近沈时遇我说了不算，我也管不着，但这并不妨碍我讨厌你。"虞星冷声说，"你让童又靖不高兴了，她讨厌你，我就讨厌你。"

不待黎安璐说话。虞星嗤笑："所以你省省吧，少跟我套近乎，我没兴趣搭理你。游泳？"她贴近黎安璐的耳朵，语调莫名有点阴恻恻，"你想和我一起游泳？好啊。不过你要想清楚了，若是水池里没有别人，只有我俩，被我逮到的话，我可是会把你摁进水里好好喝个够哦——"言毕，扔下一枚白眼，虞星转身走到吧台前，拿起杯子喝尽可可，“笃”的一声重重一放，杯底落在大理石吧台桌面上。

最后瞥她一眼，虞星说：“既然今天你和我共用一间套房，那就请你回房休息的时候小声一点，不要吵到我。如果我在套间客厅，请你不要出来。谢谢。”而后头也不回，迈步上楼。

安静的厅里，黎安璐站着没动。

许久，她迈步走到吧台前，拿起虞星喝空的那个纸杯，垂着头，暗暗咬牙，用力一捏，将纸杯捏瘪。装什么装？这个虞星，不过是个好命进入临天读书的平民，她比自己高贵在哪儿？抱上了童又靖的大腿，混进这个圈子，就真的以为自己不可一世？

呸！

她嚣张什么？

……贱人！黎安璐眼里闪过一抹狠意。童又靖都被气跑了，她算什么东西？就连高高在上的大小姐都不是自己的对手，这种蠢货神气什么？！把捏瘪的纸杯扔进垃圾桶，黎安璐深吸一口气，再抬起头来，脸上一派温柔，仍是那副楚楚可怜的模样。

午餐落座，虞星坐在盛亦身边，黎安璐则挨着沈时遇。

没看她一眼，虞星安静吃自己的，偶尔和身边的盛亦说说话。被她如此故意“忽视”的黎安璐脸上却不见异色，还十分友好地主动给她递了好几次东西。

虞星心下暗暗挑眉，面上不显。

饭后稍作休息。下午，男生们去活动。

出门前沈时遇想起黎安璐，过去问了句：“你去吗？”

黎安璐神情微赧，体贴地婉拒：“不了，我留在这里就好，你们去玩吧，省得给你添麻烦。”

沈时遇瞥她，点点头：“有什么就叫我。”

她笑得腼腆，说好。虞星恰巧目睹，但兴致索然，很快厅里没人，便回了房间。

两人共用的套间，像个两卧的小居室，房间一左一右。虞星在房间里待了一下午，听见隔壁黎安璐回房的动静，并未理会。窝进房里的小沙发角落，她略有些疲惫地揉了揉太阳穴。黎安璐这个人给她的观感不太好。

照理说，她故意扮了一天恶人，午饭前在吧台前说了那么多难听的话，上桌吃饭时，黎安璐竟然还能一派镇定，还给她拿东西，看不出一点不豫之色。正常人面对讨厌自己、对自己口出恶言的人，要么回以厌憎，要么避之不理，像黎安璐这样“大度”，真的正常吗？

只有两种可能。

要么是真的圣人，要么是心机太深。所以……

虞星扭头看向窗外，神色从容。拿定主意，待到傍晚，虞星抱起准备好的塑料收纳筐，开门出去。

她行至黎安璐屋前，敲门。

里头很快开门，黎安璐一见她，似是诧异又带点惊喜：“虞……”

“我现在要去泳池，来提前和你说一下。”虞星不客气道，“希望我回来之前你别来，我们不太合得来，不适合单独相处。如果你想游泳，等我回来，你可以一个人下去尽情地游。谢谢。”言毕，也不理会黎安璐是何反应，提脚就走。

黎安璐站在门边，门后搭在把手上的五指，微微用力。

半个小时之后，听见上楼的动静，黎安璐起身打开门。

虞星头发湿答答的，白色浴袍裹紧全身，手里抱着之前的收纳筐，浸湿的泳衣和下楼前穿的那身衣服，都在筐里。

黎安璐没说话，虞星也当没看到她，朝房间去。

那边门关上，黎安璐眼里才闪过嘲讽和狠辣。既然非要找死，那就成全这个蠢货！

在房里待了半个多小时的黎安璐不仅不憋闷，反而隐隐雀跃。静等了会儿，听见楼下男生陆续回来的动静，她动身，拿好游泳要带的东西，一派平静地下楼。

从马场归来，一帮男生在厅里玩闹，没多久，忽听后头传来呼救声。

“什么声音？”一个男生最先发现，“是不是有人在叫救命？”

厅里静了两秒。听得是个女生在喊救命，盛亦反应最快，冲了出去，一群人立刻跟着动身。

到楼梯口，忽地传来女声：“发生什么事了？”

抬头一看，虞星站在楼梯上。盛亦的步子硬生生一顿，脸上那抹惊惶之色滞顿后，片刻消了下去。

其他人都往泳池冲去，盛亦镇定不少，说：“不知道。”

虞星快步下来，两人一起朝声源方向走。室内泳池厅大门开着，一阵扑腾动静过后，渐渐消停。

待虞星和盛亦赶到，披着浴巾坐在岸上的黎安璐正在咳嗽呛水，沈时遇微微揽着她，眉头紧皱。

“你不会游泳到泳池来干什么？要是我们不在，你淹死都没人知道！”

“不……不是的……”黎安璐咳了几声，吸气，磕磕绊绊地说，“我会游泳……是下水，下水的时候……踩到滑的东西……脚抽筋了……”

沈时遇问：“滑的东西？”

黎安璐脸色苍白，点了点头：“在下水的地方，很滑，我踩上去就……”

“你就不能注意点？”

“不是我弄的。”她委屈地摇头，“我看的时候没有东西，踩上去才发现，不知道为什么有一摊……”

“有这种事？”沈时遇拧眉，对围着的一帮人道，“去叫管理来，保洁卫生都做不干净，出了人命我看他们负不负责得起！”

很快，来了两个会所管理员。检查之后，发现泳池唯一的一个下水处，有滑腻的残余物，似乎是沐浴露。

两人连连道歉，解释说：“不好意思，我们也不知道会有这种疏忽。每天下午四点之前和凌晨五点都会做一遍泳池的清理，照理说不会发生这种情况……”

“照理说？”沈时遇最近火气大，见黎安璐模样可怜，一腔无名火正好对准管理员发，“事情都发生了你跟我说不会？我就问你们，今天要是出了人命你们怎么负责？！”

管理员本没想狡辩，只是解释一下正常工作流程，一时被他吓得脸都白了。

“不好意思，真的很对不起……泳池周围打扫干净以后都会风干，保证地面不滑，厅门口墙上也贴了工作时间安排，真的不是我们推脱责任，我们从来没有发生过这种情况……”

一个男生听得不爽，嗤道：“那你的意思是别人的责任？我们下午都不在，她一个女生来游泳，难不成还是她自己弄在地上的？”

黎安璐抬眼，怯怯道：“我，我没有带沐浴露下来……”

“听到没？我说你们这么大个地方能不能行了，什么破服务态度。”另一个男生接话，“你们说你们风干了，她又没用沐浴露，那地上的是什么？鬼弄的？我们下午都没来过这里——”他作势问了句，“谁来了吗？”

男生是一起出去的，又不会分身术，当然不可能。

黎安璐倚着沈时遇，跪坐在地上，听到这里，抬眸悄悄朝虞星看去。

冷不防，视线被逮了个正着。

虞星缓缓一笑，在一片“没有”的声音中，她看着黎安璐，出声：“你一直看我干什么？我又没来过泳池。”

黎安璐一僵，心下暗暗咬牙。她竟然否认？

一群男生听得虞星回答，没往心里去。

却见黎安璐眼里浮起一层薄雾，隐忍的表情又像害怕又像伤心，眼睫抖了抖：“你——”

“我怎么？”虞星打断她，仿佛觉得好笑，“你想说什么直接说。”

气氛略显诡异，众人看着她俩，隐约察觉不对。黎安璐面色白了红，红了白，孱弱的肩膀披着浴巾，头发湿漉漉淌着水，苍白的脸色看起来要多可怜有多可怜。

“我不是这个意思……”她不知是冷还是别的，如同风中落叶，微微颤抖，就快要坚持不住，声线也低了，“既然你说你没有，那就没有吧。”

管理员冷静下来，适时向前一步：“这样吧，我们把监控调出来，看看是哪个保洁卫生没有做到位。我们集团奖惩制度很严格，出了这种事，一定会给客人一个交代。”

保洁工作不可能出纰漏，看看是谁清理不到位只是托词，但这确实是最好的办法，监控调出来一看就知道是怎么回事，省得他们平白承受客人的怒火。

真的追责，肯定也得先查清情况。沈时遇正欲开口，一直未出声的盛亦突然道：“算了。不必那么麻烦，这件事就这样吧。”

一句话吸引了全部人的目光。

黎安璐一愣，心里恨恨不已，忍住眼中的怨毒，低下头。她本来做得万无一失，都到这个关头，偏偏这个时候叫停！

虞星也诧异，看向盛亦，见他眼里似有些说不清的东西……该不会，他在担心她？心下一暖，但又有点无奈。扯了扯盛亦的袖子，她说：“还是调监控吧。我觉得，有必要看看监控。”

对上她的视线，盛亦凝了凝眸，片刻之间，明白了她的意思。

没管地上愣住的黎安璐，听她这么说，盛亦便又松口，吩咐管理员：“调监控。现在就通知你们主管。”

管理员立即道："好。"

看着虞星镇定的模样，黎安璐心里开始不安。难道她说的是真的？怎么可能，她分明就……

一颗心怦怦乱跳，一边慌乱，一边安慰自己。

主管闻讯，第一时间带着几个主要负责人聚到 A1 山庄的偏厅里。看监控之前，下午负责泳池那一块卫生的保洁人员也被叫来问话，她一口咬定自己做了卫生，离开前有将地面风干。

于是，所有人一起检查调出来的监控内容。

从保洁人员清理开始看到下午三点四十五分，泳池边的清理工作结束，保洁人员的的确确用机器将地面风干了。

这个情况是绝对不可能在入水处留下沐浴露的。

时间接着往后，画面中空无一人。

嘀嗒嘀嗒，无声中仿佛能听到秒表走动，调了倍速，加快之后，仍是长时间的无人画面。

一直到一个女生出现——

黎安璐。

她将收纳筐放在厅门旁，穿着保守的泳衣，裹着浴巾走进来。

先是走到入水口旁边一些的地方，用脚点了点水面，接着，行至入水口。忽地一下，她像是踩到什么东西滑倒，摔进水池里。

后面的事情不用再看。

过程可以证明，保洁没有疏漏。

黎安璐也确实滑倒，入水处留下的滑腻物也是存在的。

但问题是，真的没有别人来过泳池。

除了黎安璐，一个人都没有。

厅内陷入沉默。

黎安璐脸色煞白，她僵硬地看向虞星。虞星表情淡淡，唇角弧度若有似无，好像事不关己。只是那双漂亮的眼睛里，亮着微微的嘲讽的光。

一瞬间，黎安璐的心如坠寒窟，浑身发冷。

事情进展到这个地步，场面陷入尴尬中。作为一个成熟的中年男人，主管有条不紊，尽管责任不在芙兰朵山庄运营方的工作人员身上，仍带着手下人向他们道了歉，安排保洁人员再度将泳池进行清理，之后便离开。

偏厅里气氛凝滞，一个个都不说话。

委屈的黎安璐也不委屈了，不过脸色却比先前还白。

盛亦一派淡漠，暂时不言，蒋之衍与己无关，作壁上观。唯独沈时遇，深深拧眉，脸色难看。“所以，问题出在哪儿？”虞星率先开口，吸引了所有目光。

黎安璐说不出话，像画布一样的脸上神色变幻。

“另外我也很好奇。”虞星问她，“先前你把事情往我身上引又是什么意思，想得出什么结论？”

黎安璐白着脸否认：“我没有，我只是……”

沈时遇想说话，被蒋之衍拉住，示意他先别开口。

“你只是什么？”虞星不依不饶反问。

黎安璐沉默几秒，难堪中带着些许不甘：“你自己来敲门跟我说你要用泳池，让我别下去！”

“我确实敲了你的房间门跟你说我要去游泳，但是下楼之后——”虞星微笑，“我根本没去泳池，而是在一楼左边走廊尽头的浴室里洗了个澡。”

黎安璐一愣，眼稍稍瞪大：“可你的泳衣……”

“你说泳衣是湿的？那是因为我洗澡的时候顺手把泳衣也洗了啊。”虞星笑道。

黎安璐嘴唇动了动，忽然失去语言。半晌，她白着脸质问：“你为什么要这样费尽心机耍我？”

“我费尽心机？这话应该说你自己才对。”虞星敛了笑意，“有一说一，我朋友和你不对付，所以我不喜欢你，这是我的自由。你把我朋友气到摔筷子，我还必须得对你好声好气，没这种规定吧？”

说到童又靖，沈时遇不由得看过来，而后脸色沉沉地抿住唇。

“我态度恶劣对你，你还能对我笑脸相迎，我不过是觉得奇怪，想激一激你。”虞星说，“不过我真的没想到你竟然会想出这种法子。要不是因为我不会游泳——”

“今天你来这么一出，我可能真的会说不清。”

黎安璐冷不防一怔。其余人也看过来，一帮男生忽地想起——对哟，虞星之前落水还是童又靖救的她。

事情的发展其实也出乎虞星的预料。她本来只是想加大力度激一激黎安璐，看看黎安璐会不会露出点马脚，所以才故意去敲门口出恶言，做出那么一副过分的恶人嘴脸。都到那个份儿上，黎安璐总不能继续在人前对她温柔友好了吧？毕竟圣人也没这么好拿捏的。

谁知道，她只是想看看“圣人”的狐狸尾巴，这个“圣人”却生了一副獠牙，转头直接反咬一口。

因为不会游泳，为了做足去过的样子，虞星只能在浴室里把泳衣洗了。

——也亏得她不会游泳。

眼下这情况，是怎么回事，众人差不多心里都有了数。

蒋之衍忽地笑出来，调侃：“你不说我都忘了你不会游泳这事。”

虞星瞥他一眼没说话。见盛亦盯着她，她小声回：“在学了。”

连嘴唇都没了血色，黎安璐看向沈时遇，还想再解释：“沈……沈学长，我也不知道这是怎么回事，我……”

“你不知道？那我来猜一下好了。”虞星拆台拆得起劲，“既然除了你自己，没人去过游泳池……那么，想必是你到泳池前就先准备好了？是沐浴露还是什么？你抹在脚底……不对。管理员清理到的残余物不多……”她想了想，“你该不会是把东西抹在了脚背上？”

看黎安璐眼里闪过的慌张，虞星知道自己猜对了。

没人对入水处的地面动过手脚，黎安璐却在那儿滑倒，还留有残余物，排除一切不可能，剩下的那个，就是正确答案。

再联系监控画面整理一下，很快就能捋顺。

黎安璐大概在到达泳池前，就把沐浴露或者别的类似滑腻物涂在了脚背上。监控视频里，她在入水前曾走到池边用脚蹚了一会儿水。视频分辨率不够高，细节处看不清楚。合理推测，她摔下水前的最后一脚，应该借机用在涂了滑腻物的脚背蹭过，所以地面上留下了残余的一点滑腻物。

滑倒是真的，不过是她自己早有准备。至于具体两只脚如何分工安排，只有她自己才清楚。

虞星声音嘲讽：“黎同学厉害呀。有这个天赋，再琢磨琢磨，你不如去写侦探小说，何必呢？”

“你乱说！我没有，这都是你……”

“没有？那地上留下的滑腻物是凭空冒出来的？不是你弄出来的，就是闹鬼。你选一个。”

黎安璐说不过她，慌忙扭头，拽紧沈时遇的袖子："沈学长你听我说——"

"你不用说了。"沈时遇挥开她的手，脸色沉沉，"谁都不是傻子。"

黎安璐霎时僵住。泳池这一出，说破天去也找不到好听的说辞。难道要说黎安璐是想为大家找乐子，特意搞事让大家一起体验做侦探的感觉？如果不是虞星不会游泳没有去泳池，监控里真的先后出现她俩，今天这事，虞星有一百张嘴也解释不清。好端端的，谁会想到黎安璐自己在脚上动手脚？正常情况下，肯定会觉得是先用过泳池的人做了小动作。

这个人未免太可怕，外表柔弱无害，心机却如此深沉，哪怕不喜欢虞星，用这种栽赃的手段也过于恶心。一旦虞星背上这个锅，今天在场的人以后要怎么看她？名声上有了污点，将来传开，她又如何在临天立足？

"学长。"虞星看向盛亦，"你们能不能出去一下，我想和她聊聊。"

盛亦微微蹙眉，稍作沉默，点头："好。"

用眼神示意蒋之衍和表情衰败的沈时遇，盛亦迈步出去，蒋之衍拽着沈时遇紧随其后。

偏厅的门开着没关，正常音量外面听不到里面说话，但如果有什么事也方便叫人。

虞星定定看了黎安璐一会儿："你太心急了。"

人都走了，到这个地步，黎安璐懒得再装，冷笑瞪她："想落井下石就尽管来，废什么话。"

虞星像没听到一样，问："你喜欢沈时遇吗？"

"喜欢不喜欢关你什么事？"

"无所谓，我也没有那么想知道。"虞星说，"我只是想告诉你，你的算盘从一开始就打错了。不管你是真心喜欢沈时遇也好，还是为了别的看上他也罢，把手段用到我头上，完全是无用功。"

黎安璐恨恨瞪她。

虞星挑眉："你让他们讨厌我又怎么样？这些什么山庄、会所、有钱人的生活，我压根儿不在乎。不是所有人都想图他们什么。"

这人有小聪明，但拎不清，真要拎得清，行事至于如此？虞星见她一副油盐不进的样子，懒得再说，迈步欲走。

刚一转身，黎安璐在背后斥道："——你不过是有人撑腰，有什么了不起！"

皱眉，虞星回头。

黎安璐冷笑道：“怪我没早看出来，你跟那个盛亦……呵。就算今天你真的去了泳池，他也一定会护着你，对吧？你一个跟我一样的普通学生，底气凭什么这么足？不就是凭你有靠山！”

虞星眼神沉下来：“你乱说什么？”

“我乱说？”黎安璐讽刺，“我说错了？盛亦要是没想护着你，最开始就不会拦住不让看监控！是，你当然有资本，盛亦喜欢你，多了不起！你想笑就笑，还要说什么？说啊，说——”

虞星一怔，盛亦喜欢她？

下一秒立即拧眉。

盛亦哪儿喜欢她？这人真是胡言乱语！

懒得再理会，她扭头就走。

黎安璐被沈时遇让会所主管安排车送了回去。

这么一闹，大家玩乐的兴致大减，气氛明显不如上午。

虞星倒是没受影响，安然地去吧台泡喝的。手里冲着热可可，水倒着倒着，黎安璐说过的话突然在脑海闪过，动作一顿。

“——盛亦喜欢你。”

几个字清晰得像是在耳朵边又响了一遍，她浑身一激灵，赶紧回神，将注意力集中到手下，认认真真倒热水。

盛亦怎么可能喜欢她？

不可能！

他一天到晚欠得要命，那张嘴，说话能气死她，哪能啊。

怎么想虞星都觉得不现实。只能说，盛亦这个人，熟了以后会更好相处一些。

对。是这样。

她和盛亦好歹针锋相对了那么长一段时间，现在也算是熟了，他应该有把她当半个朋友看待？——或者少一点，三分之一差不多。

他又是凉薄的性子，完全无关的人哪怕在他面前上吊，他都要考虑一下，再凭心情决定要不要管。不熟的黎安璐搞事，肯定是帮她这个有点熟的。

虞星觉得很说得通。

很快，她把疑虑压回肚里，拿起长铁匙，安安心心搅动杯中的可可。

泡好可可正要出去，还没走出吧台，沈时遇来了。

虞星脚步一顿。

这傻子！弄哭童又靖，一想起来就让人好生气。

想当没看到直接绕开，谁知沈时遇上前一步，挡住去路。

“沈学长有事？”虞星笑得客套又疏离。

沈时遇动了动唇：“童又靖她……”

他说到半截停住，虞星偏偏就不往下接，只含笑静静看着他。

沈时遇有点难堪地继续问：“她最近怎么样？”

“沈学长你问我？你和童童不是特别熟吗？从小一起长大，她有什么事你应该第一个知道啊？她好不好你怎么会不清楚？”虞星故作惊讶，而后像才反应过来一样，抱歉道，“哦，不好意思，我忘了，那是以前。”

沈时遇眼一沉，虞星的话句句直击他痛点。

虞星才不怕，摆明态度：“沈学长，你如果有什么想知道的就自己去问童童，她如果愿意告诉你就会告诉你。她要是不愿意告诉你，那我更不可能跟你说。”

言毕不想再聊，虞星迈步，沈时遇叫住她：“我知道你因为童又靖的事现在也在怪我，我确实……”

“沈学长。”

虞星转过身，打断他，微微眯眼：“既然你要说我们就来好好说一说。”

有些话憋了很久，既然他自己找上门来，她干脆不客气，趁机会道个痛快：“童童是什么样的人，你不清楚吗？我认识她才这么一点时间，跟你们从小一起长大相比，连零头都算不上，我真的没想到你竟然会不相信她。”

“她刚到临天是什么情况我没亲眼见过，但我听说过，她最开始被人欺负成那样，有私下里动过什么小动作吗？没有吧。那时候都没有，你是为什么觉得，她现在会找混混趁一个女生下晚课堵截殴打对方？”

那天晚上在路边，童又靖哭红了眼睛，虞星压根儿没问混混的事究竟和她是否有关系，因为相信她不是那样的人。后来童又靖委屈不过，自己主动提，一边哭一边解释真的不是她做的。

虞星心里当时就有数了。

沈时遇眉间的郁色化不开，解释：“我不是说是她做的，我只是想找她问一下。”

虞星反问："那如果换作是童童，因为一个男生朋友挨了揍，来找你问是不是你让人打的，你心里会是什么感觉？"

他面上一僵。

捧着可可，虞星眼里犹有讽意："我真不知道，你是在侮辱她，还是侮辱你们这么多年的感情。"

"其实我对你的态度怎么样都无所谓。"顿了顿，虞星又道，"说白了，我们之间的联系，不过是因为童童。她是我朋友，她对我好。我喜欢她，连带着喜欢她喜欢的人，她讨厌的人我也讨厌，让她难过的人我更懒得给好脸色。就这么简单。"

"这件事，如果没什么必要，麻烦你以后不要再对她提，我不想让童童承受二次伤害。"

她对着沈时遇微微一笑——"毕竟，那天晚上哭到眼睛红肿睁不开的人，是她，不是你。"

商场负一层，正是餐点，人流量稍大。

"你就带我来这种地方？"

"我说了，我和秦怀吃的都是小馆子，连锁餐饮店大多都开在商场的美食广场，你不知道？"

虞星对盛亦的大惊小怪很是不以为意，不多说，招手："跟上。"

踏入知名水饺连锁店，熟门熟路地在靠窗位置坐下。将菜单递给盛亦，虞星接过服务员倒的热水，喝了大半杯。

盛亦拿起菜单，专注地看，神情凝重，眉头紧锁着，不知道的还以为他在挑选什么贵重得了不得的东西。

虞星暗暗打量，被他过于严肃的模样逗得发笑。

山庄会所的事结束，该是她兑现承诺的时候了。于是今天休息日一得空，她就把盛亦约到这家商场来。

童又靖最近情况有所好转，说是和堂兄去游湖钓鱼，心情似乎不错。沈时遇和她如何，暂时无从知晓。沈时遇若是找她，有什么情况她必定会告诉虞星，不急这一时半会儿。

无论是和好或是彻底绝交，童又靖做任何决定，只要她开心，虞星都会支持。沈时遇那么大个人，看事情竟然还没有看起来不靠谱的盛亦清楚。

对比之下产生美。

虞星越看盛亦越顺眼，忽地夸奖道：“学长，你不发脾气的时候还是蛮好的。”

盛亦正看着菜单，冷不丁被夸，他抬眸，只顿了一秒，从容勾唇：“你觉得我好？”

“不是，我是说……”

“那些不重要。”盛亦只听自己想听的，“不错，眼光终于有所提升。你说说我具体哪里好？”

虞星翻白眼：“算了，学长你还是看菜单吧。”她如今对盛亦的看法大有转变。

那天在校外咖啡馆碰见樊湘湘，樊湘湘说她俩是一样的，都是抱着临天这些人的大腿过日子，仰人鼻息。以前确实是。虞星没有选择权，沾盛亦的光，提心吊胆，所以无比抗拒接受他的好处，更不愿意被划分进他的势力范围之内，因为害怕，心里没有安全感。

现在不一样了，从秦怀的事之后，不知道因为什么，总之就是变了。面对不愿意的事，她可以拒绝。盛亦不再逼迫她，她不用担心驳了他的面子会惹来麻烦，这段时间的相处里，即使她不顺他的意，他最多只会说一句“那好吧”便不了了之。

盛亦先把她当成人来尊重，她才能够对他同等视之。

这个道理很简单。怎么说，虞星现在看他，就像看一个男版的“童又靖”，他正常一点，好像也不是不能做朋友。不过眼下这个朋友看菜单也看得太久。

虞星忍不住出声：“你选好了吗？”

盛亦抬眸：“你有没推荐的？”

合着这大半天都白看了。虞星无语，从他手里拿过菜单，快速翻看。略微过目以后，她指着菜单上的几样道：“这个、这个和这个，都是招牌推荐，你可以试试。”

盛亦瞥一眼，点头：“那就全都来一份。”

……当逛奢侈品店呢？虞星驳回他无理的要求：“不行，只可以选一样。”

“就一样？”

“对。”

盛亦挑眉：“你和秦怀吃的是……”

虞星在菜单上一指：“这个。”

他当即拍板：“就这个吧。”

暗道他懒，还要她来选。虞星叫来服务员下单，指着推荐菜品三说：“要一份这个，另外单独加一份餐具，谢谢！”

盛亦问：“你不吃？”

“吃啊。”虞星说，“我们点一份就够，我让她拿了两个人的餐具。”

“你没钱？”他狐疑。

“吃饺子的钱还是有的。”她说，“点多了吃不掉。”

盛亦不说话了。饺子很快煮好，服务员端上来，总共十六个。

虞星往小碗里舀了四个，大碗推到他面前：“吃吧。”说着低头认真品尝。

盛亦什么好东西没吃过，这种连锁餐饮的快速食品根本不能打动他，在他尝来味道一般。

虞星吃了两个，忽听他道：“虞星。”

“嗯？”

“我们这样，是不是不太好。”

她疑惑：“怎么不太好？”

“人家看了会以为我们穷得只吃得起一碗饺子。”盛亦说，“而你吃那么几个，我面前却这么大一碗，看起来很像只顾自己的自私渣男。”

虞星失笑：“你想多了，哪有人这么无聊？不会的不会的。”

正说着，旁边走过一对手挽手要去墙角入座的情侣。

女生抱着她男朋友的胳膊，声音听起来小但旁人完全能听到：“老公你看，那个女生好可怜，她男朋友吃那么多，她只有四个耶！”

男生立即温柔道：“老婆你放心，就算只有一碗饺子，我也会只吃一个，让你吃饱。”

“老公你真好！”

“傻瓜……”

情侣情意绵绵地走开，留下相对无言的两人。

“……”

“……”

虞星尴尬：“呃——”

盛亦弯唇一笑：“怎么办，我已经吃了三个，要不我再吐两个出来？”

虞星连忙叫他打住：“差不多快得了，有点恶心！”

小插曲很快过去。吃还是要吃的，吐也是不可能吐的。

盛亦优哉游哉地执勺，虞星吃完碗里的饺子，催促他：“学长你搞快点，赶紧吃。”

“干吗，你有急事？”

“不是。”虞星说，“吃完这家我们还要去吃下一家！”

盛亦疑惑地挑眉：“下一家？”

“对啊。你不是说我和秦怀吃过的，你都要我带你尝一下吗？”虞星道，“我回忆了一下，大概有七家店。五家这个商场里有，其中三家在负一层，两家在三楼，先吃完负一层再去三楼，三楼吃完就去街对角，穿过两条马路，另外两家在那边！”

盛亦顿了顿：“你的意思是要今天一天之内把这七家店都吃一遍？”

“对，所以我让你不要点那么多，每样尝一些就好了！”虞星说，“吃多了没肚子，怎么吃下一家？按我安排的来，绝对没问题！”

盛亦把汤勺撂在碗里：“学妹好盘算啊，一天吃七家，真是省时省事。你就这么不愿意和我多吃几次饭？”

“不是。”虞星解释，“我不是不想和你吃饭，主要是一趟一趟出来太麻烦了，咱们不如搞快点，一次性解决，多方便，对不对？！”

盛亦危险地眯起眼。

虞星往后靠：“……学长，我刚刚才夸你好来着。”

盯着她看了一会儿，盛亦嗤道：“少给我戴高帽。”嘴上这么说，手却重新执起汤匙，舀起一个饺子。

虞星嘿嘿地笑，狗腿地往他面前的小碟里添醋。

…………

吃到晚上六点，中间涵盖休息时间，五家店终于全部去过一遍。

盛亦坐在一楼休息区不肯走：“我累了。”

虞星拼命催促：“学长赶紧的！从正门出去，走过两条街很快就到，马上就能吃到好吃的了！”

盛亦“幽怨”地瞥她，说什么都不肯动：“我吃不下了，要吃你自己去吃。”

“啧！就剩两家店，怎么就吃不下了？”虞星着急，鼓励他，“你可以的，相信自己，不就是两家店吗？而且你看马上就要到饭点，怎么能不吃晚饭对不对？”

盛亦不为所动。

虞星好说歹说，嘴皮子都快磨破，他就是铁了心不配合。她天花乱坠地将那两家小馆子描述的仿佛人间美味，然而盛亦根本没在听。

“那个是什么？”瞥见商场内悬挂的广告牌，他问，“我们去玩那个？”

虞星说得口干舌燥，顺着回头一看，是个密室逃脱的招牌。

“啊？哦，那是密室逃脱，没什么好玩的！你听我说……”

“看起来好像很有意思，有恐怖主题？去试一下。”

虞星被他打断没法往下说，板起脸拒绝：“不去！”

盛亦睨她几秒，视线默默地飘向另一处：“那边好多人在排队，那是什么？”

虞星一边烦他一边乖乖看过去：“什么是什么？……卖冰激凌的！”

“那么多人排队应该很好吃。”盛亦坐着，冲站着的虞星一笑，厚颜无耻道，“学妹，你买给我吃。”

吃个头啊吃，虞星冷面无情：“晚饭之前不能吃零食！你不跟我去街对面吃那两家店，什么都别想吃！”

“学妹你好凶啊。”

“我哪凶——”

盛亦那张好看的脸吸引了不少路过女生的视线。他无视那些人窃窃私语及频频投来的目光，长腿伸着，表情散漫自在，随意中带着少见的轻松，眉眼间俱是切实的温和笑意。

虞星正要说什么，盛亦的手机忽然响了。

她极有分寸，蓦地止了声音，不吵他接电话。

盛亦简短应答，说了半分钟左右，挂断前道：“知道了。”

盛亦收起手机，见虞星不说话看着他，主动开口：“沈时遇和童又靖。”

“他们怎么了？”

“不知道。”盛亦无奈，“估计沈时遇在童又靖那儿受刺激了吧。蒋之衍说沈时遇可能是要疯了。”

第十章

学妹，谢谢你

感情这件事，明明让人这么痛苦，为什么总有人前赴后继，执迷不悟。

另外两家店来不及吃了，盛亦收起手机，起身：“我去看看沈时遇，先送你回去。”

虞星点头说好，她分得清轻重。他有事，她当然不会强行要他留下。

盛亦的车在负一楼停车场，两人往下楼的电梯走。拐过弯向左，对面一排商铺，粉色调的奶茶店里坐满了人，余光不经意一瞥，虞星蓦地一顿。

橱窗玻璃内某一桌，一群年轻女生打扮得花枝招展围坐成一圈。她们穿着三中的校服，聊得热火朝天。众星捧月的中心，是那杯茶色柠檬冰饮的主人，明眸皓齿，最为出挑。那只雪白的手，伸出纤细两指，捏着吸管搅动冰块，正托着腮听身边人说话。

隔着大老远，仿佛能听到正在融化的冰块与杯身碰撞的丁零当啷。

虞星能想象得到她说话的语气。你说的每一句话她都会附和，温柔极了，让你感觉被照顾得无微不至，但其实她根本没有听进心里。她总是从自我出发，自顾自地和你好，自顾自地和你坏，到头来偏爱把压力强加到你身上。明明是她一个人感情丰沛地唱独角戏，你全程只能被她推着走，最后还得你来当这个恶人。

看着那张许久不见的面孔，她眸色不由得一黯。

“……虞星？”

“啊。”猛地回头，才发现盛亦叫了她两声，停下脚在等她。

“看什么？”

“没什么。”她低了低头，“看错了，走吧。”

盛亦朝她身后望了望，营业的商铺，嘈杂的人群，似乎没有什么特别。他平静地收回目光，继续迈步。

学期末的最后一场考试结束，虞星和樊湘湘同分，并列高二年级第一。虞星自己没觉得是多值得高兴的事。临天大部分学生，虽然都才十几岁的年龄，却基本已经开始了精英教育，离开学校回家，家里安排学的东西怕是比她们多得多。

但作为特招生，不管说什么都必须保住高分，这是交给校方的成绩卷。

寒假伊始，虞星从女生公寓搬回家，放松禁锢，整个人沉浸在自由和满足中。每天睁眼，小姨准备好爱心早餐等着，去上班前会给她做好午饭留在冰箱，只需热一热，傍晚下班回来，又会给她做她爱吃的拿手好菜。

没几天，她就胖了两斤。

苏秋比较惨，学校放假，艺术专业课还得上。虞星只约了她两次，其余时间都找童又靖。

这厢刚和童又靖见完，虞星打算去书店找找竞赛习题，买回来做一做练手，不期然接到盛亦电话。

那端笑吟吟的声音，听起来有几分危险：“学妹放假很忙吗？这么久了，也没找过我一次，看来日子过得很不错。”

虞星还没准备好出门，躺在床上犯拖延症，被这找上门来的质问得一噎：“……呃。学长你也没找我啊。”

“我现在找了。”

她眼神往斜上方天花板瞟：“那你先挂，等会儿我给你回一个。”

“……”没多纠缠，盛亦转而道：“后天去象泉山庄，童又靖他们都去，我来接你。”

“啊？”虞星问，“什么情况。”

“沈时遇这阵子要死要活的，蒋之衍受不了了，想把他俩弄一块，看看能不能撮合回来。”

“这跟蒋之衍有什么关系？”

“没办法，谁让沈时遇一发疯就折腾他。前天晚上沈时遇跑去喝酒，蒋之衍大半夜开车出去接他，陪他在喷泉边坐了两个小时，差点冻成冰。”

“……”

“昨天怕他乱跑把人关在自己家，出去接电话的工夫，回来人没了，一看爬上了露台。蒋之衍以为他要跳楼，吓得半死。”

“蒋学长也太惨了吧。”

盛亦呵呵一笑：“要是我，直接把他扔进护城河，冷水泡一下就清醒了。”

虞星低咳，不知该为沈时遇庆幸没撞到他手里，还是该为蒋之衍叹息没有他这样的魄力。

就听盛亦又说：“你去好给童又靖做伴，省得她尴尬。”

原本还想考虑，他这么一说，虞星再没拒绝的理由，便应下：“好。”

挂完断话，虞星长长叹气。

童又靖和沈时遇私下见面聊过。两人虽然和好，但又不是那么个意思。童又靖告诉虞星，那天见面，她对沈时遇说，他们这么多年的朋友感情不会变。沈时遇以后还是和盛亦、蒋之衍一样，是她重要的朋友。

除此之外，她也亲口向沈时遇坦白了心意。

她说——

“以前我一直不敢承认，现在想想也没什么。我确实喜欢你，但现在，我觉得这份感情可能有点草率，这种关系也不适合我们。”

“我从小跟在你身后，习惯了和你两个人，一直以来我没有把握好分寸，才会让我们走到这样不尴不尬的地步。这段时间我想了很多，习惯不一定是对的，现在我已经弄明白自己要什么。”

“这次的事情，除了你不问青红皂白怀疑我，最开始我也有不对。大概是嫉妒的心理在作祟，所以容忍不下你身边出现别的女生。以后不会了，我会改掉那些不合适的依赖，将来你找到好的对象，我会作为好朋友和他们一起祝福你。”

成长的路上，女孩总是比男孩走得更快。

突然一个瞬间，改变就有可能来临。除了把虞星约出去的那天晚上，童又靖哭成泪人，其余时候，她都是一个人默默消化这件事带来的所有情绪。或许在某个他们谁都不知道的夜晚，她的少女心事随着眼泪流完，于是就这样从这份让她酸涩阵痛的感情中走了出来。

“喜欢”两个字摆上台面，沈时遇心里又是如何想？

虞星握着手机，盯着天花板没有眨眼。那一瞬间，他肯定也明白了自己真实的感受。他喜欢童又靖吗？照他后来的这些行为看，应该是喜欢的。只是可惜，在他终于察觉到这份喜欢，并且开始直面的时候，童又靖已经转身，决定要将他抛在身后。

虞星不懂，可能永远都想不明白。为什么呢？

感情这件事，明明让人这么痛苦，为什么总有人前赴后继，执迷不悟。

象泉山庄是一家私人会所，占地面积广，娱乐配置一流，骑马、射箭、游泳、高尔夫球……所有昂贵的项目这里都有。服务同样一流，会所内提供的食材空运自国外，运营方与几大酒庄均有合作，酒类品种齐全，来这里占个沙龙，随便开一支酒，费用就不是小数目。

会员卡年费百万起步，高级会员则需一次性消费过百万，往上不限。

虞星问过苏秋，她没空，只得自己来。作为一个土包子，虞星只觉得入眼全是钱的符号，空气里也充满了钱的味道。销金窟啊销金窟，十足的烧钱地。

好在有童又靖，有什么她没吃过没见过，不知道该怎么处理的东西，童又靖便会不着痕迹地告诉她，化解她的尴尬。

虞星感动得在心里直流泪。

——沈时遇那个狗东西，果然配不上这么好的童童。

在沙龙里待了一个多小时，蒋之衍试图“撮合”沈时遇和童又靖的想法，却没能成功。童又靖走到哪儿都挽着虞星的手，对狗男人兴致泛泛。

“你前几天说要找竞赛习题？”童又靖牵着虞星在沙龙外漫步，问。

虞星说：“每年的第二个学期不是有很多竞赛吗？开学以后我想试试。”

“你喜欢竞赛？”

“不是，我喜欢竞赛的奖金。”

童又靖对她的诚实哭笑不得，关心道：“你需要用钱？要是……”

虞星赶紧拒绝她的好意：“不不不，我不急着用钱，我只是想能攒一点是一点。”

她要攒钱，以后才能在用得上的时候，为小姨分担压力。早先还在和盛亦闹别扭那会儿她就这么打算了。童又靖人好心善，但没有借人家的钱贴补家用的道理。

正说着，蒋之衍从里探出个头来：“你们别逛了，进来，我们去高尔夫球场——”

两人对视一眼，手挽手入内。

男生们待着无聊，要去打高尔夫球。一行人转换阵地，到球场外。他们做准备工作，虞星不会，童又靖没兴致，两个人便不上场，连休息区的门都没迈出去，直接坐下喝茶吃点心，隔着玻璃门看他们吹冷风。

蒋之衍过来劝说，童又靖就是不动。

等于换了个地方继续聊，童又靖接上先前的话题：“我考虑好了，我以后想做设计师。”

“设计师？”

“对。像我们这样的，一般到大二家里就会让我们出国，有的人高中一毕业就去了。我应该大二才会动身。这几年先准备准备，我想选一个设计专业厉害的学校。”她说着，“你呢？”

虞星道：“具体的我还没有想好。我的打算很简单，尽可能考一个好的学校，以后让我小姨安享晚年。”

说到她家里，童又靖换了个坐姿，突然好奇：“我只听你提过小姨，你爸妈呢？”

“我没有爸妈。”虞星扯了下嘴角，没什么情绪，不是高兴的事但她的脸上也没有多少难过，“我妈妈生我的时候就去世了，至于爸爸——”她耸了耸肩，“我也不知道，从来没见过。”

童又靖一愣，稍稍自责：“对不起啊我不知道，我不是故意问这个……”

“没事。”虞星笑笑，示意她不用自责。

一时有些尴尬，童又靖小声说：“那你这个情况跟盛亦倒是蛮像的……”

虞星眉头一挑：“盛亦？”

“啊，不是不是，没什么！”童又靖连忙摇头，立刻说起别的。

她说的话，虞星确实听清了。

……盛亦的情况？很像？抿抿唇，知道童又靖不方便说，没有追问。

聊了一会儿，童又靖接到家里电话，起身走开。

虞星一个人坐在休息区沙发上，安静喝花茶。不到一分钟，廊下走来一群人，都是女生，说说笑笑，好不热闹。

虞星一开始没在意，不经意瞥去一眼，立时顿了顿，神色微敛，她正想别开头，那边有人注意到她。

“哎？那不是——”

感受到许多视线朝自己投射而来，虞星微微吸气，一颗心沉下来。

当没听到，当没看到，她将头别开，看向玻璃门外。

脚步声却朝她的方向而来。

“这不是虞星吗？”带着笑意的熟悉声音，曾经万分亲昵，如今只余恶意。

虞星抬眸睇去，没说话。

“好巧。”为首的女生明眸皓齿，笑起来尤其好看，“好久不见啊，竟然能在这里碰上你。最近怎样？能来这里，看来你应该过得不错嘛。毕竟，这种地方不像是你来得起的。”她身后的几个女生纷纷笑起来。

虞星勾唇，淡淡道：“好久不见，倪曼姗。不过大家彼此彼此，这也不是你们来得起的地方。”

除了为首那个被她叫倪曼姗的女生，后面那些笑话她的，全都变了脸色。

倪曼姗朝她走近，倚着她对面的沙发座，手微微撑着顶端，虽然不像虞星那样属于脸顶顶好看的，但也别有一番曼妙姿态。

“你一个人在这儿？”倪曼姗笑问，“带你来的是谁啊，不错嘛，勾不到昊勋，还是让你勾到了别人。怎么说呢，也不意外，长成你这样，钓凯子一点都不难。只是不知道现在坏毛病改没改？还喜欢撬好朋友的墙脚吗？”

虞星静静听她说完，在她自以为嘲讽的笑容中，镇定答道：“首先你要搞清楚一点，你从来不是我的好朋友，少自恋了。”

倪曼姗一愣，脸上闪过怒色，笑容当场绷不住：“你——”

“姗姗！”旁边的女生立刻拉住她，瞪虞星一眼，“算了，这种人，你对她那么好她还能犯贱，就是狗咬吕洞宾嘛，她这么厚脸皮，跟她生气不值得！”

倪曼姗正欲再开口，玻璃门开了，外头进来一个人。

只一眼，一群人全都愣住。男生高挑挺拔，身材颀长，俊逸眉眼中有股谁都不放在眼里的高傲淡漠。他手插兜，薄唇弧度带点恹色，通身清冷气质，让人直觉不好惹。

盛亦出来找虞星，视线先落在她身上，随后才发现她对面那些闲杂人等，察觉虞星的情绪不正常，表情似乎有异，蹙了下眉：“怎么了？”而后，冷淡地扫了眼那群闲人。

虞星摇头："没事。学长你……"

盛亦默了默，本是想出来看看她和童又靖待得如何，眼下改了主意。

一手插兜，另一手冲她勾了勾，他颔首："来，我教你打球。"

虞星略思忖，瞥见对面正错愕的倪曼姗一群人，想都没想，起身走向他："好。"

两人一起转身，并肩走过自动感应的玻璃门，朝球场行去。

盛亦低头和她说着话，一眼都没往后瞧，虞星同样。

被当空气忽视的倪曼姗从惊艳和诧异中回神，紧紧咬牙，只觉得一股闷气堵上胸口。那个男生一看就不是一般人，他左手戴的那块表，唐昊勋带她逛街的时候，她在专柜橱窗见过，不过细节上稍有不同，也不是一个颜色。橱窗里那只售价两百多万，柜员当时和他们说，那一个型号还有特别款，但只在国外发售，国内买不到，价格要翻两倍还多。

就是那个颜色，就是那个男生手上戴的那只墨绿黑！

倪曼姗心理极度不平衡起来。原本嘲讽虞星，是觉得她钓上的凯子，再怎么也比不上自己的男朋友。唐昊勋有钱长得帅，家教又好，性格温柔待人体贴，这样的男孩子有几个？可刚刚那个男生不仅脸长得出众，戴得起那样的手表，身家肯定不比唐昊勋差，说不定要强上许多，更别提通身的气派，甩了唐昊勋不知几条街！

凭什么！

虞星那样的人，她凭什么？！

室外有些冷，即使有太阳，也抵不过风凉，吹在身上还是有些冷。

同盛亦说话间，虞星稍稍适应，正预备随他上场，他忽地问："刚刚那些人是？"

"啊？"

"和你说话的那群女生。"

虞星顿了顿，眼皮微垂："以前学校的同学。"

盛亦低眸打量了她几秒，短暂沉默后，话锋一转："打过高尔夫吗？"体贴地没再问。

虞星冷不防他话题跳得如此快，慢半秒跟上，摇头："没有。"

"没事。"他说，"等会儿我教你。"

点点头，她跟着迈步。

盛亦又叫停："等下。"他朝她斜后方看，虞星顺着回头，他指了指椅子，轻抬下巴示意，那边站着的侍应生立刻将椅子上的外套拿过来。

“穿上。”盛亦不由分说地递给她。

虞星愣愣地抱着外套：“这是……”

“我的。风大，冷。”

眨眨眼，虞星看着他，有些愣怔。

“怎么？”

“没有。”赶紧摇头，她缓慢穿上他的外套，有种说不出的感觉。

盛亦，对她过于好了。现在……不，不只今天，应该说这阵子以来都是。只是今天这个外套，让她忽然后知后觉琢磨出一点亲昵过度的味道。

盛亦没察觉她的异状，见她慢条斯理穿好外套，略微紧锁的眉头这才放缓。“走吧。”说着，顺手替她理了一下外套衣领。

虞星僵着，想往后退，还是忍住。她抿住唇，默默跟他走。

打完高尔夫球，下午休息过后，去马场骑马。换好骑马服，童又靖拉着虞星兴致勃勃挑头盔，其余人也不入场，耐心地等她们。

童又靖一个个试，问虞星哪个好看。虞星一点都没不耐烦，认真帮她挑。

出来玩图的就是开心，都是关系好的朋友，蒋之衍在旁看着看着，也过来凑热闹，帮童又靖出主意——顺便拉上了一天都沉着脸郁郁寡欢的沈时遇。

童又靖待他的态度果真和以前没有两样，只是多了些距离感，就像她对蒋之衍和盛亦一样，好归好，彼此留着男女之间该有的分寸。如以前那样亲昵不分你我地打闹纠缠，已经是过去时，再不可能有了。

“虞星。”另一边的盛亦忽然叫她。

被别有心思的蒋之衍占了位置，虞星插不上话，干脆迈步过去，“怎么了？”

一近前，脑袋上被盛亦套了顶头盔。

“欸……”

“好看。”他弯唇笑。

虞星摸着头盔两侧：“童童在给我挑呢。”

“我挑的这个不好看？”

“不是不……”

话没说完，片刻间来了一群人。不想碰见的总是碰见，也不知哪里犯冲。又是她们。

倪曼姗一行人也来骑马，在这入场口外，狭路相逢。虞星轻松的表情登时消散，盛亦发觉她情绪不如刚才明朗，沉沉朝来人睇了一眼。

很快转换情绪，虞星只当没看到，托着头盔两侧动了动，想调整得舒适些。

不想，倪曼姗却扬着笑走来。

“虞星！”她热情爽朗的态度，似从不曾有过芥蒂一般，“又在这儿碰上，我们今天好有缘啊！”

虞星瞥她一眼，不作应答，摘下头盔，和盛亦继续先前的话题：“好看是好看，但这不是男款的吗？”

盛亦说：“我让他们拿的小号，能戴就行。”

他们自顾自地聊，没把别人放在眼里。倪曼姗被这般忽视，眼里闪过一瞬暗色。

下一秒，那边童又靖喊：“星星！过来——”

回头看去，虞星忙把头盔塞到盛亦手里，“学长你拿一下，我过去一下。”说着小跑回到童又靖身边。

还是那样，沈时遇有话想说说不出，蒋之衍一个劲瞎撮合，而童又靖只当不知道，遇到不想聊的轻飘飘跳过去。在蒋之衍的干扰下，她好不容易选定一个头盔，戴上问：“这个怎么样？”

虞星端详，点头：“好看。”

“那就这个！”

童又靖拍板定下，要给虞星选，虞星说：“盛亦学长帮我挑了一个。”

“啊？手这么快呢他。”嘀咕一句，童又靖拉起虞星，“我们过去瞧瞧。”勒令蒋之衍，“你俩别跟着我！”

才走开一会儿，过去一看，倪曼姗竟在盛亦旁边和他说起话来——盛亦对生人无例外是一副扑克脸，不曾开口，似在听又似没有，倪曼姗倒是说得起劲。

见有个不认识的人，童又靖脚步微顿：“这是……”

倪曼姗朝她们看，扫过她俩挽着的手臂，微微一笑：“虞星，这是你的新朋友？”

童又靖眼露好奇，却见虞星仿佛没听到一般，理都不理。

“学长。”轻轻叫盛亦，虞星伸手。一直神游天外不说话的盛亦这才回神，“嗯”了声，将头盔递给她。

虞星这般态度十分少见，看来不是什么正经熟人。童又靖眯了眯眼，只一瞬，就对眼前这个看似开朗的陌生女孩生出几分不喜。

倪曼姗好像一点都没感觉到虞星的排斥，靠过来，笑吟吟道："虞星，等下我们一起跑啊。我学得差不多了，你应该还是新手吧？我们可以一起慢慢地骑……对了你晚上什么时候回去？好久没见，要不然我们聚一聚吃个饭？"

一听到她的声音，虞星心里就烦躁，脸上下意识地没有表情："不用了。"

"不要这么见外嘛，我们……"

童又靖忍不住："你谁啊？"

倪曼姗看看虞星再看看童又靖，笑说："我和虞星以前是一个学校的，虽然很久没有联系了，但以前关系挺不错，对吧。"

她说着说着，眼神瞥向盛亦，朝他更近一步："你是虞星的学长？我听到她这么叫你，场地这么大，我们大家一起啊？"

童又靖看她和盛亦套近乎的样子很碍眼，蹙了蹙眉，刚要开口，虞星先笑了，很轻的一声，听起来带点嘲讽："你是不是忘了你还有个男朋友？你邀别的男生一起玩，你男朋友知道吗？"

倪曼姗脸色一滞："我……"

"跟她说那么多干吗？"对不喜欢的人从来不假辞色，童又靖扔了个白眼过去，拉起虞星就朝入场口走。

眼见盛亦也要迈步，倪曼姗细嫩的脸上青白两色变幻，蓦地开口："我只是想主动给你个台阶下，缓和一下我们的关系！虞星，明明是你对不起我，你这样又何必呢？"

虞星步子一顿，缓缓回头："我没有对不起你。"言毕，一个字都不欲多说，继续往前。

倪曼姗一气，视线正好和狠狠瞪来的童又靖对上，立即扬声："那位女生！你和虞星做朋友，你就不怕她反咬你一口吗？"

是可忍，孰不可忍，童又靖拉住虞星："你说什么你？有完没完，给你脸了是吧？"

和倪曼姗一同来的三中女生，原本隔着距离不敢过来，见状，全都围到她身旁。

"姗姗又没说错！"左边的女生抱不平，"虞星本来就对不起她！以前在三中，姗姗对虞星那么好，结果呢，她却抢姗姗的男朋友！"

"就是！"

“每天形影不离，到头来撬自己朋友的墙脚……”

童又靖还以为是什么事，听她们你一句我一句，没忍住笑了。

指指虞星，又指指倪曼姗：“她，抢你男朋友？”

蒋之衍等人陆续围过来，人一时多起来。

“本来就是啊！”倪曼姗身后的女生继续道，“不然她为什么转学？我们三中的人都知道，她抢姗姗的男朋友，唐昊勋根本看不上她……”

不待童又靖说话，虞星自己站出来，向前一步。

“我再说一遍。

“我从来没有喜欢过唐昊勋，也没有勾引过他。有空找我麻烦，你不如去问问唐昊勋私下到底骚扰过我多少次。我约他出去，是看在你的分儿上当面和他说清楚。你信他的说辞是你的事，我问心无愧，我没有对不起你。”

她直视倪曼姗：“至于我转学，那是因为现在的学校给我开出了很好的条件，自己想转。你少往脸上贴金。”

倪曼姗愠怒：“你——”

“怎样？”虞星脸色沉下来，“当初你们一群人逼我离开三中，我忍了你们那么久还不够，现在又要来是吗？”

对峙间，一个男生走过来。

倪曼姗一见来人，立刻有了底气：“昊勋！”

拿着手机的唐昊勋刚接完电话，姗姗来迟，被眼前的场面弄得发愣。一边朝倪曼姗走，一边侧眸瞥见虞星——

许久不见的意外，和难以言喻的尴尬飞快从眼里闪过，脚下顿了两秒。

倪曼姗迎上他，挽住他的手臂道：“你知道吗，特别巧，居然在这里碰上了虞星。”

唐昊勋往那边看一眼，视线立刻移开。

“她说什么你知道吗？”倪曼姗气笑了，“她说她没有对不起我，没有偷偷约你，没有试图插足我们之间的感情。”

唐昊勋不太想提：“都过去这么久了……”

倪曼姗不肯退让：“你帮她回忆一下她当时约你的事，她颠倒黑白，我们不提她好像都忘了呢！”

虞星目光如炬，直直盯着唐昊勋。

唐昊勋犹豫：“我……”

“吵了半天，闹够没。”突然的声音打断他们。

气氛一滞。

盛亦悠悠迈步，从童又靖身后两步的位置走出来，淡漠的双眸盛满戾气，他半合眼皮，好似居高临下睥睨着所有人。

“你姓唐？”

被他这样看着，唐昊勋背后莫名生寒，威严的语调令他下意识点头：“是……”回过神来，为自己如此顺从的态度脸上发热，立时不悦顶回去，“你又是谁？”

“哪个唐？”盛亦散漫挑眉，“唐凌企业？”

唐昊勋本来想说“关你屁事”，听他提到唐凌企业，顿了顿，下巴微抬：“没错，我们家就是唐凌的。”

“唐烨是你什么人？”

本以为自报家门能让对方放尊重点，仍然不客气的一问，教唐昊勋又愣了。气势被压倒，他被牵着鼻子走，磕巴道：“唐……唐烨是我大堂兄……”

“堂兄？”盛亦眉头轻挑，了然，“原来是唐家的远亲。”

唐凌企业，除了主支剩下的都是些八竿子打不着的亲戚。唐家本家一脉，只有唐烨一个孩子。

唐昊勋向来不喜欢别人说“远亲”这两个字，当即就要发作：“你——”

却见盛亦回头，对蒋之衍道：“打个电话，明天让唐烨那个傻子来见我，否则接下来这个年他就别过了。”

蒋之衍点头。唐烨是谁？是曾经在临天挑衅过盛亦的人。盛亦开车撞废了他半个车身，当时唐烨就坐在车里，吓得快尿裤子。最后还被盛亦从驾驶室揪出来，掐着脖子摁在挡风玻璃上。

“你记住。”盛亦睨着唐昊勋，眼里暗潮涌动，“今天你这个脑残女朋友说了虞星多少句难听的话，明天我就让唐烨在我面前跪多久。至于他之后会怎么找你麻烦，我就不清楚了。你大可以等着。”

唐昊勋脸色唰地白了。倪曼姗也被吓到，拽着他的袖子，一声不敢吭。

虞星愣愣看着盛亦。

在她的诧异和呆怔中，盛亦认真地对脸色发白的唐昊勋说：“我追了虞星这么久，她一点反应都没有。她主动撬墙脚勾引，就凭你？”

心怦怦直跳，猛烈撞着胸口。

——我追了她这么久。

他这样说，字音清晰入耳。

虞星觉得自己幻听了，可眼前和耳边的一切，都真实得不能再真实。

高挺清冷的身影就站在那儿，话音落下的瞬间，利落地从口袋拿出钱包，抽出一张黑色镶金纹的卡，扔给蒋之衍。

象泉山庄的黑金卡是特权卡，享有额外的特殊服务。正是盛亦扔出的这张。

“让工作人员清场。”

不耐烦至极，多看这群人一眼都嫌烦，盛亦眉眼间全是戾气——

“闲杂人等，赶紧给老子滚。”

转学到临天之前，虞星在三中有过一段非常不美好的时光。

那时候，倪曼姗是学校贴吧票选出的校花，风头无两——虞星也在同一个评选队列之中，不过以大票差居于倪曼姗之下，位列第二。

评选标准说是不仅看外貌，性格、特长、风评等皆要作为参考。虞星一直不是爱交际的性格，说得上话的人拢共就那么几个，和倪曼姗这种出了名的好人缘相比，自然是比不上的。

虞星根本没把这种评选放在心上，但就是从那次之后，倪曼姗注意到同一年级的她，主动找来向她示好。她们两人性格其实有点不太相合，喜欢的东西相去甚远，倪曼姗喜欢的那些包包、衣服、美甲、发型……虞星都不怎么感兴趣。

有时候虞星觉得她们其实稍微保持一些距离会比较好，可倪曼姗热情万分，铆足了劲要和她做“最好的朋友”，总是变着法子，突如其来地弄出各种“惊喜”。那些象征友谊的对戒、手镯，让虞星倍感压力，不得不找各种机会回赠同等价位的东西。

钱可以还，所谓“感情”却还不了。

阴差阳错的一来二去之下，所有人都觉得她们是关系特别好的朋友，就连倪曼姗自己也那么认为。倪曼姗总是说，她俩都是高一年级里长得出挑的，因为选校花的事，一来就被学姐们盯上。今天谁去班上示威，明天又有谁故意使小绊子，她们两个处境艰难，同病相怜，只有彼此才能理解对方，她们是最好的朋友……

虞星听了太多，却觉得茫然。

后来，唐昊勋和倪曼姗越走越近，最终成了一对。虞星作为好朋友，倪曼姗总对她说唐昊勋有多好有多好，还介绍他们认识，慢慢地一群人玩在一起。

一开始没什么，久了，唐昊勋越来越让人不舒服。

比如出于礼貌加了联系方式，唐昊勋私下里却避开倪曼姗找她，一次两次，她不回。唐昊勋不知收敛反而变本加厉，大家一起出去玩的时候，趁别人不注意来和她说悄悄话，觍着脸问她为什么不理他。虞星避之不及，然而只要有倪曼姗在的场合，唐昊勋必定在。他总是暗地里和她搭讪，或是做出一些越界的关心举动，让她不胜其烦。

那年某个洋节。

前脚，倪曼姗来跟她说，唐昊勋洋节当天要去外地，为了弥补，会提前两天和她庆祝，夸他温柔体贴。后脚，洋节的前一天晚上，虞星就接到唐昊勋打来的电话，问她要不要一起去外地玩两天。

——只有他和她。

虞星忍受不了，洋节后唐昊勋回来，虞星把他约出来，和他摊牌。她说得很明白，如果再有下回，就亲自把一切都告诉倪曼姗。

谁知，碰面的事不巧被认识的人撞见，偷偷拍了照片交给倪曼姗。

之后便很老套。

唐昊勋抢先一步“交代”，虞星再和倪曼姗解释时，倪曼姗已经一副“心里有数”的模样，她说的那些话，倪曼姗也一个字都没信。在唐昊勋和她这个“最好的朋友”之间，倪曼姗一秒都不带犹豫地选择了相信前者。

虞星在三中的日子变得艰难起来，所有人都骂她，说她贱，撬朋友墙脚，不要脸。很长一段时间，倪曼姗和她的新的小伙伴们不停地找她麻烦。

有时候她和人起争执，对方就会借此攻击她，谩骂道：“你怎么还不赶紧滚，脸皮这么厚，赖着不走，你知不知道我们全校的人看到你都想吐！”

她们要虞星转学滚蛋，虞星偏不。没有做错事凭什么要走？谁欺上门来她都不低头，就是不肯低头。甚至当着倪曼姗的面，她直接放话：“要我转学可以，除非你们考得过我。我一天在这里，这个年级的第一就是我。只要有人有本事把我从第一赶下来，我二话不说马上滚！”

结果就是，没有。

她牢牢占据第一的位置，无人撼动。

直至高一第二个学期结束，临天递来橄榄枝，虞星考虑过后选择接受，这才离开。

刚进临天那会儿，她想把脸藏起来也有一部分原因，是这件事给她留下了阴影。

马场清场，除了他们，没有多余的人在。

本应该清静地玩，重提旧事以后，虞星彻底没了心情。再加上盛亦的话搅乱她心里一池春水，自踏入马场后，她一个正眼都没有给他——不敢。

大家玩得都不尽兴，草草散场，虞星想跑，被盛亦逮住。

“我送她回去，你们自己走。”他说。接着就把她拎上了车。

坐上副驾驶座，系好安全带，车开动。驶离象泉山庄许久，虞星还是僵硬着身子一动不动。

“你以前那个学校的人，都是什么傻子。”许久，盛亦先开口打破沉默。

虞星飞快瞥他一眼，小声道：“我也不知道……”

气氛有些尴尬，但好像只是她一个人这么觉得，盛亦看起来从容得很。

他握着方向盘直视前方，语气如常：“那个姓唐的以前除了骚扰你，还有没有别的？”

“没有。”虞星咳了声，“他发消息给我我都不理，就是比较烦他没完没了。”

盛亦沉着眸没说话。

虞星瞥一眼他的侧脸，忽然好奇：“学长，刚刚……一开始她们说的时候，你为什么没有信啊？”

“我为什么要信？”

“她们人多，而且听起来很真……”

“人多嗓门大就对吗？”盛亦反问，“我又不傻。”他顿了一下，“再说，你连我都看不上，怎么可能会看上他那种东西。”

冷不丁又提到这个，虞星的背一下绷紧，紧张得都没了表情。

“学长，你，你……”

“我什么？”

她咽了下口水：“我知道你是为了帮我出气，但你真的不用这么拼，拿自己说事……”

盛亦看她一眼，沉沉道："我没有跟你开玩笑。"

虞星一怔："啊？"

"我说的是认真的。"他道，"难道你以为我在逗你？"

她有点蒙，刚想把今天的事和他的那些话，归为他替她撑场面时的玩笑话，他这么一说，她连最后一个借口也没了。

盛亦皱了下眉，忽然叫她："虞星。"

她紧张得手心冒汗："啊……"

"你难道一点都没发觉，"他抿了下唇，"我在追你这件事？"

"……"虞星真的傻了。这是什么时候的事？她怎么不知道？哭不是笑也不是，一下子不知该作何表情。

盛亦用余光瞥见她此刻神情，沉沉舒了口气："算了。你现在知道也一样。"

虞星下意识往车门的方向靠，愣了半天才找回表情："不是，学长……学长，你……"

"我怎么？"

"你喜欢……喜欢我什么啊？"

他皱眉想了想，没细说，只两个字："很多。"

"比如？"

盛亦眼神凉凉扫过去："你如果敢说我喜欢什么你改什么，我现在就把你扔下去。"

虞星："……"

车朝前方疾驰。

虞星脑袋里有些乱，稍作沉默，想了想还是道："学长，我觉得你还是再慎重考虑一下。"

"考虑什么？"

"我不值得你喜欢，真的，没什么好喜欢的。"

"我喜欢什么是我的事，你说了不算。"

"可是……"有话堵在喉间，她很为难。

"我又没有要你给我答复，你这样子干什么。"

虞星用力抿唇，眉头紧拧："学长，在学校，你和童童，你们已经帮了我很多。童童是朋友，她的好我可以受，先前我也把你当朋友，但现在你这样说的话……

我可能以后没办法再跟你来往了……"

盛亦眉头一挑："哦？"

"我是说真的。"虞星表情沉下来，"接受朋友的好，朋友的好可以还。但是你说，你说……"她脸上闪过一丝热意，"你喜欢我，这就是两码事了。这样我没办法再接受你的好意，虽然很抱歉，可我对你没有这个意思，不能接受你的感情，自然也不能继续白白占你的便宜，否则那样会让我感觉自己很卑劣。"

"你的意思是，要跟我断绝来往？"

"呃……学校里碰见，打个招呼还是可以的。"她留有余地。

盛亦气笑了："你还挺讲礼貌。"下一秒笑意尽敛，"信不信我现在就扔你下去？"

虞星仓皇地看向他："学长……"

"别跟我废话那么多。"盛亦不耐烦道，"我一没有要你给我答复，二没有逼你喜欢我，已经很够意思。我愿不愿意对你好是我的事，和你卑劣不卑劣有什么关系？"

"可是明知道别人喜欢自己，不接受别人的感情，还像没事人一样和对方继续来往，这不是在耍人吗？这样对对方来说也是一种轻贱……"

"就你，还耍我？少给自己戴高帽子。"盛亦嗤道，"轻不轻贱谁说了算？这是你跟我，我们两个的事，轮不到别人来多嘴。我乐意就行。"

虞星看他一会儿，怎么都说不通，只好再次强调："学长，我真的不能接受你的喜欢。"偷偷打量他的脸色，她将预防针扎得更深些，"不要白白浪费时间了，没意义。"

盛亦不想听到这话："闭嘴。"

他冷脸警告："你少动什么断绝来往的念头，你断一个试试，脑袋我都给你拧下来。"

虞星："……"

这到底是喜欢她还是跟她有仇？

冬日寒凉，偶尔出大太阳不起风的时候，倒也挺暖和。对于大多数十七八岁的学生来说，如今的春节年味一年比一年淡，除了抓紧享受假期，其他都是虚的。

从象泉山庄回来开始，虞星天天窝在家里足不出户。算一算……她已经躲了盛亦将近一个礼拜。

这一个礼拜内，但凡盛亦发消息，她必定拖到实在不能拖的地步才回，不出三句立刻就找借口结束对话。

约她出门两次，两次都被她拒绝。

不能不躲。犹记得那天回家来，晚上连觉都没睡好。满脑子想着“盛亦喜欢我”，惊诧之余，越发茫然。

她喜欢盛亦吗？扪心自问多次，应该是“不”的，但又有种描述不清的感觉，朦朦胧胧，一时令她犯傻，像踩在云端上，第一次，连自己心底的想法都看不真切。

她得不出确切答案，只能陷入更深更重的烦闷之中。

想来想去，最后还是不想了。比起那些遥远的东西，摆在眼前最直观的现实就是，他们之间有着无法跨越的差距，这条鸿沟比银河还宽，在此之上想什么都显得好笑。

于是她干脆用起最简洁的方式解决——躲。

逃避盛亦的第一个礼拜零一天的下午，虞星陪小姨喝茶吃了会儿点心，困倦袭来，趿拉着拖鞋回房，进被窝睡了个美滋滋的晌午觉。

一到放假，懒洋洋的骨头缝里都透着乏劲，好梦绵长。

傍晚吃过晚饭，天黑得早，虞星还没决定晚上看书的时候吃什么水果比较好，突然收到童又靖十万火急的消息：快来！我有急事找你！非常重要！赶紧赶紧赶紧！

虞星看得一愣，不待她问，童又靖甩出地址，说：我在这儿等你啊，马上来！

地点是个咖啡馆，虞星晕头转向，懵然动身，和小姨说了声就出门，路上给童又靖打电话，不通。

只收到消息：信号不好，到了再说，我在楼上等你。

虞星不疑有他，童又靖用的表情包和说话语气都和往常无异。打车过去花了半小时，到咖啡厅，大概是消费不低的缘故，即使放假人也不多。照着发来的卡座号询问服务员，服务员将她领到二楼。

一上二楼，临到座前，远远看过去，虞星的脚步和表情俱是一僵。

那边面对面坐着两个人，其中童又靖一见她，起身飞快跑过来，双臂一张将她紧紧拥住。“……对不起！我也是被逼的！你不要生气！”

童又靖将她箍得死紧，生怕她会一气之下甩手走人。

不至于。虞星扪心自问，再如何也没到那个程度。只是……她无奈地瞪了眼松开她之后一脸歉疚的童又靖，恨铁不成钢——好啊童又靖，没想到你个浓眉大眼的，竟然也叛变了。

不远处，盛亦老神在在端坐，脸上挂着浅淡的、胸有成竹的笑。

“对不起嘛。”童又靖小声说，趁机偷偷抱怨，“哇，他真的好恶毒，跟我堂哥不知道说了什么，我堂哥天天给我安排‘相亲’，介绍他国外的朋友给我认识……我这个年怕是过不好了！”

头疼的问题就在眼前，虞星哪顾得上同情这个推波助澜的帮凶，啐道：“活该！这样就把我卖了？”

“我错了……”童又靖拽着她的手讨饶。

伸头是一刀，缩头也是一刀，虞星老老实实走到盛亦面前。

“学长……”她嘿嘿一笑，“好久不见，气色不错，新年快乐，喝咖啡呢，吃饭了没？”

盛亦不理她的四字经，抬眸瞥向童又靖。一个激灵反应过来，童又靖抓起卡座上的包：“我还有事先走一步，你俩慢聊！”

“欸——”回身抓了个空，虞星捏捏拳头，无语。

是谁当初说盛亦要是打她主意，就替她撑腰的？就这脚底抹油的速度，撑腰？虞星看童又靖不帮着盛亦亲手把她的腰撅折，都已经算顾念姐妹情了。

这厢盛亦赶跑多余的人，满意挑眉：“坐下。”

已经来了，虞星只好安分落座。

“寒假过得挺好？”

“还行。”

“脖子痒痒吗？”

她一愣：“啊？”

“我看你是过得太舒服，很想我把你的头拧下来？”盛亦眯着眼，只勾一边唇角，笑得有点危险。

虞星往后靠，贴着座椅靠垫：“别这样，学长。”

盛亦似笑非笑打量她，却没有发难，叫来服务员，吩咐两句，没多久，送来一杯热饮，端到虞星面前。

“这是？”

“给你点的，这里的咖啡比较苦。”盛亦自己喝的是白开水，悠悠道，“你不是不喜欢苦的吗？”

虞星瞥他一眼，没说话，手搭在玻璃杯边缘，温温热热，正正好。

稍作沉默，盛亦这才开始发难：“让你别躲我，你偏要躲，我的话你当成耳边风？”

来了来了。虞星眼神闪躲：“我……”

“给你发的消息不止二十条，你回我几个字？没记错的话，不超过三十个字？”

“……”怎么连这都数。

“两次找你，你都说没空。我倒是很好奇，你忙什么这么没时间？”

“……”虞星低头看着桌面，装死。

盛亦眉头微蹙：“说话。”

飞快抬眸，立刻又敛下，虞星微微别开脑袋，声音低而轻：“学长你明明懂的……”

他是懂她的意思，但不表示他接受。“合着我那天跟你说那么多，你一个字都没听进去？”

她不吭声，一副死猪不怕开水烫的样子，看来是打定主意要和他这个追求者划清界限。

盛亦气得脑仁疼，狠狠盯着她，有些躁，端起杯子喝了口白开水。

“……”她看着桌面，思绪飘忽，用手抠着桌沿，根本不在意他。

太阳穴突突跳，盛亦端起水杯，又喝一口。

她偷偷瞄他，随后假装无事发生，看向别处。

盛亦看着那张脸，直想掐死她，再度拿起杯子抿了一口，恨得牙痒痒。这个没心没肺的东西，一等一的会看眼色。她现在就是笃定了他不会动她，拿准了他下不去手。

“喜欢”两个字都已经说出口，他还有什么叫嚣的资本？感情上弱她一头，她再不需要像以前一样战战兢兢地害怕，现在的她底气十足。

他真能把她脑袋拧下来？就算再气她阳奉阴违，怕是拧断自己的手指，也不可能拧她的脑袋。盛亦越想越胸闷。

气氛僵滞，虞星静等着他发作，半天不见动静。等得都累了，却见对面气势终究是弱下来。

盛亦沉沉舒出一口气：“我理解你的想法，但你是不是也该理解我？”

虞星不明所以："啊？"

"这种事如果自己控制得住，人活着能少多少麻烦。"盛亦睨她，道，"你不愿意接受，OK，但是一味地躲没有用，给个缓冲时间，你好调整，我也好调整。"

她愣愣地，不是很明白。

"你越躲，我越是想让你无处可躲，这不是在激起我的逆反心理？"他有理有据道，"倒不如顺其自然，正常一点，说不定时间久了，我的感觉也就变淡了。"他的声音极具诱惑力，"到时候看你跟看其他人没什么两样，不过是水灵一点的白菜而已。"

好像……有点道理？走到今天这一步，前期问题很大。虞星觉得最开始和他斗智斗勇确实是个错误的决定，也怪盛亦，逆反心这么强干什么？她又是个外软内硬的性格，两人硬碰硬，针锋相对碰着碰着，谁都没把谁干掉，反而闯进对方的生活，彼此互相入侵。

虞星一边考虑一边打量他，想一会儿瞄他一眼，许久，勉为其难地点头："……你说的也对。但是学长！"她立刻道，"你喜欢谁是你的权利，我尊重你这个权利，不过既然要正常相处，话我得说在前面。我这个人最怕搞那些腻腻歪歪的，你喜欢你的可以，不能对我……"话没说尽，她留有余地。

深吸一口气，盛亦脸黑得像锅底。她防贼一样的表情，就差把"不要骚扰我"这几个字写在脸上。

——又想把她脑袋拧下来了！怎么办？

"学妹说的，我都懂。"笑着咬牙说出这几个字，盛亦端起杯子，将水一饮而尽。

八点多，时间还早。

盛亦开车送虞星回家，开到一半突然反悔："上次你请我吃饭好像还有两家店没吃完？"

"啊？"他突然提起这个，虞星一愣，"那……那下次……"

"改日不如撞日，就今天吧。"盛亦淡淡一笑，扭头睇她，不容拒绝地拍板，"学妹，请我吃饭。"

"……"真不要脸。

虞星想回家，想念温暖的被窝，想念香喷喷的小姨，想念那一堆还没做完的习题。

“今天就算了吧，这么突然。”她实在不想再绕远路，这都快到家了，“我们现在过去，人家估计都关门了，要不然……哎，我家附近有条小吃街，特别好吃，过年这段时间非常热闹，学长我带你去逛一下？！”

“小吃街？”用脚指头想也知道，她这是在忽悠他。

“真的很好吃，不骗你。”大忽悠虞星上线，表情偏生做得比珍珠还真，“哇，你不知道，那些摊子的老板都是做了很多年的，手艺特别好，别的地方根本吃不到！”

“……”

“上次我吃那个什么，差点把舌头都吞了！学长你一定要试一下，我跟你说……”

盛亦不说话，虞星便不停嘴，一个劲地游说。不光说，她还往他这边靠，怕是自己都没察觉，要不是安全带绑着，她说不定能把他挤到窗外。

为安全起见，伸出一只手将她推回去，盛亦受不了她的聒噪，皱眉：“知道了，去就是了，你闭嘴。”

虞星赶紧噤声，喜笑颜开。

车停在小吃街附近，一进去，盛亦就知道自己没猜错。虞星为了速战速决敷衍他，随便挑了一条家附近的街，就敢吹成明珠蒙尘不来会后悔的绝世美食隐藏地。盛亦倒不在意这些，原本就是想和她多待会儿，好不容易把这个没心肝的诓出来，还不留久一点？

没想到他也有今天，熟人看见了不定得笑话成什么样。

巴黎香榭丽舍大街，纽约第五大道，放着好去处懒得走，在这逛一条破破烂烂的小吃街，他这盛氏集团大少爷，跌份儿可真是跌到了极致。

盛亦腹诽之余，没有手软，买了两串糖葫芦塞给她。

虞星拿在手里，一脸为难：“这？”

他道：“不能白来。什么都不买，不是显得我小气？”说着往下走，又给她买了一份麦芽糖。

虞星怕他购物兴起，连忙转移注意力，拉他看些小物件。

没什么稀奇的，这里有的东西，景点街都有，商场外也有，见过路边就都见过。

盛亦耐着性子由她糊弄，两人有一搭没一搭说着话，气氛也算不错。

边走边聊，糖葫芦拿在手里久了，闻着挺香，虞星没忍住，“吧唧”在糖葫芦上咬了一口。

恰在此时，盛亦忽地说：“这么久来，我做了不少你讨厌的事。你应该挺讨厌我？”

她一口糖碴子差点呛到，连忙咽下去：“嗯？呃……还，还好吧。”客气话说得自己都不太信。

盛亦更不信，微微一笑：“不用哄我，我心里有数。”

她抿了抿唇，不说话。

“你是不是一直很想弄死我？”

“那倒没有那么严重……”半死就行。她笑了下，低头咬糖葫芦。

盛亦迈着步，眸子黑而沉，半晌没出声。这条街破旧，但有点老城的味道。

陈旧、腐朽，古朴、自然。

小时候，爷爷的助手闲下来，时常带着他坐车在西区和东区游览。那时候的四九城，就像现在的这条街一样，有着相同的气味。其实以前的事，他已经不太去想。这些年，他几乎没有几天真正开心过。

自从被接回爷爷身边，生活就被无穷无尽的严苛填满，每一天都和前一天一样，不停循环往复。哪怕是作为孩童的他，也从来没有得到过一丝怜惜，爷爷甚至将对父亲的失望和愤恨，全部加在他身上。那时他才几岁？刚刚失去双亲，好不容易通过治疗将心理问题的苗头压了下去，爷爷却连喘息机会都不给，立刻要求他走上成材之路。

强压之下，他过得压抑又痛苦。总是一个人把自己关在房间里，时常暴怒，时常没来由地感觉躁郁，想要毁灭事物的那股戾气，在身体里横冲直撞。

他不能说，只能靠自己忍耐、压制。久而久之，开始学会用笑容面对一切，直至终于成了一个温文儒雅、外表温柔无害的存在。

这么多年，孤独感始终不曾消失。他习惯了独自在房间里学习、玩耍、静静与自己相处。后来的这些朋友远远不够填补，在真正需要陪伴的那些年里，他没有过玩伴，没有过可以一同分享的另一个人。

为什么喜欢虞星？

不是没有想过这个问题。

他这一路走得太安静，太沉闷。虞星闯进来，是个意外，也是一个惊喜。

他们可以为一封情书暗暗较劲。彼此间的一个称呼，就能你来我往地赋予无数种意味。今天你非要摁着我低头，明天我偏要梗着脖子接招。

一个眼神，一句话，一道菜，一个表情……所有的所有，细微到常常被忽视的东西，突然都变得有趣至极。

很幼稚，像两个不服输的小学生在过招。

可就是因为有虞星，因为她，他生活的每一分每一秒都能被掰碎填满，日子不再是枯燥压抑的黑白色。见过那么多人，形形色色，只有虞星一个。因为她太过要强，所以才会在被他整被他戏耍的时候，死不低头。

也幸好她要强。

如果不是她，不是这样不服输的虞星，或许他们不会有后来这些。

思绪走得有点远，不知不觉一条街过半。盛亦吸一口气，寒凉的空气吸进肺里。侧头看向她，她手里那串糖葫芦，吃了三分之二。

"……虞星。"

"嗯？"她吃得起劲，神游天外，根本不知道他心里起了怎样一番波澜。

他看着她，眸色如夜般浓重，挡住了那些潜藏的柔和情绪。

早在那天就想说的。她问他为什么喜欢她，一直没有说出口。

很感谢。

谢谢你来陪我玩。

不懂他此刻想法的虞星，一脸单纯，眼巴巴等着他的下文。

盛亦忽地一笑："你好像个白痴啊。"

"？？？"虞星咬着糖葫芦一脸莫名。好好的怎么骂人呢？

他爽朗地笑起来，虞星不高兴，抬手用胳膊肘用力顶他。盛亦拔腿开跑，虞星气得在后面追。

一步一步，空气中的冷意似乎正在消散。第一次摆脱孤独感，是在初次赛车的时候。就像是找到宣泄的途径，盛亦喜欢那种感觉，在疾驰前进中，时间一秒一秒流逝得那么清晰，只有体会到冗长的时间加速消失，他才觉得自己活着。

现在不用了。终于不需要赛车替他将贫乏的时间杀死，虞星的存在，让时间变得有趣，每分钟都丰富充盈，甚至舍不得它走太快。可能虞星就是上天送来陪他的玩伴。

迟了很多年，不过没关系。

谢谢她能来。

这一次，他愿意让车开慢点。

虽说小吃街离虞星家近，盛亦还是坚持送她回去。

这段距离不远，两人一起步行。

或许是气氛使然，又或许是冬夜原本就适合感慨。快到虞星家楼下时，虞星叹了口气，对盛亦坦白：“前面你不是问我是不是讨厌你吗？”

盛亦扭头看她。

“那时候，讨厌是有一点。”虞星说，“我就是不喜欢别人强迫还有威胁我，不管是谁都会让我很难受。说出来可能有点好笑吧……”她低头看了看脚下，“我就是希望，相处的时候能够互相尊重一点。只要愿意尊重我，我就觉得还好。”

许久没说话，几步路过去，他颔首：“嗯。”

楼道就在不远处。

虞星瞥他，说了这么多已经够了，没必要再继续，冲他摆摆手：“学长你回吧，开车注意点哦，路上小心！”言毕小跑往前。

“虞星——”盛亦忽然叫住她。

虞星停下，回头：“嗯？”

盛亦迈开大步走过去，行至她面前，没等她反应过来，忽然伸手抱住她。

她吓得一僵。

却感觉虚虚揽着她的那只手，在她背上轻拍了一下。

“没有要非礼你。”他说，“别紧张。”

没法不紧张，这都被抱住了！

虞星僵着身子，连呼吸都变得小心翼翼。在他怀里，全都是他的味道，清淡好闻的香味一点点将她包围。

“以前的事是我不对。”

“学妹大人有大量，别和我计较。”

盛亦单手揽着她，这是个礼貌的拥抱。

声音浸润了冬日潮气，他抬起另一只手，轻轻摸了摸她的脑袋。

“……对不起。”

第十一章

19 岁生日，有点甜

盛亦扯住领带："我许的愿，是希望今年的这一天可以开心一点。本来是随便许的，但现在……"

他捏着她给他系的领带结，向上紧了些许。浅浅一笑，那双桃花眼盛满轻漾的光，弯成好看的形状。

"我的愿望，已经成真了。"

春节假期不长，近几年时兴去国外度假。盛亦几个家里长辈守旧，没有关系特别亲近的亲属在外，照旧在国内过。秦怀一家倒是在寒假伊始，早早就坐飞机越过远洋，去国外度假了。因此这个假期里，秦怀也就没能参加他们的聚会。

直至新学期开始的第一周快结束，秦怀才回国，落地第二天约一帮损友出来相见，缺席期间发生的事，后知后觉"补课"完毕。

久违的聚会后，避开其他人，秦怀和盛亦两人私下又单独见了一面。具体情况不详，唯独知道的，是秦怀把盛亦揍了一顿。

一开始大家都以为听错，然而并没有。

成天到晚笑眯眯实则最不好惹的盛亦，被秦怀揍了，真得不能再真。

虞星初闻消息，十分惊讶。和童又靖的聊天内容一条条飞快刷新。

里特丝达：不能吧？秦怀打盛亦？！

童童：千真万确！蒋之衍告诉我的！

里特丝达：秦怀为什么打盛亦啊？

童童：好像……

里特丝达：嗯？

童童：跟你俩的事情有关。

里特丝达：我俩？

童童：就你跟盛亦的事，秦怀回来知道了，他们两个私底下好像聊了什么。

虞星对着手机发了会儿呆，二手消息不够准确，不如直接去问盛亦。

二话不说立刻点开他的头像，想了想，又改为打电话。

没多久那边就接通。

“喂？”男声带点磁性，是熟悉的声线。

“学长。”她开门见山地问，“你跟秦怀学长打架了？”

“没有。”

虞星刚松一口气，就听盛亦道：“是他单方面揍我。”

她一愣：“……为什么？”

他漫不经心道：“没什么。”

“童童说跟我有关。”

他顿了一下，啧声：“童又靖真是个大嘴巴。”

“学长！”

“确实不是什么严重的事。”盛亦只得告诉她，“秦怀回来之后，听说了我在追你的事。你之前不是在他面前胡说八道，说你喜欢我吗？他就来找我问清楚。”

为什么胡说八道？还不是因为他！心里腹诽，这时候却也顾不上分锅，虞星追问：“然后呢？”

“然后我告诉他，那个时候我们两个有过节儿，正在互相纠缠，一不小心拿他当了炮灰。”

“你全都实话实说了？”

“差不多。该说的都说了，我告诉他，我给你和他牵线搭桥是假的，你跟他约会是被迫的，你喜欢我也是说来敷衍他的。”盛亦悠悠道，“只有现在我在追你而你不为所动，才是真的。”

“……”换个人跟盛亦做兄弟，怕是要捅死他。

虞星说不出话。

半晌问道：“那秦怀学长还好吗？现在怎么样？”

“好得很，揍完我就滚回家吃饭了，哪里不好。”

“他生气也是情有可原的……”这件事上，她自觉愧对秦怀。

公寓卧室里暖黄色的光，黄澄澄照亮室内。

外头有风。虞星靠坐在床头，叹了一声。

手机那边响起窸窣动静，盛亦似乎翻了个身。

“别光说他，挨揍的是我，你怎么不问问我？”

虞星吐槽：“挨揍不是应该的吗？”

“我可是一个人把所有错误都包揽下来，连你那份一起，你不应该谢谢我？”

她小声地“嘁”了一句：“如果不是你，我哪至于对秦怀学长撒谎？学长，你是问题的源头，责任本来就在你！”

他低笑：“……行行行，你说什么就是什么。”他装模作样叹道，“没办法，谁让学妹是我学妹呢。”

她嘀咕：“本来就是你的锅。”

闲扯两句，问到想问的，差不多该挂电话。

虞星刚准备开口，那边盛亦又开始作妖：“说真的，秦怀下手特别重。学妹，我身上好疼。”

她眉头一挑：“那怎么办？”

“不如学妹你给我唱两首摇篮曲？最好明天再做个爱心早餐什么的，我不挑，煮个粥，配点小菜，再煎个蛋，蛋最好是爱心型的，如果可以……”

“学长。”虞星冷酷无情地打断他，“你还是洗洗睡吧，梦里什么都有。”“啪”的一下，干脆利落挂断电话。

嘴上说责任在盛亦，心里却清楚，自己也有不对。虞星给秦怀发消息道歉，以为会遭到冷落，没想到他态度不错，并没有恶言相对，十分平静地接受了她的歉意——大概是先揍了一顿盛亦，已经出气。

第二天上课，大课间，童又靖风风火火跑来找她。

虞星吓一跳：“你慢点跑。”

童又靖在她前座坐下，道：“我刚刚去了趟高三，盛亦伤得不轻。”

她一顿：“……很严重？”

“脸上伤了。”童又靖说，“没想到秦怀竟然来真的，盛亦的嘴角破了一大块，青青紫紫。”

虞星没说话，手里捏着书的一页，许久没翻动。

童又靖问：“你要不要去看看？”

眼神闪了闪，虞星小声："我去看什么，又不是我打的。"

"那多少跟你有关系嘛。"童又靖说，"我不是怪你哈，但你想想，秦怀以前从来没跟盛亦动过手，这次竟然还打在脸上，肯定很生气！他这么生气，下手绝对轻不到哪儿去，而且听说盛亦没还手……"

听童又靖这么讲，虞星忍不住也觉得盛亦惨，但还是嘴硬："我不去，去了他又叨叨个没完，烦死了。"

劝说几句，见劝不动，童又靖只好放弃。

很快，上课铃响，童又靖回了自己班上。

中午吃饭，一帮人聚在餐厅。自从盛亦"改邪归正"，角落的位置基本成了他和虞星的专属。好在够大，那时只有他俩，现在加上童又靖几个，也能坐得下。

听说始终不如眼见直观，亲眼见了盛亦，虞星才知道童又靖没有夸张。

他脸上确实挂了彩，眼角边一块，嘴角边一块，青紫中泛点红，像失败区域的彩绘成果。嘴角伤了，吃东西不方便。

盛亦平时进食就够斯文，这餐饭下来，更是没吃几口。他没有发出不该有的声音影响同桌的其他人，只是每每牵扯伤口，不得不停下筷子休整一会儿，那眉头微微蹙起，很是可怜。

虞星不想看他，偏偏忍不住，眼神总是往他的方向瞄，明明不想看到，然而就是一直看到。他吃痛的细微表情看在眼里，她仿佛也跟着疼起来，嘴角下意识一抽一抽的。全程，他没动几筷子，到最后大家都吃完，他面前那份剩了大半，几乎还是原样。

虞星想说什么，动了动唇，按捺住，把话咽回喉中。

吃完饭借口回班上，在餐厅前的小路口，虞星和童又靖跟他们仨分道扬镳。然而到了高二教学楼前，虞星却不上去。

"突然想起我还有点事，童童你先上去吧。"

"啊？什么事？"

低咳一声，她没说，只道："有点别的事。你回教室吧，不用等我。"不待童又靖多问，转身朝外走。

虞星堵着一口气，着实说不清心里的想法，只是想到盛亦脸上挂彩的样子，莫名不是很开心。应该觉得痛快过瘾才对，毕竟他那么讨人嫌，也是他之前不做好事，不然秦怀不会被气着，更不会有这一出。理应如此，可实际上并不是。

虞星一边胸闷，一边为自己竟然因盛亦胸闷而越发胸闷。

……成了个死循环，无解。

一边想，脚步匆匆出了校门，到最近的药店，买了一盒喷雾和一盒创可贴。付过钱，虞星拿着东西赶回去。

路过高二教学楼不入，径直往高三去。到了高三，又犹豫半天，在拐角迟迟不前。想走，又觉得该过去，虞星来来回回，在原地踟蹰不已。

半晌，她一咬牙，拦住一个路过的男生，拜托对方："不好意思，能不能麻烦你一下，帮我把这个送去高三 7 班给盛亦？"

一听盛亦的名字，男生脸色微变："啊？！"

生怕他拒绝，虞星费力游说半天。男生一开始为难，明显不想答应，后来她不得不自报班级姓名，让他有什么问题就找自己，再三保证，男生才勉为其难应下。

见男生拿着东西进了高三 7 班的门，心里一块大石头放下，虞星长舒一口气。

而后，沿着楼梯跑下去，头也不回。

东西送出去，本以为盛亦会找她说点什么，然而没有。一下午，风平浪静，虞星拿出手机看了好几回，没有收到他一条消息。

她也不知道自己在等什么，就是忍不住。几次之后，将手机往兜里揣，决定不再关心有没有消息。

嘁，没礼貌，连句谢谢也不知道说。

秦怀就应该把他打成猪头！

把这件事抛到脑后，上完下午的课，晚饭是和童又靖两个人单独吃的。一问才知道，最后一节课前，盛亦三人离校出去了。

她"哦"了声，对某位不礼貌的人不感兴趣。

晚自习安稳结束，虞星回公寓，刚准备洗漱一番再挑灯夜读，手机亮起，在桌上嗡嗡振动。

没礼貌的人打来电话。

她慢腾腾拿起，接听，喂了一声，就听盛亦道："来楼下。"

"什么楼下？"

"公寓楼下。"

她诧异："你在公寓楼下？"

他说是。

虞星握着手机匆匆下楼，远远就见女生公寓外，站着一个人。

她小跑过去，压低声音斥道："你大晚上跑来干什么？"

"给你送书。"盛亦一笑，拎起手里一袋东西，"童又靖不是说你要竞赛资料吗？我找高级私教列了个单，喏，都让人买齐了。"

虞星看看那袋书，再看看他，无奈："你干吗还特意……就算送书也不用大晚上来啊，被人看到指不定要说什么！"

"怕什么？"

虞星叹气，伸手："那你给我吧。"

他避让："这么快就要上去？"

"不然呢？"

"我特意在这儿吹冷风等你，你就不想跟我多聊一会儿？"

虞星没搭茬，注意到他脸上："你的脸……"

"嗯？"

她不自在地问："你没擦药？"

盛亦睨她一会儿，笑起来："你是说……你送的喷雾和创可贴？"

没说话，她抿了下唇。

他从外套口袋掏出创可贴："这儿呢，喷雾在我车上。"

她怪道："装着干吗不用？"

"学妹第一次关心我，当然要留作纪念。"他一脸理所应当，振振有词。

虞星不知道该说什么好，一把从他手里拽过装书的购物袋："懒得理你，我回去了！"

"真的要走？"他声音可怜巴巴，"我嘴角破了，一天都没怎么吃东西，好饿……"

想吃还能没的吃？这人，真能卖惨！

虞星盯着他看了两秒，一瞪："饿死你算了！"

言毕，拎着东西转身就走。

疾步走到公寓入口，停下，回身一看，他插着兜站在那儿，脸上挂着淡淡的笑，直勾勾的一双眼，灼灼望着她。有点说不上的气，又有点无奈，虞星咬咬牙，冲他道："你站着别动，先别走！"

而后快步上楼。

盛亦原本想等她上去就走，闻言，静静停在原地不动了。

没多久，脚步声传来，虞星再度下楼。

她小跑到他面前，把抱着的东西往他怀里一塞，是几个袋装小面包，他忙用两手兜住。

“我就这些吃的，都给你了，赶紧回去！”

她板着张脸，语气也凶巴巴的，像个幼稚鬼，更像个纸糊的老虎。

盛亦兜着满怀小面包，定定看着她，这个幼稚鬼、纸老虎，却让他觉得无比可爱。

就这么一瞬间——

心陷下去，软得一塌糊涂。

盛亦的生日在四月中旬。

这一点，秦怀发给虞星的资料文档里有写，但她没留心，看过就忘，还是童又靖提起，她才想起这回事。

午餐她俩是在校外单独吃的，饭后到常去的咖啡馆休息。

“盛亦过生日你会去吗？”童又靖搅着杯里的奶茶，问。

虞星皱眉：“我去干什么？”

“你说你去干什么？他肯定会喊你啊，你去不去吗？”

“十九岁又不是十八岁。”

“那也是一年只一次的日子。你去我俩就可以一起做伴了！”

虞星用小叉子戳破点心最上层的面皮：“不去。”

童又靖很希望有个伴，游说道：“别啊！盛亦每年生日，他家里都会给他办得很隆重，有好多好吃的，好多人都会去！”

本来只是犹豫，童又靖这么一说，虞星越发不感兴趣。

“人多有什么好玩的，菜市场人更多，你跟我去吗？”她笑道，“而且你都说了，他家里办得隆重，请很多客人，我非亲非故的舰着个脸凑什么热闹？”

“同学啊！大家是关系好的朋友，怎么不能去？拜托，更沾不上边的人多的是挤着去的！”

“不了。”虞星坚持，“我不喜欢凑热闹。”

童又靖说不动她，盯着她看了数秒，作罢：“算了，反正盛亦肯定会找你的，你跟他说去吧！”

这是笃定她拒绝不了盛亦。虞星失笑，摇摇头，不再多聊这个话题。

喝完咖啡回班上，上课前，盛亦突然打来电话。

虞星走到走廊角落接听。

他却不是为生日的事，开口道：“你还记不记得，我们有饭没吃完。”

能不记得吗？虞星服了他催债的本事：“放心，忘不了。”

“既然这样，不如下午放学后的晚饭……”拖长的尾音仿佛姜太公的鱼钩，就等着她上钩。

虞星懒得浪费时间，干脆地应下：“好，放学见。”

“放学我来找你？”

“行。”

盛亦满意了，没闲扯太久，上课铃响前半分钟，“体贴”地将她“放生”。

下午最后一节是班主任的课，虞星向来是不看人下菜，哪个老师的课都上得认真。是以，除了被点名回答问题的时候，她还从来没有被老师长时间注视过。

今天却破例。

离下课还有七分钟，教室外突然多出一个身影。

——盛亦。

他慢悠悠踱着步子出现的刹那，虞星还以为自己出现了幻觉，下一秒定睛看仔细，不是假的，真的是他。

高二 3 班的大半数人——甚至可以说是全部——不约而同地朝外行了注目礼。

盛亦仿若未觉，站在第一扇窗户正对的位置，往后一靠，倚住走廊栏杆，透过玻璃窗看向虞星。

班上其他人的视线不时瞟来，连讲台上的老师都频频看她，虞星僵着身子，头皮发麻，在心里狠狠将盛亦痛骂一千八百遍。

神经病啊！

她说的是放学见，不是还没下课的时候！她同意他来“找她”，也不是这么个找法！大剌剌地杵在她班门口，盛亦是不是脑子进水了？！

虞星捏笔捏得死紧，强迫自己忽略窗外那个人，集中精神听讲。不知该不该说是托他的福，下课后总会拖两分钟的班主任，这回一秒都没多待，铃声一响就走人。只不过临走前，留给虞星一个意味深长的眼神。

一边收拾东西，虞星一边长舒一口气。

班上的学生今天走得飞快，明明注意力高度集中在门外的盛亦和教室里的她身上，偏要装作什么都没看见什么都不知道，求生欲强到极致。

当然了，背地里议论是一回事，谁敢当着盛亦的面八卦他？又不是不要命！

平时收东西速度不慢的虞星，难得成了最后出教室的那个。

走出去，就见靠着栏杆的盛亦面带笑意，迈步迎上来：“学——”

不等他说完狠狠地在他鞋侧踢一脚，虞星压低声斥道：“学你个头！”

盛亦“嘶”了声，挑眉：“你脾气越来越大了。”

“少装。我根本没用力，你嘶什么嘶？”

他一脸做作：“真的疼。”

虞星气得想翻白眼：“你干吗到我班上来？你没看到老师在？我好好上一节课，全被你搅和了！”

“看到就看到呗，老师又不是不认识……”

虞星瞪他，盛亦一顿，话音立时拐了个弯：“学妹说得是。下次我不上来了，就在楼下等。”

还有没有下次再说吧。虞星腹诽，板着脸朝楼梯口走。

盛亦和她并排。这个人“恶名在外”，在走廊和楼梯上碰见的所有学生，看见他全都下意识往旁边让出几寸，顺带连虞星也不敢直视。

通行无阻行至停车场，虞星气鼓鼓坐进车内的副驾驶座，盛亦从侧门出了学校，半路才消气。

那两家小店开在一块，生意不错，到的时候人差一点坐满。虞星算过，点的东西，分量正好够饱，又不会浪费。两家店一前一后吃完，不到四十分钟。

见时间还早，盛亦提议：“上次那个商场在街对面，去逛逛？”

虞星想了想，正好消食，点头同意。两人一路有一搭没一搭聊着闲话。

迈进商场大门，盛亦忽地开口：“我生日快到了，那天童又靖他们都会去，你也来？我去接你。”

事先已经得知，虞星很淡定：“不了，我就不去了。提前祝你生日快乐。”

盛亦侧眸睨她，面色不如先前明朗：“为什么不去？”

“你过生日不是很多人吗？我去干什么，我又不认识。”

“童又靖他们几个不是在？”

“他们几个我是认识，但别人我不认识啊。”虞星道，“朋友之间的聚会无所谓，那种正式场合就算了，我去不合适。”

盛亦没说话，沉默地走了一会儿。虞星和他聊起别的事情，仿佛没察觉他兴致变低，又或者是故意岔开话题。

在商场里逛了二十多分钟，逛回一楼，虞星看看露天小喷泉处休息的人，时间差不多：“该回去了吧？”

他没反应。

她以为他没听清：“回去了吧，嗯？”

盛亦转身走了几步，在喷泉前一处石凳坐下。

虞星一愣，跟过去：“你怎么坐下了？我们该回学校了！”

“我累了。”他长腿一伸，姿态懒散。

“从这里回去没多远，要不然你等回学校了再慢慢休息？”

盛亦抬眸盯着她，薄唇吐出两个字：“我不。”眼睫轻眨，他说，“我过生日你都不来，我不想走了。”

……还带耍赖？虞星劝道：“学长你别闹了，等下回去要迟到的，快走啦！”

“不走。”

她着急，上前拉他，盛亦坐着岿然不动。

虞星急了，松开他的胳膊：“走不走？”

“不走。”盛亦誓将无赖耍到底，“除非你答应陪我过生日。”

“我们当时说好的。”虞星板起脸，“我尊重你的喜欢，你也要尊重我。现在这样又开始威胁我了？”

她转身要走，盛亦长臂一伸，拉住她的手腕：“我没有威胁你。”

虞星被拽住，站着回头：“没有？”

盛亦默了默，眉头蹙起，好几秒才放平：“就当我求你，行不行。”

无言许久，虞星深呼吸几回合，而后，挣开他的手，头也不回地走人。憋着一口气，虞星心里不痛快。给他几天好脸色，他又开始得寸进尺！越想越不爽，脚下匆匆，往公交车站走。

过马路等红灯时，突然接到童又靖的电话。

摁下接听：“喂？”

“喂，星星你回来没？回来帮我带杯喝的。”

虞星道：“好。我在回来路上，等会儿坐公交车。你要喝什么？”

童又靖诧异：“公交车？你不是跟盛亦一起出去的吗，怎么坐公交车？”

“别提了。”虞星不悦道，“他说过生日那天要我去，我不去，他就开始耍赖坐下不肯走。我怕迟到就自己一个人先走了。”

“你先走啦？”

“嗯。”

“……把盛亦一个人扔在那儿？！”

“嗯，他不肯走。”

红灯快要跳转成绿色，虞星想挂电话：“我要过马路了，你发消息……”

“先等等。”

“怎么了？”

只听那边童又靖长长舒了口气：“那个，我跟你说。”

“嗯？”

“你别告诉盛亦啊。这种事，按理来说我不应该多嘴的……”

…………

沿路返回商场，到露天休息处一看，盛亦还在那儿没走。他依旧是先前的姿势，背影散漫，周身围绕着一股淡淡的、好像谁都融不进去的气息。他看着喷泉，不知在想什么。

虞星想过去，犹豫着停下脚步。

站了站，瞥见不远处的冰激凌店，她快步过去，要了两小桶冰激凌。

虞星捧着冰激凌回到他面前。盛亦看见她，眼里闪过明显的诧异：“……你怎么回来了？”

虞星抿紧唇，不答，递给他一桶冰激凌。

盛亦接过：“为什么给我买这个？”

虞星在他身旁坐下，撇嘴：“你上次不是想吃吗？”

他们第一次来这个商场的时候，他看见什么都想去试试，那天这家冰激凌店门口大排长龙，他看着眼热，觉得一定好吃，开口要她买。

其实她心里知道的，他什么没吃过什么没见过，那些好奇和热情，不过只是想和她多待一会儿。但当时，她只想着早点带他吃完那几家店，早点完事。

“你不是走了吗？”盛亦拿起插在冰激凌上的勺子，慢悠悠问。

虞星捏着勺子挖起满满一勺，板着脸道：“怕保洁阿姨把你当成垃圾清走了。”

他勾唇，没说话。

虞星吃下一口，实在不得劲，用力把勺子叉回绵绵的奶油冰上：“我真是欠了你的！这样吧好不好，你过生日我真的不方便去，我给你准备礼物，你生日那天抽个空出来拿，行不行？”

她肯回来就是有的商量，盛亦哪会不知，故意拿起乔来：“可是生日最重要的切蛋糕环节……”

“我给你买一个小蛋糕！送礼物的时候吃，就当切蛋糕的时候我在场吃过了成不？”

“长寿面……”

“我请你吃碗长寿面！”

“生日祝福……”

“学长，你不要得寸进尺！”她忍不住咬牙。

盛亦倏尔一笑，朗眉星目灿若桃花：“好吧，我勉强接受。”

明明她退让这么多，搞得像是他多委屈似的。虞星深吸一口气，没好气道：“祝你生日快乐啊！”

“谢谢。”他倒似真的十分快乐，弯着眉眼，喜意仿佛要顺着眸光溢出来。

虞星狠狠挖一勺冰激凌，忍不住在心里叹气。千算万算也没有想到，盛亦竟然也会有在她面前卖惨的一天。

上次在公寓门前就被他得逞了一回，这次……

但也并不全是因为同情。

虞星敛眸，垂下眼。

刚刚在马路边，童又靖在电话里和她说：“我知道你不高兴，我也不是道德绑架你，但是……你要不还是和盛亦好好说一下，别扔他一个人在那儿。可能要费点嘴皮子，但他会听的。”

她不明所以：“为什么？”

童又靖踌躇半天，结结巴巴告诉她——

盛亦小的时候，经常被他爸爸单独扔下。

尤其是童年。

他的母亲生下他一年多，就因产后抑郁复发自杀了。那之后很长一段时间，他的父亲盛国怀，便一直处于大受打击的状态中。

盛亦的父母爱得很深，当时知道的，都说盛国怀是个情种。这本是好事，后来却不了。

母亲离世时盛亦才不到两岁，平日由盛国怀和家里的帮佣照看他。说是这么说，但盛国怀大多时候不愿意让别人插手。比如，陪儿子玩着玩着就将他独自扔在别墅院子里时；比如，阴天突然将儿子关在大门外时；比如，教儿子骑儿童自行车，骑到一半毫无征兆松手任他摔倒大哭时……

这样的时候，盛国怀不允许任何人上前。

当时照料的帮佣，多少都感觉出盛国怀不稳定的心理状况，然而没人敢说，更不敢违背主家意思来多管闲事。

那几年，盛老爷子和盛亦的姑姑一同在国外忙着集团的事务，无暇顾及。于是盛亦一边长大，一边习惯了很多不该习惯的事情。

用餐礼仪不标准会被父亲突然一餐叉扎在手背上；

能走路以后，坐车回家在快到山顶别墅时会突然被父亲扔下，要他自己走上去；

经常被父亲关在房间里，不能外出，只有无数的书，翻不尽的书可以看；

有时睡到半夜，父亲会毫无征兆地出现在床边，会狠狠打他，过后又会把他紧紧抱在怀里……

盛亦快到七岁，才被察觉异状的盛老爷子接到身边。那会儿盛国怀的精神状况已经很严重，他离开那个“家”半年不到，盛国怀就去世了。

对外说是病死，但实际上是自杀。爱妻离世，痛苦转嫁到儿子身上，撑了几年以后，也自我了断追随而去。

盛国怀是不折不扣的情种，他爱妻子爱到甚至对儿子产生了恨。

可怜吗？可怜。

……但盛亦呢？

这些事情只有当年和他们关系亲近的一些人家才知道，童家、沈家和盛家素来走得近，知情不奇怪。一桩旧事，童又靖说起它的语气，和虞星听过后的心情，一样沉重。

她找不到可以准确形容的词。

同情或是可怜？都不是。

就是突然一瞬间，心酸酸的。

想到盛亦的张狂、散漫、无所谓，想到他目空一切的眼睛，想到他温和儒雅的笑……

还有，抓着她手腕说的那一声，求你。

她沿路返回的时候，心跳得有点快，怕回去他却已经走了。

虞星不想再往他心上插一把刀，不管是出于什么原因，她懒得去细想，但她知道，这时候应该回去。

他的嚣张、过分、惹人厌，全都消散不见。

一瞬间想起的只有他道歉的样子、认错的样子还有低头求全卖乖讨好的样子。

此刻坐在石凳上，坐在这里，虞星心里终于松了一口气。

她强迫自己不要再去想，按捺下多余的纷杂念头。

“学妹。”盛亦忽然叫她。

她忙回神，转头：“嗯？”

他扬唇一笑：“这个冰激凌真好吃。”他吃得差不多空了，视线下落，停在她手里那一桶上。

虞星没办法：“知道啦，我这桶也分你……”

将面上吃过的部分扒拉到一旁，一连挖了几大勺到他的纸桶中。

明明他眼里写着这个意思，却还装模作样道：“学妹，你好不讲究。”

“那你还我！”虞星柳眉倒竖，伸手要挖回来。

盛亦侧身躲她：“给了我的就是我的，哪能要回去……”

“还我……！”

不远处，喷泉水柱升起，变换着各种形状。

以后会怎么样，不知道。

但现在很好。

多余的事不需要想，他们谁都不去想。

就这个当下，这一瞬间。

雪糕分你一半。

这一刻，酸甜苦辣一起分担。

盛亦的生日如期来临。

在这件事上费的精力不是一点两点，虞星最开始打算“完全置身事外”，到现在，不得不“稍加参与”。送的礼物不稀奇，是她休息天到商场挑的一条领带。

他们这个年纪，寻常生活中需要系领带的场合不多，但盛亦这样的出身，穿正装的时候肯定不少，算是用得上的物品。

虞星花的是自己的零用钱，经济有限，买不了太贵的东西。一条蓝色格纹领带，花了差不多三百的样子。

下午两点后，虞星带着包装好的礼物出门，先去西点店取蛋糕。虽说是小蛋糕，为表诚意，她还是提前到店定制，款式和花样都是比照十几寸的大蛋糕做的，主色调是蓝色，成品喜人。

虞星动身去找盛亦，到事先约好见面的地方一看，盛亦早就到了，不知他提前了多久。她两手拎着东西走过去，远远就望见他倚着车等在那儿——穿着一身正装。

还好，黑色的西服，凭他的身量能够撑得起来，身材颀长，看起来端正潇洒。

虞星近前，皱眉打量他好几眼，先是说他：“你怎么来这么早？晚上要请客，家里没有客人要招待的？”又对他的打扮发表意见，“而且你干吗穿这么正式？”

“客人有的是人去招待，我只负责招待你。”盛亦一笑，站直身，更显得款款有型，“晚上要穿正装，我懒得腾时间再换，晚点直接这么过去。”

虞星无言，他这是打算跟她直接待到晚上生日会开始？

叹了口气，虞星不废话那些，率先开步：“走吧。”

碰面地点选在这儿，是因为她精心挑选的一家面馆在前面不远。那家面馆环境好，服务好，最重要的是手工面的味道一顶一地好。就为选他的这份生日长寿面，她翻了好几天的网络评价，前天不放心，还特地来了一趟亲自品尝。

盛亦跟上，伸手去接她手里的东西。

虞星走得好好的，他靠过来时蓦地一愣，下一秒，蛋糕被他接过去。

“那个也给我。”他道。

体贴得猝不及防，她抿唇，说：“不重，你拎一个就好。”

盛亦便没坚持。

到面馆，二楼有小包厢，两人在包厢里坐，服务员送来菜单暂时退出去。

包厢不大，但品牌做得既正式又接地气，氛围一点都不浮夸，小细节特意向市井气靠拢，却并不潦草随意，做旧的装潢让人仿佛置身老店，更添几分食欲。

点完面后，虞星把礼物给他。

“是什么？”盛亦好奇心起，“该不会是你亲手做的东西？”

“拆开看看就知道。”

说话间，他拆开礼物包装：“领带？”

虞星打量他的神色：“不喜欢？”

“不是。”他笑，“只是我比较期待你亲手做的东西。”他将领带翻过来，细细地看，“真的不是你亲手缝的吗？”

她撇嘴：“想得美。我能缝得这么好看？”

“不要这么妄自菲薄。学妹你动手能力这么强，区区手工，根本不是问题。”盛亦一本正经夸奖，而后挑眉，“……不如再亲手做点什么送我？”

虞星哼笑：“那我再给你做几斤点心你看怎么样？就上次那个味道的，一模一样。”

“……”

仿若无事发生，盛亦拿起领带转移话题：“学妹你看，这竟然是蓝色的！”

虞星冷笑一声，端起杯子喝水。

小样，治这个得寸进尺的无耻之徒，她早就得心应手。

闲话几句。

面很快上来，虞星擦干净筷子，递一双给盛亦，两人各自低头开吃。

一口下去，顿了顿。

第二口，咀嚼动作逐渐机械，缓慢吞咽。

第三口……

两个人不约而同停下筷子。

相视无言两秒，盛亦面露怀疑：“这就是你说的，很好吃的店？”

虞星尴尬辩解：“不是，我上次来吃的真的很好吃！”嘴里一边念叨“怎么回事”一边拿起菜单。

“啊！”她发现重点，“是了，我上次点的是招牌，我们今天点的这个是新品！”

“新品？”

“对，这个新品刚推出，估计没怎么经过市场考验。推出这个味道的人在想什么啊……”她吐槽着，立刻要重新点，“再要两份，要不然就点我上次吃的……”

盛亦拦下：“算了。长寿面本来就只是吃个意思，不要点了。”他只是想逗逗她，并不在意味道如何。和喜欢的人在一起，就算吃再难吃的东西也无所谓。

重要的不是吃什么，而是和谁。

“那就不吃啦？”虞星征询他的意见。

“拆蛋糕吧。”盛亦说，“长寿面吃过就行，没事。”

虞星见他不介意，便把面推到一旁，拆蛋糕。

蛋糕也是蓝色，盛亦顺嘴吐槽了一句，被虞星瞪了一眼，老实闭嘴。

插上十九岁的蜡烛，用打火机点着。

虞星咳了声，说：“白天不太亮，你凑合一下。”

盛亦不说话，只是淡淡地笑。

“赶紧啊，你许愿！”她催促，将蛋糕往他面前推。

盛亦凝视她几秒，默默闭上眼。

很快，他睁开眼睛，在虞星期待和“鼓励”的眼神中，将蜡烛吹灭。

虞星鼓掌捧场，拍了几下巴掌后突然觉得自己幼稚，赶紧尴尬地收手。

蛋糕不大，两个人吃合适，加上没有吃面，正好能填饱肚子。

吃着吃着，盛亦忽地问：“你不好奇我许什么愿？”

“为什么要好奇。”虞星怪道，“生日愿望本来就不能说，说出来就不灵了不是？”

“真的不想知道？”

“不想。”

见她没兴趣，盛亦闭上嘴。

蛋糕吃完，礼物收了，面条是不打算再碰，差不多到了该走的时候。离天黑还早，盛亦要虞星陪着去玩，看在他过生日的分儿上，虞星同意。稍作休息预备走人，他忽地瞥向领带：“学妹。”

“嗯？”

“既然这个面不好吃……”

虞星有不好的预感：“你想说什么？”

果然，下一秒盛亦笑着开口：“作为补偿，你帮我系领带吧？”

虞星微愣，下意识看向他胸前。他一身正装，但并未系领带，黑西装下就是白衬衫。愣过后当然毫不留情地拒绝：“不系！”

“系一下？”

"别想！"

在桌下踢他一脚，虞星懒得理他的胡话，催促："走了。"

盛亦扯唇角，笑了笑，没有继续纠缠，拿上礼物起身。

陪着盛亦在外玩到天黑，一看时间，六点半。他接到好几个电话，都是打来催他的，虞星不由得着急起来："你是不是要回去了……都这个点了！来不来得及？来不及你先走吧，我自己打车回家。"

盛亦说："没事，还早，我送你。"

虞星拗不过他，只好同意。脚下提速，怕耽搁他时间。

一路上，虞星频频看时间，好不容易到家楼下，神色才稍加缓和。

盛亦失笑："不知道的还以为是你赶时间。"

"你怎么这么悠闲？"虞星嗔他，"快七点了！"

他一派无所谓的模样，并不怎么在意。

伸手去拉车门，打不开，虞星回头，却见他点起了根烟，一时愣怔。

"你……"

盛亦瞥她，稍顿，伸手解开车门锁，点烟动作暂缓："你回去吧。等你下去我再点，不然呛到你。"

虞星很少见他抽烟，次数几乎可以说是没有，一时忘了他到底会抽烟还是不会。

盛亦挑眉头："没见过我抽烟？"他道，"就两口，没事。"

他的表情在昏暗的天色下看不清楚，车里又没开灯。虞星猜测："你……心情不好？"

"有点。"他承认，呵了口气，"想到要回去很烦，抽两口解压。"

开门的手缓缓收回，虞星稍稍坐回来一点。

"因为不喜欢人多所以觉得烦？"

盛亦点头："是，但不止。"

她直愣愣看着他。

他抬手拧了拧眉心，没隐瞒："我爸妈很早就不在了，所有事都是我爷爷负责。每年我过生日来的人很多，但几乎全是他的客人。往年多少还有我姑姑在，今年她在国外赶不回来，所以……"他耸肩，"我真正想见的人没几个，去了还得被拉着不停应酬，烦。”

虞星略感意外。本以为在发生那样的事情之后，他家里人应该会更加好地照顾他。然而物质上或许做到了，感情上却……

不知怎的，脑海里闪过他游说自己参加他生日会的样子。

“真正想见的人没几个”，所以，才想让她去？一时喉咙有点堵，说不出话来。

盛亦只是寻常倾诉——虽然对旁人不会这样，但对虞星说这些，不过是见她想知道，并没有多余意思。

手里夹着烟，顾忌着她半天没点，他索性对折扔进两座间的烟灰缸，不打算再抽了。

“你回去吧。我等你上楼就走。”

虞星默了默，嗯了声，开门下车。

下车朝楼道走，行至一半，脚步越来越慢，蓦地一下停住。深吸一口气，虞星折返回车旁，停在他驾驶室的车门边。

车窗降下，车内的盛亦抬眸：“嗯？”

“你下来。”虞星道，脸色有点沉，情绪看不分明。

“怎么了？”盛亦略不解，还是依言下车。

他脚一沾地，虞星加上一句：“领带拿下来。”

盛亦稍顿，似乎察觉她要做什么。

在他熄了火的车门旁，他们面对面，一高一矮。

虞星从他手里拿过领带，不说话，拽着他的衣领，将他扯得弯下腰来。她板着脸，表情认真，一下一下笨拙地为他将领带系上。

盛亦不言语，弯腰直视近在眼前的她的脸，那双眼睛真的很漂亮，他细细地看她睫毛轻颤，任她施为。

做完这一切，虞星往后退去小半步，脸上后知后觉出现赧意：“我不会系领带，第一次只能系到这样。”

盛亦缓慢站直身，垂眸睨她，眸色浓浓，压抑着汹涌难言的情绪，喉咙动了动，他哑声问：“为什么给我系领带？”

“面难吃，你不是说作为补偿吗？”她声音略低，还是不看他的眼睛。

抿了抿唇，不自在地垂在身侧的两手，手指捏了捏，虞星缓缓抬头。一霎对上他的眸光，视线灼热异常。

虞星按捺下脸上那股热意，温声道：“生日快乐。”

不等他再说话，她近前一步，轻轻抱了抱他。

“……今天是你出生的日子，高兴一点。”她停了停，强调着重复一遍，“生日快乐。”

很轻的一下，立刻就松开手。

虞星后退一步，眼里闪过不自在：“我走了……”

“学妹。”盛亦叫住她。

她停下：“……干……干吗？”

“我以前从来不许愿，今天是第一次。”他说，“你知道我下午许的生日愿望是什么吗？”

她一愣，没反应过来。

盛亦扯住领带：“我许的愿，是希望今年，生日的这一天可以开心一点。本来是随便许的，但是现在……”

他捏着她给他系的领带结，向上紧了些许。浅浅一笑，那双桃花眼盛满轻漾的光，弯成好看的形状。

“——我的愿望，已经成真了。”

上一个学期就打算要参加竞赛挣奖金，这学期一开始，虞星便和班主任沟通过，表明这方面的意愿，而后果真得到机会。

在经过一次简单的小筛选，虞星成功拿下名额，正式代表临天参加竞赛。

比赛一去，前后三天。

学校里一切如常，唯有回归休息室的盛亦自虞星离校后，几乎全天候地捧着手机。简略算算，大概除去虞星在赛场上的几个小时，余下时间，盛亦给她发的消息就不曾停过。

沈时遇从前一阵的阴霾中走出来，情绪稍稍缓解，最见不得人腻歪，忍不住吐槽：“三天不见而已，你至于吗？不知道的还以为你在手机里养了什么宝贝，整天盯着屏幕，人都快钻进去了！”

盛亦连眼角余光都没分给他，冷然道：“你懂个屁。”

“我是不懂。”沈时遇心里白眼快要翻上天，“求你了，照照镜子看看自己现在的脑残样，整个一虞星向日葵。你身上是不是装了什么雷达，专门探测她一个人？”

这下盛亦终于看他，眼神一厉，薄唇轻启，只有一个字：“滚。”

蒋之衍捧着杯子，在不远处看着这边战场，劝解在老虎头上拔毛的沈时遇：“你别招他。他早就变了性，你又不是不知道。”

说来唏嘘，曾经那样的盛亦，怕是做梦也想不到，有一天会变成“这样”。他们都以为对异性、对男女之事淡漠到令人发指地步的盛亦，或许会成为黄金单身汉，打一辈子光棍。没承想，突然一朝，他就这么一头栽在了虞星手里。

——还是彻彻底底，无可救药的那种。

手机那边似乎传来新消息，盛亦懒散地靠着沙发，嘴角不自觉扬起一抹若有似无的笑意，完全是下意识的，他自己可能都不曾察觉。

蒋之衍看得眼疼，一时好奇心起，端着杯子走到他身后：“虞星和你聊什么呢，让你笑成这样？我是真想知道——”

本在回复消息的盛亦反应极快，立刻摁下待机键熄屏。

“藏这么严实？”蒋之衍失笑，“躲什么躲，我都看到了。”

沈时遇插嘴：“看到什么了？他们是不是在聊什么很恶心的东西？肯定是。”

盛亦眼神沉沉，带着几分警告，不好惹的模样让蒋之衍笑得更欢。

见他笑得欠但识相没有多嘴，盛亦神色微敛，起身：“我先走了。”

“去哪儿？”

“这还用问？”沈时遇冷嘲，“没有虞星的临天多没意思，我们大少爷哪儿待得住，当然是回家了。”

盛亦未接话，只是经过他身边时，沉默并冷淡地抬腿踹了他一脚。沈时遇躲闪不及，嗞声。

见盛亦头也不回从休息室走出去，背影远去，蒋之衍在沈时遇对面坐下。

“我看到他给虞星的备注。”

“什么备注？”

蒋之衍喝了一口水，慢条斯理道：“三个字，‘小朋友’。”

“……”沈时遇一顿，嫌弃地抖了抖。

蒋之衍但笑不语。

这厢议论完别人，沈时遇板起脸，表情不甚轻松道：“晚上吃饭，你约一下童又靖。”

蒋之衍挑眉，带点询问意味：“我约？”

“我们三个一起。”沈时遇说，“只有我一个人她不会来，她现在不愿意跟我单独吃饭。”

瞧着他神色下掩藏的那股愁意，蒋之衍不知该说什么好，答应是肯定答应的，兄弟这么点小要求，哪能不应？

心里免不了怅然。

一个春风满面得不正常，另一个愁苦凄清得让人想流泪。

盛亦和沈时遇这俩人，在“感情”二字上，这一头扎得着实是深哪。

虞星竞赛完回来，正好赶上当周最后一天课，童又靖二话不说逮住她，弥补缺失的几天时光。聊着聊着，话题不知怎么跑到她和盛亦身上。

童又靖憋了许久，终于问出这段时间一直想问的问题：“你和盛亦什么情况？”

“什么什么情况？”

“我觉得你们越来越不对劲了。”童又靖紧紧盯着她的脸蛋，“老实说，你是不是有点喜欢他？”

虞星移开眼，否认：“没有。”

“没有？他过生日那天我让你和我一起去，你不肯，结果那天盛亦姗姗来迟，而且一整晚心情都很好的样子……他是不是去找你了？”童又靖眯起眼，“还有他的领带，是不是你送的？那条蓝色格纹的，蒋之衍调侃了几句，盛亦宝贝得跟什么似的，碰都不让碰，沈时遇说了句丑，盛亦直接说他眼瞎。”

虞星不承认也不否认：“你问那么多干吗？”

“不回答就是心虚。”

她生硬地岔开话题：“晚上吃什么？”

童又靖不依不饶：“别转移话题，我可没那么好糊弄！”说着扑上去挠她痒痒。虞星躲开，两人笑闹一阵。

敛了神色，虞星问：“别说我了，说说你吧。”

童又靖怪道：“我怎么？”

她只说三个字：“沈时遇。”

霎时，童又靖脸上闪过一丝不自然，很快消散：“他有什么好说的。我和盛亦、蒋之衍怎么样，和他就怎么样。”

“你真的不喜欢他了？”

“说完全不喜欢当然不可能。”童又靖若无其事地笑了下，“这么多年的感情，哪可能这么快消失干净？可喜欢他已经让我感受不到愉快，反而很难受，比起剩下的这一点感情，我更想自己开心。我是很要强的人，我绝不会委屈自己。”

虞星理解她的想法。

童又靖自己总结：“我和沈时遇的性格，可能就是比较适合做朋友吧。”

点了下头，不好再戳伤疤，虞星再次另起话题。童又靖也很配合地同她聊起晚上吃什么。有的时候，错过一瞬，可能就会错过很多很多。

“把握”两个字看着简单，实则重若千斤，它看起来有多容易，做起来就有多难。

休息日，回家路上，盛亦忽然神经兮兮发来消息。

虞星坐车正好无聊，于是和他有一句没一句聊着打发时间。

盛亦：有人污蔑我。

里特丝达：谁？

盛亦：蒋之衍。

里特丝达：？

里特丝达：他污蔑你什么？

盛亦：他说我隔三岔五，一有空就缠着你。

里特丝达：……

回过去一串省略号，虞星自觉没把心里那句“难道不对吗”发给他，算是很给面子。

这哪是污蔑，分明是陈述事实。

刚这么想，下一秒就见盛亦发来一句——

我哪有隔三岔五，明明每天都缠着你。

虞星：“……”这个人现在怎么总是屁话一堆？

这么恶心都说得出口，她服了，五体投地地服了。

冷酷地打下一句“你吃点药吧”，展现完决绝的虞星不带一丝留恋，收起手机。

没多久到家附近，下车。沿着熟悉的路走，一边步行，一边觉得有些无聊，没忍住，又把手机掏出来。

盛亦果然又发来一堆屁话。

虞星正要点开看，走着走着，忽然觉得不对劲。

她停住，回头看。路边行人、车辆，一切如常。说不上来，但是……

总觉得，好像有什么人在盯着她。

虞星皱起眉，因这莫名的第六感生出不适。但愿是她想多了。

顾不上再回盛亦，她加快速度，疾步往家里走。

第十二章

心念成狂，不如……

带着湿气走进楼道的盛亦，迈进檐下，一句话不说，张开手，忽的一下将她抱住。

“恭喜，一等奖。”

“这就是你恭喜我的方式？”

盛亦慢慢松开手，垂眸望着她，一笑：“恭喜你，也恭喜我。”

这个学期竞赛很多，一直到夏天来临前，都接连不断。上次只是开头，虞星对自己能力范围内的项目，统统都有兴趣。为此，需要做的准备也很多。

去图书馆的次数渐增，中午，和童又靖吃过午饭分开，虞星又去校图书馆找自己需要的书籍资料。许久没有这么安宁地吃过一顿饭了。一桌坐五个人似乎成为日常，虞星都快习惯了。这两日他们几人有事，只在学校露过一次面，神出鬼没，难得清静。

——盛亦的姑姑回来了。

听童又靖说，盛亦只有两位长辈，一位是他的爷爷盛书渊老爷子，一位则是他的姑姑盛岚女士。偌大的盛氏集团，这二位便是顶头的掌权者。盛老爷子年纪大了，要事如今基本是盛岚在负责。说起盛亦的这位姑姑，那可是很了不得。

家大业大免不了会被惦记，更何况盛氏这样令人眼红的一块香饽饽。从盛亦的父亲盛国怀去世开始，便有数不清的人把主意打到盛岚头上。兄长没了，老父亲只自己这么一个女儿，盛亦年少尚未成器，以她的身份，将盛氏收入囊中轻而易举，只需稍加筹谋一些年载即可。于是各怀心思的豺狼虎豹一个接一个出现，你方唱罢我登场，用尽了手段。

然而盛岚不仅为父亲在商界开疆拓土，成了一位女强人，更是对一切魑魅魍魉视若无睹。为了断绝外界的非分之想，她甚至对外公开宣布不婚，至今单身，没有成家。就是凭借盛岚这种坚决的态度，盛亦“大少爷”的地位，从头至尾稳固如初。

虞星在书架间游走，想起童又靖对她说的：“盛亦跟他姑姑很亲，虽然我也不知道到什么程度，但他姑姑从小到大对他都很好，反正比他跟他爷爷要好得多。”

盛亦这些天不见人，想必就是因为他姑姑回国，抽不开身。指尖停下，找到想要的书，虞星将之抽出来，又比照同一列上其他的书，细细地看，想一次性多找几本。

脚下往尽头走，走着走着，蓦地一停。

“……唉，有什么办法呢？”

隔着一层书架，后边有说话声。虞星刚想绕过转弯处走开，以免听人墙角，忽然猝不及防听到自己的名字。

“……虞星就是仗着盛亦的关系才混得风生水起，我看她竞赛的名额，八成也是靠盛亦得来的。”女声稍稍压低，带着说八卦专有的语气。

虞星缓缓转身，没走出去，在原地停住。

女声还在继续：“要不然肯定是你去啊对不对？”

“上学期末你们同分，但你都没有好好准备，要是好好准备她肯定就第二了。”

“她就是命好嘛，这次的名额怎么可能给她？你不要难过啦，别去想，她哪里比得上你……”

努力辨认了一会儿，还是没能听出这个声音是谁。虞星舒一口气，迈步走出去。绕过书架，直接走到说话的人面前——

“你们是在说我吗？”

站定的瞬间，看见两张惊慌失措的脸。一张不认识，另一张却是樊湘湘。

比旁边那个陌生女生稍微镇定些，樊湘湘很快敛好神色，质问：“你偷听我们讲话？”

“我只是刚好路过。”虞星淡淡一笑，视线扫向那个白了脸的女生。先前说得头头是道，此时抿紧嘴唇，根本不敢直视她。

虞星朝她一笑，她立刻缩了缩脖子，下意识往后退了半步。

“放心吧。”虞星轻声道，“我又不是没有听过乌鸦叫，我不会跟你一般见识。”下一秒，笑着眯起眼，“不过要是这叫声再聒噪一点，我说不定就会做点什么哦。”

女生眼神闪躲，瑟缩着不敢回话。

不欲多费口舌，虞星迈步从她们面前走过。那个女生往樊湘湘身边躲，樊湘湘脸色难看，但也忍着没有开口。

又一天，盛亦仍旧没来学校。虞星照常上课吃饭，时值中午，饭后她在教室午休得好好的，突然有人来传话。

“高二 3 班，虞星？”

男生在班门口，视线粗略往班里一扫，很快定格在她身上。

趴在桌上的虞星抬起头，男生招手：“麻烦你出来一下。”

云里雾里地出去，刚站定，就听他说：“主任让你去一趟校长室。”

“主任让我去校长室？”

“对。”

虞星心生疑惑，主任找人，不去教导处，去校长室？

男生道：“我只是负责传话，主任让你赶紧去。”点了下头，便转身小跑走远。

稍站了站，虞星带着满头雾水前往校长室。

单独的一层办公楼，上到二层，左边第一间即是。

敲了敲门，下一秒，里头传来浑厚的声音：“请进。”

虞星推开门，迈进半步：“校长好，我是高二 3 班的虞星……”说话间，视线在办公室内慢慢扫过。

除了校长，还有几个陌生的人。站在沙发后的穿西装的青壮年男子，大概是保镖一类人物。沙发左右侧上，分别坐着学校几位领导，和两个不认识的中年人。

主座上则是个女人，三四十的年纪，一身米色工作装打扮，气质优雅，保养得当。光是坐在那儿，就有种不怒自威的气势。

她看着面善，有点眼熟，嘴角微微含笑，打量着虞星。“虞星同学来了。”

愣怔间，校长冲她招手，指了指身旁的人：“给你介绍一下，这位是盛岚女士，也是盛亦的亲姑姑。”

虞星站在门边，毫无防备地愣了。

盛亦到校是下午最后一节课开始时，他径自去了休息室，打算等虞星放学一起吃个饭。

几天没见，也不知她胖了还是瘦了——这个念头一出，自己都忍不住发笑。真是魔怔，就这么几天工夫，哪会变胖变瘦？

虞星一直没回他消息，不知是不是上课太专心，没碰手机。

盛亦一边把自己往沙发里一摔，一边拿出手机查看是否有回复。谁知微信点开，指尖没碰上屏幕，立刻跳转到来电界面——童又靖。

盛亦顿了顿，接听："什么……"

"事"字没说完，童又靖劈头一句打断他："你看见虞星没？"

"她不是在学校吗？"

"在啊，但是下午不在！"

坐直，他皱起眉："说清楚点。"

"本来中午我们一起吃饭，吃完我回教室写作业，她回3班午休，然后下第一节课我去找她，她不在教室里。我以为她有事出去了，上完第二节课又去看，还是不在！到现在都没见人，打她电话也打不通。问他们班上的人，说是午休被一个男生叫走了……会不会有事啊？"童又靖焦急道，"你今天联系她没有？"

盛亦上午和虞星聊了几句，后来微信对话界面就一直停在那儿。

"都找过了？"盛亦拧眉站起来。

"找过了！"

"叫走她的人是谁？"

童又靖一顿："我也不知道。"

"女生公寓找过了吗？"

"……没有。"

盛亦深吸一口气，沉声说："你现在去女生公寓看看。"

童又靖道好，盛亦不多说，立刻挂断，拨沈时遇等人的电话。

女生公寓没有找到人，童又靖到虞星的房间外敲了半天门，无人响应。

本来一会儿不见不是什么大事，可电话没人接，整个临天都不见踪影，难免让人担心。

盛亦把叫走虞星的男生找来休息室问话，一问，得知去了校长室，再一打听，才知道中午盛岚来过。

霎时，陷入沉默。

沈时遇几人你看我我看你，面面相觑，谁都不敢说话。

"你姑姑找虞星，该不会是警告她让她离你远点之类的吧？"童又靖担心起来，就像电视剧里演的那样，来个棒打鸳鸯。

盛亦的姑姑掌权多年，说一不二惯了，虞星家庭背景普通，要是盛岚觉得虞星对盛亦有所图谋，不许他们来往……别说这俩鸳鸯现在还没成，真要成了，以虞星的性格，说不理盛亦也就是一刹那的事。

蒋之衍咳了咳："不至于这么狗血吧？"

沈时遇也说："盛岚阿姨不像这种人。"

盛亦不说话，沉着脸走到窗边，给盛岚打电话。几人等他问出结果，然而却见他没说几句就挂了。

童又靖忙问："怎么样？"

"我姑姑上飞机了，转接的助理电话。"盛亦表情不轻松。

盛岚出行，自有私人飞机差遣。但一般长时间飞行，她会在飞机上休息，这种时候是不让人打搅的。飞机落地前，联系不上。想从助理口中问出点什么更是不可能。

沈时遇和蒋之衍想了想，给他出主意："要不然这样……"

童又靖坐不住，趁他们说话的工夫，继续尝试给虞星打电话。

盛亦几人正商量着，她忽地惊喜道："通了！"

几道视线齐刷刷看过来。

那端响起虞星的声音，童又靖刚说了个"喂"字，下一秒手机就被抢走。

"欸——"她无奈地瞪着盛亦。

"虞星？"

"嗯？怎么了？"

听她语气与往常无异，盛亦的眉头终于缓缓放平："你在哪儿？"

"我？我在家啊……"

"在家？"

"啊。老师让我背英文稿，之后有个交流会要参加，说给我放半天假，我刚好在外面，就回家了……"

"我姑姑是不是来找过你？"

那端虞星一顿："呃，你怎么知道？"

"你在家？"盛亦耐不住了，"我现在过来找你。"

"欸……"

“哪儿都别去，等我电话。”他说着就挂断，将手机扔还给童又靖，当即动身。

“你就走了？”沈时遇几人在背后问。

他不答，走得飞快，头也不回。

盛亦打来电话，说已经到楼下。外面正在下着绵绵细雨。

虞星穿好外套，轻手轻脚开门，再轻手轻脚下楼。

中午盛岚带她到校外聊了一会儿，之后老师发来英文稿的内容，给了她半天假，让她先把稿子背好，毕竟很快交流会上就要用。

她干脆回了家。手机没电，关机放在床头充电，一下午都在专心致志地背稿子——其间小小打了个盹儿，没怎么注意，开机后才发现有那么多未接电话。

现下小姨在家里，盛亦开的车太招摇，她怕小姨听见动静，到时候问起来不好回答。

走到楼梯口，忽然发觉自己没带伞，虞星望了望阴沉的天，面露难色。

不远处，盛亦的车停在那儿。她刚想上楼拿把伞，他开了车门，迈入雨中，淋着银针般的细雨走过来。

“……下着雨呢！”虞星嗔道，往里站，让他进来躲雨，“淋完雨生病了怎么办？”

盛亦垂眸，目光深邃地看着她，直接道：“我姑姑跟你说了什么？”

“嗯？”冷不防他上来就问这个，“没什么，就是……”

“不管她跟你说什么，你都不要听。”

顾不上发丝被淋湿，顾不上沾染湿意的肩膀，盛亦高大的身影，遮住外头阴暗的天色，他板着脸，表情认真：“你的家庭背景没有问题，你很好，很出色，难听的话全都忘掉，生气也可以，你可以随便对我发脾气，但是……”

“等等等等！”虞星连忙叫停，“你在说什么啊？”

盛亦抿唇：“我姑姑……”

“你以为，她来找我说了不好听的？”

“没有？”

虞星稍作思忖：“有倒是有。”

盛亦的脸色刹那变得难看。

“不过不是你以为的那种。”虞星示意他少安毋躁，而后才道，“她跟我说，她可以资助我出国留学。”

盛亦一愣：“留学？”

“对。”虞星点头，脸上不见开心神色但也没有负面情绪。

“她说你从小没有多少好朋友，喜欢的东西也很少，一直很孤僻。”

“知道你和我走得近，她很开心，然后她稍微了解了一下我的情况，表示愿意资助我出国读大学，希望我和你好好相处。”

盛亦抿唇未语。

“你姑姑还说了，即使到时候我们不像现在这样处得这么好，她也还是会资助我留学。请我多多担待，多多照顾你。”虞星勾起唇，半感慨半揶揄，“她是真的很疼你啊，为了能让我跟你做‘好朋友’做久一点，特别大方。”

她咬重“好朋友”三个字的字音，挑了挑眉。

“只说了这些？”盛亦再三确认。

“嗯。”

“那你怎么回答？”

“我们发生了一点口角。”虞星补充，“是礼貌的那种。”她说，“我拒绝了她的好意。要留学的话，我自己会攒钱。”

盛亦想了想，她的性格确实做得出来。毕竟往好了想是他姑姑大方待他身边的人好，往不好的地方想，就有点像是以利诱人。

相顾无言几秒。听闻盛岚来找虞星，盛亦担心盛岚对虞星说些不好听的话，刺激到她，所以着急来找她当面说。既然不是，他也就放心了。

“我会跟她聊一聊，以后不会再有这种事。”盛亦保证道，瞥一眼她身上的厚睡衣，话题一转，“……你不回学校？”

虞星：“今天不回去了，我明天早上再回，已经跟老师说过了。你呢？”

他抿唇，站着不动。

“你不回学校？”

“这么想赶我走？”

“下雨呢，别开玩笑。”她笑了下，挥手赶他，看一眼天又叫住，“等下，我上去给你拿把伞。”

盛亦拉住她：“不用。几步而已，我开车。”

“可是……”

“多大的雨？”他一副无所谓的样子。

虞星只好停住。

“我走了，你上去吧。”盛亦说着就要转身。

雨变得更大，从绵绵的银针进化成小孩脸上豆大的泪滴。

他肩上的湿迹好不容易干了点，又要被打湿。来时那样着急，此刻这般轻松。

情急也好，放松也好，都是因为她。

不知怎的，盛亦转身的刹那，鬼使神差般，虞星忽然拉住他的手腕。她自己都有片刻愣怔，但下一秒，心越发坚定。

“怎么了？”他回头。

两个人的视线都落在当中，落在他的手腕上，落在她拽住的地方。

手臂连成一条线，她和他由此有了交点。

“我上次去参加竞赛，感觉还行，要是拿了名次，我们就相处试试？”

她视线偏向旁边，说话的时候不看他，肩膀有点僵，脸也有点烫。

声音细嫩，很轻很轻。

“……我可以，考虑一下你。”

回临天的一路，盛亦处于一种轻微的恍惚中。

蒋之衍几人见他回来，虽是一个人，但脸上带着难以形容的笑，放心之余便调侃：“你是路上捡金子了吧？”

沈时遇形容得更精准些：“捡金子算什么？他啊，根本就是只狗熊，虞星就是那罐蜜，狗熊见了蜜当然乐了。”

盛亦回以两枚冷眼，不予理会。

童又靖见他如此高兴，插嘴道：“没事就好，害我担心了一下午。正好虞星竞赛拿奖了，我们这周休息日找个地方庆祝一下？”

蓦地一下，盛亦扭头看向她，眼里隐隐亮着精厉眸光：“虞星拿奖了？”

“啊。你不知道？”童又靖说，“今天出结果了呀，一等奖！虽然有两个……中午放学那会儿3班班主任就叫住虞星跟她说了这事，吃饭的时候虞星亲口告诉我的。”

沈时遇和蒋之衍头一次看到他这种表情：“……你怎么了？”

没答。

休息室刹那安静。

短暂的愣怔之后，盛亦风一般地冲了出去。

阴沉的小雨天，盛亦去而复返。

虞星窝在房间里，压低通电话的音量。她穿着睡衣，本来打算看看书，早点歇下，一听他要见她，十分为难：“我小姨在家，天都黑了，还下雨……”

“我已经到了，就在你家楼下。”他说。

“楼下？”虞星一激灵，“你别停在正楼前，要是被我小姨看到我不好解释。”

“你下来。”

“下来干吗，我都说了不回学校……”

盛亦纠缠不休，用一句话成功堵截了她接下去所有的话：“比赛拿了一等奖，你中午就知道了对不对？”

“……”她陷入沉默。

“虞星？”

“知道啦。”她叹一口气，“我下来了。”

落了一天的雨，外面有些冷。虞星穿上外套，这次没忘记拿伞。

小姨在自己卧室休息，她小心翼翼经过客厅，尽量放轻动作。

盛亦的车停在楼的斜侧方，虞星一出现，他开了车门，大步走来。

“欸……”

阻止的话根本没来得及说出口，她无奈瞪他：“干吗又淋雨，你以为你拍电视剧呢？”没撑开的伞就撇在身侧。

带着湿气走进楼道的盛亦，迈进檐下，一句话不说，张开手，忽的一下将她抱住。

“你——”她一僵，肩膀绷起。

“恭喜，一等奖。”盛亦的声音从她肩上、从她脖侧传来，浓浓的喜意里仿佛带着无法着地的轻飘飘的快乐。

“这就是你恭喜我的方式？”身体还残存着不适应亲昵而产生的僵硬，但虞星忍住了，没有挣开。

盛亦慢慢松开手，垂眸望着她，一笑。

“恭喜你，也恭喜我。”

坐上盛亦的车，在雨夜的城市里缓慢前行，轮胎摩擦地面，溅起的都是水声。

虞星觉得很有必要给他泼点冷水：“你记清楚，我只是说可以相处试试看。”

“嗯。”

“没说一定会跟你，什么，那什么……”

“哪什么？”他噙着笑反问。

脸上一热，她偏开头，手搭上车窗边沿，指尖无意识抠了两下：“我说的是可以考虑你，考虑，你不要弄错了。”

他说：“我知道。”

不知是不是下雨的缘故，盛亦将车开得比平时慢很多。也不知是不是心境有所转变，他那张平素玩世不恭笑起来没正形的脸，此刻在虞星看来，多了几分认真。

虞星压低嗓子：“我现在还没有很喜欢你。”

她无法形容此刻的心情。窗外雨雾蒙蒙，看一眼，溅起的水珠仿佛就打在脸上，扑面而来的凉意几乎就要兜头罩下来。

有的时候还是不得不考虑现实。喜欢盛亦吗？有一点，她能感觉到这股情绪在心里扎根、破土、生长的动静，每一个阶段，她都清清楚楚地感知到了。

但这些还不够。生活并非简单的悸动，它的构成很复杂。

曾经，她对恋爱持反对态度，如今这个人改变了她的观点，但她希望这个过程中的自己，仍然是清醒的。

“你就非要说这些扫兴的话？”盛亦无奈一笑，“你说的我都知道。”将她一本正经如临大敌的模样看在眼里。

“没关系。”他说，“我们慢慢来。”

生活如常继续，虞星想吐槽的念头却越来越强了。

又是一日天气晴朗，走在回教室的路上，眼看高二教学楼近在眼前，口袋里手机轻振起来，她抱着本书拿出手机一看，果不其然。

备注名被她改为“大垃圾”的盛亦发来消息，又是老调重弹——

学妹，今天和我约会吗？

“……”这个问题，他一连问了好几天。每天都至少要问三遍，比早、中、晚三餐还准时，除了发消息，吃饭碰面时也不忘问上一句。

虞星简单粗暴地回他：没空。

盛亦很委屈，从课前纠缠到课间，再到新一节课，阴魂不散。看着他翻来覆去念了至少几十遍的那句“你自己答应我的”，虞星实在烦不胜烦，最后一节课上课前，给出答复：我过几天要参加比赛，这段时间要做准备，等我比完赛回来行不行?

他立刻道：行。

虞星松了口气。

下一秒，就见他问：那你要不要去我家补习，学长有很厉害的东西给你看。

“……”还发可爱表情包，真是令人作呕。

虞星直接开炮：滚啊变态!

盛亦道：我指的是很厉害的竞赛习题，你在想什么啊?

虞星不得不祭出“撒手锏”：再说我们明年也别见了!

那边总算老实。

虞星这次去参加竞赛，加上出发，总共去了四天。

听童又靖说，盛亦几乎每天都在掰着手指头算她回来的日期。等她回来他们就要约会这件事，在这个总共就没几个人的小圈子里传开，沈时遇和蒋之衍听得耳朵都快要起老茧。

虞星不由得腹诽。掰着手指头算什么算，做作！就四天而已，五根手指都用不全，还要算?

吐槽归吐槽。

回来当天，虞星回家放好东西，连学校都来不及去，第一时间就要去见盛亦。

换好衣服出门，盛亦不放心，打来电话。

她让他别催：“我在下楼了，等会儿打到车告诉你。”

他本是要来接的，怕撞上小姨，她没让。

说了几句挂断。

虞星背着自己的小包包，一步一步踩着地面，不想承认，但脚下莫名有种轻飘飘的感觉，很难形容。算一算，和盛亦大概有……

她也记不清，反正，好久没见。

心情奇妙而复杂，走出楼道，虞星深吸一口气，尽量让自己看起来镇定如常。

路上车水马龙，临近晚餐，正是一天最热闹的几个时段之一。

她走到路边，在适合等车的地方停下，叫车软件正在倒数，排在她前方，还有21位乘客。

天擦黑，幽蓝色里夹杂几抹妖艳的红，是残阳没能带走的余晖。

焦躁之余，忽然生出一种诡异的不适。前段时间那种被人跟着、被人监视的感觉又来了。

虞星注意到斜对面的那辆车，外身锃亮，车窗贴满黑色的车膜，无法窥见内里一丝，唯有森严的车标静静立在前头，高贵得有种跳脱于这闹市之外的遗世独立感。

一眼，两眼，三眼……

在她第三次看向那辆车的时候，停滞许久的车轮忽然缓缓转动，朝着她的方向驶来。

虞星参加完竞赛回来的这天晚上，盛亦在西区，没能等到她。焦急地就要四处找人时，半天没能联系上的她打来电话，只有简短一句："我今天有点事来不了了，对不起。"

对话界面停在盛亦发来的那条消息上——

"我在凉亭等你。"

虞星看了又看，许久才动身。

时值午休，临天学生外出的外出，回公寓补觉的补觉，懒得走远的便留在教室，趴在桌上小憩。

天气渐渐热了，虫鸣声也加重，前阵子的雨下完以后，气温忽然之间开始急剧升高。

虞星比完赛回来已经三天。

那日和盛亦约见未能得成，这几天，她也一直没有和盛亦见面。

"我想一个人好好想一想。"——她是这样跟他说的。

三天下来，盛亦终于按捺不住，来问个究竟。

虞星深吸一口气，缓缓走出教室。

下了楼，他等在高二教学楼前的凉亭里，老远望去，就能瞧见那身白色的休闲装。

能将白色穿得这么好看的，她只见过这一个。然而此刻那白色像个点卡在眼里，卡得眼睛有点疼。步入凉亭，隔着圆桌彼此无言。

盛亦先开口："你不打算跟我说点什么？"那双眼睛清澈犀利，在其下什么都无所遁形。

虞星不和他对视，抿唇："对不起，那天我有点事来不及，爽约了。"

"然后呢？"他盯着她，"为什么躲我？"

她沉吟许久，像是经过一番重大考虑，语气如面色一样沉重："盛亦，我觉得我们不太合适，之前说要相处试试看的话，我收回，就当没有这件事。"

"我需要一个理由。"盛亦眸色深重，一字一字从喉间挤出。

"没有理由。"

"没有理由？这就是你的说法？"

她沉默不答。盛亦脸色变了几转，郁重难当，他极力压着火气，好半晌才让语气尽量平和。

"你心情不好我可以给你时间好好调整，等你想和我说的时候再说。今天的话我就当没有听过。"他面色难看至极，言毕就要走。

"盛亦。"虞星叫住他，声音轻，却无比清醒，再没有更镇定的时候了。

"你听我提过我小姨，但应该很少听我提我的父母。我妈妈生我的时候就在手术台上去世了，是我小姨，一个人把我养大。"

盛亦早就知道这些，只是没跟她说。在她因秦怀的爱慕者住院那会儿，他就从苏秋口中得知了。

"这和我们……"

"我一直觉得满口爱情不爱情的人都很蠢。"虞星打断他，"就像我妈妈，把我生下来，可我连我爸爸是谁都不知道，她为了她了不起的爱情，让我出生，结果呢？结果就是我小姨为了养大我，耽搁了自己一辈子，更不用提我们家其他乱七八糟的事情。

"我以前从没想过恋爱、喜欢，这一类的事。我只计划要好好读书，努力赚钱，将来让我小姨过上富足的后半辈子，别的都无所谓。

"……你确实让我改变了一点想法。"她说，"我能感觉到自己是喜欢你的，但是……"

盛亦看见她抬眸望来。

凉亭外阳光正好，霎时突然变得诡谲，一下让人觉得毒辣，一下又让人遍体生寒。

"我重新考虑过了，我觉得还是不行。"

四下安静，除了草间虫鸣，就只有空气被温度灼烧的声音。虞星垂了垂眸，声音一刹变得很轻很轻，像在自言自语，又像是自我提醒。

“……我不想步我妈妈的后尘。”

片刻，她舒出一口热气，再抬起脸来时，便是一派坚定神情。

“对不起，你以后不要来找我了。”她颔了颔首，“希望你以后过得开心。”

朋友之类的托词，她干脆不再说，迈步走下凉亭台阶，走进高二教学楼里，头也不回。这是诀别的姿态，做好了跟他彻底划清界限的准备。

她没有说，没有这么说，但盛亦能感觉得到。细心如他怎么会没有捕捉到她的那句“不想步我妈妈的后尘”，失约的那天她到底见了谁？盛亦僵站于凉亭里，看着那个将他甩开毫不留情的背影，心像海绵被捏了又捏。脑子一方面飞速运转知道要厘清问题关键，一方面，又因她的话乱成一团麻。

多讽刺。

她不让他去高二3班门口等她，所以，这次他听话地等在凉亭里。

本来想解决完这件事，再好好“邀功”，连对她说“你看我多听话”的语气，他都暗暗揣摩了一百遍。可偏偏，等来的却是一句——“以后不要再来找我”。

“你是认真的啊？”童又靖不知第几次问。

虞星仍旧回答：“认真的。”

前几天还在说着他俩要约会，谁承想，突然之间就“掰”了，童又靖动唇几次，话到嘴边无法开口。说话间行至餐厅，正是饭点。

盛亦三人在往常坐的位置，已然坐下。童又靖踌躇起来，去看虞星脸色，后者面色平平，一派镇定，似是早就考虑到了这种情况。

“你要跟他们一起吗？”虞星说，“你和他们一起坐的话，吃完饭我在门口树下等你。”

“你不过去？”

虞星摇头，迈步朝不远处的一个双人位走去。

童又靖稍作踌躇，心里默默叹了口气，选择跟上她。

“我跟你坐。”她说。

虞星随意地点点头，如常问道：“我去取餐，你要吃什么？”

童又靖报出几道菜名，虞星便起身去取餐区域。望着她与往常无异的身影，童又靖忽觉一个头两个大。

看来是玩真的啊。不是开玩笑，是动真格的。回头朝另一边看去，盛亦一动不动，眸色深深望着这边，不知在想什么。

童又靖不忍心再看他的表情，明明什么都没做，连带着难受起来，偏头躲开。

不只她和沈时遇、蒋之衍尴尬，餐厅的其他学生也似有所感应，不少人打量他们。

想不注意到也难。以前形影不离聚在一起的几个人，在一张桌上吃饭都多久了？突然之间分成两边，由不得人不多想。

虞星却不受影响，取完餐回来，对外界视若无睹，别人窃窃私语的议论也充耳不闻。

一餐下来，童又靖只觉得没吃饱，又实在没胃口。

如此几天，背地里说闲话的越发多了。

童又靖告诉虞星："你知不知道别人都怎么说你？"

虞星并不是很感兴趣，随口一问："怎么说？"

"他们说，盛亦的姑姑来学校警告过你，让你不要痴心妄想，所以你现在和盛亦分道扬镳了。"

虞星笑了下："想象力挺丰富。"

不过逻辑上没什么大问题，毕竟这几件事情前后脚发生，看起来挺像是那么回事。

"你不在意啊？"童又靖皱眉，吐槽一句，"盛亦他姑姑来学校的事传得这么快，这些人真闲。"

这学校里，什么八卦传得不快？虞星早就见怪不怪："没什么好在意的，随他们说去吧。"

童又靖还欲再说什么，虞星停下笔，往书里夹好东西，合上书起身。

"你去哪儿？"

"去找我班主任，她给的两套卷子我做完了，拿给她看看。"

"欸——"

童又靖想说她怎么除了试卷习题别的都不关心，想想又觉得，关心这些不是对的吗？只好把话往回咽。

办公室里人不多，虞星进去，和班主任聊了一会儿，来来去去，不多时座位上就空了。

卷子还没看完，来了个清瘦的男生把班主任叫走。班主任还有话要跟虞星说，让她先别回去，指尖点点桌子："你在这儿等一下，我几分钟就回来。先把刚刚圈出来的题仔细看看。"

虞星点头说好。静心凝神看了一会儿，响起脚步声，抬头一看，发现身边多了个人。

来交练习册的樊湘湘放下抱着的一沓书，像是没看到她，嘴角微翘，细致地进行整理。

隔壁那个座位大约是樊湘湘班上任课老师的位置。

虞星低头继续看题，冷不丁听樊湘湘开口："翻船的日子来得真快呀。"手摁在习题面上，她侧头看来，缓缓勾唇，"没了盛亦给你撑腰，不知道你底气还能像以前那么足吗？"

手微顿，下一秒，虞星将笔一丢扔在试卷上，站直身："既然这么不服气，那就比比。"她眼神淡漠，语气也冷，"下周月考，考不赢闭上你的嘴。"

"你——"

没等两人再继续口角，3班班主任比预计时间更快，重新回来。

两个人沉默着，空气仿佛拧成了一根绳。

休息日回家，虞宛贞特意调休，在家给虞星做好吃的。美美地吃过饭，午休后，两人一块喝下午茶，闲话家常。

接着各自回房休息。快到傍晚，虞星从习题中回神，想去问虞宛贞晚上吃什么，到她房前，那门半掩着没关，还未抬手敲门提醒，望见里头那个坐在床边怅然出神的背影，虞星手顿了顿。

"小姨？"半晌，虞星出声，轻轻推门。

虞宛贞连忙收起手机，转头看来："啊……怎么了？"

"你在干吗？"虞星入内，走到她身边，"脸色怎么这么差？"

"没有，这两天没休息好。"

"有什么事要跟我说，不要总是瞒着我。"虞星眉头轻拧，不放心追问，"是不是有什么事？"

“没有。”

“真的没有？”

“真的。”虞宛贞握住虞星搭在肩上的手，拉她坐下，“你一个小孩，天天操这么多心干什么？”

“我担心你嘛。”

“小姨这么大的人了，知道照顾自己。”

虞星见她虽然笑着，但眼里有几分形容不出的感觉，心里不是滋味，偏偏她不肯说，不好追问，只得按捺下去：“那你有事一定要告诉我。”

虞宛贞笑着，连声应：“好好好。”

没几句说起晚餐。问过虞星要吃什么，虞宛贞说等会儿就进厨房，不由分说赶她回房看书。

虞星起身，走了两步，虞宛贞忽然在背后叫她：“星星……”

“嗯？”

虞宛贞眼神有一瞬闪躲，片刻后，摇头：“没事，我只是想问问你，要不要吃姜汁撞奶，要的话我给你做。”

虞星说不用。

“那没事了。”虞宛贞笑笑，“你看书去吧。”

虞星抿了抿唇，走回房间。躺倒在床上，心里乱成一团。

虞星看得出来，小姨有事没跟她说，再加上……

她闭了闭眼。身后是柔软的床，突然希望自己陷进去，再被深深的窒息包围，这样什么都不用去想。

时间安静地走过，秒针分针不知绕了多少圈。

睁开眼，天花板还是刺眼的白。

虞星长长呵气。她不知道该怎么跟小姨说，她已经见过了生她的那个男人。

好像就是突然之间，全程升温，一天比一天暖，不过尚且没到热的程度，离夏天仍有距离。

虞星表明态度以后，盛亦却没有消失，她反而时常能见到他。教学楼下、餐厅里、回公寓的路上，以及她家楼前。

他在等她。

频繁地出现在她视野之中，那双眼仿佛有很多想说的话。

虞星的脚步为此迟疑过，很快适应，就像是路边的花草树木，看见便看见，不近前，脚下轻轻绕开。如若要说故意，确实是在故意忽视他。

她不看他的眼睛，不敢或者不愿意，每回视线接触一瞬，都看似镇定地匆匆避开。

月考成绩下来。

这次，虞星独自一人高居榜首。

考之前老师发话，这回难度和以往不是一个等级，让大家做好准备。

分数一出，第二名比她少了十五分，远远没有竞争的可能。

又是在办公室碰面，要承认技不如人不容易，樊湘湘一脸猪肝色，难看至极。

“十五分。”四下无人的时候，虞星淡淡对整理练习册的樊湘湘说，“这回你该不会又没准备好？”

樊湘湘一噎，脸色几变。

虞星口吻随意：“实在准备不好那就别准备了，我看你也就只有这个水准。”

比起平时，话里的火药味重了许多，明着夹枪带棒，不像她以往的风格。

樊湘湘被挤对得说不出话。题目变难，偏偏虞星考得越发好。先前几位老师还在聊，说虞星抗压力强，求稳的时候，成绩可以长时间保持在稳定的优秀水平，求突破，也能有十分亮眼的进步。

这一巴掌打得重。樊湘湘脸上火辣辣地疼。这次却连叫嚣的底气都没了，说什么都像在狡辩。虞星更将轻蔑发挥到极点，讽刺完，不想和她多言，说话间就要走。

樊湘湘冲昏头，口不择言：“……你抱不上盛家的大腿，被盛亦甩了，只能把火气撒到我身上，算什么本事！”

快到门边的人停下，回头看。虞星的眼神，是前所未有的冷冽。

樊湘湘一怔，吓得往后退了一步。凝滞般的几秒，虞星到底还是没做什么，快步走出去。

出了办公室，回教室上最后一节课，突然心乱如麻，无法镇定下来。

樊湘湘的话不停在耳边来回播放，虞星太阳穴发紧，有点恨恨地想，看来自己真的太过好说话，迟早有天得让樊湘湘吃痛一回，不然她总是学不会闭嘴。

潦草上完一节课，还好老师只是讲解试卷，以虞星的得分，听不听都没关系，收拾好东西回公寓，童又靖不大在学校住，这种时候她总是独自一人。

朝公寓走，人流渐渐稀疏，不止童又靖，学校公寓的空置率一直很高，像她一样每天都回的更是少之又少。

走到半路忽然觉得疲倦。虞星干脆在小径旁的花坛边坐下。

路灯光晕一圈圈向外扩散，落到地面，在空气里缥缈地化开。黑夜之下蒙上一层朦朦胧胧的薄黄。虫鸣聒噪的声音让夜晚显得更加寂静。

虞星不知道自己在想什么，什么都想，又好似什么都没想，脑袋里乱成一团，待去探究，却发现空空落落，一片虚无。

没有着落的思绪最后还是找到落脚的港湾，她想起盛亦。

或者说，一直都在想。

做题笔尖停下的刹那、课堂上老师讲课停顿的瞬间……无数他出现与不出现的时候，都见缝插针填满了她生活所有的空隙，如魔障一般。

他能缓过来的吧。

应该能。

不……绝对，绝对可以。

她没什么了不得的，长得好看的人有那么多，成绩好的人、有趣的人，各种各样，多的是。

他只是有点喜欢她。

他们彼此之间的喜欢，不过那么一点。

一点点。

她这样说服自己。

在花坛边坐了不知多久，虞星站起来，继续朝公寓走。

越走越近，距离慢慢缩短，熟悉的公寓楼映入眼帘——突然多出一个人。

她停下，站着没动。面前的盛亦也是。

不知道他什么时候来的，等了多久。

她有点意外，又不怎么意外。

垂眸，虞星往旁边走。

盛亦挡过来，她没能绕开。

她沉下声："让一让。"

"我们聊一聊。"

“要说的我都已经说完了。”

“那都是你在说，我还没说。”

她稍作停顿，再度迈步：“不好意思，我要回去休息。”

错身而过的瞬间，盛亦捉住她的手腕。

“不是只有你一个人觉得自己是多余的。”他说。

她的手腕被捏得很紧。

盛亦语气如夜色一般苍凉，艰难地剖白着：“你说你是被抛下的，我何尝不是？我母亲走了，没几年父亲也追随她离开，他们为了爱情生下我、抛弃我，从头到尾我只是他们伟大爱情故事的附赠。

“你恐惧，我同样不比你少。

“好不容易因为你，我觉得感情这件事对我来说或许有可能，我想要尝试，也在努力尝试。结果你却因为恐惧、害怕，直接选择放弃。

“公平吗？这样对我公平吗？”他问。

他知道，他都知道。虞星一直觉得，她的出生是个错误。母亲为了爱情，让她作为一个“父不详”的孩子来到世上，甚至为此失去生命。

她的到来，让虞家分崩离析，虞家二老厌恶她这个外孙女，至死不肯见两个女儿。而她小姨为了抚养她，放弃了原本正常的人生。假如她没有出生，虞家还是那个虞家，虞宛纯和虞宛贞两姐妹，或许会像其他人一样，拥有自己的家庭，平凡但幸福地过一辈子。在这样一遍遍的自我折磨中，她不停加深对自我的厌恶和憎恨。

是累赘，是附赠品，是别人爱情额外的产物。

——如果，我没有出生就好了。

虞星肯定不止一次这样想，而盛亦又何尝不是呢？

盛国怀和范念秋相爱至深，他被生下后，母亲范念秋抑郁离世，父亲对母亲的爱转化为对他的恨，开始折磨他，让他度过了无比痛苦的那几年。直到他被爷爷接走，盛国怀的恨——那份本质是因对范念秋的深爱而生的恨，一瞬成空，再没着落。从此没有可以依仗着活下去的东西，于是盛国怀便追随亡妻而去。

暴戾、偏执、狂躁……他曾经产生的所有心理问题和无法控制的情绪，都是身体里的那股冲动，在质问自己为何存在。

他何尝不觉得自己是多余的。

虞星怕，盛亦也怕。

可是现在，就连她也要抛下他。

盛亦将她的手腕捏得很重，虞星没有吭一声。他的力道松了再紧，紧了又松，他不肯放手，掌心那股温热和柔软，是他最后可以汲取能量的所在。

“虞星，公平一点。”他说，嗓子压抑至喑哑，“对我公平一点。”

没有回应，静得能听到自己的呼吸。

天空开始下起雨，绵绵如针的细雨，将空气中的热度压下来。若是温度再高一点，再热些，地面就会变成湿沼沼的蒸笼。

“下雨了。”许久，虞星轻轻挣开他的手，“你该回去了。”

她踩在刚落地的雨丝上，将它们踩进灰里，一步步走向公寓楼。

其后一连数日，没有再见盛亦。

休息天回家，楼前没有他的车。上课的日子，餐厅里不见他，凉亭和公寓楼前也没有他的身影。本来该松口气的，虞星却高兴不起来，只能将自己放逐至数不尽的作业与习题中，不给自己片刻安闲。

傍晚放学，童又靖没来，先等来蒋之衍。

虞星被他气势汹汹堵在班门口，进退不得。

“跟我走。”

“去哪儿？”

“去找盛亦。”

虞星下意识要拒绝：“我……”

“由不得你说不。”蒋之衍眼神不善，“你今天去也好不去也好，都得跟我走！”

“蒋学长……”

“盛亦生病了你知不知道？”他打断她，强忍着火气。

虞星脸上恍惚一刹，而后垂眸：“生病了去找医生，他家里肯定有人照顾他。”

“你还真是没心没肝！盛亦遇上你，算他倒了八辈子霉。”

蒋之衍站在兄弟的阵营，实在说不出什么好话。这段时间她把盛亦折腾成什么样？他们看在眼里，急在心里，不免对她有气。当下，不由分说，拽起她的胳膊拉着她就走。

虞星试着挣了挣，他拽得紧，吃痛皱眉。

“我不是盛亦，不用对我来这套。”蒋之衍瞥见，冷嗤，“你老老实实别惹我发火，现在可没人能帮你。盛亦在家等死，童又靖也不在，我劝你识相点。”言毕再度前行。

蒋之衍走得急，虞星被他隔着衣袖拽着胳膊，小跑才能跟上。

到停车场，上了车，蒋之衍瞥她一眼，冷声冷气：“系上安全带。”

虞星无奈照做，刚系好，他立刻踩下油门，差点没坐稳。

车开出临天，虞星小声问：“盛亦……生的什么病？”

蒋之衍讽道：“你还知道关心他？”

“……”她不语。

蒋之衍冷哼一声，又是气又是无奈：“本来只是发烧，吃点药就能好。他饭也不吃，闷头就是睡，拖拖拉拉几天都没好。——就照他这样，不吃不喝打不起精神，没病也要憋出病！”

虞星心里不是滋味：“他为什么不吃饭？”

“你说呢？”蒋之衍仿佛听到什么好笑的话，“我还想问呢，要不你告诉我？”

生受下他的讽刺，半晌，她轻声道：“……再怎么样也该吃饭吃药，身体重要。”

“这话你自已去跟他说。解铃还须系铃人，我反正劝不动，我们没这个本事。”蒋之衍咬牙道，“你来啊！”

车开了几十分钟，开上山，驶进一栋庄园样式的别墅里。

盛家到了。

第十三章

抑制不住的吻

她被迫昂头，突如其来的吻落下。

并非简单的触碰，第一次就这样激烈，虞星整个人都僵住了。

发不出声音，细碎的支吾声并不能阻止他。

盛家的气派都藏在细节之中，不是简单的一个“大”字可以形容。

虞星跟在蒋之衍身后，盛家的人——那些各自在工作岗位上忙碌的帮佣——无不恭敬以待。盛家人丁不兴，看架势，主家三位里，盛老爷子和盛岚应该都不在，而蒋之衍的架势，看来是个常客。

上了楼七转八转，行至一扇门前。蒋之衍抬手敲门，不等里面回应，直接开门，接着回头伸手一拽，虞星还没反应过来，被他推进去。

房间很大，窗帘全挡上，没有开灯，光线略微昏暗。

床边地上坐了个人，是盛亦。他转过头，一双眼沉沉看来。

蒋之衍在门边没有入内：“虞星听说你生病，过来看看。你们聊一聊。”言毕，将门关上，只留下他们二人。

虞星一怔，想说什么，没来得及。

盛亦坐在地上，看她几秒，平静转回头。

站了站，虞星犹豫着走过去。走近了才看清，盛亦穿着一身白色镶金丝边睡衣，他盘腿坐在柔软的地毯上，正一个人下国际象棋。

自己和自己对弈，一边走完，将棋盘转过来，再走另一边。

“你来干什么？”他没抬头。

虞星抿唇：“蒋之衍说你病了，让我来看看。”

盛亦回道：“现在看到了？你可以走了。”

她站着没动。

盛亦自顾自地转动棋盘，一派专注。

“你吃药了没？”稍作沉默，虞星站着轻声问，“蒋之衍说你没有好好吃药……”

“不想吃。”

“不吃怎么会好？生病了就应……”

“你现在是以什么身份关心我？”他忽地打断，抬眸，眼直勾勾望住她。

她迟疑着，轻缓道：“朋友。”

“可我不想和你做朋友。”斩钉截铁，不留情面。

很久没有用这种语气、这种表情对待她，此刻的盛亦漠然得像在看一个陌生人。

虞星心里堵得慌，吞咽动作都无法自然，喉头像被哽住似的。

“我吃不吃药与你何干？生不生病，难受不难受，都是我自己的事，轮不到你来管。”

盛亦将棋盘撂下，起身，略过她，走到床边坐下。他开了床头柜上的台灯，慢条斯理地解手腕上的表带。“既然已经决定丢开手，多此一举又何必呢？”

接着又说：“其实我倒宁愿你最开始就不要管，一次一次找来，给我希望的是你，最后抛下的也是你，很好玩？”

商场里、生日当天，还有不同时候说不尽的细节，让他产生希望，到后来又是她一手推开说不可能。

摘下表，“咚”的一声，放在台灯旁，盛亦并不看她。

“是你说的‘到此为止’，我照你的话在做了，你应该满意不是吗？……你走吧。出去的时候带上门。”他掀开被子，在床上躺下。

逐客令已下，虞星却没有动。他的脸色比平时差不少，精神劲更是没的比。他穿白色好看，但这会儿，更显得他状态糟糕，像个病人。

察觉到她未动，床上的他睁开眼，在枕上微微侧头：“还不走？”

静默间，深吸几口气，虞星动了，然而不是朝门的方向。

她箭步冲到床边，不由分说扑上去。盛亦猝不及防被她扑住，她隔着棉被坐下，不等他反应，拿起旁边的枕头，对着他就是一通猛砸。

“你是不是有病？是不是有病？！

“不吃药！生病了不吃药！脑子进水了吗！

“这么大的人你发什么小孩脾气——”

虞星用枕头狠狠砸他，一边砸，一边气得斥骂。

他用这种方式刺激她，惩罚她，做出这样一副姿态，让她内疚，幼不幼稚？

她气，气得不行，偏偏还是控制不了地难受。

“虞星——”盛亦躲了两下，没力气还手，逃又逃不掉，好不容易逮着喘气的间隙开口，“再打我真的要死了……”

枕头停在他脸上，压着他的人不动了。

半晌没动静。

盛亦喘匀气，拨开枕头一看，虞星两手捂着脸。

“哭了？”

“……没哭。”

他坐起来，去拽她的胳膊，她用力甩开，连带移开自己另一个手掌。露出脸，没流眼泪，只是眼睛发红。

盛亦看着她，细细地看，几秒之后，将她搂进怀里。

她咬牙，鼻音浓重：“我没哭！”

“知道你没哭。我哭了，行不行。”

头被他揽到肩上，她的脸贴着他的肩，哽咽起来。终是忍不住了，哭声渐大，她呜咽着，一下比一下凶。

盛亦轻拍她的背，什么都不说，只是轻轻地拍背安抚。

虞星哭着，伸手抱他，紧紧抱住他的腰，再也忍不住。

“盛亦，我好害怕……”

“你现在这么喜欢我，以后你不喜欢我了，我该怎么办……我一定会难过死……”

她放声哭，盛亦握住她的双肩，让她抬起脸。他直视她的脸庞，鼻尖哭红，眼睛成了一条缝，只有眼泪源源不断地淌下。她此刻的表情多难看，可他觉得再没有比这更好的了。

“我不想那样。”她哭着说，“满脑子都是另一个人……”

“不怕。不怕。”从来没有像此刻这么耐心，他用手指替她擦眼泪，“不会的。相信我，不会的。”

好几分钟，不曾显露在面上的情绪被哭出来大半，舒坦多了。

虞星稍稍镇定，但仍处在哭泣的余韵中。她一边吸着气一边道：“可是，感情的事，本来就没有一定的……你怎么，怎么知道不会？万一呢？”

盛亦揩拭她脸颊上的泪痕：“人活着，确实有无数种可能。就是因为这些可能，才会有现在的我们，不是吗？”

因为这无限的可能性，作为爱情附属品出生的她和他相遇，也因此，对“爱情”这回事，从恐惧到试着相信。

这就是人生的奇妙之处。

“我没办法跟你保证什么一定会发生，什么一定不会发生。”盛亦放柔声音，“但是我有自信，绝对不会让你失望。你相信我。”

刚哭过，呼吸烫得吓人，虞星望见他认真的眼睛，毫无保留。

“为了未知的‘万一’，放弃其他重要的东西，太可惜了。”他说，“真的。”

虞星吸了吸鼻子，忽然更想哭了。他们被生下来的事实，无法更改。既然出生已经如此糟糕，为什么不让活着这件事变得美好？

就试一试，不仅仅是作为别人爱情的附属品，这一次，为他们自己。

盛亦为逗她开心，拖着病体，恢复以往欠揍的模样，讨打的话说了一箩筐。

成效不错，虞星终于平复情绪。

闹着闹着忽觉不适，见他脸色微变，虞星以为他不舒服：“怎么了？难受？”

他抿了抿唇：“该怎么说……”

“嗯？”

“虽然你很轻，但是。”他毫不遮掩地看向她，“你知道，男生有的时候有些反应，自己也控制不住。”

愣了两秒，虞星反应过来，红着脸怒斥：“臭流氓！”下一秒，推开他，立刻飞身下床。

怀里霎时变得空落落，盛亦有点后悔，早知道不多嘴。

那边虞星想起他还生病：“对了，你的药呢？”

他坐在床上，指了指不远处的书桌：“那儿。”

“你看过医生没啊……”虞星走过，一边看药的吃法，一边皱眉。

“看过。”他说，“家里有医生。”

房间的茶柜里有整套茶具，虞星顾不上讲究，取一只拿来给他泡药。热水也是现成的，她照用法冲了碗药剂，端给盛亦喝。

“你喂我。”他往床头一靠，立时做出一副没有精神的样子。

“……”看在他是病人的分儿上，虞星不跟他计较。坐到他身边，她舀起一勺，递到他嘴边：“张嘴。”

他半合着眼挑剔：“你没有吹一下。”

虞星只好吹凉，再递过去，他这才老实喝了。

一碗很快见底，虞星正要去给他拿药丸，手被他拽住：“怎么了？”

盛亦：“再来一碗。”

她一愣，而后，一掌推在他脑门上将他摁倒。

说明上写着冲一包，什么再来一碗，当是中奖呢！

不跟他瞎闹，虞星正儿八经地，将余下的药一样喂给盛亦一份，心想大功告成，松了口气，忽地听到楼下似乎有车的动静。

还没说话，盛亦脸色一变，沉了些许。

“——我爷爷好像回来了。”

他爷爷回来了。

虞星一听慌了：“那怎么办？”

盛亦掀被子起身：“你找地方躲一下。”

“躲？躲哪儿？”

四下看看，虞星选定目标，直奔他的衣柜而去。

盛亦一票否决：“那里不行，没空间。”

她脚下一转拐向茶柜。

他道：“……你在想什么，下面都是一层层的柜子。”

“那你说要躲哪儿嘛！”虞星急了，瞪他。

盛亦站着，环顾一圈，下巴一抬示意床上。

“进被窝里躲一会儿。”

“你确定？”

“我爷爷不怎么进我房间——但是以防万一，你把被子盖严实点，看不出来就行。”盛亦整理衣领，“我出去应付完，很快回来。”

虞星没办法，犹豫两秒，钻进他的被窝。她扯起薄被将自己全然罩住，在薄被底下侧过身，半趴着。先前他躺过的地方，余温还在，连同他的味道。

盛亦开门出去，而后，“啪嗒”一声门锁轻轻合上，脚步在外头渐远。

虞星躲在他的被窝里，除了自己，屋里再无别人，却还是紧张，僵硬着一动不动。

盛老爷子盛书渊，那是盛氏集团里雷厉风行说一不二的人物，别说她一个小年轻，多的是人见他腿软。见盛岚那次虞星已经很紧张，不敢想象见盛老爷子会是怎样的情形。

能躲就躲吧，到不得不见的时候再说。

不知过了多久，胡思乱想间，门重新被推开。

虞星一刹那紧张起来，熟悉的声音响起：“回来了。”

是盛亦。她松了口气。

听得门关上，只觉得人影行至床边，下一秒，薄被被掀开，旁边床垫软软陷下去，多了个结实的身躯。

虞星一愣：“你……”

他舒服地躺下，胳膊一伸，她腰上立刻多了一道沉重的禁锢。

被窝变成两人共同享有。

盛亦的脸近在咫尺，他闭着眼说：“睡觉。”

脸唰地变红，虞星下意识想躲开，他一用力，她反而被他搂进怀里。

这是个能够感受到彼此体温和心跳的距离。虞星整个人像煮熟的虾子，看得见看不见的皮肤，全都开始变烫。“你——”

“别说话。”盛亦稍稍睁眼，“我爷爷在外面，惊动他，我们两个就要在床上被逮个正着。”

怎么听都是有歧义的话。虞星臊得脸热，想发作，偏偏受限于地点和场景。

他是故意的。

他爷爷根本不会进房间，他还是让她“以防万一”，什么衣柜没空间，让她躲床上，都是他自己想象而已！

虞星吃了“闷亏”，想掐他，手刚要伸到他腰上，却发觉闭着眼的他呼吸变得平稳缓慢起来，动作一顿。

病了几天，他一直没有好好吃药调理，估计也没能好好休息，脸色这么难看，实在不像她认识的那个意气风发高高在上的盛亦。

稍加打量，虞星最终还是收回手，往前靠了靠。她的脑袋抵着他的胸膛，沉默着闭上眼。

暖和，舒适，让人放松。

感觉能够好梦，一直安眠无忧。

这一觉睡了几个小时，身体有所好转，盛亦精神好多了。

一看时间，九点多，再不回去公寓锁门，想进也进不去。虞星着急忙慌赶着要走，盛亦送她。

“你没问题？”

“放心。”

盛书渊已经歇下，两人放轻手脚，很快溜出去。

虞星来过的事瞒是瞒不住的，这家里上下的人虽然不会特意多嘴，但一应大小事，都有人向老爷子汇报。不过他事务繁忙，除非当场碰见，不然不会特意去管盛亦又有哪个朋友来过家里这种小事。

车开到临天，两人都饿，决定先在附近找地方吃夜宵祭五脏庙，填饱肚子才好回学校。

饭桌上，盛亦欲言又止，虞星问他：“想说什么？”

“你比赛回来那天——”

她持筷的手稍顿：“嗯？”

他斟酌用词，她替他说了：“你是想问我见了谁？”

盛亦点头。

虞星吃下一口面，说：“我爸。按照血缘来说，是我爸的那个人。”而后她许久没说话，低头卖力吃面条。

看出她不想聊，盛亦沉默半晌，往她碗里夹去一块肉：“要是不想说这个我们就不说了，当我没问，吃东西。”

“没事。”她极力用寻常的口吻，“现在是不想说，等过段时间我再告诉你。”

盛亦不接茬，当这个话题已经过去。

虞星和盛亦和好，一帮朋友总算松了口气，尤以蒋之衍最盛，自认居功至伟，下巴快翘上天去。

生活重回正轨。

他们几人照旧一起吃饭，有时想清静些，虞星和童又靖也会单独外出用餐。

比如今天。餐桌上，不止一次注意到虞星腕上多出来的手链，童又靖不由得好奇："你什么时候买的手链？"

左手腕上那条银白色手链做工精致，发着低暗的光。虞星只瞥了一眼，随意道："前段时间。"

"我见你戴了有一阵了吧？"

"嗯，两个多礼拜了。"

"买手链怎么不叫我啊。"童又靖抱怨，"两个人一起逛街多好。"

虞星抱歉一笑："下回一定叫上你。"

童又靖这才满意。

吃饭的地方离临天不远，用完餐后，她俩一路闲聊走回去。

路过咖啡店，童又靖停下买喝的，担心下午茶时间会饿，让虞星等她一会儿："我进去买点蛋糕点心，很快！"

虞星说好。

午后暖阳和煦，还没到太热的时候，暖融融十分舒服。虞星站在屋檐下抬头，眯着眼看天，不敢直视太阳的感觉，让人恍惚觉得像被什么包围，直犯困。一辆车缓缓驶来，慢腾腾停在路边。

虞星注意到，眯眼看过去，生出几分警觉。

不怪她如此敏感，实在是上次之后……总之，由不得她不在意。眉心若有似无地拧着，虞星盯着那辆车看，越看越觉得眼熟。

好像在哪儿见过？

有点说不准，毕竟车的外观大同小异，对不了解车的人来说，长得都差不多。但……刚刚吃饭时，它好像就停在窗外？

虞星努力回想，忽见车门打开，后座下来一个男人。

那男人朝她走来。她一顿，盯住对方，右手慢慢抚上左手的手链。

童又靖从咖啡店出来一看，蒙了。一边打电话一边往学校里找，绕了一大圈都找遍，还是不见虞星。她抓狂地在原地蹲下，也不管来往经过的学生眼神异样。

又把虞星弄丢了！

又一次！

童又靖不知道自己造了什么孽，为什么虞星和她在一起，总是出这种岔子。上回是她要去找虞星，结果发现虞星被叫走，这回干脆在眼皮子底下不见。

烦躁得恨不得把手里的吃的喝的全扔了，她强忍着，随手拉住一个同学，把东西塞给对方，让人家帮忙拿回班上。

一边回咖啡馆一边给盛亦打电话，童又靖单刀直入：“虞星又不见了！我和她吃完饭回来，让她在咖啡馆门口等我，现在找不到人。我去调监控看看。”

盛亦那边自是兵荒马乱开始找。童又靖到咖啡馆找负责人，十几分钟后，调出监控。

监控画面里，虞星在咖啡馆门前和一个中年男人说话，没过多久，上了对方的车。

她立刻将监控拍到的男人和车牌号一同发给盛亦。

久等不到消息，童又靖只好先去找沈时遇，坐他的车准备出临天时，接到盛亦的电话。

“查过车牌了，是我家的车。”他说，“那个男人，应该是我爷爷的人。”

童又靖一怔：“我们现在过去找你。”

电话一挂，陷入无话可说的无奈中。

沈时遇问：“怎么样？”

“安全应该没问题。”

他面色一松：“找到人了？”

“没找到，但大概知道是怎么回事。”童又靖看向他，“——盛亦爷爷的人。”

沈时遇刚轻松下来的脸色，转瞬难看起来。如果说上次虞星被盛岚带走，沈时遇还能信誓旦旦为盛岚说话，因为在他的认知里，盛亦的姑姑确实不会对虞星做什么。但换作盛书渊……

除了沉默，沈时遇不知还能作何反应。他会对虞星做什么吗?

很有可能。

盛亦他爷爷，确实是这种人。

被请到这座别墅来，已经过了半个小时。

虞星不知道这是盛家哪处的产业，反正是盛家的地盘就对了。面前这位精神矍铄的老者，眼里似乎没有她这么个人，一直端坐喝茶，多余的眼神不曾分给她。但虞星知道，自己的一举一动都在他注视之下。

“所以，我不答应，今天就不会放我走了是吗？”虞星坐在厅中央的木椅子上，看向沙发上的盛书渊，轻声问。她的声音里听不出多少慌张害怕，盛书渊对这点还算满意，但也只是一点点。

“我不强迫你。”他说，“只是协商。”

“我如果不同意呢？”

“你当然有权不同意，不过你得想想你小姨。”他慢条斯理地说，语气温和，乍一听起来，还以为是多么和蔼的一个老人家，话里却是实打实的“威胁”。

虞星不说话。

他道：“我知道盛岚找过你。她跟你说了什么，我也能猜到。很正常，她对盛亦就是太过纵容，一直都是。宠孩子宠久了，人难免就会变得天真。”

这话是在告诉她，不要指望盛岚可以做靠山？

虞星沉默，而后问：“您就算把我们两个分开，又怎么样呢？盛亦喜欢我，我也一样。就算现在分开，过两年三年，五年十年，您就笃定我们没有再见的时候？到时候您要怎样，难不成再来找我一次？”

盛书渊抬眸看她，眼神深邃犀利，接着，垂眸轻吹杯中的茶叶，不急不缓地开口。

“盛亦的路我都给他安排好了，以后，他会照着我的安排一步步走。这是我们的家事，不管三年五年，十年八年也好，不管过多久，都无须你来担心。”

虞星听得想笑：“您安排好了？安排就管用的话，那我现在怎么会在这里？您又怎么会来找我？”

盛书渊蹙眉：“你不用跟我耍嘴皮子。年轻女娃娃，不知天高地厚。我是看你有几分聪明伶俐才和你多说，你不要挑战我的耐性。”把茶杯重重往桌上一搁，他略显不耐烦。

虞星摸着左腕上的手链，不说话。

进来的时候就被告知，电话打不出去，不用想着等盛亦或谁来救她。

——哪怕盛亦来了也没用。

老人家说得斩钉截铁。

虞星难以形容自己此刻的心情。

怎么这么多人想管她呢？就连盛老爷子也要来“插手”她的学业，还很“贴心”地给了她两个选择。

一是出国读书，资费他出，但这样就意味着，她之后的几年，或许会在盛家的监视下度过——为了避免她和盛亦接触。

另一个选择便是若是她不愿意出国，国内任何一所学校她都可以去，只要她滚出临天，并且和盛亦划清界限。

“想好没有？”盛书渊催促，“我时间不多。”

虞星摸手链的力道不由得加重，抿紧唇角。

老人家明显没耐心了。她犹豫，不知是否要回答，或者说不知该怎么拖时间，正煎熬，带她来的那个中年男人忽然快步进来，附耳到盛书渊旁边说了些什么。

盛书渊一顿，朝她投来复杂的眼神。

他皱眉问：“傅家老三？”

中年男人点头，弯着腰小声补充：“说是在路上，已经来了。”

悬着一颗心的虞星向他们投去十成注意，费力听清他们的话，终于松了口气。

调取监控画面后不到一个小时，盛亦一行人找到了虞星所在。盛家产业众多，找起来不容易，童又靖和沈时遇原本都以为要头疼好久，费不少劲，不想，盛亦还是了解他爷爷。

位于杭山上的这栋别墅似乎是盛老爷子用来见客的，盛亦直觉在那儿，他们便第一时间赶去。

到了一看，别墅里果然有人在。大门前的空地停着几辆车，顾不上细看，粗略一瞥，见监控画面中出现过的那辆，以及盛书渊出行常用的座驾都在，盛亦知道自己没找错。

沈时遇和童又靖跟他一前一后抵达，表情都不轻松。

入内，通行无阻，没人拦他们。

正厅外，人比别处稍多。里头传来说话声，盛亦带着沈时遇和童又靖，直接往里闯，那个带走虞星的中年男人作势稍稍阻拦，但并未动真格。

童又靖趁空，不忘狠狠瞪他一眼，以此撒气。

厅里却没有虞星的身影。盛书渊坐在沙发一侧，另一侧坐着一个清瘦的男人。

盛书渊看向盛亦，眼神一沉，不满：“……冒冒失失闯进来，像什么样子？”

“爷爷。”几不可闻地喊了声，盛亦停住脚，拧着眉直接问，“人呢？”

朝对面的男人看了看，盛书渊皱眉，刻板的脸上，表情越发严肃，沉声斥责盛亦：“这就是你跟长辈说话的态度？”手中的龙头杖用力，重重在地上一蹾。

清瘦男人慢悠悠开口，不急不缓插话：“这就是你们家孩子？”他的眼神扫向盛亦，一寸寸打量，带着几分审视意味。

盛亦蹙眉："您是……"

清瘦男人未答，轻轻一叹："时间不早，我也该走了。"

身后站着的人，立刻近前扶他。

盛亦三人这才注意到，他沙发旁停着轮椅。

清瘦男人被搀扶着站起——并不是不能站，只是有些虚弱——他走了两步半，坐到轮椅上，扶他的人便行至他身后，握上轮椅两侧把手。

衣摆被轻轻扯了扯，盛亦侧头，沈时遇拧着眉，用气音说了一个字："傅。"

东远傅家。主做跨国贸易，体量巨大，在国外一向以南美所占市场份额最为突出，在国内投资额高达四十亿美元，涉及企业超150家。傅氏主家这一辈三兄弟，长年久居国外，年初时刚刚宣布回国，许多人猜测，接下来东远集团的发展重心或许会有所转移。

而傅家三兄弟里，老幺傅非臣自幼体弱，久病多年，似是从娘胎里便自带不足。傅非臣少露面，不爱交际，但见过的都知道，他出行要靠轮椅，走到哪儿让人推到哪儿。那厢傅非臣已经和盛书渊道别，轮椅经过盛亦面前，被他一把握住扶手，拦下。

推轮椅的人脸色一变。

盛书渊愠怒："盛亦！"

"虞星呢？"盛亦不管不顾，盯着他追问。

傅非臣的五官，乍一看和虞星不像，但仔细看久了，眉眼、骨相，极其相似，只不过他常年病着，皮肤发白，不健康的病态白减损了几分英气。

年轻时大概十分俊朗，现在没有血色，像画纸上的人。傅非臣并未生气，久病之人，眼神莫名有几分慈悲，嘴角总是若有似无，像带着笑。他淡淡望着盛亦年轻的面庞，细细打量这份生机勃勃的冲动与怒气。

盛亦不管那些，只追问："虞星在哪儿？"

沈时遇和童又靖面面相觑，自打进来就成了背景板，此刻更不好说话。

沙发上的盛书渊跺了跺拐杖，示意人去拉开他。

傅非臣忽地弯唇一笑，轻声道："我的女儿，我自然要带她回家。"字字清晰，掷地有声。

不仅是说给盛亦，更是说给身后的盛书渊听。

这突如其来的一句，让沈时遇和童又靖一愣，震得满目惊诧。盛亦早有心理准备，且今天这场面，隐约能预料到几分，镇定多了。

他握着把手不愿意松。

傅非臣不跟他多说，半合眼，微微偏开头："走吧。"

身后的男人脸色严肃："盛小少爷，请您松手。"

别墅门前停的车里，有一辆加长宾利。

轮椅推到车前，车门拉开，傅非臣吃力地入内。

虞星已在车里久等。

见她看着，傅非臣轻笑："没事了。"

也不在意自己吃力的样子是否窘迫，低头一点点挪上位置。

虞星下意识想扶他，抿紧唇，忍住了。

车里空间很大，他们在长长的车厢里分列两侧，正好面对面。

"等着急了吗？"傅非臣问。

虞星沉默，摇了摇头。

他笑了一下，说："盛家的那个男孩，我见到了。"

她蓦地抬眸，显露出在意："盛亦来了？"

"嗯。"他说，"来了三个孩子。"

虞星不由得往车窗外瞥，车停的位置有点偏，她待在车里，一直出神想事情，竟没注意到盛亦他们来了。

他们估计也没想到，她就在门外其中一辆车上。

"现在不适合下去。"车缓缓开动，傅非臣像是看出她心里所想，提醒。

虞星敛眸："我没想下去。"

等会儿给盛亦发个消息，出了这里，手机有信号，随时可以联系。

虞星摸了摸左手腕。

今天这一出，事发突然，还好她戴着这条手链。

傅非臣找来的那天，他们聊了很久。最后，他把这条手链交给她，说是在通信设备被屏蔽的情况下，依然可以定位。若是有什么情况，将手链正中镶嵌的那枚小圆珠摁下去，他就能找到她。

虞星一开始不肯要。

傅非臣说："就算你不愿意和傅家扯上关系，你也撇不开。多事之秋，明里暗里多的是人盯着傅家，多个保险，以防万一。"

当时，他很温柔地劝："这是为了你的安全，不要在这种事上和我置气。"

挣扎几天，她到底还是把手链戴上了。只是一摸到手链，便总是会想起他说话的语气。

成长过程中，从来没有一个成年男性这样对她。哪怕是一直追求小姨的詹叙铭，顶多也是温和。这种慈爱，两个人无形中被若有似无的东西牵引着的感觉，她第一次体会。

"亲子鉴定的报告结果，前几天给你大伯、二伯送去了。"傅非臣提起这事，怕她不开心，说，"我只是告诉你一声，你别往心里去，他们习惯按规矩办事，总要给他们过目看看才好。"

虞星不说话。

"你什么时候有空，回家来吃顿饭，大伯、二伯和……"

"我没空。"虞星拒绝得毫不留情，头偏向车窗，望着外头。

傅非臣未有不悦之色："还是不愿意回家吗？"

"我有家。"她说。和小姨的家。

顿了顿，傅非臣不和她争这个问题，话锋一转："这段时间家里有些忙，没能来看你，你想吃什么？我们一起吃个饭。"

"不用了。"虞星生硬道，"我不饿，不想吃东西。"

"那……"他话音未落，忽然急促咳嗽起来。

虞星忍不住转头看，他从兜里掏出手帕捂着嘴，咳了好半晌。

擦拭唇边，傅非臣深吸一口气，收起手帕。

不见羞赧，不见悲喜，眼里清清淡淡，早已习以为常。这个四十多岁的男人，除了身体特征的衰老，其他地方，仍然保留着些许青年感。

或许是因为久病，时间对他的意义可能跟别人有所不同，衰老的仅仅是肉体，他的精神、气质，停在了某一个阶段，并未随着时间老去。

"这样嘛。"没有请求，只是眼里免不了露出一抹可惜，傅非臣说，"上次知道你不爱吃甜，我特意让人找了几家餐厅，本来还想看看合不合你口味。"

虞星抿着唇，膝头的手无意识收紧。她以为自己应该会讨厌他的。在没有见面之前，对于"父亲"这两个字，除了抵触还是抵触。她一直以为，如果有天见到这个人，她会痛恨、厌恶，一句话都不跟他说，扭头就走。

可是并没有。和他相处，出乎意料地放松，唯一让人感觉不适的，就只有她心里堵着的那些。她不愿过去，不想放开，于是和他之间立起了一道无形隔阂。

他咳嗽的时候，她竟然有几分揪心。

她很不想承认。

车里静了一会儿。

“辣吗？”

“嗯？”

虞星不自在地问：“做的菜很辣吗？”

傅非臣点头：“很辣。”

“……我现在不饿。”她无声长舒一口气，眉头不曾放松，别扭道，“半个小时以后可能会饿。”

傅非臣看着她故作躲避姿态的侧脸，柔柔一笑：“好。”

果真是特意准备过的，傅非臣带虞星去的餐厅，菜品十分合她胃口，就连小菜也正好是她的取向。没有在饭桌上多说，他不是特别话多的人，带她来好似真的只为吃饭。

一餐下来，轻松又自如。

饭后傅非臣送她回家。虞星不想返校，这几个小时让她心力交瘁，她只想回熟悉的小窝好好休养精神。傅非臣没有异议，请假什么的，体贴地顺便让人处理了。

车开到离住处一条街远的地方就停了。

虞星不想被小姨看见，傅非臣便依她，保留着恰当的距离。她拉开车门，傅非臣坐在那儿只是笑，不说话。

脚落地，车门关上前，虞星回了回头，想说什么，到底还是咽回去，生硬地别开头。然后朝家走，头也不回。

虞宛贞在家，都快睡下，见虞星突然回来，微诧：“怎么回来了？”

虞星不得不糊弄她：“今天老师有事让我外出，刚好离家近，干脆就回来，明天早上再返校。”

虞宛贞没怀疑，立时放下手里东西，问她要吃什么喝什么。

虞星不想劳动她，推着穿睡衣的虞宛贞回房：“什么都不吃，小姨你早点睡吧！

我洗个澡马上就睡了。”

各自回了房，虞星顾不上洗漱换衣服，仰头往床上一趟，长舒一口气。

没等缓过劲来，手机振动。

盛亦的电话。

“……喂。”她接起，下意识小声。

“在哪里？”他问。

“在家。”

他停了停，立刻道：“我来找你。”

虞星想说太晚了，让他早点休息，他不由分说挂了电话。看了看手机屏，没办法。

盛亦为找她，焦头烂额，到别墅也没见到她人，担心是正常的。就连童又靖那边，她发消息报平安，还是照样放心不下。她知道他们有很多想问的，傅家的事像枚炸弹，惊了人一跳。她自己都恍如做梦，更何况他们。

大晚上，盛亦开车到她家楼下，车照旧停在侧边，从窗前看下去，瞧不见。

外面又下雨了。

淅淅沥沥，将夜晚笼得雾蒙蒙。

下着雨终归不太方便，怕小姨等会儿起夜发现她没在房里，于是由在楼下见改为了在楼上见。

虞星轻手轻脚给盛亦开门，他进来脱鞋，将鞋拿在手里，虞星关门的动作小心得不能再小心。冲他做了个“嘘”的手势，带他悄悄入内。

客厅各处，盛亦来不及看清楚，被她拉着，很快进了她的卧室。

虞星关上门，仔细地反锁，刚一转身，盛亦随手撂下鞋，把她拽入怀里。

“盛……”话没出口，整个人就被摁进他怀中。

贴得如此近，她有点透不过气。他在耳边问：“我爷爷跟你说什么？”

她反诘：“你说呢？”

“……”不用想他也知道，“别听他的。”

她“嗯”了声。慢慢放松下来，虽然还是浑身发热。

“傅非臣是你爸爸？”盛亦又问。

虞星靠在他怀里，点了点头。

感受到他的欲言又止，她问：“怎么了？”

抬眸看去，他微微蹙着眉：“我好像有点不太礼貌。”

她失笑，半带无奈，将脸贴回去。没有再问更多，比如她和傅非臣谈得如何，她要怎么处理跟傅家的关系，这些盛亦都没问。虞星也没有问他盛书渊那边要怎么办，以及以后的事。

只是静静地依偎，享受难得安静的亲昵时刻。

有人说，面对喜欢的人，亲近的冲动是无法抑制的，时时刻刻都会想有肌肤与肌肤的接触。

她觉得很对。就像现在，她听到自己的心，还有他的，节奏从各自的频率，融合为一体，一下，一下，又一下，撞击着心房。还是觉得不够，还是觉得远，想要再靠近，更多更多地。

“晚上我可以留在这儿吗？”盛亦忽地问。

虞星一激灵，抬头：“不行……”

对上他的视线，脸莫名发热，毫无道理地烫了起来。

“我困了，好累。”他装可怜。

“困了就回去睡觉……”

“你放心让我开车？”他将她箍紧，呵出的吸气贴着她的耳郭，热得酥麻。

她的脸更烫了，手脚都有点无力，就像是重感冒一般的感觉，从头到脚，而她被禁锢，无力逃脱，只能融化。

“不……不行。”她强打起精神，结巴道，“要是被我小姨……”

外头忽然响起动静。

两人俱是一顿，虞星回头，紧张朝门看。

盛亦凝眸，手臂力道却一点儿都没松。

虞宛贞似乎是起来倒水，很快声响就消了。那边卧室门关上，外面重归寂静。

虞星松了口气，看向盛亦，他眼睛里黑沉沉的，冲她挑眉。鼻音上挑，像是引诱般：“嗯？”

虞星侧卧着，熟悉的房间，熟悉的床，熟悉的被窝，此刻却让她没办法放松。

一点都不自在。

盛亦在身后抱着她。两个人的体温，让被窝更加暖意融融。

可这不是冬天，不需要这样高的温度，她感觉自己呵出的气息都是热的，脸颊、额头、四肢，没有一处不热。

盛亦原本还想脱衬衫，那一脸坦荡，看得人来气，手刚摸到纽扣就被她制止。

虞星不好受："盛亦……"

"嗯？"

"你别抱这么紧。"

身后没有应答。

"盛亦？"

"你别招我。"他忽然说。

虞星一愣："什么？我……"

话没说完，大掌扳起她的下巴，她被迫昂头，突如其来的吻落下。

并非简单的触碰，第一次就这样激烈，虞星整个人都僵住了。发不出声音，细碎的支吾声并不能阻止他。

这一开始就停不下来了。

虞星记不得亲了多久，只知道他来了劲，亲完一次又一次，不知疲倦，兴味盎然。

这个年纪血气方刚，像他说的，有些事情自己都控制不了。

头昏脑涨间，虞星残存理智，怕擦枪走火，抓住他肆虐过又要放肆的手："别……别闹了……"

谁不难受呢，谁都难受。

但点到为止，再难受也要忍着。

这一觉睡得痛苦，快五点，虞星才稍微迷瞪一会儿。

盛亦更不用提，睡着哪有那么容易。

五点差几分，在惊动虞宛贞之前，虞星把盛亦"赶"了出去。

他的身影消失在楼下，虞星站在窗前，咬了咬牙。

口口声声说困，可压根儿也没怎么睡觉，害得她也没休息好。

"星星？"虞宛贞的房门忽然开了。

虞星一惊："……小姨。"

"你站在窗前干什么？"虞宛贞睡眼蒙眬，撩了撩头发，"这才几点，怎么起得这么早？"

"我，我起来喝水。"虞星压下脸上那股往上蹿的热意，"顺便到窗前吹吹风。"

不等虞宛贞再问，虞星脚步匆匆，小跑回房："我再睡一会儿，小姨拜拜！"

虞宛贞有些睁不开眼，只能半眯着，望向那扇急急忙忙关上的房门，莫名其妙。

在家呢，拜拜什么？

和傅家的事情，一回临天，免不了被童又靖追问。

“傅非臣是你什么人？他真是你爸爸？”

虞星不知道该怎么解释，只好点头：“是。”

说来话长，其中曲折，连她也不是很清楚。突然之间多了个爸爸，她自己尚且还在适应中。

“上一辈的事，我也说不清。”

童又靖不想为难她，况且这种隐秘私事，不适合往深里打探。倒没再继续追问，不过拍了拍她的肩。

“下回别再突然消失了，再多来几次，我没有心脏病也要被你吓出心脏病。”

谁想突然消失，这不是她能决定的。

虞星冤枉，叹一口气，点头：“我尽量。”

童又靖：“……”

夏天悄然而至，高考前，傅非臣又来了两次。

第二次见面，送她回家，停在经常停的那条街边，他忽然问：“打算什么时候回家？”

虞星一顿，还是那句话：“我有家。”

傅非臣稍作沉默。

她正要下车，他冷不丁道：“你知道，詹叙铭和你小姨求婚的事吗？”

虞星愣了，她不知道。“……什么时候的事？”

没有追问他怎么会知道詹叙铭，以傅家的本事，他既然来找她，事先肯定有所调查。

“有一段时间了。”傅非臣说，“詹叙铭原本接触了好几个婚礼策划团队，珠宝店设计师也约见过几次，后来突然停了动作。你知道是为什么？”

虞星在脑海里回想，小姨没跟她提过一个字，但……

想起来了。

有一阵，小姨似是有心事，一直藏着没跟她说。

傅非臣直白道：“你小姨放心不下你。”

虞星愣愣看着他。

“她把你养大，付出了很多，牺牲了很多，你们之间的感情我明白。但这十几年里，你肯定也看到了，带着孩子的女人，在婚姻市场上有多被动。”

是的。早年有过许多次机会，只是为了虞星，虞宛贞都放弃了。

大多数人接受不了她未婚带着一个外甥女，哪怕男方愿意接受的，她仍然要考虑对方背后的长辈、家庭。她怕她结了婚，有了孩子，丈夫及丈夫的家人，不能对虞星一视同仁，视如己出。

她不想虞星被冷待，不希望虞星在一个计较亲情得失的家庭中长大。

总之说来说去，虞宛贞就是怕结婚对虞星造成影响，哪怕虞星心理上可能会有一点点失落，都足以让虞宛贞却步不前。

虞宛贞太爱她了。

虞星心里紧紧揪起，突然觉得难受。

“她错失了机会，以后永远就只能一个人。你现在可以陪她，将来你长大、成家，去看外面的世界，她要怎么办？”

傅非臣的声音还是那般平和、温柔：“只要你在她身边一天，她认为你得不到更好的照顾，就永远不会考虑自己的幸福。”

他慢条斯理地说：“你希望你小姨为了你，就这样过一辈子吗？”

第十四章

两家人，棋逢对手

“盛书渊事事都要掌握在自己手中，除了当左膀右臂的盛岚，不肯放权半分。他盛家是有资本不错，我傅家也不是没有。”

糯米糕炸得酥脆，香味四溢，一进门就扑鼻而来。虞星总是嫌弃这糯米糕油炸热量高，吃了容易胖，每当这种时候，虞宛贞便会嗔她：“你一个小孩子，胖什么胖！”

她一直被当成孩子。在虞宛贞这里，无论何时都是。她想要的疼爱、呵护，虞宛贞毫无保留，全都给了她。

虞星站在玄关前，有点愣愣的。

虞宛贞在餐桌边朝她招手：“发什么呆，快过来。”

虞星迈步过去，动作有点僵。

“等凉了再吃，太烫，小心舌头起泡。”虞宛贞提醒着，把冲好的核桃露放到她面前，乳白色的，隐约能闻到清甜的味道。

明明回来前告诉过小姨，她在外吃了饭，仍然还是给她准备了点心。

上楼前傅非臣在车里说的那些话，一字一句，一遍遍在脑海中反复播放。郁结于胸，说不清的闷，虞星呼吸都不顺畅了。

“小姨。”她放下筷子。

“嗯？”虞宛贞回头，见她似是有话要说，“怎么了？”

“你……最近和詹叔叔怎么样？”

虞宛贞一顿：“怎么忽然问这个？”

“没有，好奇嘛。”她抿唇，“詹叔叔好久没来了，我都好长时间没看到他。”

“想他了？”

她点点头。

虞宛贞抬手揉揉她的脑袋：“你要是想他，过阵子我们一起出去吃饭。”

虞星试探问道：“你和詹叔叔，没有吵架吧？”

“没有，怎么这么问？”

“他好久不来了嘛……”

虞宛贞当她孩子气，失笑，正要说话，虞星又道：“相处这么久了，你们打算怎么办？”

“什么怎么办。”虞宛贞眼里闪过一瞬不自然。

“詹叔叔不是喜欢你吗？”

“小孩子别管这些事。”

“小姨——”

虞宛贞在她脑袋上虚虚一敲，不愿意和她聊这个：“好好吃饭。”

还是不肯说，如果不是傅非臣告诉她，她到现在都不知道，詹叙铭向小姨求过婚的事。

虞星追问到底：“小姨，你不喜欢詹叔叔吗？你喜不喜欢他？”

“你——”对上虞星那双认真、执拗的眼睛，虞宛贞有片刻沉默。

而后，虞宛贞别开头，抓起抹布擦柜子。

安静了许久。

好半晌才听到她说：“……什么喜不喜欢的。我都什么年纪了，还谈这些干什么。”

虞星怎么会不了解虞宛贞，若是对詹叙铭真的没感情，直截了当说“没有”就是。

越是避而不谈，越是证明，虞宛贞心里有他。虞星动了动唇，望着虞宛贞逃避的背影，忽然间没了胃口。

今年的高考结束，高三生就此毕业，早早开始轻松悠闲的暑假。

盛亦那群人考前考后都一样，本来就没有将未来寄托在此，关于大学，以及更远的事，他们有家里倚仗，没谁真的担心。不过受气氛感染，玩得更起劲，沈时遇和蒋之衍天天在外放飞。

高二生处在另一个极端中，课业越发重。临天还好，校方压根儿就不指着这帮大小姐、大少爷考出名堂壮声势，但场面还是要走，比起之前，时间上紧张了许多。

像是老天故意逗弄，盛书渊又令盛亦跟着盛岚去美洲。他年纪渐长，到了该学会承担责任的时候——盛书渊原话就是这么说的。跟在盛岚身边，早些开始学习处理正事，于盛亦自己、于盛氏，都有好处。

虞星得知，怅然好一会儿，再三确认："整个暑假都不回来吗？"

盛亦也是迫不得已："嗯，假期结束前应该不会回来。"

"一天都不行？"

他望向她，连摇头的力气都没了。

虞星泄气，肩膀一垮："啊，那要是——"

"没事。"盛亦摸摸她的脑袋，"有蒋之衍在。"

"我才不要找他。"她说得有点嫌弃。

盛亦眯了眯眼："不然你还想找谁？秦怀？"

"胡说什么，我跟秦怀都多久没有联系了。"虞星瞪他。

"总之你有事就找蒋之衍。"盛亦道，"我都安排好了。"

她小声嘟囔："知道了。"

他马上要出远门，一去就是两个月，她还不能去送机。

盛亦坐私人飞机走，不只他，盛岚也在。虽然盛岚待她态度不错，但她要是去了，盛书渊肯定会知道，还是不出现为好。一想到这个，虞星心情更糟。

高三学生不在，偌大的临天更显得空旷。盛夏暑气炽热，总是有人在课上瞌睡，那昏沉劲一袭来，实在叫人抵挡不住。

午后和童又靖在咖啡馆小坐。

虞星上了趟卫生间，出来洗手时，忍不住连掬几捧水往脸上泼。这卫生间空调开得比外面高太多，这才稍微舒服一些。

刚从卫生间出去，没走多久，拐过走廊，从门虚掩的小包厢里传出说话声。

虞星许久没有撞见别人聊自己的八卦，这方面雷达迟钝不少，慢两秒才反应过来。

“……隔三岔五就到学校附近来接，我都碰见好几次了，盛亦不在，她还有豪车坐，里头没蹊跷谁信？”说话的声音有些熟悉，虞星略一细想，听出来。

老朋友啊。

“前一阵传说盛家人找她麻烦，结果还是轻飘飘就翻篇，她仍然跟个没事人一样，盛亦也围着她打转。她还真是把盛亦牢牢攥住了！”

“还好我们没有冲动，想着忍一忍看看再说，否则那个时候去找她麻烦，指不定又要被盛亦收拾。”

“真气人！她那样的人有什么好，不就长了张狐狸精脸……”

其中一道声音是邱卉妮的声音。仔细听还有夏元晴，再多的，便是她们身边平常一起鬼混的几个。

虞星撩了撩耳边碎发，无所谓一笑，信步朝自己的包厢走。

最近确实时常有车来接她——傅非臣去了家里好几次，正式和虞宛贞见过面。

肮脏的人看什么都肮脏。

反正在她们眼里，她干什么都是错的，和盛亦在一起叫勾搭，坐上豪车一定事有蹊跷，谁让她是个“穷鬼”呢？

只不过很可惜，她这个“穷鬼”，她们以后怕是没机会再欺负了。

长这么大，虞星从来没有长时间离开过虞宛贞。

突然一朝分别来临，两个人都不好受。

“小姨。”虞星倚进虞宛贞怀里，“你真的不办婚礼吗？”

虞宛贞笑说：“办什么婚礼，自己人一起吃个饭就是了。”抚摸着虞星的长发，话里还是放心不下，“倒是你，要乖乖的，知不知道？”

“我知道。”

“不要害怕，如果不开心就打电话跟小姨说，被人欺负了千万不要忍着，一定要告诉我。别觉得自己有哪里不如人，你是小姨的宝贝，要是他们对你不好，大不了回家来，小姨永远都会陪着你。”

“我知道。”虞星一迭声说，“我知道的，小姨你放心，我知道。”

虞宛贞哽了哽，眼圈泛红。

“小姨……”虞星轻声说，“如果詹叔叔对你不好，你也要跟我说，我一定不会放过他！”

这话逗得虞宛贞稍有笑意，笑中带点泪花：“说什么呢，什么放过不放过的，不像话。”

她瘪嘴：“我说真的。”

虞宛贞长叹一声，拍了拍她的背。

虞星贪恋这个怀抱，撒娇劲上来，腻歪道：“小姨你真的要这么快就走嘛，真的不……”

“不了。”虞宛贞截住话头，取笑，“又是你催我赶紧结婚，现在又嫌我度蜜月去得快？”指尖轻点她额侧，“你呀。”

虞星嘟囔两声，脸颊贴着虞宛贞的肩头蹭了蹭，不说话了。虞宛贞和詹叙铭只拿了结婚证，未办婚礼。

虞星当然希望他们有个完美的正式婚礼，可虞宛贞说不想麻烦，于是放弃计划。

马上，他们就要去度蜜月——一去数月的那种。

虞宛贞少时的梦想就是环游世界，虞星一直想让她达成心愿，还没来得及。于是这次，詹叙铭便决定带虞宛贞游历欧洲。

虞星马上就要高三，现下更是学业紧张的时候，虞宛贞挑在这当口去度蜜月，其实是特意躲开。

她心里不是滋味。虞宛贞认定了自己的身份会带来不便，怕她伤心，更怕对她有所影响。到这个时候，仍然方方面面都在为她考虑。

心酸又温暖，被爱着大概就是这种感觉。

虞星不去提不开心的，在虞宛贞怀里闷声问：“小姨，我会有弟弟或者妹妹吗？”

虞宛贞一愣，伤感被冲淡，脸一臊：“说什么呢！”

“我问真的。”虞星说，“我怕对你身体不好，但是又想，如果有弟弟或者妹妹，以后等我大了没法陪你的时候，他们就可以陪你……”

虞宛贞默了片刻，说不出话，半晌道了声：“傻孩子。”

她们都在为对方操心前路，正因如此，彼此都不孤独。

怎么会孤独呢。

被爱着的话，就永远都不会觉得孤独。

这天的下午茶时间变得漫长又难忘。虞宛贞抱着虞星舍不得松手。虞星总是这样，喜欢腻在虞宛贞怀里。虞宛贞也总是由着她，不管什么时候，都像她还是个小孩那般，让她尽情地撒娇、耍赖。

从接过襁褓到今天，一晃十几年，虞宛贞永远记得她当时洪亮的啼哭，这个孩子是那么顽强，富有生命力。

如今，她马上就要回到生父身边。

虞宛贞没有别的心愿，只希望她的将来，能和此前十八年一样，又不一样。希望她不要再经历坎坷和阴霾，希望她能拥有更多更多的爱。

东远集团重心向国内偏移，傅家人归国，至今也只办过两次宴会，忽然之间广发邀请函，惊动了大半个四九城。

酒会时间定在立秋当晚。谁都知道酒会只是个幌子，除了借机交际深入国内圈子以外，另一个重点便是正式向大家介绍傅家的女儿。

听闻那个深居简出的傅老三有个女儿在国内，先前一直托付给远亲照顾，此番就是要她亮相正名。

——傅家是什么家世，傅老三的女儿需要托付到远亲手里？刚找回来还差不多，估摸着，怕是傅老三年轻时候遗留的问题。

都是人精，大家心知肚明，对此缄口不言，给足傅家面子。

当晚，收到邀请以及费力弄来邀请的人，早早动身。天色将黑未黑，华灯初上，络绎不绝的车流驶向宴会场地，像条小长龙。

虞星早就准备好，从下午三点开始被人团团围住，打理妆发，做造型，一晃就是几个小时。她不需要一开始就出场，虽说她算是这场酒会的“主角”，过于造作的流程还是省略了。

眼前有点花，虞星想呼吸新鲜空气，偷偷躲开人群，溜到偏厅休息，脚下往院中走，远离主厅逐渐热闹的氛围。

手机屏幕里，接到苏秋的童又靖正和她汇报位置：我们在路上，差不多到三分之一了，应该很快就能到。

既然是主角，自然可以邀请自己的客人。虞星想请的只有苏秋一个，她今天太忙，抽不开身，接苏秋的事交给别人不放心，想来想去还是童又靖靠得住。

她们一行快到了。

虞星让她注意安全：不着急，慢慢来。

今夜宾客多的是心怀鬼胎，挤破脑袋也想进来的人。然而门第相差无几的人家，不抱钻营目的，无须从傅家身上谋求好处，派一个两个来，做足礼数便可。不仅是沈时遇和蒋之衍，秦怀也来了。以往这种大人交际的场合，年轻一辈躲都躲不及，今次他们自己愿意，家里长辈当然不会拦着。

倒有不少她认识的面孔。

只可惜，谁都在，唯独盛亦不在。在庭院里稍稍闲逛，灯柱错落满庭，一片亮堂。吹过风，压力有所舒缓，虞星振作，打起精神奔赴即将到来的“战场”。

沿来路折返，远远地，隐约已经能听到觥筹交错的声响。

怕有人找，虞星脚步匆匆，谁知行过厅外长廊拐弯处，快到正厅入口门前，忽地迎面撞上几个人。踉跄后退半步，虞星第一时间致歉：“抱歉！”

“你——”对方斥责的语气刚显露苗头，蓦地顿住。

互相一看，不是生人，都认识。邱卉妮几人打扮得漂亮，裙子、妆容，无一不精致。

她们打量的眼神同样落在虞星身上：“哟，精心打扮过了？”

邱卉妮话音一落，夏元晴接上，带点内涵意味：“怎么哪儿都能碰到你。”

虞星抚了抚裙面，镇定道：“你们来得，我来不得？”

邱卉妮眼一沉：“盛亦不在国内，你和谁来的？童又靖？”

“这好像和你们无关。”虞星冷淡道。

夏元晴呵笑，上下一扫，眯了眯眼：“你身上这条裙子倒是好看，不过要我说啊，什么样的出身就穿什么衣裳，上不了台面的人，再穿金戴银也一股穷酸气。你说对不对？”

虞星淡淡睨她们一眼，答非所问：“高三学长一毕业，你们应该松了口气吧。”话里带着轻微的嘲讽。

邱卉妮瞬间变了脸色，夏元晴同样。

在临天，她们动不得虞星半点，因为盛亦他们在。如今，他们那一届毕业，加上盛亦眼下不在国内，在这种场合见虞星落单，难免一下有点忘形。但她可不是孤身一人，沈时遇和蒋之衍都还在国内呢，哪个不能收拾她们？更何况还有童又靖，到时开学一回临天，童又靖堵上门来要她们好看，跑都跑不掉。

邱卉妮忍着气，对虞星，她可比夏元晴恨多了。她爱慕盛亦，偏偏盛亦因为虞星而厌恶她，还为虞星出头收拾她，比起旁人，她要痛苦得多。

咽不下这口气，又不敢轻易动她，邱卉妮狠狠瞪她一眼：“我看你能狗仗人势到什么时候！”说着，一群人这就要走。

“站住。”虞星冷冷发话。

邱卉妮几人一愣，立时柳眉倒竖：“你说什么？”

虞星看向稍远处站着的侍应生，招手叫过来，指指她们，道：“让她们出去。”

邱卉妮火冒三丈：“你以为……”

说话间，走来一个穿正装的男人，二十出头，清俊挺拔，打断她们。

“怎么回事？”一声问，带着几分主家气派。

虞星顿了顿，对走来的人说：“我想让她们出去。”

这个面生的男人从前没见过，邱卉妮一想，觉得很有可能是傅家的人。而虞星和他说话的语气，明显是认识的。

难不成她扒上了傅家？

联想到前一阵时常来接虞星的豪车，邱卉妮很快下结论，或许虞星手段高明，勾搭上了傅家哪一个。就算这男人与傅家无关，肯定也是虞星另找的靠山，终归不会是一般人。

趁盛亦不在，招蜂引蝶，勾三搭四，这个人丝毫不知廉耻！

邱卉妮立即道：“没有，是个误会。我们和她是同学，同一个班的。”她睨了虞星一眼，“刚好在这儿碰上，我们看虞星的男朋友没在，就顺口多问了她两句。”

认定这个男的和虞星有非同一般的关系，邱卉妮哪能放过机会，故意咬重“男朋友”三个字，给她上眼药。

夏元晴和邱卉妮心有灵犀，立刻接着道：“对啊虞星，你男朋友平常跟你形影不离，今天他不在，你一个人？不习惯的话要不要和我们一起呀？”

虞星懒得理会她们话里的深意，看都不看一眼，只问傅修远：“我可以让她们出去吗？”

傅家大房这一辈三个儿子，年龄最小的便是这个傅修远，今年二十二岁。前几天傅家所有人回国，一起吃了餐饭，正式见过。

因生意上的事务繁杂，大伯家两个堂兄翌日就飞赴国外。二伯家的堂兄正在进修的最后一年，没办法在国内久待，和他们前后脚离开。

于是，只留下大伯家的小儿子和二伯家的小女儿，一个是虞星的堂兄，一个是她的堂姐，这两位是特地安排给她做伴的，怕她一时不习惯，怯场。

虞星跟他们不很熟，只说过几句话，除了傅非臣，她和傅家任何一个都称不上熟。

问完那句，她抿了抿唇。

傅修远看在眼里，轻轻蹙眉：“你开什么玩笑——”

邱卉妮眼一亮，唇角下意识勾起，正要说话，就见他板着脸，认真道：“这是傅家的地盘，你是傅家的人，还问什么可以不可以？”

虞星一愣。

下一秒，在邱卉妮几人的愣怔中，傅修远吩咐侍应生：“把这几位请出去。”

侍应生点头应下。

请出去，便再进不来了，有邀请函也没用，这是明晃晃的逐客令。

“这位先生……”

邱卉妮略微惊慌，想说什么。心怦怦乱跳，太阳穴也隐隐作痛。

他说什么？傅家的人？虞星是傅家的人？

脑子里一片混沌，慌乱之意从脚底漫起，火烧火燎，霎时间遍及全身。

傅修远却看也不看她，对虞星道：“三叔在后面等我们。”

虞星回神，走到他身边。

兄妹俩并排朝里走，身后的嘈杂，谁都不予理会。

傅修远歪了歪头，边走边小声问：“那几个女生和你说什么？”

虞星轻声道：“她们笑话我，说我上不了台面，穿什么都穷酸。”话音刚落，傅修远皱起眉，当即转身。

她拉住他：“干什么？”

“去收拾她们，扔出去太便宜她们了。”

“……算了。她们跟我同班，别的事等我回学校再说。”

傅修远压下脾气，理了理衣襟，走回来，他沉声叮嘱：“那你回学校以后，别忘了找她们麻烦。记得。”

虞星一怔，哭笑不得。

大伯家这个最小的堂兄，倒是记仇得很。

酒会开始半个小时，虞星跟着傅家人露面。二伯傅非渝领着她去见交好的旧友，以及各家来的先生、太太。傅非渝待她态度十分亲热，一口一个“我侄女”，替她做足了面子。

傅老大毕竟是家主，没有现身，但有傅老二亲自为她做引介，已经足以表示傅家的态度。

周旋一圈，该见的几乎都见过，傅非渝这才吩咐傅修远带她去别处看看，长一辈认过脸了，自然轮到年轻一辈。

虞星见了一大堆生面孔，累得半死，中途偷溜抽身，立刻奔向童又靖等人。

“累不累？”苏秋给她捏肩。

见惯这种场面的童又靖镇定得多：“慢慢习惯吧，这还只是开始。”

沈时遇几人过来，他们这些相熟的，便又聚在一起说了好一会儿话。

不多时，有人来传话，二伯家的堂姐找她。

虞星只好过去。

傅嘉懿正和几个年轻男女在一块，见她来，傅嘉懿冲她招手：“快过来。”

虞星加快步子，刚过去，肩膀就被傅嘉懿一把搂住。

她二十一岁，比虞星高半个头。

“这就是我妹。”一手搂着虞星，一手端着酒杯，傅嘉懿挺着天鹅颈，冲他们抬起下巴，“怎么样，漂亮吧？”语气莫名有几分骄傲。

虞星笑笑，跟他们打招呼。

傅嘉懿从小只有兄弟，没有姐妹，家里就她一个女孩，突然之间多了个妹妹，忍不住炫耀。虞星就惨了，一群人从她的长相夸到气质，再从气质夸到成绩，要不是傅修远过来，怕是头发丝都要被拿出来夸。谁想，被傅修远拉走，情况没有好多少。他在国内朋友不多，挨个给她介绍，虞星迷迷糊糊跟着他转。

大多是男生，有那关系好的，噙着笑眼问：“修远，你妹妹有对象吗？”

不等傅修远上脚，一旁伺机的傅嘉懿立刻冲过来：“滚滚滚，她还小，上一边待着去！”二话不说拉着她走，“我带你去那边，我跟你说，傅修远就不是什么好人，少跟他玩。”

虞星一会儿被堂姐拉着，一会儿被堂兄带着，像个陀螺连轴转。

好不容易消停，虞星回去找自己人。只有沈时遇和秦怀在聊天，她一愣，正要找人，苏秋小跑着从不远处过来。

“你去哪儿了？”

苏秋脸上微红，闪过一瞬慌乱，很快镇定：“刚刚去外面透气，迷路了。”

“小心一点，有什么事就问侍应生。”虞星拉住她的手，发觉她唇上颜色有点淡了，“你口红怎么沾到边上了？”

“啊？”苏秋摸了下，忙说没事，“可……可能是刚才吃东西的时候碰到了。”

上完洗手间的童又靖也跑过来：“外面放烟火了，我们去看！”兴冲冲拉起她俩就走。

蒋之衍噙着笑回到角落沙发处：“秦怀呢？”

沈时遇一个人歪在沙发上玩手机：“走开了。”

“你怎么这么颓废？”蒋之衍坐下自顾自倒酒，“喝一杯？”

“不喝。”

蒋之衍啧声：“我说你呀，不就是刚才童又靖和别的男人说了几句话？至不至于？”

说话？那哪是说话，分明就是有意过来和童又靖搭讪！沈时遇一想起来就火大，都是男人，谁不知道谁，一看那孙子眼里亮的光，他就知道他在打什么鬼主意。

然而，他空有一腔怒气，无处可发。

他没有资格。

费了多大的劲才和童又靖修复关系？他不想再出差错。

“少在这儿说风凉话。”沈时遇睨着蒋之衍，冷哼，“我劝你还是先把嘴上的口红擦擦干净，让虞星发现你搞她朋友，她那脾气上来，盛亦不扒了你三层皮才怪。”

酒会结束，虞星卸下疲惫，跟着傅非臣回去。

傅家老宅里住着如今当家的大房一脉，老二、老三名下各有自己的产业，这回算是家里一件大事，这阵子，傅非臣便带着虞星在老宅住。

回家回家，好歹要有点仪式感。

老宅有给三房所有人准备的房间，重要年节，一家人都要回来。给虞星安排的卧室和傅嘉懿的一模一样，大小、位置、装潢，所有一切，傅嘉懿有的，虞星都有。

在这一点上大伯绝对公平，决计不愿让人觉得有所偏颇。

洗漱后，虞星往床上一趴，脸颊埋在枕间，恨不得瘫软成泥。

手机响。

满室寂静打破，她侧转过来：“……喂。”

盛亦的声音跨过远洋："回家了？"

"嗯。"

"累不累？"

"很累。"她叹气，带着娇嗔抱怨，"你什么时候回来啊？"

"快了。暑假结束就回。"他说着，话锋一转，不吝赞美，"晚上那条裙子很好看。"

"你怎么知道我穿的什么裙子？"

他道："沈时遇拍照片给我看了。"顿了一下，"秦怀也拍了。跟我炫耀，笑话我不在。等我回去就收拾他。"

她失笑。

停了停，盛亦又问："他们对你好吗？"

虞星"嗯"了声，她知道他问的是傅家的人："蛮好的。"

什么都不缺，什么都有。

本应该很开心，但心里还是有点说不清道不明的空落。

她忽然道："盛亦，我好想小姨。"

他宽慰："等蜜月结束她就回去了，你不用担心她。"

长这么大第一次长久地分离，以后或许还会有很多次。就像离巢的鸟儿，她将要从小姨的庇护下走出，去直面更广阔的世界。

虞星在柔软的枕上轻蹭脸颊，许久，怅然地叹："快点回来啊你……"

无比想念。想小姨，想盛亦。

高二级成为准高三级，暑假开始和末尾都有课程安排，放假比别人晚，上课比别人早，说是为了提早习惯下一学年。

临天校园里气氛诡异。虞星还是虞星，各人眼中她的名字前却多了个"傅"——鼎鼎有名的东远傅氏。

从特招生摇身一变成为傅家三房的独女，身份金贵，今非昔比。没过节儿的尚且躲得远远的不敢轻易招惹她，和她有过节儿的，简直屏住了呼吸，每分每秒都提心吊胆，恨不得隐身。

趁她来自己班上串门，童又靖逮着空问："你们班那几个还没来？"

虞星说："没呢。"

邱卉妮和夏元晴几人，自恢复上课的第一天起就没出现，至今已经四天。

酒会上那场乌龙童又靖听她说了，当下哂笑：“这帮软脚虾，欺软怕硬，看见好欺负的就跟乌鸡眼似的，遇到得罪不起的，㞞得比什么都快。”

邱卉妮她们大概真的怕了。细数一下，她们对虞星都做过些什么？

虞星一进临天就被她们变着法子欺压，有事没事找她麻烦，如今又在她的酒会上奚落她，闹乌龙是一回事，得罪人是另一回事。

这会儿，指不定邱卉妮等人在家怎么担心害怕。

“总会来的。”虞星不是圣母，该算的账要算，原本她都已经忘了邱卉妮那些人，偏偏她们在背后编派她，被她撞见，又在酒会上出言不逊，不让她们吃点教训她们不会真的知道怕。当下，她道：“除非离开临天，否则总要见面，我就不信她们能躲一辈子。”

见她准备好算账，童又靖一笑，满意点头：“我还担心你太好说话，知道维护自己就好。”

正说着，有人过来，拘谨道：“那个，傅……傅同学……”

虞星蹙眉：“我叫虞星。”

来人脸色仓皇：“虞同学，我，我……”

童又靖解释：“这是他的座位。”

因“傅同学”这个称呼微变的脸色平复下来，虞星从暂坐的凳子上起开：“不好意思。”

“没事！没事！我只是拿东西——”那人从桌肚里拿出手机，忙不迭说，“你坐你坐！”

不待回话便跑开。

“我有那么吓人吗？”虞星懊恼。

童又靖乐不可支：“习惯就好，不然你问问盛亦，请教一下他是怎么过的。”

上一届高三毕业，曾经的高三 7 班成为过去。

今年，令人闻风丧胆的高三生，怕是要变成她们。

虞星不跟她说笑，起了身，干脆不坐了：“我走了。”

“这就走？”

“嗯。”

“晚上一起出去吃饭？”

“不了。”虞星回了下头，“我得回去吃。”

童又靖“啊”了声，十分可惜。

傅家家宴特别多，虞星没过过大小姐的日子，不知道这样正常不正常。反正傅非臣让她回她便回，懒得问。奢华内敛的地砖里都透着金钱味道的高级酒店，虞星以往从没来过，习惯不是个容易事，她得好好适应，毕竟礼仪课才刚开始上。好在都是自家人，没那么多规矩。

大伯夫妇带着傅修远，二伯夫妇带着傅嘉懿，然后就是傅非臣和她。

坐一桌正好。

入席，长辈间闲话几句，说的都是生意上的事，虞星听不懂，更不会插嘴，接着才问到在场三个小辈身上。

虞星是头一个。

傅非碌当家做主，年纪已过五十，不怒自威的气势和盛老爷子有几分相像。他头发少许花白，人倒是精神，也不胖，身板结实硬朗，并没有中年发福。

“学校里一切都好？”他问。老旧的开场。

虞星规规矩矩回答：“都好。”

“要是有什么事就说，不要怕。”他颔首，“跟我们这些长辈说不来，你就找哥哥、姐姐——嘉懿过一阵要回去上学，她大学不在国内，你修远堂哥会留下，有事尽管找他。自家人，知道吗？”

“知道。”

傅非渝饮了口餐前酒，插话：“要我说，让她跟嘉懿一起去国外多好。偏老三不让，非要留在国内。”

“她高中最后一年了。”傅非臣淡笑。

“最后一年怎么了，国外不一样是读？等高中毕业直接在那念大学也方便。嘉懿在，姐妹俩也好有个照应。”

傅嘉懿立即附和：“对啊对啊。”

二伯母一身雍容贵气，笑着嗔丈夫一眼：“姑娘这么乖，谁舍得送到那大老远的地方去？你以为老三跟你一样，没心没肺，我倒想像老三一样，女儿留在身边多好？读书什么时候来不及，过个两年再出去不也行？”

傅非渝哼道：“多长见识有好处，你懂什么。”

大伯母保养得宜，辨不清年岁，妯娌俩都不显老，这当口也笑着接话："我们女人家，当然是心疼孩子。"

说说笑笑，气氛温和。

虞星抿着嘴笑，扮大家闺秀，除非问到她头上，否则轻易不开口。

傅非臣坐在她身边，看过来，轻问："这里时兴的菜系味道偏淡，我让人单独给你做几个辣菜？"

她忙说不用："我不挑。"

有就吃，没有就算了，不是要紧事。

傅非臣见她坚持，作罢。

不多时，开席，菜陆续上来，大人酒过三巡，虞星闷头吃，差不多半饱。

起身去上洗手间，发现门关着，想起傅修远离座，怕是在里面，便没敲门，到外面去上。

家宴包下的这个厅很大，用餐的厅外还有走廊和其他休息用的小间，以备不时之需。

虞星从洗手间回来，行至厅前，听见里头传来热络动静。傅嘉懿正说起在国外时的趣事，逗得满桌人欢声笑语不断。傅修远跟她作对惯了，不留情面拆台，两人斗嘴，不甘示弱。

几个长辈只好缓和，连声说"好了好了"，打着圆场。

笑笑闹闹，是真正的一家人。

虞星忽然不想进去，她想起虞宛贞，想起以前的十几年。说不清的情绪自心底涌起，有点烦闷，脚尖一转，朝外头庭院行去。

庭院里种着不知什么品种的花，小小一朵，像沾染颜料的毛笔在宣纸上印过留下的痕迹。淡淡的香，轻飘飘。

不知在庭院里待了多久，身后忽然传来车轮碾过地面的声音。

回头一看，傅非臣坐着轮椅过来。

"怎么一个人跑到这儿？"轮椅停下，离她两步远，他道，"我看你都没吃多少。"

虞星在树枝丫下转身："我出来吹吹风。"

傅非臣望了望她，瞥见什么，忽然起身，朝她走了两小步，在她面前蹲下。她忍住往后退的冲动。

“怎么这么不小心。”他给她系鞋带，“这鞋子有点跟呢，不当心仔细摔了。”

虞星垂眸望着面前蹲着的人，一愣。脚下的棕色小羊皮女鞋，左脚鞋带不知什么时候散开。傅非臣的肩膀比起同龄男性稍显瘦弱，低着头，脖颈那块皮肤露出来，和手臂一样白。但他还是比她宽阔，比她壮实。

从小到大，只有小姨为她做过这些。给她剪脚指甲，给她穿袜子，给她绑头发，给她系鞋带。如今，给她系鞋带的人又多了一个。

傅非臣缓缓站起，退后，扶着轮椅扶手，有点吃力地坐下。

他抬起脸，问：“修远说，酒会那天，有人欺负你了？”系鞋带仿佛只是无关紧要的事，他的态度再自然不过。见她愣了，问第二遍，“是吗？”

“我班上的同学。”虞星回神，说，“以前有点过节儿。”

“这样啊，我知道了。”他没追问，淡淡一笑，“回去吧？”

虞星望向不远，厅里还有一桌傅家人，她点头说好。

他将要使轮椅掉头，不知怎的，她忽地上前一步，自己都有点惊讶，但还是小声说：“我推你。”

傅非臣顿了顿，没有拒绝。

正厅里，傅嘉懿等她已久，伸长了脖子，“你去哪儿了，怎么才回来！”一把拽她在身边坐下，“快快，超好吃的甜点，我给你点的，你尝尝！”

傅修远不过走开一会儿，取了支酒，位子便被傅嘉懿给了虞星，一边开酒一边骂道：“傅嘉懿你差不多得了，怎么不把你座位让出来，我还想和妹妹坐一块呢！”

“你坐什么坐，站着吃拉倒。”

“嘿？”

傅嘉懿瞪他：“瞧你这显摆劲，就你有妹妹是怎么？谁还没妹妹。”她搂住虞星，“现在我也有了！”

傅修远比了个“二”，气她：“我有俩。”

嘴上骂着，扯了张凳子在虞星身边坐下，顺手给她拿了个干净杯子：“喝酒不？算了，我给你倒点别的——”

“晚上去我家住吗？”傅嘉懿靠过来。

虞星为难：“呃，我明天要上课……”

“怕什么，有司机！”

她还没答话，另一边傅修远凑近，问：“酒会那几个人，你回学校收拾了没？

我跟三叔说了，他都不高兴了。”

傅嘉懿从不错过任何八卦，一听，好奇追问：“什么酒会？什么人？”

傅修远把事情简单一说，傅嘉懿向来眼里容不下沙子，哪能忍：“还有这种事？谁啊，我去收拾，准叫她们好看！”

记仇是傅家人的优良传统。左边是傅嘉懿，右边是傅修远，虞星卡在当中，两头都热情似火。而傅非臣，早已回了座位，任年轻人闹。

他们三兄弟感情一直很好，上一辈如此，下一辈自然亲近。

听着堂兄、堂姐你一言我一语出谋划策要给她出气，虞星招架不住，望向傅非臣。感受到她的视线，正和兄长说话的傅非臣对她柔柔一笑。

虞星忽然想起回来之前，他说过的话。

那是他们“父女”唯一一次亲昵。

在她答应回傅家的那天，傅非臣摸着她的脑袋，向她保证：“傅家就是你的家，傅家人都是你的亲人。以后，再也没有人能欺负你。”

她心里原本是残留着抵触的，所以不愿意被同学叫“傅同学”。

对于成为傅家人，她有一点仓皇，还有一点忐忑和不安。但她感觉到了，傅家的每个人都在努力向她靠近。她是虞星，也是身体里流淌着傅家血液的一个人。

在血缘关系之下，一种温热的、柔软的奇妙感受，正慢慢将她包围。

暑假正式结束前三天，盛亦终于回国了。

童又靖早两天就开始笑话虞星：“天天数着手指头算呢吧？这翘首期盼的，浑身都散发着望夫石的气质，随便往哪儿一站，哪儿就是景点！”

虞星面上斥她，心里对盛亦回来的期待，却也是真的强烈。

到达当天，盛亦一落地，先回了趟盛家，这次盛岚没和他一块，私人飞机只把他单独送回来。家里那头，盛书渊自是要细细过问一番。

虞星先去订下的餐厅，不消半小时，盛亦赶来。

“等很久了？”

“没有。”她嘴里这样答，却已经急不可耐地起身，朝反手关包厢门的他冲去，一头扑进他怀里，结结实实抱住他，再被他抱住，这才有了实感。

回来了。

盛亦的手臂、胸膛、怀抱，每一样都没有变，带点久违的凌厉味道，她不由得用力抱紧。

“你想勒死我？”他发笑，然而边说，手臂边环住她。

她不说话。两个人的气息紧缠，心怦怦跳。

带着爱意的肢体接触让人兴奋又战栗，神经在过电，每秒都妙不可言。

许久，虞星顶着发烫的脸松开手，拉他到桌前，面对面坐下，隔着桌，手不得不松开。

盛亦不是很高兴：“坐我这边。”

虞星拨浪鼓般摇头。那怎么行，挨在一块，那不又有的腻歪？她还记得是来吃饭，不是来干别的，艰难地守住了最后一丝矜持。

“……真好。”前菜还未上，虞星感叹一声，放松双肩，“你总算回来了，也不知道小姨什么时候回，等她回来我肯定会高兴死。”

盛亦睨她：“这就开始吃锅望盆了？”长臂一伸，手指捏住她的下巴，扳着她的脸让她直视自己，“现在想什么小姨？好好看我就是。”

她嘀咕：“不是看着呢嘛……”唇角止不住往上勾，眼睛亮晶晶，喜悦因他而生。

包厢门响。

服务员将菜送上来，立刻退出去。

虞星刚拿起筷子，搁在桌上的手机振动。一看，是傅修远。

她侧过身子接：“喂，怎么了？”

那边约她吃饭：“在哪儿呢？饭吃过没，没吃的话，我带你去吃好吃的？”

虞星抱歉道：“我在吃了。”

“一个人？”

“不是。”

傅修远一听，没多说：“那好吧，你吃，晚点再联系。”

虞星道好，挂了电话，转回身一看，盛亦在桌对面灼灼看着她。

“谁的电话？”

“呃，我哥。”

他挑眉：“傅修远？”

傅家人不多，要了解不难。盛亦对别人家向来没什么兴趣，但如今傅家和虞星有关，他早就把傅家翻来覆去地了解了一通。

虞星点头。

“他找你干吗，约你吃饭？”

“嗯，我说我已经在吃了。”

“你和他关系很好？”

她笑说：“还好吧，他们不难相处。”

盛亦拈起餐巾擦手，嘴角噙笑，不说话。半晌，他似笑非笑冷哼：“十几年没接触，又不是什么正经亲哥哥，跟他那么亲做什么？”

虞星失笑：“你不是吧，我堂哥的醋也要吃？”

盛亦不接茬，自顾自细细擦完手指，投来的眼神犀利中莫名带点哀怨：“不准跟他那么好。”

虞星夹起一筷子菜到他盘中，哭笑不得地哄：“好好好，不跟别人好，就跟你最好，行了吧？”

盛亦这才满意。执起筷子吃菜，她夹来的，就是比旁的好吃。

他细嚼慢咽，忽地想起什么，抬眸缓缓道：“对了。大二我打算出国留学，我姑姑希望我去欧洲那边，到时你正好大一，我们一起去，嗯？”

连着几天，虞星和盛亦都在一起吃晚饭。她要上课，盛亦便等着，等她下课放学，不放过每一分钟的相处时间。

回去也是盛亦送，虞星现在还在傅家老宅住着没搬，家里有司机，她在公寓住的次数大大减少，隔三岔五就回家。

盛亦每回都送她到傅宅别墅所在的那座山上，不进院里，不到门前，留下几步让她自己走过去。

次数多了，难免被撞见。

这天休息日，虞星下午要在家上西语课，吃过午饭，盛亦开车把她送回来。

告别完小跑进门，就在楼梯口碰见下来的大伯。傅非碌休息时间不多，虞星这阵只在家碰见过他两次。脚下急停，她站定，连忙做乖巧状：“大伯。”

“回来了？”

“嗯。”

他问：“今天安排的什么课？”

“西语。”她照实答。

傅非碌略略点头："西语啊。好好上，你哥哥、姐姐当时学，都下了苦功夫。学会便宜不了别人，本事都是自己的。"

上了年纪的长辈多少有些喜欢说教，傅非碌也是，不过他只偶尔说上两句，不会用令人厌烦的语气，说的也都是真心话，虞星每每都会认真记下。

她道了声："知道。"

"那我……"正要说那她就回房休整等老师来，还没开口，傅非碌忽地问："你跟盛家的那个孩子走得很近？"

虞星一愣："我——"

"刚刚是他送你回来的？"

她莫名紧张起来，一时不知怎么回答。

傅非碌说："我在楼上阳台看见了，不过只看见车，没看见人。听老三说，长得倒是一表人才。"

虞星轻声承认："是他送我回来的。"

傅非碌在家穿得比较随意，一身休闲常服，脚下趿拉着拖鞋，除了不怒自威的气势，别的和寻常长辈无异。

他看了虞星一会儿，道："我不反对你们小年轻谈朋友。不过——"说到这里稍作停顿，再继续，话接的有些跳跃，"前一阵我正巧见过盛家老爷子，聊了一会儿。"

他的目光在她身上徘徊，带点规劝地叹："盛老爷子年轻时候是个人物，说一不二惯了，他家的孙子好归好，他可不是好相处的。我希望你好好考虑，这么多人家，后头不是没有更好的，也不急这一时半会儿是不是？"

冷不防他忽然这么说，虞星微怔，动了动唇，话没出口仍被抢先。

傅非碌不拐弯抹角，直接道："盛书渊事事都要掌握在自己手中，除了当左膀右臂的盛岚，不肯放权半分。他和林家近来接触颇多，林家这辈有个女孩，和你们差不多大，这话是盛书渊自己同我说的。这是什么意思，你懂吗？"

虞星心里咯噔一下，脸略略白了些许。傅非碌面色沉沉，板着脸孔，压抑着不悦——这份不悦并非对她。

他们这一辈三兄弟，前两个好好的，谁知到了傅非臣，打生下来就从娘胎里带了病。

他们祖上是有遗传的，不过并非每一辈都有。原本已经两辈没有带病出生的孩子，傅非臣偏偏中了雷。

老一辈在时，常说，傅非臣是连同兄弟的那份噩运一起承担了。他承受的苦痛折磨，这些凄楚，远非金钱可以衡量。而傅非臣，没有因病变得古怪孤僻，为人温柔宽和，脾气又好，长辈、同辈兄弟以及年轻小辈，傅家没有一个不喜欢他。

作为兄长，傅非碌和傅非渝更是从小就疼他，带着他玩，带着他闹，哪怕是让他在旁看着，也要让他有参与感，绝不使他孤零零一个。

那年傅非臣送到国外来紧急治疗，若不是当时还在的父亲放不下面子和最后一丝希冀，总觉得他最后能好，盼着将来给他娶个门当户对的妻子，就不会对醒转后老三提出的要求阳奉阴违。

老三不过是想找一个人，一个女人，却因为父亲的古板生生错过这么多年。他本可以有自己的家庭，以当时国外的医疗水平，那女人未必会死在手术台上，即使真的救不回来，孩子也可以从一开始就陪在老三身边。

不至于过了这么久，才知道还有个孩子，才找回虞星。

傅非碌心里始终觉得对不起弟弟，爱屋及乌，只要他喜欢的，那便是傅家人喜欢的。如今，傅非臣只有这么一个女儿，怎么能给人欺了去？谁都不要想！

“他盛家是有资本不错，我傅家也不是没有。”傅非碌背着手，冷哼，“我们傅家的女儿，轮不到他来瞧不上！”

第十五章

他与她

要相信总有一天，你会遇到那么一个人。

你会对他说：谢谢你噢。谢谢你让我觉得，能够出生，能够活着，真的太好了。

谢谢和我相遇。

因为你，我有了自己的故事。

想过几天安生日子，怎么就这么难。虞星做梦也没想到，恋爱被家长阻拦这种令人无语的事情，居然会发生在她身上。傅非碌和盛书渊什么时候见的，她不清楚，但从傅非碌的语气听来，绝不是一次愉快的会面。

这下好了，盛书渊不满意她，傅非碌更不满意盛家，她和盛亦卡在中间，左右为难。

连盛亦都瞒着她，若非她问到面前，他还不打算说。

“回来这么久你一个字也不告诉我！”避开家里人偷溜出来见面，面对一桌子美味佳肴，虞星毫无胃口，气得筷子一撂，“你打算和林琳发展到什么程度再告诉我？”

“什么发展，没有的事。我只是担心你不高兴会多想。”盛亦皱眉，“我爷爷让我去吃饭，我根本没去。”

“吃饭？”虞星气笑了。林家那位的名字还是她上网查到的，这又冒出吃饭的事。

盛亦束手就擒，坦白：“前天我爷爷单独安排了个饭局，我没去，我让秦怀去的。我发誓没骗你。”

虞星在气头上，盛亦不辩驳赶紧握住她的手。她用力甩，甩不开，他抓得紧，一下也不肯松。

盛亦捏着她的手抵在唇边，边亲边连声哄：“对不起对不起，我的错，不跟我生气，好不好？”

虞星带着点怨气睨他：“这种时候有事情你还不跟我分担，我真不知道你是怎么想的！要是我大伯给我安排相亲对象一起吃饭，我也不告诉你，等事后才让你知道，你会是什么感受？”

盛亦捏紧她的手：“呸呸呸，别说这种不吉利的话。”

相亲对象？来一个他捏死一个。

他保证：“不会有下一次。”

一餐饭让人吃得很不高兴。盛亦和她约定好，在这些事情上——只要是和两个人有关的事，都必须彼此分担。

虞星这才消气。

午后，礼仪课结束，老师告辞，虞星换上居家服，窝在房间落地窗前的沙发里玩手机。

敲门声响。她扭头道了声“请进”，门推开，傅非臣坐着轮椅进来。

她连忙站起来，傅非臣摇头：“坐着，起来干什么。”

说话间，轮椅行至沙发旁。

半起身的虞星缓缓坐下：“不是有电动的嘛，怎么不换那个。”电动轮椅比手工的方便多了，可甚少见他坐那个。

“我习惯自己转，运动一下手臂也好。”傅非臣笑笑，“上课感觉怎么样？”

她点头：“挺好。”

“过几天就要搬回家，我来问问你有没有缺什么，或者想要什么。”

“没有。”

“房间要重新装修吗？”他问，“给你准备的是全新的，没人住过，晚点让人把照片给你看看，不喜欢就让他们改。”

“我不挑，都可以。”

“什么都可以。”他不赞许地蹙了下眉，“自己家，该挑就要挑。”

虞星只好说：“你看着安排吧，等住进去以后看看，要是不喜欢再说。”

傅非臣拿她没办法。她对物质方面的东西，没有过多追求，回来之后就没见她提过什么要求，都是安排什么就接受什么。

但虞星确实没什么不满意的。上次邱卉妮在酒会羞辱她，躲了好久，后来乖乖来找她道歉，声泪俱下，就差跪下求她。

她那时才知道，傅非臣对邱卉妮的父母施压，邱家近来很难过，邱卉妮的父母好几次想要亲自拜访，向傅非臣道歉，全被不留情面地拒绝。

邱卉妮只好低三下四求到她面前。事情过去不提，傅非臣是真的待她上心。

轮椅往前少许，傅非臣问："晚上想吃什么？厨下预备做饭了，想吃什么让人过去说一声。"

虞星还是不挑，"都行。"顿了一下，眼神飘忽，"大伯今天回来吗？"

"他在忙，最近事情有点多，这几天应该都不会回来吃饭。修远倒是不一定。"傅非臣微笑，"怎么，不想见你大伯？"

"没有……"她抿了下唇。

"盛家的事我都知道了。"傅非臣轻叹，"你大伯找过你？"

"嗯。"

他没说话，片刻安静。

虞星望向他："你们都觉得不好，对吗？"

傅非臣柔柔睇她，笑着摇了摇头："没什么好不好的。"

太阳光从外洒进来，房间里通透、明亮。室内开着空调，温度适宜，再舒服不过。轮椅方向转了转，正对落地窗。

傅非臣和沙发上的虞星成平行姿态，一样朝向外。

"……我和你母亲的事，你爷爷也觉得不好。"他眼神悠远，唇畔那弧度若有似无，朦胧怅然。

傅非臣忽然问："你小姨有没有跟你聊过我和你母亲的事？"

虞星如实回答："小姨她……并不清楚。"

傅非臣眉头挑起一点。

她道："小姨说，母亲还在的时候，什么都不肯说，她问过很多遍，一个字都没有问出来。"

傅非臣沉默了一会儿。

许久，他将轮椅转至落地窗前，隔着分寸距离，面容清晰出现在玻璃上。

“我和你母亲认识的时候，她还不到二十五岁。”他说，“在珑城，那是一个山明水秀的好地方。她大学毕业以后在珑城当老师，教音乐。我当时在国内四处采风，走到哪里画到哪里。珑城山的一日三时，晨、午、晚，都不一样，非常有名。山中一个潭，山外一片湖，都是好风景。我是为了风景去的，却在珑城遇上了你母亲。”

那一年。

傅非臣游历到珑城，身边只带了两个人，为体验当地风土人情，计划待上三个月，租了个小院子住下。

院子里有个小凉亭，夏天，爬满青藤，一结就是一串一串的小青葡萄。

有时他会在亭里乘凉，支一个画板，一画就从午后画到傍晚。而藤蔓爬过墙，墙的那一边，住的就是虞宛纯。

傅非臣也记不得是怎样开始的。

好像是虞宛纯主动追求他，又好像，从最初，他就被那双明亮充满生机的眼睛所吸引。

虞宛纯偷看他被逮到过无数次。一天数遍，总是找机会从他院前经过，一旦他看过去，她就惊慌失措别开眼。他暗里失笑，然而非但没有紧闭院门，反而将门大敞。也难为她，总是禁不住脸红眼湿的一个人，鼓起勇气，大着胆子往他院里送东西。

有时候是新鲜的瓜果，用凉水镇过，消暑清热，又不会太冰；有时候是自己做的一些小菜，就着稀粥，清淡可口。

她总是飞快地留下东西，说一声就走，生怕他拒绝，让她拿回去。

几次之后，傅非臣叫住她。那天送来的是香瓜，她紧张极了，甚至不敢看他。他在凉亭里悠悠一笑，冲门边的她说：“可以麻烦你帮我洗一下吗？我想尝尝。”

她愣愣的，呆怔到不能再呆怔。

时间久了渐渐相熟，她经常会到院子里来。他画画，她就坐在后面静静地看，不出声打扰。有时也会帮他扫扫院子，擦擦凉亭的桌，他说这些家里有人做，她不听，拦都拦不住。

虞宛纯尤其爱看他。在院子里看过不够，回了自己那边，总是借着摘葡萄的名义爬上墙梯，一串串的葡萄，她一颗一颗摘，一边摘一边偷看他。

那段时间，开心多，烦恼少，抬头就是满天飞的落霞，火红火红，烧得他心里也是红红一片。

但并不是没有忧愁。

傅非臣始终记得自己身体不好，而她健康，美丽，温柔大方。她不该在他身上浪费时间。

又一次她爬上墙头，傅非臣便对她说："我是个病人，活不久的，你应该去看看更好的人。"

她一愣，刹那红了眼——也不知是不是，他没有看清，总之她张皇地飞快爬下了梯子。

那之后好些天，虞宛纯没有再出现，听邻里说，她和单位追求她的一个年轻同事时常一起。傅非臣既安心，又失落。

没几日，他吃过晚饭到院子里吹风，平常饭后他都是不出去，那天乘凉，抬头就见葡萄架上有人。

虞宛纯冷不防被他撞见，当即躲闪，踩空了梯子，墙那边摔得丁零当啷一通响。

他叫了好几声："小虞——"

没人应。

担心她摔伤，他想过去看看，听到那边传来哭声。

安静的傍晚，天擦黑，夜幕还没完全降下来。

虞宛纯在那边哭得压抑伤心，像是痛，又不仅仅是痛，但任凭他怎么喊，她都不应。

那晚傅非臣敲开了隔壁的院门，第一次去。

然后原本计划的三个月，变成了半年，越拖越久。

分别是在某一天的清晨，虞宛纯去邻城参加会议，他们一起吃了粥，吃了她做的小菜，他亲自送她到院门口。

那是傅非臣见她的最后一面。

当天急症突然发作，安定两年多的身体，状况急转直下，陪护的人将他送医，情况紧急，转入省医院。很快，傅家收到消息派人来接，安排转机将昏迷不醒的傅非臣送到国外治疗。

凉亭里有画板，橱柜里放着成双的碗筷，墙根下是虞宛纯亲手种下的花草，压水井静立着，只等夏天再来，随时可以倾吐凉水好好泡一泡蔬果。

所有的东西都被留下，包括她。

傅非臣病情好转，是在半年后。他曾开口向父亲提过，请他让人去珑城寻虞宛纯。父亲一口答应，磨磨蹭蹭过了好久，却告诉他，人被家里带回去了。

父亲跟他说："姑娘家里不同意，知道你身体问题，他们说什么都不肯点头。"

他信以为真。

很久以后想起来，最遗憾的就是没有来得及告诉虞宛纯他的事情，总想着再过一阵，时机恰好，到时再好好聊一聊家庭，谈一谈未来。

哪知道，一朝错过，就是一生。

他自己也觉得怕是活不长了，过一天是一天，谁知竟然就这样苟延残喘活了下来。父亲动过给他找妻子的念头，被他一一拒绝。

直到两老故去，某一年的中秋月圆夜，大哥喝了酒，愧疚地告诉他，其实当时父亲根本没有派人去什么珑城，所谓拒绝的理由，不过是搪塞他的借口。

那一年离他和虞宛纯分开，已经八年。不足二十五岁的小姑娘，这么多年过去，想来在三十多的年纪，应该找到了一个能够好好照顾她的男人。

她美丽善良，值得遇到很好的人，她的家庭，应当是十分幸福的。而他呢。他坐上了轮椅，行走时间一长都觉得吃力。

每当想起那个爬上梯子、趴在墙头呆呆偷看自己的小姑娘，他就只能转动车轮，在一圈一圈漫无目的的来回中发泄所有情绪。

轮底碾碎地面落叶与沙砾，也碾碎他的心。

金风玉露曾相逢，终于还是风吹云散。

"东远的重心回到国内以后，我跟你大伯、二伯一起回来，饭局上见过几个负责人，其中一个聊到家乡，和你母亲是同一个地方，我便顺口问了两句。"

傅非臣说："这些年有关我的议论，私下里不少。那些人精，哪个不知？也亏得他自作主张偷偷让人调查，否则，我还不知道要什么时候才能见到你。"

手下的人揣测他的心意，歪打正着，找到虞星。

可能是天意。虞星第一次听到这些事，和她父亲、母亲有关的，当年的旧事。

在她的印象里，虞宛纯仅仅只是照片中的人，她对她从来没有实感。甚至有些怨恨，恨虞宛纯不顾一切生下了她。而今，喉咙发紧，胸口干涩，不知道是因为"母亲"这个人物的形象在她心里变得丰满生动了，还是因为造化弄人而惆怅。虞星不敢去猜傅非臣心里是什么感觉。

虞宛纯一定很爱他，才会坚持生下孩子。这一点，想必他也明白。事别经年，再回来，发现她没有去遇见别的人，没有再开始新的人生，在虞宛纯的故事里，从头至尾都只有他一个，最后甚至带着对他的爱离开了这个世界。

他难不难受？

虞星压下喉间滚烫的气息，长长舒气。

“你爷爷当时也觉得是为我好。”傅非臣望着下落的夕阳，缓缓道，“但他没有考虑过我想要什么。他只是觉得为我好，就够了。”慢慢转头，傅非臣看向她，“所以，我不会替你做决定。不论是大伯还是二伯，谁说的话都不重要，重要的是你怎么想。想清楚，再做决定，决定了就不要后悔。

“这是你的人生，我希望你自己把握。”

傅非臣说，让她自己好好把握。突然有种很微妙的感觉。她的想法和心情，都被人放在了重要的位置。

虞星愣了片刻，半晌动唇，道：“……好。”

傅非臣不知道她的想法，聊了这么久有些累，掉转轮椅：“你好好休息，吃饭了让人叫你。”

虞星起身送他到门口，待他身影远了，拐过走廊，才把门关上。

饭毕，天已黑，时间将近八点。

预备洗漱的时候突然接到电话。来电是沈时遇，他很少直接打给她，情况少见。

“喂？”

接听，话音刚落，还没问什么事，沈时遇语气不佳，焦急道：“盛亦开车撞了，在医院，赶紧过来！”

虞星随便披了件薄外套，火急火燎就往沈时遇说的医院赶。

到那儿一看，蒋之衍也在。

“盛亦怎么样？什么情况？怎么会撞到？”电话里含糊几句，没说清楚，她一路提心吊胆。

“和他爷爷吵架，从家里开车出来，撞了。”沈时遇面色不豫，“腿骨折了，还好没别的问题，人在里面。”

虞星顾不上和他们说别的，往单人病房里冲，进去就见盛亦靠坐在床头，一只脚被医生处理过，打着石膏，高高吊起。

虞星脸色几变，担心、斥责、庆幸，纠缠在一起，最终化作一腔郁气。

“疼不疼？”她到他身边，看着吊起的那条腿，想碰不敢碰。

盛亦握住她放在床边的手：“没事。”

“在哪里撞到的？”

“从家里出来十几分钟左右，在路口。只是剐蹭，没大事。”

“剐蹭？剐蹭能把腿剐骨折了？”虞星又气又心疼，掐他胳膊，“让你开车不要开快不要开快，这次还好只是骨折，万一出事怎么办？”

她气得气息不平，半晌叹气：“你和爷爷吵什么？”

盛亦不愿意说。

她猜测：“又是我们的事？”

不得已点头，他道：“他怪我不肯见林家的人，想把林琳带到家里来。”

这当然不是全部，有些话隐下没说，他爷爷还提到她，话说得不好听他们才吵起来。

“你跟他吵什么？”虞星嘴上责怪，心里更多的自然是埋怨盛书渊。

他哪是养孙子，分明是养玩偶，攥在手里分毫都不肯松，不能有半点不合他心意的地方。今天吵架害得盛亦撞断腿，下次呢？从小在这样的人身边长大，她越想越替盛亦难受。

“不跟他吵。”盛亦拉拉她的手，哄道，“下次我发现有点苗头，马上躲远。”

虞星瞪他：“这时候了还哄我，你不疼啊？”她不敢看他的腿，看一眼心里就紧一下。偏偏忍不住关心伤处，瞥了又瞥，把眼睛看红。

她恨恨抱怨：“你爷爷真是的，你是他孙子，你也是个人，他就一点都不为你想？他不心疼就算了，何必这样？”

“怎么还急了，我不是没事吗？”盛亦坐起来，捏捏她手背，“你一哭啊，我这腿就痛。”

“烦死他了……”虞星用力把眼里的湿意憋回去，隔空和盛书渊赌气。

她是真的心疼，白天盛亦还好好的，两人没见面，但手机消息没断。这刚吃过晚饭，盛亦突然就撞了，差点出车祸是能开玩笑的事吗？要是有个什么闪失，她恨死盛书渊也不解气！

气氛好不容易有所好转，两人靠在床头说话。

门外突然传来响动，虞星和床上的盛亦齐齐看向门口。说曹操曹操到，她这正说人坏话，人就来了。

盛书渊板着个脸进门，拐杖拄在地上，“咚”的一声响，冲盛亦斥责：“开车也能撞，我就说你天天搜罗那些玩意儿没好处，回去趁早都给我处理干净！”

连句伤情都不问——或许他在进来前已经问过医生，知道盛亦没大碍，所以不担心，可也不能是这种态度吧？

虞星忍不了，冷声道：“盛老先生，医生说盛亦要安静休息。您身体好，说话声音中气十足，拐杖又拄得这么响，不如隔着门聊，屋里也能听得清楚！”

“你在这儿？我当是谁在说话。”盛书渊睨她一眼，像没这个人一样，淡淡移开视线，只看着盛亦，“我让人安排车，回家去休养，家里医生都在等着。”

不等虞星开口，盛亦拒绝：“我不回。”

盛书渊凝眸：“你说什么？”

“我不回，您走吧。”他重复，沉沉道，“出去带上门。”

又是“咚咚”两声，拐杖重重蹾在地上，盛书渊气得吹胡子瞪眼：“你跟我说话什么态度？谁教你的？她教你的？”

虞星腾的一下站起，迅雷一般，盛亦没来得及摁住。

“他要静养，静养！我看老先生您是真的听不懂话，行，您要是不让我们在这儿待，没关系，我这就打电话让人把盛亦接到我们家医院去。”她作势掏出手机，翻通讯录。

“你——”盛书渊支起拐杖，指着她，眼神凌厉，“丫头片子，你还没资格在我面前嚣张！”

虞星不怕他，早先没有倚仗，他能随随便便把她带走，现在不同了，他想动她，还得问问傅家同不同意。大家势均力敌，真闹到撕破脸的地步，谁都不怕谁。

盛书渊能用来制裁虞星的是他的权势，如今权势在她身上不管用。而他钳制盛亦的，是他们的爷孙关系，到这个份儿上，盛亦要是愿意听他的话放弃虞星，他们也不至于僵持这么久。

虞星真的打起电话来。

盛书渊怒斥：“看来傅家把你捡回去，还没教好你！目无尊长，真是个不知礼义廉耻的东西！”

“爷爷！”盛亦听得脾气上来，要不是一只脚被吊起，怕是又要下地跟他吵起来。

这时候，虞星忽然分外感谢傅非臣和傅家人这段时日以来对待她的方式。他们不止一次用语言和行动告诉她，也让她相信，她的背后有傅家和傅家人的支持。

不畏惧盛书渊，虞星底气十足，冷笑："那还真是对不住，可怎么办呢？我家里人就是愿意宠着我！我家长辈、兄弟姐妹都没说话，不劳您操心！"

盛书渊多次威胁、侮辱她。她没忘。威胁是一种压迫，是一种对你这个人的轻看、蔑视。

虞星从小一直觉得自己是被当成附属品生下的，最恨的就是这份轻视，没有能力的时候尚且想要反抗，有资本站直，那就更不可能弯腰。

尊老爱幼那都得分人，她疯了才要拿热脸去贴这个老顽固。当下，根本不客气，针锋相对寸步不让。

盛书渊怕是也没想到会碰上她这么个刺头，气得胡子发颤。

半晌，他冷冷一喝："走！"气冲冲扭头，带着身后的人离开。

安静片刻，沈时遇和蒋之衍冲进来。

"没事吧？什么情况？我听到你们吵得好凶？"

虞星坐着平复呼吸，一脸不爽。

盛亦摇了摇头。

彼此对视，沈时遇和蒋之衍双双哑然。

他们在门外听得分明，虞星实在好本事，竟然生生把盛书渊气走。

令人佩服！

这一次，盛亦铁了心坚持到底，受伤休养至痊愈，全程没有回过盛家，甚至直接搬出来，住进了沈时遇去年买的一间公寓——十八岁成人礼过后，他们名下或多或少都有些财产。

盛书渊倒没有做绝，一没有停他的卡封锁他的经济来源，二没有找沈家大人施压让沈时遇赶他走。

两人沉默地较着劲。

盛亦搬家没多久，虞星去参观，细心检查一遍，生活用具各样都齐全，放下心，而后掏出一张卡。

"做什么？"

"这是我的卡的副卡。"她道，"要是你爷爷把你卡停了，就用这个应急。"

盛亦接过，拿在手里看了看，挑眉："怎么，要养我？"

虞星双手交叉，勾唇反问："你让我养吗？"

他眯着眼笑，俯身凑近，在她唇上轻啄："求之不得。"

虞星推开他的脑袋："别闹，没正经。"

"我亲我女朋友怎么没正经？"盛亦不服，"天经地义。"

她轻轻摇头，微微叹了口气，笑意稍敛："盛亦。"

"嗯？"

"你会不会觉得累？事情闹到这个地步，我……"

他的大掌落下，搭在她头顶："说什么傻话。"微扬的唇角，带点自嘲，"你以为我爷爷为什么不准我们在一起？因为他自私。我爸有多爱我妈，我爷爷全都看在眼里，他恨我爸看重男女之情，认为他懦弱、无能，有多恨就有多气。他反对我们，根本和外部条件无关，仅仅是因为我喜欢你。我越喜欢你，他就越要我们分开。"

虞星重回傅家之前，盛书渊可以说是因为门第和出身有意见，现在她有了傅家的支持，盛书渊还是反对。

"他只是想要一个听话的孙子，一个出色的继承人。"盛亦轻笑，"为了这些，他可以压制我的喜好，忽略我的情绪和感受，他根本不在乎我。我们之间的矛盾迟早要解决，怎么能怪你？"

他扫乱她的头发："你呀，别瞎给自己揽责任。"

矛盾积压已久，盛书渊不过是踩到了他的雷点，于是矛盾提前爆发。

盛书渊错估了虞星的价值。对他而言，虞星很重要，和以往那些意义全然不同，所以他不能让，更不可能让。

"……说就说嘛，弄乱我头发干吗？"虞星没发表意见，拍开他的手，手指理顺发丝。

"不说这些不开心的。"盛亦近前揽住她的腰，薄唇附在她耳边，低声道，"沈时遇这间公寓有个地方很不错，你知道是哪儿？"

"哪儿？"

"浴缸。"他压低声线，"很大，两个人一起泡，还能伸展做些运动，我们要不要……"

虞星脸一红，推开他："我把你泡了！"

"别这样，反正迟早——"

她听不下这种不要脸的话，抢白："你是不是忘了今天还有课！"

"没忘。"他再度凑近，抱住她，下巴抵在她肩窝挨挨蹭蹭，真是耳鬓厮磨，"泡个澡又不用……”

虞星推开他的脑袋，没让他说完。伸手捏他两边脸颊，她眯着眼警告：“本富婆只养年轻美貌上进好学的男大学生，满脑子浴缸泡澡的那种不要，你这个男大学生赶紧给我乖乖上课去！”

每周最后一个工作日下午，临天都会被轻松愉快的氛围笼罩。童又靖心情雀跃，特地来问虞星晚上打算去哪儿吃。

谁知她头都不抬，笔尖在纸上飞快答着习题，说：“晚上你们去吧，我不去了。”

“啊？你又要陪盛亦？”

“不是，我小姨回来了。”虞星说着，脸上露出一丝发自内心的笑，“我得回去收拾一些东西。”

“收拾什么？”

“她结婚啦，要搬去和我姨夫住，那个房子过段时间就退租了。她让我回去看看有没有什么东西要带到傅家去的。”

童又靖趴在她课桌边沿问：“房子退租，那其他都扔啦？”

“不啊。我姨父准备了一个仓库，给我小姨放东西。怕她舍不得嘛，就保留下来。”

“啧啧，你姨父真有心。”

虞星那叫一个得意：“当然。”本质还是为虞宛贞高兴。

晚饭是约不成了，童又靖试图约休息日：“明天打算去哪儿？”

虞星答得毫不犹豫：“盛亦有课，我去他学校陪他。”抬眸，见童又靖满眼谴责和鄙夷，失笑，“干吗？”

“我看你是一天不陪他都不行。他学校你不是去过好多次了？”

“谁说去过就不能再去？”虞星不理会她的揶揄。

虞星确实去过盛亦学校好几次，但都是送他，或是约好见面提前过去等。盛亦搬出来自己住后，才真正去逛了一回。

偌大的校园，环境建设得特别到位，氛围十分好。进了大学的盛亦锐气有所收敛，待人客客气气，但接触过的都知道他不怎么好相处，与旁人之间界限感分明。

架不住那张脸杀伤力强，这才没多久，追他的女生排起长龙，三不五时地出现在他面前，一个个使出浑身解数想拿下他。

可惜，都夭折在第一步。

他眼里是没有旁人的，只有女朋友。那回得空，盛亦正好带虞星去学校里逛了一圈，全程体贴十足，端的是一副别的女生——甚至男生也从没见过的殷勤热切样。

学校一众女生，费尽力气，甚至没能从他那儿得到一个眼神，在亲眼见过或从别人嘴里听说，盛亦竟然背着女朋友绕湖边走了一大圈，一夕之间全都歇了心思。反正童又靖暂时理解不了他们情侣间的情趣，也懒得理解。

“那晚上我和沈时遇他们去吃饭吧，明天的事明天再安排。”她起身回教室，“我不吵你了。”

虞星飞快摆了下手，继续认真做题。

下午的课一结束，沈时遇到临天门口来接。童又靖上车，系好安全带，立刻找了个舒服的角度，往后一靠。

“很累？”

“不累。就是下午容易犯困嘛。”她道，“蒋之衍呢？”

沈时遇踩下油门：“在路上，他自己开车过去。”

童又靖没说什么，安稳闭上眼，订餐厅这种事，向来无须她操心。

车开了一会儿，停下。

闭目养神的童又靖睁眼，一看是红灯。

沈时遇朝她的方向瞥了瞥，忽地开口：“你昨天……和谁出去了？”

“嗯？”童又靖缓缓转头，慢半拍。

“我看你朋友圈发了照片。”

她想起来：“哦，昨天跟一个学设计的朋友一起吃饭。”

“朋友？我怎么不认识？”

“我们是在画展上认识的。”

“是大学生？”

“嗯，昨天我们还说，我要是考去他们学校，他就是我学长了。”她歪着头，笑了笑，说得轻描淡写，并未在意。

沈时遇却在意得很，不自觉地握紧方向盘，脸色微沉。童又靖的朋友圈开始出现他不了解的人，她不再像以前一样事事都对他说——已经很久了，他们和好以后，彼此间就多了界限，但他仍未习惯，也不想习惯。

他有时常常想，多希望时间可以跳转回矛盾发生之前。再来一次，他一定会小心再小心地处理，不让她受一丁点伤害，那样她就不会心寒，更不会对他失望。

可事实无法扭转。童又靖的感情说抽离就抽离，偏偏他后知后觉，沸腾的心思一天比一天强烈，要多煎熬有多煎熬。

沈时遇微微别开脸，他知道自己的表情肯定有点难看，好久才将那股无名火压下去。

童又靖歪着头休息，哪有空去管他在想什么。

两人未再说话。

到餐厅，经侍应生引进包厢，面对面落座。

蒋之衍没到，两人各自喝水，暂未点菜。

沈时遇忍了好久，还是忍不住："你要是想认识学设计的朋友，我帮你介绍。外面那些人别随随便便相信。谁知道对方心里打什么主意？"

童又靖说："不用，交朋友合得来就行。我又不是因为他学设计才跟他认识。"

"那是因为什么？"

他语气有点不好，童又靖一顿，缓慢抬眸："什么因为什么，我说了，合得来。"

"你们认识才多久就合得来？"沈时遇脸色不佳，"你了解他是什么样的人吗？除了知道他是读设计的大学生，他的为人、品行、生活爱好……"

童又靖指尖在桌上一敲，打断："该知道总会知道，谁一上来就查户口？"

沈时遇吸气："我不是那个意思，我只是担心你被人骗。你不懂社会险恶，万一别人有所图谋，想从你身上算计什么，你……"

"你说话注意点。"她冷了脸色，"沈时遇，你今天什么毛病？"

他沉默下来。

童又靖气得翻了个白眼，看向窗外。

"——我不想你跟他走得太近。"

良久，沈时遇开口，在童又靖斥责之前，他说："我嫉妒，我看到他在你旁边觉得碍眼。"

童又靖愣了一愣，很快，眼神飘忽地别开视线："你和我那些事情不是已经过去了？我们之前说得很清楚……"

"没过去。"沈时遇干脆把话说开，"你真的觉得过去了？"

包厢里安静下来。

沈时遇快要压抑不住心底的火焰，他蓦地抓住童又靖放在桌面上的手："我知道我有错，我一直在改，希望可以弥补。我们这么多年，因为一次，你就一点机会都不肯给我了？”

“我——”

他盯着她的眼睛看，想要看透彻：“你对我真的一丁点，一丝丝感情都没了吗？”

两个人的脉搏，在手掌之中汇合。

挣扎许久，童又靖闭了闭眼，再睁眼，直视他：“如果错了，我们以后连面都没法再见，再也没办法相处，你知道吗？”她缓缓地，缓缓地挣开他的手，“但是朋友，是可以做一辈子的。”

沈时遇手里一空。

心底烧起的火焰，就那么暗淡下来，直至熄灭。

这个“家”，虽然在法律意义上来说不属于她们，但虞星和虞宛贞在这里有很多回忆，最早搬来这座城市住在临时的房子里，后来搬家到这儿，就一直住到现在。

如今，她们两个都要搬走，分别去过自己的生活。

伤感之下，生出浓浓的不舍。

詹叙铭要加班，抽不开身，安排了工人来帮忙打包。虞星拣了些想留的放进箱子，生活用品一类，没有纪念意义的便都扔了。她东西不多，收拾好，去虞宛贞那帮忙。

整理半天，理出一堆相册。翻了翻，发现有一本，全是虞宛纯一个人的照片。

虞星端着相册本问：“小姨，这是什么时候的？”

“那个啊。”虞宛贞看了一眼，说，“是你妈妈以前的照片，大学时候的，还有大学毕业以后的一些生活照。单独做了一本，我一直收着。”

“大学毕业以后？是在珑城的时候吗？”

“对。”

虞星以前对虞宛纯的任何东西都不感兴趣，这本相册里，全是她没见过的照片。照片中的人，即使隔着岁月，在泛黄的画面中，仍然是那么好看，笑起来灿烂明朗，艳丽的面孔，偏偏有一双澄澈的眼睛。

傅非臣爱的，就是这个人，也是她的母亲。

指腹轻轻摩挲照片中的面孔，虞星问：“小姨，这本相册能给我吗？”

“你想要？可以啊。”虞宛贞正整理别的东西，回头看了一眼，轻快答应。她和虞宛纯的合照不少，不止这一本。

“但是你不能随便弄丢哦。”

虞宛贞知道她从前对生母一直心存芥蒂，不愿意提及。这种事虞宛贞只能开解，又怕说多了孩子起逆反心理更不愿听。自从她回了傅家，许是知道些什么，态度反而有所好转。

虞宛贞说："那可是妈妈呀。"

合上相册，虞星摸了摸封皮，拂去不存在的灰尘。

头一次，她将和虞宛纯有关的东西抱在怀里，轻声答应："知道了，小姨。"

秋天来得急，去得也急。

转眼之间进入冬季。

虞星一切都好，唯独操心一样——盛亦。

他们和盛书渊的关系仍旧没有好转，盛亦依然保持在外居住的状态。盛书渊不找他，也不逼他，全然放养的姿态，看样子是要和他耗，比谁更有耐心。

到年底，若一直是这样，盛亦今年春节怕是要一个人过了。

傅非碌那边，经傅非臣劝说，不再反对虞星和盛亦的事，但她要是把盛亦带回去过年，肯定不行。不插手，不干预，同样，绝不向盛书渊低头，这就是傅非碌的态度。

今年虞星肯定要在傅家过春节，大年三十和年初一两天，虞宛贞那边她都没法陪着，更别提去陪盛亦。沈时遇等人自不必说，越是家大业大越是规矩重，这种重要节日，谁都抽不开身。

到那时候，万家灯火，阖家欢乐，她坐在傅家饭桌上，吃着热腾腾的团圆饭，而盛亦一个人在冷冰冰的公寓里，陪着他的只有电视机的声音，想想多难受？

盛岚春节会回，但这次，盛书渊连她一道训斥了。前一阵盛岚给盛亦打电话时，满是无奈。即便春节在国内，想必盛书渊也不会让她出来见盛亦。越想越气，虞星恨盛书渊的顽固不化，连续两次在梦里和他怒气冲冲对峙，问他为什么不肯对盛亦好点，为什么不能把他当人看？

到最后，脚一蹬，气得从梦里醒来。

又一次提到年关的事，盛亦还是那般，在电话那头宽慰她："不是说了吗？大年初二，你在家吃完中饭再来公寓陪我，晚上我送你回去，这样不就好了？又不止年三十和初一，多的是时间，不差一两天。"

虞星在意的就是这一两天，不愿他担心，嘴上只能闷闷应下："那好吧。"挂了电话，望着桌上的小蛋糕，瞬间没了食欲。

盛亦在学校，今天有事出不来。她一个人逛街，肚子有点饿，在商场随便找了个甜点店喝下午茶。

她郁闷地将手机放到一旁。忽见玻璃外，不远处一对年轻男女吵了起来。店里其他食客注意到，纷纷投去目光。

在店内听不到他们吵什么，只见男孩女孩脸色越来越红，到后面，女孩哭起来，两个人像两头失控的狮子，最终不欢而散。

看够热闹的行人进店内来，在虞星旁边座位坐下，一边看菜单一边感慨。

“真是的，在公众场合吵那么凶，我看着都不好意思了。”

“哎，所以说啊，谈恋爱哪能永远都是一个迁就另一个，两个人都要为对方考虑的好吧，不互相照顾，日子怎么过……”

没几句，很快说起别的话题。

话音入耳，匆匆散去。

虞星盯着面前的杯子和点心发怔，心念一直转一直转。忽地，心里那块秤砣重重落下，她抓起手机，决然起身。

傅非臣有午睡的习惯，虞星匆匆赶回来，等到他醒后让人上来传话。

父女俩面谈过后，他便着人去办。

直至那边回复，见虞星脸色明显亮了几分，傅非臣调侃：“见那样的活阎王也值得高兴成这样？”

虞星不好意思。

调侃完，他又问：“真的不用我陪你去？”

“不用。”虞星说，“我自己能行。”

傅非臣默了默：“好吧，我让人陪你，有什么事立刻联系我。”顿了一下，特意强调，“不要怕。”

“我不怕。”她道。盛书渊又不能吃了她。

不多时，车备好，傅非臣笑道：“好了，去吧。我在家等你。”后一句，是为给她增加安全感。

虞星明白他的意思。他是在告诉她，无论去哪里、去见什么人，即使是盛书渊，也不用担心，他是她永远的后盾。

虞星起身，刚迈步，忽地一顿：“我上去拿个东西！”

她急匆匆跑走，两分钟后，小跑下来，手里拿着一样东西。

傅非臣堪堪看了一眼，虞星就将相册递到他面前。

“给我的？”

“……嗯。是妈妈的相册。”

傅非臣僵滞一瞬，眼眸有轻柔的光闪过。

他没说话，接过相册。

虞星脸色有些许的红，因为这抹红，她显得局促且不自在，但她还是说：“我以前很埋怨你们，现在不了。

“——谢谢你和妈妈让我来到这个世界上。”

她垂下眼，抿了抿唇，第一次认真称呼他：“我出去了，爸爸！”

下一秒，落荒而逃，飞快跑走。

傅非臣只来得及看见她的背影。

许久，他摇了摇头，缓缓扬起笑，就着窗外透进来的光，翻开相册，一张张照片细细地看。照片里的虞宛纯停在他们相遇的、最美好的年纪，可时间不知不觉，已经过去了这么多年。

一个故事落幕，另一个故事开始。

他们的女儿，终于也到了为自己的明天而努力的时候。

虞星不是第一次见盛书渊，但这是最紧张的一次。盛书渊故意将她晾在客厅，足足十多分钟，才踱着缓慢的步子出现。沉稳的气势让人没法忽视，虞星坐得端正，面前的茶水一动未动，缓缓抬头看向他。

对视片刻，虞星站起身，点了点头，算是问候。

盛书渊不招呼她，径自往沙发主座一坐。虞星不在意地坐下，十几秒时间里，谁都没说话。

半晌，茶水上来，白底青花的陶瓷杯，杯盖边沿镀了一圈金。

用人退去，盛书渊终于开口：“你有什么事，说吧。”

虞星知道，这几分面子是给傅非臣的，若是单看她，她恐怕连门都进不来，当下不多废话。

“我今天来拜访您，是想和您谈一谈，我和盛亦交往的事。”

盛书渊眉头一蹙：“这件事有什么好说的？我的态度，我想你明白。”

“我当然明白，就因为明白，才来找您谈。”

“你想说服我？不用白费口舌，我不会同意的。”

比起上次在医院，虞星镇定多了：“您是认真的吗？”

“你以为我在跟你开玩笑？”盛书渊深沉的眼盯住她，“女娃娃，我今天见你，不过是给傅非臣几分薄面。就算有傅家给你撑腰，你和盛亦的事，我说了不同意，就是不同意。”

像是怕态度不够明显，他特意蹾了蹾拐杖。

虞星默了默，笑了：“好吧，我猜到您会这么说。那我就直接跟您说吧。”

盛书渊冷脸等着看她耍什么“花样”。

她道：“您不接受我，我也没办法，既然这样——”她凝眸，直白迎上他审视的目光，“我只好让盛亦进我们家了。”

虞星坐得端正，下巴微抬，特意放缓语速，就怕他听不清：“您也说了，我有傅家撑腰。我们傅家家大业大，我名下的那一份产业足够我和盛亦过一辈子。我大伯现在虽然不反对也不赞成，但如果盛亦跟我进傅家，情况就完全不同了。”

“俗话说得好，女婿半个儿，更何况他进了我家的门，那就是彻底的一家人。盛亦这么出色，我大伯肯定不会有意见。前一阵他还提起要我早点开始学习打理生意的事，以后有盛亦陪我，我俩肯定能把属于我们的那一份家业发扬光大，到时候……”

“荒谬！”盛书渊气得用拐杖狠狠蹾了好几下，“你在这儿胡说八道什么——”

“我没胡说。”虞星十分沉得住气，“我来就是要跟您谈这个。我想了很久，反正我们谁都不会让步，耗下去也没有意思。您不准我进您家的门，没关系，那我就带盛亦进我家的门好了。”

盛书渊怒斥：“你年纪轻轻，说话恬不知耻！你们能不能长久还不一定，想我盛家的子孙给你倒插门？你痴心妄想！”

虞星端起茶杯，揭盖喝了一口，慢悠悠地说：“是不是痴心妄想试试不就知道了？您这么激动干什么？将来我们也不在您老人家面前过日子……傅家的女儿和傅家的半子，您听听，都是傅家的事。”

盛书渊捏紧拐杖把手，怒目：“你来就是要跟我示威？我告诉你，我不跟你丫头片子计较，你不要蹬鼻子上脸！这些小伎俩没有用，你休想进——”

“休想进你家的门？”虞星哂笑，“您换一句吧，我都会背了。”

不跟他多说，她淡然起身，站着道：“我要说的说完了，就不打扰您了。您别觉得我是开玩笑，这件事我是认真考虑的，不管怎么样我都不会和盛亦分开，您要是想拆散我们，趁早死了这条心。不管用什么方法，我都要和盛亦在一起。这是您逼我的。”

荒唐！荒唐！盛书渊被她这番话气得头昏脑涨。

她说什么？她说要盛亦去傅家倒插门！堂堂盛家的子孙，倒插门？成何体统！

然而虞星的表情，这番话明显发自内心。她略颔了颔首：“告辞。”言毕转身朝外走。

盛书渊腾的一下站起身：“你就不为他想一想？你有没有替盛亦考虑过？他给你傅家做半子，你让他以后怎么抬头见人！”

走了几步的虞星蓦地停住，利落转过身：“我没有替盛亦考虑？”她向前一步，眉头紧皱，“这话我还想说！您扪心自问，您真的在乎过他的想法吗？他想要什么、喜欢什么，您尊重过他的意见吗？对，您肯定会说，他幼稚、不成熟，所以他的事全凭您决定就行！但事实呢？他是个人，他会高兴、会难过，他有自己的想法！

“我就是为他考虑，心疼他才这样。”她深吸一口气，“您不用拿大道理来压我，给傅家做半子也好，倒插门也好，盛亦的后半生经济无忧，精神富足，再怎么样，绝不会过得比现在更差！”

虞星扔下最后一句——

“您要的是优秀出色的继承人，我要的只是盛亦。”

再不多说一句，她转头，迈开大步，向门外走去。

盛家大厅内鸦雀无声。

厅外、廊下各处候着的用人，都假装耳聋听不到里面的对话。

虞星抱着决绝的心态向外走。

寂静之下，时间像是过了很久。

一步一步，一秒一秒。

她快到门口的时候，身后终于传来沉重又无奈的一声——

“……你站住。”

在盛亦学校附近约会已成习惯，他课程安排多，虞星迁就他，不想他在路上花费太多时间，便总是主动去找他。

到咖啡店坐下，点单后没多久，喝的东西送上桌。虞星自我吐槽：“来了这么多次，干脆办个会员好了。”

盛亦正给她的杯子里加方糖，放了两块，她嫌不够：“再加点，再加点。”

“多了甜。”他皱眉，苦口婆心，“上次腻嗓子不记得了？”

“我怕苦嘛。”虞星拼命摁他的手，盛亦无法，只好从小杯里又夹起一块方糖，放进她杯中。

虞星这才满意。

盛亦睨她那张立时笑开的脸，也是没脾气，抽纸巾擦了擦手：“晚上吃什么？”

他刚结束下午的课，虞星提早来的，在周边书店逛了半个小时，就为等他。

情侣之间，无非那些，吃饭、约会、聊天。

铁匙搅了搅杯中咖啡，盛亦眸光微闪：“不如回我公寓……”

“呸。”虞星小声啐他，“别再跟我提你的浴缸！”

又一次失败，盛亦撇了撇嘴，决定下回再接再厉。她机灵得很，自上回差点被他摁进浴缸以后，从此踏进他公寓格外小心。

“那你想吃什么？”他问，“吃完饭散步？或者我陪你复习一下，你不是马上要考试。”

虞星都没选，抬眸睨他三秒，唇边的笑搞得神神秘秘，又有点不好意思。

盛亦看出端倪：“你有别的想法？”

她抿唇，缓缓道：“今天，跟我回家吃饭吧。”

盛亦微愣：“嗯？”

“去我家。”虞星说，“我爸，还有我大伯、二伯都在。他们说想跟你聊一聊。”

“你是说——”

她点头：“我爸和我大伯、二伯，他们想见你，让我带你回去吃饭。”

盛亦少见地愣了两秒，有点不懂事情为何忽然转变，而且是往好的方向。傅家人不反对他们在一起，他知道，但仅限于不跳出来棒打鸳鸯的程度，比较他爷爷态度恶劣，那么不给面子，傅家人心里也憋着一口气。

不等他问，虞星先坦白交代：“我去见过你爷爷了。”

一听这话盛亦的眉头紧皱：“你去见了我爷爷？”

虞星简单说了一遍经过。

盛亦脸色不佳，她问：“生气啦？”

他当然生气：“你要是把他逼急了，出什么事怎么办？也不事先告诉我，万一……”

“不会！有我爸在，你爷爷不至于做得那么绝。”

盛亦很想说她不了解盛书渊，他对自己家人尚且不留情，更何况别人？

“下次不要再这样。”他皱眉。

虞星竖起两根手指：“我保证！”

盛亦带着气，睨她：“把你的‘耶’收起来。”

她笑眯眯放下手。

虞星又问：“我说让你倒插门你不生气啊？”

“生什么气？”盛亦挑眉，“你想养我我求之不得。”

“这么干脆？那不行，我后悔了。你开销太大，我养不起。”

“我少吃点？”

她扑哧笑出声，勉为其难：“行吧，我努力参加比赛挣奖金养你。”

盛亦一本正经和她讨论起来：“奖金？我估计不够。算了，还是我来。我把车卖了养你。”

莫名其妙的好胜欲噌噌上涨，她拍桌：“那……那我跟我爸撒娇要钱养你！”

盛亦忍住笑，眯了眯眼，捏她脸颊上的肉：“厉害，我的女朋友学会骗钱了。”

虞星佯怒，打他的手。他还记得是在公众场合，做嘘声手势，两人压低声音。

闹过一番，虞星正色，拽着他起身：“走啦，回我家吃饭——”

两个人朝外走去。

肩并着肩，手牵着手。

盛亦和傅家人正式见的第一面，氛围一开始紧张，随着晚餐进行，有所好转。到底还是傅非臣爱屋及乌，主动帮着递话接话，为盛亦缓解了不少尴尬。看在弟弟的面子上，傅非碌和傅非渝原本板着脸，后来也渐渐放柔表情。

总而言之，是一次还算愉快的会面。

就连傅修远故意要给盛亦下马威，拉他拼酒，也因他要开车没能成功。尤其见虞星一脸恳求，傅修远心一软，只好把“家里有司机”几个字默默吞回肚里。

晚饭结束后，盛亦在傅家待了好一会儿，陪虞星的几位长辈说话。盛书渊从小对他要求严格，费心培养，尽管傅非碌有心挑刺，还是不得不承认他的优秀。

知道小情侣饭后要去兜风，几位长辈把握着度，见好就收，没有留人太久，爽快放行。

趁虞星上楼换衣服的工夫，盛亦很有心地，特意去向傅非臣道歉："初见那会儿我有些失礼，非常抱歉，还请叔叔不要介意。"

傅非臣笑说："你对我女儿好，我什么都不介意，你若是让她伤心了，那我就要和你好好计较。你明白？"

他神色一凛，拿出态度："叔叔您放心。"

傅非臣满意颔首。

说话间，虞星下楼来，傅非臣叫住她："过来。"

虞星和盛亦对视一眼，后者会意："我先开车，外面等你。"言毕，去向傅家其他几位长辈一一道别。

傅非臣把虞星叫到廊下，从口袋掏出一张纸，纸面泛黄，明显时间已久。

"这是你写的吧？"

虞星蹙起眉，接过来一看，纸上的几行字迹青涩，不像成人笔迹，像是出自半大孩子的手笔。

上面几行内容写着："讨厌我的爸爸妈妈！讨厌他们！为什么要生下我？除了小姨，根本没有人喜欢我。我是多余的……"

太过久远，虞星自己都看得一愣。

"我在那本相册后面翻到的。"傅非臣叹了口气，"你不小心夹在里面的？那时候多大？"

虞星记不太清楚："我……忘了。很久以前了吧，好像是上小学的时候。"她说，"不是我夹进去的，应该是小姨。"

那时候她心思敏感，虞宛贞大概是在她书桌上翻到，偷偷收起，放进抽屉里，时间一长，顺手夹进什么相册估计自己也忘了。

"很抱歉。"傅非臣轻声道，"让你有过那样一段时间，是我的错。"

"不……"

虞星想说话，被他打断，他招招手："你蹲下。"

她顿了顿，缓缓在他轮椅前蹲下。

傅非臣从口袋拿出一个方形小饰品盒，打开，取出项链，项链底部的星星上，镶着无数颗钻，熠熠发光。

他向前倾了些许，将项链戴在虞星脖子上："这是给你的成人礼。爸爸送你的十八岁生日礼物，现在补上。”

回身往后靠，他望着那颗钻拼成的星，说：“那年珑城有一场狮子座流星雨。就在我发病那天的一个礼拜之后，我和你妈妈听了预告，原本要去看的。”

傅非臣笑着，说到这里停下来，只是笑。

虞星捏着项链上的星星，呆怔地看着他。

傅非臣伸手抚摸她的头。“你不是多余的。”他说，“你从来不是多余的，你是我们的宝贝。”

鼻尖突然一酸。虞星愣愣睁着眼，眼泪毫无征兆涌出眼眶。她赶紧低头，擦拭水迹。

傅非臣说，她不是多余的。这么多年来，怨恨、痛苦、自我厌恶，全都错了。

她没有被抛下。

她是爱情的结晶，是带着爱和希望来到世上的生命，她是他们无比珍贵的宝贝。是永永远远，属于傅非臣和虞宛纯的，独一无二的星星。

发现虞星哭过，盛亦慢速开车，离开傅家几分钟后才问：“怎么了？”

她坐在副驾驶座上，摇头：“没事。”

吸了吸鼻子，她反问：“刚刚谁的电话？”

看出她不想说，盛亦没追问，答道：“我爷爷。”

虞星立刻敛了泪意：“他说什么？”

“他说——”

“别卖关子，讨不讨厌！”

盛亦一笑，学她的说辞：“我爷爷说，想见见我女朋友，让我有空带你回家吃饭。”

他来傅家，虞星去盛家，这便是过明路。

过了明路，往后，他俩就是正大光明，得到彼此家庭承认的恋人。

虞星面上不显高兴，故意哼道：“他那么凶，我还得考虑一下要不要去。”

盛亦用余光睨她：“考虑？”

他的眼神变得危险，虞星绷着脸，坚持几秒就撑不下去。

“好啦好啦，不考虑。我超想去，我巴不得现在就去你家吃夜宵！”

他被逗笑，忍不住勾唇。

车开了一会儿，虞星忽然道："还有多久才能停？"

"再一会儿就好。"盛亦说，"怎么了？"

"没什么。"她压低声音，"就是……想牵你的手。"

他顿了下，欣然伸出一只手："牵。"

虞星拒绝不规范的行车操作，一巴掌拍在他手背上："好好开车。"

"真凶。"他嘀咕，偏偏眼角眉梢，全是笑意。

车在明亮的路灯下徐徐前行。

几分钟，十几分钟，好像转瞬，又似乎过了很久。

虞星歪着头，闭眼休憩。

突至路口，遇上漫长的红灯，盛亦停下车等候，悄悄伸出手，握住她细嫩的五指。

眼皮松动，虞星瞥去一眼，没挣开。

而后，她动了动手，手指嵌进他的指间。

脉搏、心跳、体温，在手掌中交汇。

紧紧的，不留一丝缝隙。

也许你也曾觉得自己是多余的存在。

但哪怕再渺小，再普通，谁也都不该是别人故事结局后的番外。

要相信总有一天，你会遇到那么一个人。

你会对他说——

谢谢你噢。

谢谢你让我觉得，能够出生，能够活着，真的太好了。

谢谢你和我相遇。

因为你，我有了自己的故事。

番外一

在一起很久很久

阔别许久的吻，热情、凶猛。
熟悉又有一丁点陌生的亲昵。

八月酷暑，一年最热的时节，树叶缝里的知了都快被烤熟，叫得声嘶力竭。

二十一层的玻璃透明如无物，天光折射入内，大理石地面锃亮，地面车水马龙的嘈杂声太远传不上来。品酒会所的冷空气里，似乎也潜藏着丝丝酒味。蒋之衍面前放的却是杯水，宽口杯里的大冰块沉沉浮浮。

“真不来一杯？”

“不喝。”

“又不用你开车。”沈时遇轻嗤，跷着腿，将黑皮诺往自己杯中倒。

蒋之衍冷眼瞧着：“大白天就这么喝？”

“解暑。”沈时遇振振有词，“看看这天，来一杯多舒服。”

转眼酒杯半满。

蒋之衍不留情面揭穿：“解暑？我看你是解愁才对。”

沈时遇若无其事拿起酒杯：“我愁什么。人都回来了，有什么好愁的。”

嘴硬的本事一年比一年强。蒋之衍嘲笑：“几十摄氏度的天，你穿这么一身西装，我看喝再多的酒也不够你解暑的。你说你，特意打扮骚气给谁看？”

童又靖晚上才到，她家里还应付不完，哪有空见他？

这几年，盛亦和虞星一直在国外读书。童又靖也是，高中毕业后，立刻就去了国外深造。

只剩他俩留在国内。蒋之衍家里保守，大学期间早早让他开始学习处理生意上的事，用实战代替理论。他学业和公司生意两头兼顾，忙得不可开交。而沈时遇这边虽没出国留学，但隔三岔五就往外跑，一年至少去见童又靖三四次。然而自打半年前去了一回，突然又不去了。嘴上说是因为童又靖快完成学业，不好打扰，蒋之衍哪里不知道其中有蹊跷，很有分寸地并未过问。

学业修完，原本在美国的童又靖特意去欧洲找虞星，待了小半个月，眼下三人一起回国。他俩商量好了，明天给他们接风洗尘。

墙上内嵌的电视开着，节目成了他俩说话的背景音。

“你管老子穿什么。”沈时遇顶回去，话锋一转，“明天接风宴安排好了？”

“废话。你以为我像你办事不靠谱。”

“滚你妹！”沈时遇白眼一翻，而后说，“盛亦和虞星这次回来应该不会再走，盛亦他爷爷那边早就等不及，八成要被抓去给家里卖力。你……”

蒋之衍听着，目光却落到腕上，不时看手表。

话音顿住，沈时遇哂笑：“你看什么呢？这么着急，打算去哪儿？”

蒋之衍收回手，神色微敛：“用你管。”

不说沈时遇也知道，蒋之衍那点事，瞒得了别人，瞒得了他？

“你可当心点。”不知第多少次说这话，沈时遇眸色深深，“虞星可是回来了，再算上童又靖，真闹出点什么，她们能把你皮扒了。”

蒋之衍未语，端起杯子喝水，似听似未听。

“我觉得差不多了吧。”沈时遇足后跟轻踩地面，“多久了，还没腻？”

“你少管闲事。”

沈时遇笑吟吟地，意有所指：“你可别把自己玩栽了。”

蒋之衍懒得跟他废话，就此起身，抓起一旁的车钥匙：“先走了。有事联系。”

沈时遇懒懒靠着椅背，目送他离开，含笑的眼睛里情绪微妙。

就这还说他？

彼此彼此。

他摇摇头，端起酒杯继续浅酌。

电视里，正播着娱乐新闻。媒体到片场探班一部新剧，采访几位主创人员。男一是时下人气爆棚的当红小生，男二、女二则是如今处于上升期的二线年轻艺人。

比起他们，出道还不到一年半的女主角显得青涩许多。这样的大女主剧，名气高的给名气低的新人抬轿，圈里圈外的明眼人都知道这位背后有人捧。

沈时遇听着声儿，往屏幕投去视线，不由得一笑。熟人的脸看起来就是比旁的要顺眼些。

蒋之衍这心肝宝贝，最近倒是混得不错，水花越来越大了。

车开到地下车库，正对电梯门。

早就习惯来这个公寓接人，司机默不作声目视前方，保持三不原则，不听、不问、不管。

很快，电梯到达，门开，穿休闲裙装的女人戴着墨镜，手上挽着包，长发飘飘，步履款款朝这边走来。后座的蒋之衍微微侧眸，车门拉开，而后，人坐进来。

车子发动。

前后座之间的格挡板升起，给后座空间添了几分自在气氛。

“晚上想吃什么？”蒋之衍先问。

“都行。”

女人摘掉墨镜，露出脸。

——不是别人，正是苏秋。

蒋之衍淡淡道：“那就回去，你做给我吃。”

苏秋点了点头：“嗯。”

很快，车开到他常住的地方。两人住的私人公寓离得不远，开车才十分钟左右。

依旧停在电梯口前，后座两人都下车，一起进了电梯。司机不多留，当即驾车离开。

一层一户，高度隐私的户型。抵达十八楼，门锁指纹匹配成功。

蒋之衍迈步入内，在玄关处停下，朝她伸手：“愣着干什么？”

苏秋连忙跟上，抓住他的手。

屋里的一切都是熟悉的。

蒋之衍名下住所多，最常住的就是这里——或者说，苏秋来过最多的是这里。

“想吃什么？”

放下包，苏秋趿拉着拖鞋，熟门熟路，一边问一边走向厨房门前的冰箱。

蒋之衍在酒柜前，给自己倒水。

“随便。”

“噢。”苏秋轻声应，拉开冰箱门，检查还有什么可以吃。

正盯着食材思考菜单，蒋之衍喝完水，放下杯子便缓缓走过来。

被他从背后抱住，苏秋顿了一下，竭力放松。

这么久了，还是没办法完全习惯。她总会吓一跳，经过一秒，或者半秒的缓冲，才能不那么紧绷。

或许是他的体温太有侵略性。

安静间，衣物的摩挲声，还有扫过脖颈、耳旁的灼热气息，微妙得让人头皮发麻。

苏秋脸有点热，手搭上身前将自己圈住的他的胳膊：“蒋……蒋之……”

“嗯？”他贴着她的耳垂，咬了一下。

战栗沿着背脊向上，苏秋小声说：“你不是要……要吃饭吗？我给你做饭，你别……”

话没说完，脸已经被他扳过去。

阔别许久的吻，热情、凶猛。他伸手一推，关上冰箱门。苏秋被他转个圈，正面落进他怀里，整个人就这么被压在冰箱上。

熟悉又有一丁点陌生的亲昵。察觉到她唇齿间的生疏，蒋之衍明显不满，力道加重，咬得她疼，眉头紧皱，却发不出声音。

他托着她，将她抱起。苏秋只好勾着他脖颈，勾得紧紧的才不会掉下去。

许久，他停下亲吻。

苏秋挂在他身上，他抬眸看她：“这次拍摄去了多久？两个月？”

她抿抿有点肿的嘴唇，小声说：“两个月零六天。”

蒋之衍一笑。

她记得倒是清楚。

两个月零六天，他们这么久没见了。

被他盯着，苏秋很不好意思。她一直这样，总是很容易脸红。

蒋之衍饶有兴趣地欣赏一番她羞赧的模样，又问：“有没有和男演员拍吻戏？”

她摇头：“没有。”

“真的？”蒋之衍眯起眼。

她带点局促道："真的。"

"很好。"

这样说着，他单手托住她，另一手摁下她的脑袋，令她再度与自己唇齿相接。

边亲边走向卧室。到床边，苏秋直接被放倒，他满腔力气全用在了她身上，空气都快被攫夺净了，她才稍稍被放开，得以喘息。

眼前迷离，发昏，唇角被啄了啄。

那双带笑的眼睛黑沉沉，亮着吓人的光。

"小可怜，没人敢亲你……"他令人战栗的气息扫过耳边，"没关系，我这就发发善心，好好疼你……"

眩晕感愈加重，再加重，她慢慢闭上眼。

第二日，睡过中午才起。

苏秋做了点吃的，两人简单吃过，蒋之衍又按着她胡来了一次，之后便再度睡下。

虞星回国，晚上的接风宴，她是要去的。只是不能从这里和蒋之衍一起去。

端着水杯走到落地窗前，苏秋喝了两口温水，望着外头发呆。

时间过得好快，她都忘了自己是怎么和蒋之衍纠缠到一起的。最早还是虞星进临天求学，在他们学校外，她和蒋之衍巧合见了一面。

当时虞星着急拉她走，悄悄跟她说，这个学长不好惹，千万要离远点。那时她根本没多想，只当他是个过路人，一心都在学艺上。

当演员是苏秋的梦想，为了艺考能取得好名次，不敢有一丝懈怠。

和蒋之衍产生交集，是从高二暑假开始。

他突然频频出现在她周围。当时他已经是大学预备生，而她苦哈哈地奔波在求学与上专业课的路途中，一次、两次、三次……总是在学校附近与专业教室附近碰见他，巧合多了，令她十分奇怪。

他却好似不觉，甚至有时还会问要不要顺路载她。就那样一直持续到虞星回傅家后办的那场酒会。

她出去透风，迷了路，在廊下碰上蒋之衍，心里原本还高兴了一下，没多想就上前去问路，谁知道，蒋之衍和她说着说着，忽然抵着她就亲了下来。

他亲了好久，一分多钟，她吓坏了。他却像没事人一样，松开她，笑眯眯给她指路。她慌里慌张跑回去，回酒会厅里之前，在角落平复了好久，脸上还是烫的。

虞星问起来，她结结巴巴，差点咬到舌头。

那之后，蒋之衍更加频繁地出现在她身边。

说不上喜欢不喜欢，就是看见他，心跳得很快，有点害怕，又不想躲开。持续了一段时间后，有一回，“守株待兔”的蒋之衍照例在她上专业课的地方等，她下楼之前，鬼使神差地，偷偷打开窗户往下张望，想看一看。

那一看，就看见开着敞篷车的蒋之衍，在路边被两个漂亮女生搭讪。

有一瞬间产生了不高兴的情绪。然后下一秒，她忽然触电般回过神。

蒋之衍是什么人?

他是出身优渥的大少爷，仅仅是开着车停在路边，就不断有人主动凑上去。不管是他的经济实力，或是他的脸，凭借哪一样，他都有足够的资本游戏人间。

她当场，马上清醒过来。

为自己因他生出吃醋、烦恼，甚至是心动的感觉，而产生浓浓的羞愧。

从那天开始她对蒋之衍不假辞色，见了便冷下脸，没有好态度。

蒋之衍哪受过这种气，见她油盐不进，几次之后，果然没有再出现过。

偶尔会从虞星那儿听说他的消息。他找了女朋友，和女朋友分手了，又找了女朋友……

苏秋潜心静气，把心思全都放到学业和专业能力上，彻底将其他所有念想压制。后来她成功考上全国名列前茅的电影学院，就读表演专业，一心一意朝着梦想前进。

只是，现实永远比想象艰难。

电影学院里有太多好看的人，美得各有千秋，她只能算中上。尽管她无比努力，专业课成绩永远排在前面，仍然四处碰壁。不少人大二开始接戏，有的被经纪公司相中签约，而她，每次去试镜新角色，总是在最后关头被刷掉。连欣赏她的老师推荐给她的角色，也莫名被制作方临时换人。

心灰意冷之下，她遇到了自虞星出国留学后就和她没有交集的蒋之衍。

那天她被制作方叫去，通知她定下的角色换人，让她签解约合同，还有几千块赔偿金，对方很爽快，当场就给了她。

出门没走多远，她捏着白色信封，蹲在路边哭了。

蒋之衍开车经过，看见哭完红着脸朝前走的她，让司机停下车。

她慌张想躲，他却邀她上车，说虞星走之前嘱咐过他们这些朋友关照她，说正好路过，说有什么事可以聊一聊。

他说了好多，她心情太差，最后上了车，他们一起吃了一顿饭。

再后来，有认识的经纪人联系她，给她介绍了一个女二的角色。那是一部十分受人瞩目的新剧，班底都是正经的圈内资深人士。

经纪人带她去见制作方，当晚饭局上，遇到了作为投资方之一的蒋之衍。

饭局结束，他送她回去，在路上问她："你想要这个角色？"

她犹豫着点了头。

他便笑了，十分爽快地说："行，给你演。"

她先是愣怔，过后千恩万谢，感激不尽。

然后苏秋听到他说——

"谢就不用了，我什么都不缺。倒是缺个人陪我睡觉。"

从那天，到现在，差不多就是她正式出道的时长。

苏秋盯着窗外看了又看，杯里的水已经从温的变成凉的。

不到一年半，但也一年多了。跟着蒋之衍的生活，没有想象中那么难。他身边女人不多——也许是她孤陋寡闻，总之她没见过别的人。她演什么戏、上什么综艺、接什么广告，蒋之衍全都替她安排好。她只要按部就班地做，不需要多花心思。

唯独有几条要求：一、不能拍吻戏。二、不能有暴露戏份。三、与合作演员之间必须保持距离，尤其男性。这也是她出道这么久，没有绯闻的原因。

他的规矩，她一一照做，有些事情不知道为什么，她也从来不多问。

说实话，苏秋并不了解他。他们相处一年多，每个月见两到三次，见面除了上床还是上床。

她熟悉的只是那个床上的蒋之衍。

这些事情，虞星一概不知。苏秋不打算让她知道。

要怎么说?

她根本开不了口，只能等什么时候蒋之衍腻了，好聚好散，再当这一切都没发生过。

到时她的事业肯定会变得比现在难，不过没关系，她已经开了头，好歹有了存在感，重新从小角色演起，只要有戏演，总能在这个圈子里混下去。

苏秋轻轻舒了一口气。睡衣口袋里的手机振动，她放下杯子，拿出手机一看，是助理给她发来消息：秋秋姐，章导演那边已经让人把资料发过来了，试镜时间是后天下午三点。

苏秋回复道：好，你把资料发我。

助理有些忐忑：你真的要去啊？万一被孙姐知道……

孙玉是她的经纪人，她们都叫她孙姐。

她什么能演，什么不能演，没有人比孙玉更清楚。

苏秋往侧后方看了看，那是卧室的方向，门还关着，蒋之衍耗费太多精力，回笼觉还没醒。捏着手机，她犹豫几秒，回复助理：发给我。别的你别管，出了事有我。

接风宴只是个名头，说到底，还是一群人久违的聚会。

几年过去，比起刚出国时，每个人都成熟不少。虞星长高了几厘米，带跟的鞋越穿越稳，不仅不磕不绊，还能健步如飞。学业与生活同时提升，大场面见得多，不复当初青涩，从容、端庄，大家风范十足，含笑看人不说话时，和傅非臣有几分相似。

而童又靖灵动的眼仍然透着机灵劲儿，少了跳脱，多了几分大气沉稳。她的梦想始终如一，朝着自己预设好的设计师之路稳步前进。

除去第一年，虞星和盛亦回来过了春节，之后再没回国，连傅非臣想见虞星，都得自己搭专机过去。童又靖倒是回来过几次，但都不是春节或重大节日，她休假时间随心所欲，那几次不巧都赶上苏秋忙的时候，于是也没见成。

算算时间，苏秋和他们有两三年没见。

一人一只手，虞星和童又靖拉着苏秋看了又看，三个女人往沙发上一坐，满肚子说不完的话。盛亦被彻底忽略至一旁，他懒得掺和，拣了个靠边的座位，独自喝茶。

蒋之衍和沈时遇还是那么不靠谱，说要做东，来得比他们还迟，现在还在路上。

虞星记挂苏秋近况，连着问："你怎么样，工作辛苦吗？阮姨和苏叔叔身体还好不？你有没有回去看他们？"

她们偶尔网上联系，会聊一聊，但毕竟无法详尽，很多事情不清楚。

苏秋说："我爸和我妈挺好的，还是老样子，他们每天都出门晨练。"答到后半句时，稍稍敛眸，"我工作也好，不辛苦。"

“中午我去小姨那儿吃饭，她还提醒我让我这几天记得去看你爸妈。”虞星笑道，“我回来的时候给阮姨带了几身衣服，晚点我把图片发给你看，要是不合她喜好我好提前换。”

苏秋说好。

童又靖接话：“时间过得好快啊。当时你考电影学院，我还没有实感，转眼你都开始拍戏了。”她拉着苏秋的手轻轻晃，“刚才来的路上星星找了你拍的剧给我看，好漂亮，我都脸红了，感觉特别神奇。”

苏秋摇头，轻声说：“没有，是化妆的效果。剧组的服、化、道都很厉害。”

童又靖侧身对着她俩，苏秋正好在中间。手肘顶在沙发靠背上，童又靖掌心托腮，盯着她看了一会儿，忽地啧声：“我怎么觉得你比以前还腼腆了？不应该啊，当演员不是经常要和媒体接触，你这么容易脸红，上电视怎么办？”说着又凑近，伸指戳苏秋的脸颊。

苏秋条件反射一僵，肩膀线条肉眼可见地绷紧。虞星和童又靖的视线隔着苏秋交汇，彼此都有点莫名。

苏秋的脸更红了，解释：“没……没有，我们太久没见嘛。”

虞星扳过她肩膀，感受到她慢慢放松身体，关切地问：“你没事吧？是不是遇到什么事情了？”

苏秋忙摇头：“没有，前阵子一直在拍戏，没休息好，可能太累了。”

“你这样哪行。”童又靖调侃，“我碰你一下都脸红，和男明星有肢体接触怎么办？”

“就演嘛。”苏秋平复下来，调侃回去，“而且男明星又不会拉着我的手摸个不停。”

童又靖尴尬地停了停，接着嘿嘿一笑，越发肆无忌惮地摸她的手。

一阵玩闹，三人说说笑笑，气氛活跃起来。

虞星没忘被晾在一旁的男朋友，聊天间隙回头问他：“沈时遇他们什么时候来？你一个人坐在那儿不无聊啊？”拍拍自己身旁，“过来。”

盛亦说：“没事，他们快到了。”

话音才落，没几秒，包厢门被推开，服务生做了个请的手势就退出去。

两个熟悉的身影进来，门缓缓关上。屋里几人都站起来，盛亦近前，和他俩一一拥抱。虞星同他们不用有什么肢体接触，只打招呼：“好久不见。”

童又靖抬手捶了下蒋之衍的肩，轮到沈时遇，两人眼神对上，没两秒，相继转开。

“动作这么慢，还以为不来了呢。”

她这话却不知是对谁说。

苏秋和虞星一直牵着手，苏秋落在后面，被虞星和童又靖挡住。童又靖刚说完，虞星立刻把她往前拉了拉。

“这是苏秋，以前见过的。”虞星给沈时遇和蒋之衍介绍，侧眸叫她，“秋秋——”指了指面前，也替她提醒，“沈时遇和蒋之衍。”

沈时遇笑得热烈：“你好，苏小姐，好久不见。”

苏秋脖颈僵硬，轻声回：“你好。”

——她心里有事。

一见虞星和童又靖，苏秋心里憋着的那点东西差点就要忍不住。

她现在和蒋之衍不清不楚，她所有的资源，角色、综艺、代言，全是蒋之衍给的。说得好听点是蒋之衍养着她，说得难听点算什么？

有事瞒着她们，苏秋心里本就已经十分煎熬，加上还要在这样的场合和蒋之衍见面，她从进门开始就坐立难安。明明是见旧友，弄得比见生人还拘谨不自在，差点就被童又靖发现端倪。

眼下，轮到和蒋之衍“问好”，苏秋连看都不敢看他。

哪想蒋之衍主动伸来手：“苏小姐，好久不见。”

她硬着头皮，握住他的手。面前的视线灼热难挡，话里颇有内涵。好久，多久？前一天晚上他们还睡在一起，今天下午她才从他床上下来。

苏秋不敢看他：“……你好。”

蒋之衍不松手，一双眼紧盯着她：“苏小姐怎么了，手这么冰？”

一下子，所有人的视线都看过来。苏秋背脊一紧，用力把手抽回来：“没，没事。我天生手就凉。”

虞星忙问：“没有不舒服吧？”

她摇头。

蒋之衍笑着睨她两眼，缓缓松手，和盛亦、沈时遇坐到一旁聊天。

刹那，苏秋高悬的心缓缓落下。他们最开始就说好，在虞星几人面前，要假装什么事都没有。这是她提出的唯一一个条件。她不想和他说话。在这个聚会上，她不想和他有半点交流。

朋友聚会，无非就是聊天玩闹，说笑吃饭。

盛亦和虞星隔天还有事，没法继续下一摊，吃完便散了。

走时苏秋拎上包，生怕被落下般勾着虞星的胳膊：“星星，方便送我回去吗？”

虞星当然说好，拉着她，同盛亦一道，三人一齐出去。

蒋之衍没说话，只说去抽烟，独自走了。

而沈时遇和童又靖，极有默契地，谁都没有说一句，却一同出去。临下台阶，沈时遇才开口：“我送你。”

她低低“嗯”一声，旁的一个字也无。

兵分三路。

沈时遇开车送童又靖到家，一路上的沉默，在她开车门的瞬间被打破：“我们聊聊。”

童又靖一愣，回头就见他已经开了车门，从那边下去。

在童家铁栅栏大门外，沈时遇和童又靖面对面站在墙下。

又是好长一阵无言。

她头发上沾到丁点杂物，沈时遇看着，伸手给她摘净。

视线微垂的童又靖抬眸。

“考虑好了吗？”他不躲不闪，直接问，“我等了你半年，是不是该给我个答复？”

她出国的这几年，沈时遇每年都会去看她几回。

十指不沾阳春水的大少爷，为了她，学会下厨，学会打扫卫生。她上课的时候，他就在她的公寓待着，给她搞卫生，做好饭等她回来吃。

春夏秋冬，每个季节变换，他都会去陪她。他们一起参加泼水节、一起露营、一起滑雪、一起加入街头的万人音乐节狂欢……被距离和空间分隔的几年，沈时遇和童又靖没有变得生疏，反而找回了曾经的感觉。

半年前沈时遇去探望她的那一次，因为一个追她的大学男生，久违地发了脾气。

那天他喝了酒，阴差阳错，两个人睡到一起。

次日醒来，童又靖已经去了学校，留下满房间狼藉提醒他前一晚的事。她发消息跟他说，在朋友那儿住两天暂时不回去。还说，如果他愿意等，就等她最后半年学业结束，到时，她给他一个答复。

于是他半年没打扰她，按捺着，怕尴尬怕失望，一次又一次收拾好东西，再原封不动放回去。他忍着，在国内，在这个开始的地方等她回来。

“你……”童又靖偏开头，下意识想躲。

沈时遇哪会给她躲的机会，扳过她的肩膀，将她一推，抵在墙上：“你又想跑是不是？”

“谁想跑。”

他眉心皱起来：“我看到你回国前的动态，那个大卫又给你留言了，他怎么样，还在纠缠你？他是不是还在追你？”

“没有！”童又靖蹙眉，“人家早就有对象了，你想什么呢？”

“那别人呢？这半年，你有没有看上别人？”

童又靖抬脚：“胡说八道什么，我踢你啊！”

抬头一看，视线相对。

他们离得太近，四下漆黑，他的目光仿佛钉在了她身上，直勾勾，毫不避讳。

童又靖别扭地动动肩：“硌疼我了。”

沈时遇放轻力道，但没松手。“童又靖。”

“叫我干吗？”

“……”他不说话，只看着她。

沉默一会儿，童又靖实在没办法，叹气：“好了，我知道——”

她正视他，说：“你要想清楚了，沈时遇。如果我们最后走不下去，以后，真的就连朋友都没的做了。”

“你以为我们不在一起就有长久可言？别傻了。”沈时遇凝着她，第一次跟她说心里话，“跟你做朋友，然后看着你和别人在一起，这种长久的感情，我宁愿不要。”

童又靖一愣：“你……”

沈时遇不再给她说话机会，低下头，唇舌堵住她余下字音。

想清楚了吗？他早就想得清楚得不能再清楚。

所幸，绕了一大圈，好几年，他们终于回到原点。

——比当初的原点再进一步。

从今以后，不只是朋友，他们是情侣，也是爱人。

沈时遇的缠人功夫，童又靖不是没有领教过，然而她还是小瞧了他，他表现出的那些算是克制，真正决定“在一起”之后，缠人劲更胜以往。

一连几天，童又靖被沈时遇留在他的公寓，没日没夜地厮混。其间醒来，或是洗漱或是进食，偶有下床的机会也是在公寓里走动，其余时间则全是在床上过的。童又靖才刚回国，这样不着家，家里忍无可忍，第三天，一通电话打来，不得不回去。

沈时遇精力十足，从清早折腾到中午，好不容易消停，童又靖半气半羞，喘着气骂他：“你迟早肾虚而死！”

“放心，我身体好得很。”神清气爽的沈时遇笑眯眯，“要不再试试？”

她抬脚踹到他腿上。

沈时遇顺势下床，下半身围着浴巾，进浴室洗漱。

童又靖在床上稍作休息，起身，冲里扬声：“我去外面那间浴室洗澡。”

沈时遇听见，应好。

童又靖裹着浴袍到卧室外的浴室去洗漱，多年国外生活养成习惯，洗得细致，但并不磨蹭。待她擦着头发回来，沈时遇还在冲澡。

张口正要知会他，却听水声停了。

“——什么事？”

听见他的声音从里传来，童又靖步子一顿，差点以为是在和她说话。辨明是他在接电话，她迈步靠近浴室门。

“……我当是谁，又是你的心肝宝贝？蒋之衍你有点出息行不行。”

调侃的话语，令本想敲门的童又靖手停在半空。

蒋之衍的心肝宝贝？谁？

这么多年，蒋之衍身边哪有正经对象。说来也神奇，刚上大学头一年，他女朋友一个接一个地换，后来却不见他谈恋爱。

好奇心驱使，童又靖没有出声。

“不能吧……她要拍戏你就投资，一个角色接一个角色，要什么给什么，你都有求必应了，她还背着你动别的心思？”

里头的沈时遇说着，顿了顿，半晌继续道：“行，你随意……我表弟才有心思搞什么传媒集团，我是不过问这些，反正有事你让人联系我助理，叫他去办就是……好，再联系。”

一番话，听得童又靖眉头紧皱。

拍戏？角色？

不是非要多想，只是身边朋友里苏秋恰好就是演员，童又靖难免联想到她。

苏秋和蒋之衍……

隐隐约约觉得有哪里奇怪，说不上来。

听得里面挂电话，童又靖快步退出房间。

几分钟后，沈时遇冲完澡出来，立刻寻找童又靖的身影："宝贝？"

"啊，来了——"童又靖擦着头发，缓步进屋。

沈时遇噙笑近前，抱住人，脑袋就往细嫩白皙的脖颈凑。

"别闹，我还得回家。"童又靖歪了歪头。

"亲一下。"

"走开……"

"一下，就一会会儿……"

"你去我家替我挨骂？"童又靖掐他。

他难缠得很，推推搡搡，又磨蹭了好半天。

从沈时遇公寓出来，童又靖赶回家，在长辈们身边一通卖乖讨巧，陪着吃了顿饭，骂也挨了，训也受了，饭毕，重新被放行。

早上的事还记在心里。离开家门，她立刻给虞星打电话。

"——在哪儿？出来聊聊，我有点事跟你说。"

苏秋知道，蒋之衍生气了。

和以往不一样，气氛从一开始就不对，从在地下车库里……不，应该是从他打电话来时，语气就怪怪的。他今天见她，根本"事出有因"。

坐在公寓客厅的沙发上，苏秋沉默不语，包放在手边没动过。蒋之衍故意晾着她，倒水，摘领带，在室内走动，偏偏就是不正眼看她。

几分钟，甚至连几秒钟时间都懒得分给她。

苏秋坐立难安，比很久前第一次来时，更局促。

今天中午孙姐给她打电话，语气沉重地问她："你是不是去面试章导演的新戏了？"

她猝不及防，一愣。虽然知道瞒不住，肯定会被发现，但没想到这么快。

孙姐没跟她多说，显然也没空听她解释，只告诉她："你自己现在是什么情况，你心里有数。多的我就不说了，蒋先生已经知道了，晚点他要见你。你准备准备吧。"说完就挂了电话。

苏秋从中午一直忐忑到傍晚，直至蒋之衍电话打来，十几分钟后，她在地下车库见到他的座驾，没有着落的那颗心才安定。伸头是一刀，缩头也是一刀，终于还是来了。

可惜刚做好心理准备，一上车，对上他那张脸，她又紧张起来，心扑通扑通乱跳。

她胡思乱想间，蒋之衍终于晾够了，走出来，停在客厅与餐厅的矮台阶上。

他的衬衫解开两颗纽扣，睨了睨她，沉声："进来。"

苏秋惶恐起身，跟他进屋。

卧室里，衣帽架上挂着他的深色睡衣。往常她在这里过夜的时候，也会挂上她的。

蒋之衍站在那儿，一手端着瓷杯，靠住书桌边沿，像是故意折磨她，慢条斯理品尝咖啡，一点都不急。

苏秋坐在床边，手指无意识地动。

不知过了多久，"嗒"的一声，蒋之衍放下杯子，苏秋闻声抬头，对上他微垂的视线，背后一紧。

"说吧。"

她不敢看他，艰难地挤出声音："说……什么？"

"说什么？"蒋之衍笑了。

他走近两步，捏住她的脸颊，让她抬起头。他眸色沉沉地盯着她："我的话你是不是当耳边风？"

"我没……没有……"

"没有？没有你还去试章守军的新戏？"蒋之衍脸色一冷。

"我只是想——"

话没说完，蒋之衍另一只手托住她后脖，箍着她往前一带。苏秋被动朝前倾，昂着头看他，离他腰腹极近。

"只是想什么？章守军拍的什么戏你不知道？我说过什么，不准拍暴露戏份，你就这么想脱？"蒋之衍嘴角噙着冷笑，手上越发用力。

苏秋脸颊上被捏得泛起白印子，疼得皱起眉："不是的，只有一点点亲热戏份……都是借位……"

见她眼里泛泪，蒋之衍顿了顿，手上力道稍稍松了几分，但眼里仍然冒火："我说不准就不准！"

她不说话，吸了吸鼻子，眼泪掉下来。滚烫的眼泪滴到他手上，蒋之衍暗暗深呼吸，蓦地甩开她的脸，收回手。他背过身去，端起咖啡喝了一大口，而后，转回身，对她道："你现在打电话给姓章的，告诉他你不拍。"

苏秋大滴大滴掉眼泪，无声抽噎。

蒋之衍盯着她，重复："我让你打电话——"

她侧着身坐在那儿不动，微微低头，喉咙里溢出呜咽声响，眼泪掉得更凶，哭得半张脸都红了。

"打不打？"

"……"

蒋之衍气笑了："好，脾气硬，好得很。"

他近前，再度抬起她的脸："想拍是吧？这么想脱给别人看，不如我给你投资，再拍点尺度更大的？"

苏秋被半扼住喉咙，说不出话，蒋之衍发了狠，一把将她推倒。

"平时在我床上扭扭捏捏，现在愿意脱了？想脱给谁看？"他恶狠狠地骂，"脱给我一个人看不够刺激？你是不是犯贱？！"

背后是柔软的床铺，可她喉咙卡得快要无法呼吸。再一看，蒋之衍已经顺势跪在床上，两腿跨开跪在她腰身两侧。他伸手去解皮带，苏秋慌了，死死闭紧嘴，拼命摇头，用手推拒，想要挣开他。以前他从不会在她不愿意的情况下，让她用别的方式取悦他。

但今天，他的动作和气势，分明都有些侮辱意味。苏秋咬紧牙关，怕被为难，怕被强迫，但又无法挣脱，眼泪越掉越多。

情急之下，她侧头在他手掌虎口上一咬，蒋之衍吃痛松手，她喘了口气，哭着对他吼道："我又不是第一天犯贱！从跟你那天开始我就贱得不行了，这么久你还不清楚吗？！"

蒋之衍一愣，顾不上被咬，怒不可遏扬起手——

苏秋头一偏，闭着眼淌泪装死。

巴掌还是没能落下去。

蒋之衍气得肝疼。

看着那张惨白、泪痕遍布、偏偏又满是执拗的脸，他一股气无处发泄，太阳穴突突直跳。

闭上眼深呼吸，许久，蒋之衍起身坐到一旁，平复下来。

他伸手拉起苏秋。她哭得眼通红，被他搂进怀里。

蒋之衍用力抱着她，贴着她耳畔，半解释半哄："你真的想拍这种片子，我找人写一个差不多的故事给你随便拍，嗯？"

"艺术是崇高的，没错，但为艺术献身也分程度。"他用拇指揩拭她脸上的眼泪，声音柔和许多，"好的戏就一定要脱吗？没必要，对不对？"

亲了亲她耳垂，蒋之衍拿出耐心："你如果喜欢这种类型的，我现在就让人写剧本，一部不行就两部？要么三部好不好？"边说着，一点一点，一寸一寸亲她的脸颊，亲她脸上的泪。

他说话的语气变回温存时那般，像是在耳鬓厮磨一样亲昵又温柔："不哭了……再哭眼睛肿了就不漂亮了……"

苏秋鼻尖发酸，他越哄，她越难受，眼泪反而失控，开了闸般停不下来。

蒋之衍好说歹说，她怎么都不好转，无可奈何之下，脾气又上来："你够了没？"

松手将她推到床上，他站起身："这部戏就有这么好，你就非要拍？"

她坐在床上，低着头，哭得肩膀颤抖，不说话。

蒋之衍气得燥热，骂也不是，打也不是，站了站，无言看她良久，甩手出去。

"砰"的一声，将门摔得特别重。

苏秋没有抬头，没有动一下。她哭的不是电影，不是戏，不是角色。

蒋之衍根本不懂。

章守军的新电影没有他说的那么严重，剧本她全都看完了，故事里的亲热戏份，只不过是些亲吻、拥抱的场景，至多也就两个人面对面侧躺在床上聊天。

唯一的裸露镜头，需要她试镜的角色全露背，章守军也表示可以用替身。抛开尺度不论，她并非真的喜欢这个角色到非演不可的地步。她迈出这一步，做出尝试，只是想……试着找回自己。

依附蒋之衍的日子，能永远过下去吗？

不能。

在他厌倦前，她想为自己谋求出路，也该如此。

蒋之衍习惯了高高在上，他怎么会理解她的心情。她明白的，从一早就清楚，她只是他手中的玩物，从她答应待在他身边开始，她就已经没有尊严可言。

牺牲和交换是她自愿的，可是……

苏秋哭着，捂住脸。

放弃自尊那一刻起，她和蒋之衍就成了不对等的。

青春期萌生的那些感觉，她曾经将它压下去，如今死灰复燃，她要怎样再骗自己？

她现在的身份，根本没有表达的资格。

苏秋看得清自己的位置，她不能对蒋之衍动感情，她只能紧紧地抓住机会。

快一点，再快一点，离开他。

当虞星和童又靖气势汹汹找到蒋之衍的时候，他正在和沈时遇喝酒。

一见她俩——尤其是童又靖难看的表情，对蒋之衍的眼神充满杀意，沈时遇"腾"的一下起身，下意识远离他身边，往童又靖那儿靠。

虞星话不多说，开门见山："你和苏秋怎么回事？"

"什么怎么回事？"蒋之衍装傻，"她怎么了吗？"

"你还来这套？"虞星气得冷笑，"苏秋至今为止总共拍了三部戏，两部女二，一部女一，巧的是，这几部戏都有蒋氏集团子公司投资，你解释一下？"

蒋之衍喝了口酒，沉着声道："应该是哪个专做娱乐项目的子公司吧，娱乐产业我们也有涉及，不过我不大负责这方面，要不我让人问问？"

虞星重重拍桌："你还不承认？好，那你打开手机看看娱乐新闻，现在网上正传着呢，狗仔拍到了苏秋上'大老板'车的照片，我让人处理了照片，放大后那个车牌你敢说不是你的？"

蒋之衍一顿，皱眉："什么照片？"

童又靖插话："今天的娱乐新闻，地下车库几连拍，还有她录节目结束深夜上豪车的照片，现在好多网友都在扒她的背景。"

没料到这一出，预计之外的突发状况令蒋之衍默了默。

沈时遇搂住童又靖："消消气，别气了，好好说……"

他不出声还好，一出声，童又靖连带他一起看不顺眼，一把推开他的胳膊："你别说话，其他的事情我晚点再问你！”

“你别凶我呀，这是蒋之衍和苏秋的事……”

“你以为我不知道，你早就知情了！再装？”

在骗她和默认之间，理亏的沈时遇选择了闭嘴。蒋之衍蹙了蹙眉，正要说话，慢几步的盛亦赶到。

虞星脸色非常不好，熟悉的人都知道她正在气头上。她来之前，盛亦和她通了电话，大概知道是怎么个情况，当下没有开口劝。

这件事，其实他早就隐约猜到一些。

看了眼盛亦，虞星顾不上理他，瞪着蒋之衍：“我真的没想到你竟然这样，蒋之衍，好歹我们也算朋友，你玩你的，把手伸到我朋友身上是几个意思？”

苏秋那样好的脾气，又是非常单纯的一个人。早先她就担心苏秋进演艺圈会吃亏，这几年远在国外，顾不上照顾，哪想一回来，果真出事了。虞星十分自责，要不是童又靖察觉不对劲来找她，几下一查，她到现在还被蒙在鼓里。

怒气上来，她一把揪住蒋之衍的领子，质问：“女人多了去了，你找谁不好，为什么非要找苏秋？！”

盛亦连忙抱住她，沈时遇也赶紧过来拉。

她不松手，音量不自觉提高：“苏秋哪里招惹你了？你要这样弄她！你说啊——”

蒋之衍不挣扎不动，任她揪着：“这是我和她的事，不用你管。”

虞星被盛亦抱着拉远两步，松了手，嗤笑：“你和她的事？你有什么脸这么说！”

她不留情面地斥道：“我告诉你蒋之衍！苏秋是我从小一起长大的朋友，我绝不会任人欺负她！前几年是我不在疏忽了，现在我回来了，你休想再作践她！我不管你用什么方法要挟她，从今天开始有我护着，我倒要看看你有什么能耐，能把她怎样！”

盛亦怕她气坏身体，搂紧了，不由得道：“冷静点。”

“我冷静不了！”虞星没有挣脱他的怀抱，但难掩怒气，“他凭什么这样作践人？凭什么？！苏秋不是人吗，苏秋哪点得罪他了？她就想做个演员，演点戏，蒋之衍凭什么这样对她？！”

虞星眼睛一红，又气又心疼，说着说着把自己气哭了。

“从小到大苏秋都护着我，明明自己胆子小，一有事还是挡在我前面……以前男生跟她表白，她一紧张就脸红，拒绝人家自己反而自责……我不过出去读几年书，回来怎么就这样了？凭什么啊……”

盛亦比她还难受，看她掉眼泪，心都揪起来，抱着她一迭声地哄，不满地朝蒋之衍斜了一眼，暗含责怪。童又靖也生气。这件事没法不气，苏秋同样是她的朋友。

蒋之衍女朋友换个不停是他的事，玩什么女人都好，作为朋友，他们不干涉，可偏偏，他把主意打到苏秋身上。

苏秋和蒋之衍的关系，还用问吗？

她们已经查得很清楚。

蒋之衍这事儿做得真的太不厚道了。

“我也不知道怎么说你。你玩归玩，能不能有点分寸？”童又靖忍不住开口，“我们这么多年感情，我从来没说过你什么吧？就算看在我和虞星的面子上，你也不能这样对苏秋是不是？你这样以后让她怎么跟我们见面？”

蒋之衍铁青着脸，问：“苏秋知道吗？”

不知他指的是哪一桩，是媒体爆料的事，还是她俩已经知晓的事。

童又靖还没答，虞星先指着他抢白，表情和声音一样狠：“你以后别再找她！苏秋的事，以后跟你无关！”

言毕，虞星一刻不多留，转身就走。盛亦无辜被甩开，当即转身跟上。

沈时遇一时不知说什么好，童又靖想说话，想想无话可说，摇摇头也走了。见状，沈时遇飞快拍了拍蒋之衍的肩，随着童又靖一起离开。

媒体爆料的事情，很快就压了下去。

先是苏秋身边的工作人员出面接受电话访问，公开澄清，随后几家媒体跟进，解释照片里车的主人不是什么大老板，而是苏秋的女性好友。

再接着，突然爆出另一桩更大的八卦消息，主角比苏秋咖位大得多，吃瓜群众的热情一下子转移，没人再议论她。

事情当然不是蒋之衍解决的，是虞星。

傅家几个哥哥姐姐，是真的疼她，这几年他们相处融洽，感情日渐深厚。一通电话过去，傅修远就帮她安排好车和车牌——新车的车型和照片里的一模一样，车牌号也只差了一位。

照片中车牌号并非完全清晰，虞星是先锁定了蒋之衍这个人，才比对的车牌号。图像技术，至多只能清晰到那个地步，她准备一个和蒋之衍差不多的车牌，对外说服力就已经有了九成九。另一桩八卦也是她让人发的。

爱看热闹的人看见新的热闹，一窝蜂涌过去，苏秋这桩已经澄清且“证据十足”的八卦，自然而然没了看头。至于料从何来，狗仔手里多的是，她从诸多料里，挑了个有意和苏秋竞争但比苏秋更红的女明星，也算一石二鸟。

钱嘛，虞星现在有的是。蒋之衍舍得花钱恶心人，她能输给他?

短短一周时间，苏秋身边的经纪人、助理以及其他工作人员，统统被虞星换了个遍。什么合同、违约金，大手一挥付得爽快，只求给苏秋一个干净的环境。

苏秋当然知道事情暴露，在虞星面前，哭得喘不过气。

虞星气她傻，骂她：“你找不到戏拍为什么不跟我说？蒋之衍能给你的，我给不了吗？”

苏秋羞愧难当，虞星一边骂，又心疼她，抱着她，给她拍背、顺气。

“我哥手里有个小公司是做娱乐产业的，以后你工作的事就让他们负责。什么经纪合约的我也不在乎，合约就写抽一成，够给你身边的员工发福利就行了。等你以后有能力，再自己出去单干。”虞星都给她安排好了，“别再犯傻了，知不知道?有事情不跟我说，你说你不是傻是什么？我们什么感情，你还怕麻烦我？”

苏秋连话都说不出，哭了好久好久才停下。觉得委屈，又觉得安心，感觉复杂难以形容，倚着虞星不说话。

啜泣着沉吟许久，她轻声问：“蒋之衍那……”

虞星来气，一指头点在她脑袋上：“还提他！你啊，被人骗了都不知道！你为什么接不到戏？为什么试镜总是最后一关被刷掉，还有你老师给你推荐的角色，都签合同了最后还黄……这么多巧合，你就不想想？”

苏秋眨着泪眼。

“都是蒋之衍干的好事！”虞星咬牙，“先把你推到那种境地，再假模假样伸出援手，你上了他的当了！”

“可是，他为什么，为什么……”苏秋有点搞不懂。

她一直以为蒋之衍是一时兴起……

“你长得好看又好骗呗！”虞星瞪她，“你不知道他费了多少心思，我都让人查清楚了，从你开始跑戏试镜起，他就没少动手脚！”

苏秋愣愣的，忽然有点蒙。很多次，很多次在蒋之衍怀里意乱情迷的时候，她都会猛地想他们的开始。她告诉自己，他只是正好碰上的人是她，如果那天，孙玉找的是别人，带去的是另一个想要角色的人，那么在饭局上遇见蒋之衍的就是别人。

后来睡在他身边的，也会是别人。可现在虞星说，蒋之衍不是一时兴起。

他准备了好久，早有预谋。

苏秋有点反应不过来。

虞星没察觉她的异样，给她擦眼泪："行了不说了，我带你去吃好吃的。盛亦今天找我我都没理他……"

苏秋脑袋里一片混乱，被虞星牵着走，思绪却不知飞去了哪里。

苏秋身边发生的事，蒋之衍第一时间就知道了。

孙玉问他该怎么办："要不然我再联系她……"

蒋之衍稍作沉默，说："行了，你不用管。"

孙玉愣了愣，不敢多问。

头疼。虞星说不让他插手，就真的不让他插手，动作如此利落。

她作为苏秋的朋友，做这些无可厚非。蒋之衍在意的是苏秋的态度。虞星朝她伸出手，她立刻毫不留恋就离开他。

她真的就对他没有一点感情?

花了这么几年时间，平心而论，他对她差吗？这个小白眼狼！静坐半天，蒋之衍烦躁地给苏秋打电话。

记不清是这周以来的第几个，总之，她仍旧没接。

闭眼稍许，他拧了拧眉，联系助理："让人盯着苏秋。"

助理很上道，问："需要找机会把苏小姐带回来吗？"

蒋之衍却说："不用。"

他默了默，道："注意她的安全，隔一天向我汇报。"

苏秋换了新东家，按理来说，事业应该重新起航。可一盯几天，苏秋都没有出门，数日后，被虞星安排的车接走，之后再没回去。

听过助理的汇报，蒋之衍眉头紧锁："她人现在在哪儿？"

那边支吾两秒，小心翼翼说："暂时不知道。"

"不知道？"

"是的。虞小姐把人接走之后，我们就跟丢了……"

蒋之衍深吸气，忍住脾气，几秒后冷冷道：“自己去财务部，扣三个月奖金。”

啪的一下，挂了电话。

在公寓转了半天，蒋之衍坐不住，亲自去找虞星。

虞星倒是没有不见人，她名下有公寓，但大多时间都住在家陪傅非臣。

蒋之衍到的时候，傅非臣不在，不用见长辈，省了麻烦。

虞星待他不是很客气，连茶都没上一杯，他也懒得多费时间，直接开门见山：“苏秋呢？”

虞星一听他提这两个字，眼神一冷：“她的事与你无关。”

“苏秋在哪里？”蒋之衍盯着她，执意追问。

“你来如果是为这些事，那就回吧。”虞星起身，片刻不留，“我还有事情要处理，不送。”

“虞星——”他在背后叫住她。

虞星停住脚。

“我知道你怪我。”蒋之衍说，“我理解你的心情。”

“理解？”虞星转身，“你理解什么？你根本不理解！”

“我承认我对苏秋的做法不妥，但是……”蒋之衍眉头紧拧，无可奈何，坦白，“但是我是真的喜欢她。”

虞星仿佛听到天大的笑话：“你喜欢她？你就是用这种方式喜欢她的？”

她又要走，蒋之衍忙道：“我不骗你！”他板起脸，“我说认真的。很早开始我就对苏秋有意思。高中你记得吧？我们那个时候见过，我追过她一段时间，但是她没给我好脸色，对我很冷淡。”

“所以你就逮着机会，几年之后这样作践她？！”

“不是！”蒋之衍解释，“我只是……”他不知道该怎么说，末了，认错，“我承认我方法用错了，但这一年多里，我对苏秋没有半点不好。我也跟她说过很多次，我喜欢她，是她不信。”

虞星沉默数秒：“你跟她说过？”

“说过。”

“什么时候？怎么说的？”

蒋之衍有点尴尬：“就平时相处的时候，我跟她说我很喜欢她……”大部分时间是在床上。

虞星看他这表情，哪会不知道，顿时又生起气来。“你——”

话音未落，来陪虞星过下午的盛亦正好抵达，赶上这出。

从外走进来，看这架势，盛亦问：“什么情况？”

蒋之衍忙说：“我来找苏秋。”

虞星看着盛亦，恨恨道：“他说他喜欢苏秋，我听了都好笑！”

盛亦打量蒋之衍半分钟，蒋之衍不闪不避。

稍顿，盛亦缓缓道：“苏秋在她自己家。”

“盛亦——”

虞星皱眉，盛亦摇了摇头：“我跟他这么多年朋友，他说真话假话我能看出来。”言下之意，蒋之衍没有说谎。

盛亦看向蒋之衍，继续道：“虞星把她送回去了。”

蒋之衍一愣：“为什么？”

“还不是因为你！阮姨去秋秋公寓的那几次，都发现你留下的衣服，还有你是不是在她回爸妈家的时候去接过她？你有病吗，生怕不够显眼是不是？”虞星没好气道，“我安排澄清的那些，唬外人可以，糊弄不了阮姨，她之前发现那么多蛛丝马迹，一直没问，还都是我不在国内时候的事情，这次八卦消息一出，怎么可能信是我？她看新闻看得晚，知道后立刻就把秋秋叫回去，骂了两天都不肯放她出来！”

连虞星都被骂了，怪她陪着苏秋一起骗他们。阮姨把苏秋拘在家里教育，现在对苏秋演戏这件事很不赞同。

蒋之衍愣了片刻，拔腿就走，转眼没了人影。

“蒋——”话没说完，虞星被盛亦拦下。

“算了，让他去吧。”盛亦道，“能不能成，看他们造化。”

虞星没辙，把火气撒在他身上，握拳捶他：“谁让你告诉他！秋秋要是有什么不好，到时候我都怪你！”

盛亦一把搂住她，笑着任她打：“我不信你没看出苏秋对蒋之衍有感情。”

“我看出什么看出？我要是看得出，不会到现在才知道蒋之衍这狗东西干的好事！”虞星冷哼，就是嘴硬不承认。

盛亦不在乎，揽着她上楼：“好了，别管他们。回房间看电影？你想看什么？等会儿我给你按摩好不好……”

虞星撇嘴，气呼呼，脚下还是跟着他走。两个人一同迈着台阶向上，其余纷杂事情，统统甩在身后。

蒋之衍到苏秋家，如何闹了一番，有好几种说法。沈时遇说得极为夸张，童又靖和虞星信不过，后来还是亲自问苏秋本人。奈何苏秋脸皮薄，含糊几句，没能说清楚。

不过有几点可以确定——蒋之衍上门，被阮姨拿着鸡毛掸子一通好打。他赖着不走，非要表真心，气头上的阮姨一个字都听不下去，他为表诚意，在客厅里跪了好久。

苏秋心软，很快就松动态度，气得阮姨连她一块骂，让她也跟着跪。于是这俩人一同在苏家客厅跪了大半个下午。跪到后来，膝盖生疼。

蒋之衍心机重得很——这话是虞星评价的——他借着难得的气氛场合，对苏秋百般体贴，找东西给她垫，又是心疼，又是舍不得，而他自己做出一副铁骨铮铮的样子，跪得笔直，没叫一声痛。阮姨在房间里躲清静不肯见他们，反而正中蒋之衍下怀。他趁机会对苏秋倾诉衷肠，说自己早就喜欢她，大学前那一段时间追她，因为她态度冷淡，怕操之过急，暂时放弃。

后来交了几个女朋友，都是照着她的样子找，没处多久一个个都分了。这话其实不算假，但他进行了一点艺术加工。那时候放弃，确实是因为苏秋态度冷淡，他怕操之过急，同时又有一点抹不开面，一气之下连着换女朋友。

倒也是因为换得多，每个都像她，但又不是那么个感觉，蒋之衍才意识到，他喜欢的不是苏秋这个类型，而是苏秋。

苏秋耳根子软，性格也软，最主要的是她对蒋之衍并非真的没有感情。尽管虞星万分不愿意，这场闹剧结束以后，苏秋还是被蒋之衍“骗”到了手。

阮姨那边费了好大的劲才处理好。

而苏秋和蒋之衍公开，是在这之后半个月。

又一次，苏秋被拍到，在她和蒋之衍约会的某一天。

没有再躲，也没有让谁去澄清。

她在出席活动的时候，大大方方接受了媒体的采访。

“新闻是假的吗？当然是假的啦。”她笑着，在一众等着搞事情的媒体带着怀疑和看好戏的眼神中，淡定回答：“那不是什么金主，也不是什么老板，那是我男朋友。”

第一家媒体发出采访视频后，蒋之衍第一时间就上了他那个几乎不使用的微博，转发，并配文道：“只是平常的约会，希望大家不要过度解读。我女朋友脾气好，但我比较直，网络上的恶意非议如果对她造成影响，我绝对会追究到底。”

那天网上很热闹。

蒋之衍的身份、背景、身家，都被扒出来，吃瓜群众好一阵议论。关于苏秋的风评，变了又变，大家终于可以确定她是真的有后台，但人家的后台不是金主，不是煤老板，是正儿八经的男朋友。

还是大集团继承人，纯粹的高富帅。

一时间，羡慕嫉妒有，祝福赞美也有。

而只有亲眼看见全过程的盛亦知道，在蒋之衍那条微博下的好几万条评论里，有一条来自虞星小号的留言，四个字，倾注了所有“祝福”——

“狗东西，呸！”

当然，蒋之衍才没空翻，苏秋同样。

作为“高富帅”本人，蒋之衍发完微博，开车到活动现场接苏秋“下班”。

他们吃饭、逛街、看电影，做了所有情侣都会做的小事。

简单，但快乐。

风言风语无所谓，看好看坏都随意。

他们忙着手牵手，还要一起过很久很久。

番外二

关于爱情里藏着的秘密

老婆做的饼，都叫老婆饼。

1

某天，虞星看见童又靖的朋友圈，和盛亦说：“他们去游乐场了啊？看起来好有意思。”说着顺手点了个赞。

盛亦没有发表意见。

只是周末，他立刻安排了一次游乐场活动。

只有他们两个人，所有女孩子喜欢的项目，盛亦都陪虞星玩了一遍。

两人最后在摩天轮前停下。

虞星抬头望了两眼，盛亦问：“想坐吗？”

她兴趣不大，摇了摇头。盛亦倒是有点想法。

后来还是上了摩天轮。

四十分钟一圈，在空中一点一点升高，时间过得很慢。一开始有些无聊，但随着离最高点越来越近，天上的星星看得越来越清楚，仿佛触手可及，地面上的星火灯光也璀璨得十分好看。

虞星意外地觉得有趣，欣赏起难得的景象。

她在看星星，看灯火，一旁的盛亦在看她。

快到顶点的时候，盛亦叫她：“虞星。”

她转头看过去，他的眼睛黑得发亮。

在巨大圆盘的最高处，他们在摩天轮里接吻。

2

盛亦不太喜欢吃冰激凌。

平时出门，不管是和虞星一起，还是和朋友一起，他基本上很少碰这种又凉又甜的东西。每次虞星想吃冰激凌，他都会叮嘱她少吃，并且严格控制她食用的分量——因为知道她每个月总有几天不舒服。

大学毕业那年唯一一次吃冰激凌，是和虞星一起外出，她买了一小桶巧克力味的冰激凌，不留神吃得嘴角边也沾上。

她兀自未觉，盛亦叹着气凑近，在她唇边亲了一下。

有点苦也有点甜，后来想起，他觉得那味道还不错。

3

在国外的时候，他们一起去看过日出。

那天开车走了两个多小时，到山里，订下的住宿之处在半山腰上，天亮前几个小时他们就出发，一直到虞星快筋疲力尽才抵达山顶。

盛亦准备得很齐全，带了毛毯。他们在地上铺了一张野餐布，两个人肩靠肩坐在一起，裹着同一张毯子。

日出那一刻，虞星倚在他怀里，说起她的父母。

“我爸妈以前应该也一起看过日出。”

盛亦知道，在傅非臣和虞宛纯一起生活过的那个小院子里，两位长辈应当是一起看过日出的。

“但我们不一样。”他想了想，说。

“我们不会错过，也不会有遗憾。”

早就决定了啊。

他们要一起好好地过完一生。

4

虞星曾经给盛亦做过的那份糕点，很长一段时间都是盛亦的阴影，甚至后来，她提出要给他做饭，他变着法子拒绝了好多次。

发现他逃避的真实原因之后，虞星一气之下奋发图强，钻研了三个月，终于练成一手超棒的手艺。其中以甜点最为优秀。虞星做的各种饼，味道非常好，各种鲜花馅、红绿豆沙馅，连童又靖和苏秋等人都很喜欢。

蒋之衍和沈时遇跟着老婆尝过以后，也不吝夸赞。

只是沈时遇发现盛亦有点毛病，好几次吃着饼问他："这是什么饼？"

盛亦都答："老婆饼。"

明明桂花、玫瑰、绿豆、红豆、莲蓉……口味完全不一样。

对此，盛亦解释："老婆做的饼，都叫老婆饼。"

5

有一年春节期间，沈时遇给童又靖安排了一场惊喜。

他们当时都在，一起在盛亦某座度假别墅里聚会。晚上沈时遇偷偷让人准备了烟花，十二点前，热热闹闹地燃放起来，漫天都是绚烂花火。

虞星看得眼里亮晶晶，十分高兴，像小孩一样跟着烟火绽放的声音尖叫。

盛亦见她喜欢，便说："我也给你放一场？"

但被虞星拒绝，她说："看看就好，有得看，谁放的有什么关系？"一边说一边往他怀里倚，眼睛比天上的烟火还亮。

她笑嘻嘻地讲："只要陪在我身边的是你就好啦！"

盛亦不知是被她说服，还是沉浸在她眼睛里，笑了笑没有反驳。

他们浓情蜜意的样子惹得沈时遇不满："这是我的主场，你们干吗呢？！"

虞星和盛亦相互依偎，根本不予理会。而蒋之衍和苏秋，更是早早就躲进不见人的角落，气氛比他们有过之无不及。

一年后算算日子。

虞星和童又靖发现，自己的干儿子好像就是那天降临的。

6

盛亦不喜欢虞星喝酒，尤其是他不在她身边的时候。偶尔童又靖和苏秋约她出去，他都会问去哪儿，如果是去酒吧、夜店之类的场所，他明面上不说什么，但等她们一出门，立刻不厚道地联系蒋之衍和沈时遇。

蒋之衍和沈时遇做了好几次急先锋，每次都是他们第一时间赶过去，把自己老婆带走，女生聚会也总是因此潦草收场，令盛亦兵不血刃，占尽便宜。

有一次，虞星在家喝果酒喝醉——喝之前没看清，不知道成分里有酒精，等盛亦从楼上下来，她已经蜷缩在沙发上，盯着大屏幕眼神迷离，脸颊酡红，像打了劣质腮红。

盛亦本想拎她回房间休息，虞星却突然话多起来。

于是一整个下午，他坐在沙发上，她窝在他怀里，絮絮叨叨说了好多好多话，还抱着他不肯撒手，他一放开，她就流泪欲哭，比平时黏人一万倍。

其中单是一句“我爱你”，就被她翻来覆去重复了三十多遍。

酒醒后的虞星觉得脑袋有点疼，知道盛亦不喜欢她喝酒，解释说自己没看清成分，谁知盛亦对此并未发表任何意见，也没责怪她。

从此之后，虞星被允许隔一段时间可以喝一点酒解压，哪怕她醉得不清醒把家里弄得一塌糊涂，盛亦也再没生过气。

7

盛亦和虞星唯一一次写信的经历，是他们回国以后，两个人各自在盛氏、傅氏工作时的事。

那天本意也不是写信，虞星出门太急，有件该给盛亦的东西忘了给，径直带到公司里，只好让助理跑腿，坐车穿过大半个城市送去给他。

东西送到以后，助理又带回来一封信——其实是一张纸，写了几句一看就是他风格的情话。

虞星欣赏完，提笔回复一封。

就这样，两边助理一整个下午几乎都在城市间来回穿梭，尽职扮演他们爱情的信鸽。

因为坐车差点坐到吐，虞星和盛亦很人性化地各自给自己的助理加了三个月奖金。

8

虞星很少吃醋，但在他们受邀回临天校庆做演讲的那天，着实醋了一回。

演讲开始前他们在学校里逛，校内景致变了许多。他们毕业后，每一届学生家长各有捐赠，学校只留有一半当初的样子。

逛到篮球场的时候，盛亦下场和男生们一起打了一会儿球。就一会儿，不到半个小时，场边给男生们加油的女生，目光纷纷被他吸引。

虞星甚至听到离得近的一群女生花痴不停——

“他好帅啊！”

“我的天哪，哪里来的帅哥？！”

“看起来好像不是学生，但年纪也不大，简直就是我的理想型！”

下场时，还有女生大着胆子上前去给他送水，但都被他冷淡地拒绝了。

走时虞星板起脸不高兴，盛亦察觉，笑着将她搂进怀里，取笑：“以前想你吃醋的时候，你一点反应都没，现在反而计较起来了？”

他正大光明地牵着她的手，在所有人艳羡又遗憾的眼神中，逛了一路。

做完演讲，虞星那股莫名醋劲才消。

当晚睡觉，盛亦紧紧抱着她不撒手。她睡得香睡得沉，盛亦却没有睡意。

下午在球场时他没有说，之所以突然下场和高中的学弟们较量，是因为她走开的时候，他听到那群学弟们一直在讨论她。

毛头小子们边说边往她的方向瞄，有好几个脸都红了，互相怂恿着去要号码，想问她要联系方式。

要不是他下场把他们打服气，怕是真有那不长眼的跟她搭讪。

这样无人知晓的时刻，盛亦默默地醋完，默默地将她搂得更紧。

9

盛亦是个很耐寒的人，冬天降温，几摄氏度几摄氏度的，他感受不大。别人嚷嚷着“好冷”“冻死了”的时候，他一般只觉得风有点重。

刚回国进入盛氏的那年，虞星给他织了一条围巾。她心灵手巧，对着针织教程学了几天，很快掌握要领，随后立刻织出一条成品。

虞星却对那条围巾不甚满意，总觉得针脚不够仔细，织得也不够好看。考虑过后，将线拆了，从头来过。

第二回她花了足足一周时间，终于织出满意的作品，棕色的围巾很好配衣服，她特地包装好，送给他。

从入秋的第一天开始，盛亦就戴起了那条围巾，不管是去公司，或者私下外出，总见他戴着。

有几天回暖升温，沈时遇见他还不摘，疑惑地问："现在才秋天，你怎么就戴起围巾来了？"

盛亦瞥他一眼，只说："冷。"

托沈时遇的福，盛亦今年怕冷的消息很快传开，合作方为表示体贴，他出席的各种场合，暖气总是开到最大。

虞星去他参加宴会的地方接过他几次，每次都见他额头上渗出薄汗，还以为他遇到什么难事。

第三次还是第四次，她忍不住伸手探了探他的额头："没生病吧？"

盛亦木着脸说："没有。"将她的手抓住，捂进怀里。

那一整个冬天，盛亦印象深刻。

他始终戴着一条围巾，也无数次被问，然后回答："我冷。"

10

虞星吃东西一向是有数的，不知什么时候开始，遇上喜欢吃的，非要一次性吃个过瘾。盛亦觉得伤胃，不赞同她这样，哪怕她会因此跟他着急闹脾气，他也总是在差不多的时候强行制止她。

虞星只好偷偷背着盛亦吃东西，爱吃的甜点吃到尽兴，腻了就再也不吃；喜欢喝的饮料喝个痛快，然后抛到脑后；好吃的菜，辣到舌头肿，也坚持一次至少吃两遍。

不过她还是有分寸的，没有把自己弄到真的不舒服的地步，盛亦便睁一只眼闭一只眼放过她。

有天回去，他发现虞星待在厕所，扒着马桶吐得天昏地暗。

盛亦一看餐桌上那些没来得及吃完的东西，当场生气。等她吐完，他抱着人到洗手池边，她还好意思哭，盛亦一边忍着气，一边给她洗脸。

在警告教育了半个钟头以后，虞星终于发誓改掉这个坏习惯。

当天晚上，虞星很规矩地只吃了七分饱。

谁知道半夜正要入睡，虞星突然从床上起身，冲进浴室，又吐了个天昏地暗。盛亦不放心跟进去，她吐完一抹嘴，坐在地上，泪眼盈盈委屈地看着他："我晚上没有吃很多啊……"

盛亦抱着人哄，心想她怕是这段时间把胃撑坏了。

直到第二天，去医院一查才知道。

虞星怀孕了。

原来食欲暴涨，吃东西没节制，都是因为肚子里多了个小朋友。

虞星带着惊讶回到家，愣愣反应不过来，肚子开始叫了，先想到和盛亦做过的保证，看着他可怜巴巴地问："那……我还能吃东西吗？"

盛亦在回家的路上早就暗暗将自己骂了一百遍。

明明是他疏忽，还怪她不听话。

什么都没说的盛亦默默地当起二十四孝好丈夫——虽然他本来就是。

那之后的很长一段时间，盛亦不仅亲手喂她，让她吃得痛快，吃得满足，也陪她孕吐反胃，不曾错过每一个阶段。

后来的后来。

虞星生了一个健康漂亮的男孩。

带着他和她的基因，结合了他们两人的优点，在一片祝福声中，那个男孩微笑着降生。